KB070380

목만치1

초판 1쇄 인쇄 2007년 2월 20일   초판 1쇄 발행 2007년 2월 25일

지은이 이익준 **펴낸이** 김태영

기획 H2 기획연대_ 박현찬

기획편집 1분사_ 분사장 박선영 **책임편집** 성화현
1팀_양은하 이둘숙 도은주   2팀_오유미 가정실 김세희   3팀_최혜진 한수미 정지연
4팀_이효선 성화현 조지혜   디자인_김정숙 하은혜 차기윤

COO 신민식 **상무** 신화섭 **콘텐츠 사업** 노진선미 이유정 김현영 이화진 **제작** 이재승 송현주
마케팅 정덕식 권대관 송재광 박신용 김형준 **영업관리** 김은실 이재희 **HR기획** 송진혁
인터넷 사업 정은선 왕인정 김미애 **홍보** 김현종 허형식 임태순 **광고** 김정민 이세윤 김혜선 허윤경
경영혁신 하인숙 김도환 김성자 **재무** 고은미 봉소아 최준용

펴낸곳 (주)위즈덤하우스 **출판등록** 2000년 5월 23일 제13-1071호
주소 서울시 마포구 도화동 22번지 창강빌딩 15층 **전화** 704-3861 **팩스** 704-3891
전자우편 yedam1@wisdomhouse.co.kr **홈페이지** www.wisdomhouse.co.kr
출력 엔터 **종이** 화인페이퍼 **인쇄·제본** (주)현문

값 9,800원 ⓒ이익준, 2007
ISBN 978-89-5913-194-5 04810
ISBN 978-89-5913-193-8 (전3권)

이익준 장편소설

 칠지도

열도와 대륙을 뒤흔든 백제의 혼

예담

일러두기
이 소설은 역사적 사실과 실제 인물들을 바탕으로 작가가 허구적으로 구성하였음을 밝힙니다.

| 차례 |

목만치

백제 대장군 목라근자와 신라 여인 항아 사이에서 태어난 아들. 역모혐의로 목라근자가 참수당하고 삼족이 멸하는 위기에서 충복 육손이의 도움으로 탈출하여 수원사 해월에게 맡겨져 성장한다. 그곳에서 가문의 비전인 본국검법을 해월과 육손이에게 전수받는다. 진충을 따라 수원사로 온 진연을 만나 사랑을 키워나가지만 국협, 여도 등에 의해 어려움을 겪는다. 검법을 완성하고 백제를 부흥시키기 위해 일평생을 바친다.

여곤

비유왕의 셋째 아들. 명군의 기질을 타고났으나 장자가 아닌 이유로 그 뜻을 크게 펼치지 못하는 비운의 인물. 인재를 한눈에 알아보고 귀하게 여기는 인품으로 주변의 흠모를 한 몸에 받는다. 여황의 난 때 자신의 목숨을 구해준 목만치를 지극하게 아끼며 형제의 의를 맺는다.

여도

비유왕의 둘째 아들. 강골의 기질을 타고난 데다가 불같은 성정의 소유자. 장자세습의 원칙에 따라 형 여경이 왕위에 오르지만 상좌평 직위에 있으면서 모든 실권을 장악한다. 자신의 야망을 달성하는 데 여곤이 방해되자 그를 열도로 쫓아보내고, 목만치를 끊임없이 괴롭힌다.

여경

개로왕. 성품이 심약한 데다가 두 아우의 강한 기상에 치여 정사에는 흥미를 잃고 바둑에만 몰두한다. 비유왕의 급서 이후 반란을 진압하고 왕위에 오르는 데 무려 7년이나 걸렸을 정도로 험난한 삶을 산다. 여도에게 끊임없는 선양의 압력을 받자 황음에 빠져 정사를 외면한다.

진연

진충의 딸. 재색을 겸비했을 뿐 아니라 한없이 부드러우면서도 불의 앞에서는 굽힐 줄 모르는 기개를 지닌 여인. 국강 부자의 음모에 의해 아버지를 잃고 오빠 진수와 함께 숱한 고난을 겪는다. 그녀의 미색에 반한 여도의 온갖 회유에도 흔들리지 않고 목만치와의 사랑에 목숨을 건다.

미령

송나라 고관대작의 딸. 열정적 성품을 가진 여인으로 위나라 고관 탁발척과의 결혼을 앞두고 목만치와 만나게 된다. 목만치를 호위무사로 대동해 송나라 전역을 떠돌던 중 목만치가 피습당해 생명이 위태로워지자 백방으로 노력해 그의 생명을 구해준다. 훗날 위나라가 요서를 정벌할 때 백제군 총사령인 목만치와 다시 인연을 맺는다.

곰쇠

목씨가의 충복 육손이의 아들. 목만치보다 두 살 많지만 주종의 숙명을 받아들이고 그를 죽을 때까지 그림자처럼 뒤따르며 충성을 바친다. 7척에 30관이 넘는 거한으로 '역발산기개세'의 용력을 자랑하는 천하장사다. 호승심이 강하고 여색을 밝히지만, 어려운 사람을 보면 그냥 넘기지 못하는 인간적 면모를 갖추고 있다.

육손이

목씨가의 집사이자 목라근자의 충복. 젊은 시절 목라근자를 시종하며 전쟁터를 누볐다. 역모혐의로 목라근자의 집안이 도륙당하는 순간 목만치를 피신시킨다. 수원사에서 해월과 함께 목만치에게 본국검법을 전수한다.

해월

신비에 싸인 수원사 노주지. 목라근자와의 인연으로 목만치를 끝까지 돌봐준다.

진수

진충의 아들. 심약하고 세상 물정 모르는 백면서생이다. 부친을 잃고 집안이 풍비박산 나자 누이동생과 함께 법륭사 주지 도법에게 몸을 의탁한다. 목만치를 따라 왜로 가던 도중 혼자 담로도에 남아 갖은 고생을 겪으면서 장인으로서의 눈을 뜬다. 훗날 무령왕의 명을 받아 인물화상경을 제작한다.

진충

백제국 제일의 장인. 불심이 깊고 인자한 성품의 소유자다. 칠지도를 제작한 진각의 솜씨를 뛰어넘고자 혼신의 노력을 기울인다.

국강

백제의 고관 목부장리이자 여도의 심복이다. 여도의 묵인 아래 국법으로 엄금한 밀선단을 운영하고 노예를 수출하면서 막대한 재산을 끌어 모은다. 목적을 이루기 위해서라면 수단과 방법을 가리지 않는 냉혹한 성품의 소유자지만 철부지 아들 국협을 누구보다 아낀다.

국협
국강의 아들. 수원사 근처에서 진연과 진수를 괴롭히다가 목만치가 쏜 화살에 의해 한 쪽 눈을 실명한다. 그 후 목만치와 진연을 파멸시키는 것을 인생의 목표로 삼는다.

목화
여곤의 딸. 목만치를 사모하던 중 그와 정략적으로 결혼하게 된다. 목만치의 가슴속 깊이 자리한 진연의 그림자를 뒤늦게 알고 남 모르는 슬픔을 간직한 채 살아간다. 목만치가 무령왕을 도와 환국하자 아스카에 남아 아들을 키운다.

수달치
당항포의 유명짜한 해적 두목. 곰쇠를 만나 형제의 의를 맺는다. 해적 생활을 청산하고, 수하들과 함께 목만치의 충직한 심복이 된다.

분이
잡초 같은 생명력을 지닌 강인한 여인. 국강의 고리채를 갚지 못해 대륙으로 끌려간 부친을 따라온 뒤 청루에서 기녀로 일하다가 곰쇠를 만난다. 곰쇠에게 백제 노예들의 비참한 생활상을 들려주고, 그들을 본국으로 돌려보내는 데 결정적인 역할을 한다.

정암
해월의 제자. 해월이 입적한 뒤 불법을 전파하기 위해 열도로 건너간다.

물부
아스카 정부의 대련(장관). 철산지로 유명한 이즈모를 장악한 신라계, 가야계 세력을 등에 업고 정권을 탈취하기 위해 난을 일으킨다.

탁발척
중원을 지배하는 북위 황제의 동생이자 미령의 남편. 대륙백제령을 정복하기 위해 목만치와 건곤일척의 승부를 벌인다.

진각
괴짜 대장장이. 산촌에 은거하며 대장간을 일구다가 개로왕의 명을 받아 칠지도를 제작한다. 그의 장인정신은 후손 진충과 진수에게 전해진다.

칠지도는 자신의 목숨을 걸고 장인으로서의
모든 자부심을 걸고 만든 최후의 걸작이었다.
그저 뛰어난 보검이 아니라
한 장인의 모든 것을 담아낸 신검이었다.

기자회견

       아홉 시 뉴스의 진행자는 심각한 표정으로 중국 정부의 역사왜곡 사실을 보도하고 있었다. 광개토왕비에 쉽게 접근하지 못하도록 전각과 울타리를 설치한 모습에 이어 허물어져 내린 옛 고구려 성곽들이 텔레비전 화면에 나타났다. 몇 년 전부터 중국 정부가 줄기차게 밀어붙이고 있는 '동북공정'의 여파였다.

    입맛이 씁쓸해진 나는 텔레비전을 껐다. 입만 열면 자주를 외치면서도 제 나라의 역사조차 제대로 지켜내지 못하는 이 정권에 대한 염증이 왈칵 일었다. 정치에 대한 기대를 이미 오래전에 접어버렸지만 가끔 이렇게 핏대가 서는 것을 보면 아직은 젊은 모양이다.

    그 순간 전화벨이 울렸다. 내 후임으로 도쿄 특파원으로 나가 있는 후배였다. 간단히 안부를 주고받은 뒤 후배가 물었다.

    "이 선배, 요즘 들어앉아 글 쓰신다면서요?"

    "글은 무슨……."

"얘기 들었어요."

"누군가는 꼭 해야 할 일이야. 아무도 하지 않으니 나라도 나설 수밖에……."

"선배, 용기가 대단하네요. 아무튼 좋은 결과가 있기 바랍니다."

전화를 끊고 책상 앞에 앉으려다가 생각을 바꿔 창가에 섰다. 호수 공원의 야경이 내려다보였다.

누군가가 꼭 해야 할 일이지만 왜 하필 나일까. 생각해보면 아주 사소한 것으로부터도 인생은 크게 달라진다. 그것이 좋은 방향이든 나쁜 방향이든.

그가 내 꿈속으로 찾아오지 않았다면 나는 지금도 여전히 신문기자로서의 삶을 살아가고 있을 것이다. 어쩌면 그렇지 않은 데 인생의 묘미가 있는 것인지도 모른다.

어느새 내 기억은 그를 처음 만난 5년 전, 도쿄의 언저리를 더듬고 있었다.

한 해가 가파르게 저물어가는 어느 날.

'띠리리 띠리리…….'

한참 동안 전화벨이 저 혼자 울리고 있었다. 그러나 나는 쉽사리 몸을 일으켜 수화기를 집어 들지 못했다. 전날 밤 만난 취재원과 새벽까지 독주를 퍼마시고 거의 혼절해 있다시피 한 상태였다.

일본 특파원 2년째. 이번 연말을 넘기고 나면 햇수로 3년째에 접어든다. 30대 후반의 사내가, 낯선 이국에서 고독을 달래는 가장 좋은 방법은 술이다. 물론 섹스도 있지만 그 과정이 언제나 번거로웠고, 또 실패할 확률도 높았다.

그러나 술은 달랐다. 찾으면 언제라도 있었다. 호주머니 사정이 좋지 않으면 수준을 낮추면 되었다. 술은 배반하는 법이 없었다. 까다로운 여인처럼 신경질을 내지도, 바라지도 않았다.

일본에 온 이후로 나는 알코올 중독자가 되는 것이 아닌가 싶을 정도로 밤마다 술을 마셨다. 그렇지 않고서는 쓸쓸함을 달랠 길이 없었다. 몇 년 전 오랫동안 사귀던 여자와 헤어지고 난 뒤 더 이상 연애에는 미련이 없었다. 모든 것을 쏟아 붓고 난 뒤에는 다시 차오르지 않는 법이다. 사랑을 거듭해서 하는 재주는 나와 거리가 멀었다.

나는 모든 것을 걸었다. 미적미적한 망설임 같은 것은 내 취향이 아니었다. 나는 사랑에도, 일에도 그리고 술에도 모든 것을 걸었다. 그러고는 모든 것이 다 소진되어 막막한 심정으로 도쿄 시내의 한 허름한 하숙방에서 뒹굴고 있는 것이다.

'띠리리 띠리리……'

전화벨은 지치지도 않고 계속 울렸다. 더 이상 잠을 잘 수 없었다. 분명 서울 본사의 데스크이거나 도쿄 지사의 선배일 터였다. 가끔씩 폭음하고 죽은 듯이 자는 내 버릇을 아는 것이다.

"여보세요."

목소리가 갈라져 나왔다.

"이봐, 지금이 몇 신데 뭐 하고 있는 거야?"

짐작한 대로 도쿄 지사의 선배였다. 신문사 5년 차 선배지만 같은 대학 출신에 본사에서부터 친분이 있어 허물없이 지냈다.

"왜 어디 지진이라도 났어요?"

"지진 나길 기다렸다는 말투군 그래."

"아직 술도 덜 깼는데 시비 걸지 맙시다."

"어서 나와. 본사에서 자넬 계속 찾고 있는데, 더 이상 알리바이 대 줄 생각 없어."

"무슨 일인데요?"

"아키히토明仁의 기자간담회야. 난 약속이 있으니까 자네가 가."

"아키히토?"

"오늘이 아마 그 양반 생일이지? 67센가, 68센가……. 거 나도 갈수록 기억이 흐릿해져. 어서 나오라고. 두 시간밖에 안 남았어."

선배가 전화를 끊었다.

대충 샤워를 하고 오랜만에 와이셔츠를 입고 넥타이를 맸다. 일본 천황과의 기자간담회라 격식을 따르지 않을 수 없었다.

도쿄 시내는 이틀 앞으로 다가온 크리스마스 분위기로 흥청거렸다. 곳곳에 크리스마스트리가 세워졌고, 상점의 쇼윈도마다 성탄 분위기를 물씬 풍기는 갖가지 장식이 내걸렸다. 거리에 나와 있는 사람들은 밝고 들떠 있는 얼굴이었다.

그러나 이러한 전체적인 분위기와는 전혀 동떨어진 차분한 장소가 있었다.

도쿄 한복판, 그러니까 도쿄 역에서 채 10분도 걸리지 않는 중심지에 위치한 황거皇居.

잘 알려져 있다시피 황거는 일본 천황이 살고 있는 장소다. 일본인들에게는 감히 범접할 수 없는 신성한 곳, 만세일계萬世一係의 신화가 조용히 살아 숨 쉬는 곳이다.

황거의 뒤편, 평소에는 잘 이용하지 않는 조그만 접견실에서 천황 아키히토의 특별기자회견이 열렸다.

12월 23일. 그날은 천황 아키히토의 68번째 생일이었다.

자그마한 체구에 인자한 미소가 인상적인 아키히토는 기자들의 질문에 차분한 말씨로 대답하며 기자회견을 이어나갔다.

기자들이 먼저 아키히토의 생일을 축하했다. 건강과 근황 그리고 황태자비의 출산 등에 대한 질문이 이어지자 천황은 성심을 다해 대답했다. 그 밖에 정치현안에 관한 의례적인 질문에도 천황은 노련하게 답변했다.

더 물어볼 것이 남았는가.

기자들이 취재수첩을 뒤적이며 다음 질문을 떠올리고 있을 때, 아키히토는 앉은 자세를 고쳤다. 지금까지와는 다른 정색한 표정이 그의 얼굴에 어렸다.

기자들 뒤편에 자리 잡고 있던 나는 본능적으로 그가 다른 이야기를 하고 싶어 한다는 것을 눈치 챘다. 그것은 오랫동안 기자로서 겪어온 직업적 육감이었다.

나뿐만 아니라 다른 기자들도 그것을 느꼈는지 잠자코 기다렸다. 아키히토는 잠깐 머뭇거리다가 입을 열었다.

"오늘은 일한 관계에 대해 몇 가지 말씀드리고자 합니다. 그동안 양국은 멀고도 가까운 나라로 인식되어 왔습니다만, 본인은 양국이 더욱 긴밀하게 우호관계를 발전시켜야 한다는 개인적인 바람을 갖고 있습니다."

"……."

눈치가 빠른 기자들이었다. 그들은 아키히토의 말 행간에 숨은 뜻을 파악하려고 머리를 굴렸다. 이처럼 의례적인 언사를 하려고 입을 열 아키히토가 아니었다. 그는 조용하고 부드러워 보이는 외양과는 달리 강단 있고 고집 센 성격이었다.

남의 마음속에 숨은 말을 꺼내는 방법에는 두 가지가 있다. 술을 마시게 하거나, 잠자코 기다리는 것이다. 기자들이 침묵을 지키자 아키히토가 차분하게 말하기 시작했다.

"오늘은 양국의 뿌리 깊은 과거에 대해 한마디 하려고 합니다."

기자들은 긴장한 눈길로 서로의 얼굴을 돌아보았다.

한일 관계. 그것은 참으로 미묘한 문제였다. 아무리 잘 건드려 보아야 본전도 못 건진다는 것이 특히 일본 쪽의 시각이었다. 한국은 사사건건 과거사를 빌미로 사과를 요구했는데, 그것도 한두 번이지 이제는 신물이 날 만도 했다.

그런데 오늘 아키히토는 그 미묘한 문제에 대해 입을 뗀 것이다.

나는 몇 년 전 한국 대통령이 일본을 방문했을 때 아키히토가 한 말을 기억하고 있었다.

"한때 우리나라가 한반도 사람들에게 큰 고통을 준 시기가 있었습니다. 이에 대한 깊은 슬픔은 항상 내 기억 속에 남아 있습니다."

그 당시 아키히토의 발언은 상당히 인상적이었다. '통석의 염'이니 뭐니 하는 수사학, 그러니까 말장난이 아닌 진심이 느껴지는 인간적이고 대담한 발언이었다.

그런 터에 오늘은 그때보다 한 걸음 더 나아갈 것이라 짐작했다. 그리고 아키히토는 나의 기대를 저버리지 않았다.

"일본과 한국이 옛날부터 깊이 교류해왔다는 사실은 『일본서기日本書紀』 등에 자세히 기록되어 있습니다. 한국에서 이주했거나 초빙된 사람들에 의해 여러 가지 문화와 기술이 전수되었습니다. 궁내청 악부의 악사들 중에는 당시 이주자의 자손으로 대대로 악사가 돼 지금도 아악을 연주하는 사람들이 있을 정도입니다. 이렇게 문화나 기술이 일본인들의 열의와 한국인들의 우호적인 태도 덕분에 일본에 전해진 것은 행복한 일입니다. 그 일이 그 후 일본이 발전하는 데 크게 기여했다고 생각합니다."

아키히토는 여기서 한 호흡 끊었다.

기자들은 놀란 얼굴로 침을 삼켰다. 어지간한 일에는 눈 하나 깜짝하지 않는다고 자부하는 기자들이지만 천황의 말은 충격 그 자체였다.

특종이다! 그 순간 그렇게 생각했다.

그러나 그것은 서막에 지나지 않았다. 아키히토는 엽차를 한 모금 마시고는 다시 입을 열었다.

"특히 나 자신과 관련해서는 칸무桓武천황의 생모가 백제 무령왕武寧王의 후손이라고 『속일본기續日本記』에 기록되어 있어 한국과의 깊은 인연을 느끼고 있습니다. 무령왕은 일본과 관계가 깊고, 이때부터 일본에 5경 박사가 대대로 초빙되었습니다. 또 무령왕의 아들, 성왕聖王은 일본에 불교를 전해준 것으로 알려져 있습니다."

아키히토의 말은 마치 책을 읽는 것처럼 차분하게 흘러나왔다. 그 말이 던져준 충격을 아는지 모르는지 표정은 담담했다. 기자들은 아연한 얼굴로 아키히토를 쳐다보았고, 개중에는 너무 놀라서 그의 말을 취재수첩에 받아 적는 것조차 잊은 기자도 있었다.

자신의 외가가 백제계임을 처음으로 밝힌 천황 아키히토의 발언은 일본 열도를 뒤흔들 진원지가 될 것이었다.

충격에서 채 헤어나지 못한 내 귀에 아주 멀리서인 듯 아키히토의 말이 들려왔다.

"그러나 유감스럽게도 한국과는 이런 교류만 있었던 것은 아닙니다. 우리는 이것을 잊어서는 안 된다고 생각합니다. 양국 관계가 지금보다 더 좋은 방향으로 흘러가기 위해서는 양 국민이 자신들의 국가가 걸어온 길과 각각의 사건에 대해 정확하게 알도록 노력해야 합니다. 나는 일한 양 국민이 서로의 입장을 이해하는 것이 아주 중요하다고 생각합니다. 그것을 바탕으로 양 국민 사이에 이해와 신뢰감이 깊어지기를 바랍니다."

그 말을 끝으로 아키히토의 기자회견이 끝났다. 자리에서 일어난 그는 기자들을 향해 가볍게 손을 흔든 뒤 안으로 사라졌다.

기자들은 아직도 실감이 나지 않는 표정으로 웅성거렸다. 방금 무슨 일이 일어났던가. 그러나 그들은 사색이 된 동료들을 보면서 꿈이나 환각이 아니라는 것을 실감했다.

나는 다시 한번 확신했다.

이것은 특종이다!

기자들이 서둘러 접견실을 빠져나가기 시작했다. 기자들 중 누구도 아키히토의 발언이 내일자 신문의 1면 톱이 될 것을 믿어 의심치 않았다.

그들은 아키히토의 역사적인 발언이 흘러나오는 바로 그 자리에 함께 있다는 직업적 자부심과 곧 자신들이 일필휘지로 갈겨낼 기사가 1면 톱을 장식할 것이라는 흥분 때문에 거의 제정신이 아니었다.

나 역시 황궁 주차장에 주차해놓은 낡은 승용차에 몸을 싣고는 힘껏 가속페달을 밟았다. 일본 특유의 음습한 겨울 풍경이 차창 밖으로 빠르게 스쳐 지나갔다.

그러나 다음 날 아침 일본의 조간신문에는 약속이나 한 듯이 "일본 천황가에는 백제계의 피가 흐른다"는 아키히토의 발언이 단 한 줄도 실리지 않았다. 오직 한 신문, 좌익성향 진보계열의 아사히朝日 신문만 빼고는.

그 사실을 확인한 나는 아연했다. 일부러 신문 가판대까지 찾아가 일본에서 나오는 거의 모든 신문을 샅샅이 뒤져보았다.

물론 아키히토의 기자간담회 내용은 발표되었다. 그러나 기자간담회의 핵심이라 할 백제사 관련 발언은 씻은 듯이 삭제되어 있었다.

그것을 우연이라 할 수 있을까.

일본 천황. 일본인들의 자존심이자 상징인 천황의 '순수한 혈통'에 백제인, 곧 한국인의 핏줄이 흐르고 있다는 사실을 도무지 받아들일 수 없기 때문일까.

아사히 신문만을 빼고 모든 신문에서 묵계처럼 아키히토의 백제 관련 발언이 삭제되었다는 것은 오히려 지나치게 어색했다. 꼭 숨겨야 할 것이라는 냄새가 물씬 풍겼다. 그랬다, 그것은 결코 알려져서는 안 되는 비밀이었다.

아키히토가 스스로 입을 열어 자신의 혈통 속에 백제의 피가 흐르고 있다고 밝혔는데도, 정작 일본인들은 그 사실을 인정하지 않으려 한다. 아니 일부러 외면하고 있다는 게 정확한 표현일 것이다.

도대체 고대 한국과 일본 사이에는 무슨 일이 있었던 것일까.

나는 서둘러 아키히토가 언급한 칸무천황이라는 인물에 대해서 찾아보았다.

칸무는 780년부터 806년까지 재위한 50대 천황으로 알려져 있다. 혼란한 정계의 기풍을 혁신하고 율령체제를 재편한다는 명목으로 794년 현재의 쿄토京都에 헤이안쿄平安京를 조성해 헤이안 시대를 열었다.

헤이안 시대는 칸무 이후 약 400년간 지속됐다. 칸무의 어머니는 백제 무령왕의 후손으로 외래인이기 때문에 황후에는 오르지 못하고 후궁의 지위에 머무른 것으로 알려져 있다. 현재 남아 있는 칸무의 초상화를 보아도 다른 천황들과는 달리 대륙적인 인상을 강하게 풍긴다. 칸무는 이런 출신 성분 때문에 정치적으로 실권을 장악하는 데 어려움을 겪기도 했다. 이것이 칸무에 대한 개략적인 기록이다.

그러나 이것이 다일까. 그 정도라면 일본인들이 그토록 쉬쉬하면서 일본 천황가의 뿌리를 캐내는 것을 두려워할 이유가 없지 않은가.

그렇다면 여기에는 무엇인가가 있다.

역사의 비밀. 그렇다, 여기에는 세상에 드러나서는 안 되는 역사의 비밀이 숨어 있는 것이다. 그리고 그것은 단 한 가지.

일본 천황의 생모가 아니라, 일본 천황의 뿌리가 한국인이라는 사실이다. 일본인들이 가장 두려워하는 것은 바로 그 사실이 밝혀지는 것이다.

만세일계. 하늘의 자손이라는 일본인들의 자존심이 밑바닥에서부터 뿌리째 뒤흔들릴 것이다.

과연 일본 천황의 뿌리는 한국인인가. 고대 한국과 일본 사이에는 무슨 일이 일어났는가.

석무대

일본을 잘 아는 지인으로부터 석무대石舞臺에 관한 이야기를 들은 것은 천황의 기자회견이 있은 지 며칠 후였다.

연말연시의 흥청한 분위기가 연이어지고 있었지만 이방의 나그네는 쓸쓸한 감회를 가누기 힘들었다. 그런 기분을 떨쳐버리기 위해 재일 한국인들의 조촐한 모임에 참석했다가 우연히 석무대에 관한 이야기를 들었다.

석무대. 돌로 만든 거대한 무덤. 그리고 그 무덤의 임자인 소아마자蘇我馬子 대신. 일본 역사상 가장 강력한 권한을 휘둘렀으며, 심지어 마음에 들지 않는 천황을 갈아치우기까지 한 전무후무한 전권대신, 소아마자.

그가 백제인이라는 사실을 처음 들었을 때, 나는 무릎을 쳤다. 며칠 전 천황의 발언이 고스란히 떠올랐고, 석무대에 가면 저 거대한 역사의 비밀을 풀 수 있는 어떤 단서를 발견할 수 있을 것 같았다. 나는 바로 오사카행 기차를 타기 위해 역으로 향했다.

오사카 우에혼마치上本六町 역. 우에혼마치 거리는 도톤보리, 우메다와 더불어 오사카의 중심 상권 중의 하나로 알려져 있다. 그러나 일본 관서지방 최고의 번화가인 도톤보리와 오사카의 현관이라는 우메다에 비할 정도는 아니고, 그저 서북쪽의 교통 요지쯤 되는 거리다.

그 역에 간 것은 바로 그곳에서 남쪽의 나라奈良 지방이나 와카야마和歌山 지방으로 가는 전철이 출발하기 때문이다. 이따금씩 덜컹거리는 전철을 타고 1시간 10분 만에 아스카安宿 역에 도착했다.

'어서 오십시오, 아스카에.'

전철에서 내리자 역의 이마에 그렇게 쓰여 있었다.

역광장에 서서 아스카 마을을 망연히 바라보았다. 하늘은 구름 한 점 없이 푸르고, 공기는 다소 차가운 듯하면서도 상쾌했다. 아스카는 일본 최고의 고적도시여서 공장이나 고층건물이 들어설 수 없게 되어 있다.

아스카 마을 초입에 이르자 도처에 청대가 울울하게 자라 있는 야산이 널려 있었다. 그것들은 대부분 산이 아니라 오래된 고분들이다. 아직 한 번도 발굴되지 않은 처녀분들은 적어도 천 년이 넘은 것들이다.

이 고분들은 모두 일본 천황 직속의 궁내청의 허가 없이는 손도 댈 수 없다. 또 고분 자체가 길이 100미터 이상 되는 어마어마한 규모이다 보니 도굴 자체도 쉽지 않다.

아스카. 우리나라의 부여나 경주처럼 온통 문화유적으로 가득한 도시. 마치 보물창고와 같은 곳이다. 학자들은 이곳을 고대 역사의 비밀이 감춰진 곳이라고 일컫기도 한다.

도대체 왜 일본인들은 이곳을 마음의 고향이라 여기고 있으며, 왜 이곳에는 무려 598개의 왕릉이 도시 곳곳에 널려 있는 것일까. 나는 무엇보다도 이 많은 무덤들을 왜 발굴하지 않는지 궁금했다.

1988년, 공사 도중에 우연히 한 고분이 발견되었다. 후지노키 고분이 그것이다. 보통의 경우라면 발굴 자체가 온 국민의 화제가 되었으며, 관련학자들이 벌떼처럼 달려들어 시간의 비밀을 파헤쳤을 것이다.

그러나 예외가 있으니 일본이다. 일본의 관련당국은 서둘러 발굴을 중단하고 뚜껑을 닫았다. 출토된 부장품마저 어디론가 사라졌다. 그러고는 그 일에 관해서는 누구도 입을 열지 않았다. 후지노키 고분만이 아니라 모든 고분이 마찬가지였다.

그 이유는 도대체 무엇일까.

서기력 538년, 백제는 왜 이곳 나라에 불교를 전파했는가. 유네스코가 지정한 세계 최고最古의 목조건물인 법륭사의 관음전과 거기에 있는 국보 목불의 이름은 왜 백제관음인가. 세계에서 가장 큰 목조건물이라는 동대사 대불전은 누가, 무슨 이유로 만들었는가.

이곳에 있던 일본 고대왕조는 어떤 이유로 불교를 받아들였으며, 또 그로 인해 55년간 내란을 치른 이유는 무엇인가. 백제가 패망한 직후인 663년, 일본은 무슨 이유로 큐슈九州 지방의 태재부로 수도를 천도하고 2만 7천 명이라는 대규모의 백제 구원군을 파견했는가.

수수께끼의 왕국 나라, 그리고 그 나라의 중심지 아스카.

돌이켜보면 한일 고대사는 이처럼 의문투성이로 얽혀 있다. 아스카는 바로 그 비밀의 현장인 것이다.

마을은 조용했다. 길가에 나다니는 행인들도 드물었다. 2층짜리 기와집들이 늘어서 있는데, 주택의 입구에는 정초 분위기를 내느라 문패 옆에 소나무 가지인 가도마쓰門松를 걸어놓았다. 가끔 귤을 내놓거나,

호빵처럼 생긴 빵을 놓아둔 곳도 있다. 일본 특유의 정초 풍습이다.

일본인들은 이런 것 말고도 시메나와(짚으로 엮어 만든 둥근 형태의 장식)를 걸기도 하고 물의 신이 머문다는 우물이나 취사장, 불의 신이 머문다는 화덕에까지 소나무 장식을 하고, 심지어는 화장실에도 오후다(부적)를 건다. 신의 나라라고 하는 일본다운 풍습이다.

아스카, 다른 이름은 명일향촌明日香村. 나는 마을을 가로질러 석무대를 찾아갔다.

석무대는 비조사飛鳥寺에서 걸어서 10분 거리에 있다. 먼발치에서 석무대를 보는 순간 숨이 탁 막혔다. 거대한 돌무덤. 단지 규모의 웅장함 때문만이 아니었다. 그것을 보는 순간 석무대와 나 사이에 운명처럼 관통하는 그 무엇인가를 느꼈기 때문이다.

석무대. 석실의 길이 19미터, 현실은 7.7미터, 폭 3.6미터, 높이 4.7미터에 위는 원형이며 아래는 장방형인 고분. 무덤은 39개의 돌로 이루어졌다. 돌의 총 무게가 물경 2,300톤에 달하니 아마도 아시아 역사상 가장 거대한 돌무덤일 것이다. 39개의 돌 중에 가장 큰 돌의 무게는 무려 77톤.

이 무덤 하나를 쓰기 위해 얼마나 많은 사람들이 동원되었을 것이며, 무덤의 조성에 얼마나 오랜 세월이 걸렸을까.

나는 그 엄청난 위용에 압도되어 한참이나 석무대를 올려다보았다. 그것은 사라져간 백제의 영광이었으며, 쓸쓸한 상흔이었다.

달밤에 여우가 그 위에서 춤을 추었다는 거대한 돌무덤. 이 무덤의 주인은 불교전쟁에서 승리해 비조사를 세운 소아마자다. 소아 집안은 일본 역사상 왕권을 무력화시키고 전횡을 일삼은 가장 대표적인 외척 세력으로 알려져 있다.

소아마자, 일본명 소가노 우마코.

불교전쟁을 승리로 이끌고 생질인 숭준崇峻을 명목뿐인 천황에 앉혀놓고 권력을 마음껏 휘두르다가, 숭준이 자신을 못마땅하게 여기자 자객 동한직구東漢直駒를 보내 죽여버린 권력의 화신. 그의 무덤인 석무대는 당시 그의 권력이 얼마나 막강했는지를 보여주는 하나의 상징이다.

소아 집안이 강력한 정치세력으로 발돋움한 것은 538년 백제로부터 불교를 받아들인 29대 흠명欽命천황 때부터이다. 흠명은 계체繼體천황과 수백향手白香 사이에서 태어난 왕자인데, 수백향은 백제 무령왕의 딸이다. 따라서 흠명은 백제계 천황인 것이다. 소아도목은 그에게 딸 견염원堅鹽媛을 시집보내 권력에 접근한다.

그리고 흠명이 죽고, 장남인 민달敏達이 30대 천황으로 즉위하나 천연두로 죽은 뒤 그의 동생 용명用明이 31대 천황으로 즉위한다. 용명은 소아도목의 딸 견염원이 낳은 천황. 그러니까 용명은 소아도목의 외손자다.

소아도목은 용명천황에게도 딸인 석촌명石寸名을 시집보내 또 한 번 인척관계를 형성한다. 용명의 입장에서는 자신의 이모를 아내로 삼은 격이고, 자신의 외할아버지를 장인으로 맞은 셈이다. 그러나 이러한 혈족간의 결혼은 신라 왕실의 결혼처럼 고대사회에서는 비일비재한 일이었다.

용명마저 천연두로 죽자, 소아도목의 아들 소아마자는 용명의 동생 숭준을 천황으로 옹립한다. 그러나 숭준이 자신을 제거하려는 기미를 보이자 그를 죽이고 숭준의 누이이자 용명의 미망인인 추고推古를 옹립, 33대 추고여제 시대를 열면서 섭정으로 성덕태자를 앉힌다. 우리가 세종대왕을 역사상 최고의 성군으로 꼽듯이 일본인들의 절대적 추앙을 받는 성덕태자는 소아마자의 외손자뻘이다. 소아 집안은 이렇게 일본 천황가와 여러 겹의 인척관계를 형성하면서 이후 소아마자―소아하이―소아입록에 이르는 100여 년간 일본을 좌지우지한 강력한 정치세력이다.

이 소아씨에 대해서 일본의 고대사는 그들이 백제에서 건너온 도래인渡來人인 데다가 신성불가침인 천황가를 떡 주무르듯이 휘두른 장본인들이어서 그 기록을 거의 남겨놓지 않았다.

그러나 역사의 비밀을 완벽하게 은폐할 수는 없는 법이다. 고대사의 비밀을 끈질기게 추적해온 학자들은 여러 기록들을 꼼꼼히 살펴보고 대조해본 결과, 소아 집안의 기원이 백제에서 건너온 목만치木滿致라는 사실을 밝혀냈다.

목만치. 열도에 건너와서는 소아만치로 개명한 수수께끼의 인물. 바로 그가 고대사의 비밀을 쥐고 있는 것이다. 『일본서기』를 보면 목만치는 백제 문주왕을 도와 고구려와 전투를 벌이다가 패퇴하여 일본으로 망명한 것으로 되어 있다. 목만치는 일본에 건너온 이후 대단한 권력을 누렸다. 일본 천황으로부터 대신大臣이라는 직위를 받은 것이다. 이것은 요즘으로 치면 수상 급에 해당하는 벼슬이다. 그리고 천황은 소아 지방을 그에게 하사했는데, 그것으로 함께 성씨를 삼았다.

그 집안의 가계는 다음과 같이 이어진다.

소아만치 ― 소아한자 ― 소아고려 ― 소아도목 ― 소아마자 ― 소아하이 ― 소아입록

지나친 전횡과 농단으로 '대화개신大化改新'을 통해 멸문지화를 당하기까지 7대에 걸쳐 150년간이나 열도를 지배했던 소아 집안. 그 집안을 일으킨 목만치. 그는 또한 놀랍게도 오늘날 일본의 국기인 검도의 뿌리이자 시조로 평가받는다.

　　과연 목만치는 어떤 인물인가.

　　석무대에서도 어느 것 하나 시원스럽게 풀리지 않았다. 오히려 더욱 얽히고설킨 그런 기분만 얻었을 뿐이다.

　　석무대에 다녀온 그날 밤…….

　　나는 꿈속에서 한 사내를 만났다. 6척이 넘는 장신에 눈이 부리부리했고, 철사와도 같이 억센 수염을 기르고 있는 사내였다. 사내의 눈은 정면으로 바라보기 힘들 정도로 뜨거운 열기를 담고 있었으며, 강렬한 빛을 발했다. 철갑옷을 입은 그의 허리춤에 매달린 검 또한 범상치 않아 보였다.

　　"……누구십니까?"

　　그의 용모에 압도당한 나는 조심스럽게 물었다.

　　"나는 대백제인 목만치다!"

　　아아, 목만치.

　　나는 그 이름을 금세 떠올렸다. 석무대의 주인, 소아마자의 직계 조상 목만치, 그 이름을 잊어버릴 리 없었다.

　　사내가 비통한 눈으로 나를 바라보았다.

　　"내가 너에게 고대사의 비밀을 풀 열쇠를 주겠다."

　　"……."

　　나는 잠자코 그의 말을 기다렸다.

　　"하면 너는 나에게 무엇을 주겠느냐?"

"무엇을 원하십니까?"

"내 혼을 되살려달라."

"당신이 정녕 원하는 게 그것입니까?"

"그렇다. 내 혼은 너무나 오랫동안 잊힌 채 지내왔다. 나로서는 그것이 분통할 따름이다. 나 목만치는 너희가 그처럼 쉽게 잊고 지내도 될 만큼 값없는 인생을 살지 않았다."

"단지 그것 때문에 혼을 되살려달라는 것입니까?"

"너희에게 꼭 들려주고 싶은 역사가 있다. 너희, 부끄러움을 모르는 사가들이 곡학아세曲學阿世의 붓질로 형편없이 왜곡한 엉터리 역사가 아니라 자랑스럽게 빛나는 역사를 제대로 들려주고 싶은 것이 내 마지막 바람이다. 너희는 충분히 자긍심을 가져도 될 만큼 떳떳한 역사를 지녔다. 그럼에도 제대로 기를 펴지 못하고 사대事大와 좌고우면左顧右眄의 눈치만 비상하게 발달한 후손들을 보는 내 가슴은 찢어질 듯하다. 허나, 아무리 부끄러워도 너희는 내 후손들, 따라서 내 너희에게 이르노니 잘 듣거라. 나의 가문은 일본의 역사 속에서도 그 유례를 찾아보기 힘들 정도로 화려한 빛을 발했다. 그뿐 아니라 나 목만치는 대륙을 누비고 다녔다. 반도의 좁은 땅이 아니라 열도와 대륙을 넘나들며 웅혼한 기상을 떨친 것이 나이며, 내 동무들이었느니. 대백제인 목만치가 걸어온 발자취를 너희는 잊어서는 안 된다. 내 혼을 되살려다오."

그 꿈속에서 신탁信託이 이루어졌다.

목만치라는 1500년 전의 사내가 내 꿈속으로 들어와 내게 말했다.

'내 혼을 되살려다오.'

그것이 목만치와의 첫 만남이었다.

대백제인 목만치. 그는 한·중·일 고대사의 비밀을 풀 열쇠였고,

나는 단지 그의 혼에게 손과 머리를 빌려준 것에 지나지 않았다. 그날 부터 나는 오랫동안 꿈을 꾸었다. 무려 1500년의 시간과 공간을 뛰어 넘는 오랜 꿈, 호접몽胡蝶夢이었다.

반란

　　울창한 숲 속에서 함성이 요란하게 일었다. 몰이꾼들이 내지르는 소리였다. 그 소리에 쫓겨 날렵하게 생긴 사슴 한 마리가 풀숲에서 뛰쳐나왔다. 나뭇가지 모양으로 뻗어나간 뿔이 제법 위풍당당하게 생긴 수사슴이었다. 사슴 앞에는 개활지가 펼쳐져 있었다. 미처 방향을 정하지 못한 사슴은 잠깐 머뭇거렸는데, 저만치 앞쪽에 서 있는 일단의 무리들을 발견했기 때문이다. 다시금 뒤편에서 몰이꾼들의 함성이 일자 사슴은 내친 김에 개활지를 가로질러 달려갔다.

　　비유왕은 활에 살을 재었다. 시위를 팽팽하게 잡아당긴 비유왕은 신중하게 사슴을 겨냥해 살을 쏘았다. 바람처럼 날아간 살은 그러나 아슬아슬하게 사슴을 맞추지 못하고 빗나갔다. 낭패한 얼굴의 비유왕이 다시 살을 잴 때였다.

　　어디선가 날아간 살이 사슴의 가슴을 정통으로 꿰뚫었다. 사슴은 앞발을 쳐들고 날카롭게 울부짖었고, 몇 발자국 나아가다가 비틀거리며 쓰러졌다.

놀란 비유왕이 돌아보았다. 감히 대왕이 사냥을 하는데 화살을 쏘다니, 노기에 가득 찬 비유왕의 눈길이 수행원들을 훑었다. 그러다가 비유왕의 눈길이 누군가의 얼굴에 머물렀는데, 병관좌평 진솔이었다. 진솔의 손에는 방금 사슴을 쏘고 난 활이 들려 있었다.

비유왕이 할 말을 잃고 머뭇거리고 있는데, 진솔이 다가왔다. 진솔의 뒤를 위사 세 명이 따르고 있었다. 비유왕의 바로 앞에 선 진솔의 눈빛은 차갑기 그지없었다.

"그대가 감히……."

비유왕이 한손을 쳐들며 이해할 수 없다는 표정을 지었다. 진솔이 뒤를 돌아보며 위사들에게 눈짓을 했다. 어느새 칼을 뽑아든 위사들이 다가와 비유왕의 가슴을 찔렀다. 비유왕은 비틀거리며 뒤로 몇 걸음 물러났다. 비유왕은 여전히 손을 앞으로 뻗은 채 진솔을 바라보았다.

"네놈이 어떻게……."

"대왕마마, 너무 오래 사셨소이다."

"이놈, 감히 네놈이 어찌하여……."

"근초고대왕 때의 은원을 잊었소이까, 대왕마마."

"네 이놈, 하늘이 두렵지도 않느냐?"

비유왕이 안간힘을 다해 그 말을 내뱉었을 때였다. 위사에게 칼을 건네받은 진솔이 비유왕의 목을 내리쳤다. 비유왕의 목이 저만치 굴러 떨어졌는데, 두 눈은 여전히 부릅뜬 채였다. 목을 잃은 비유왕의 몸통에서 분수처럼 피가 뿜어져 나왔다. 위사들이 그 끔찍한 참상에 고개를 돌렸지만 진솔은 무표정한 얼굴로 말에 올라탔다.

"왕궁으로 간다! 여경과 여도, 여곤을 모조리 죽여야 한다!"

어느새 위사들도 모두 말에 올라탔다. 진솔이 박차를 가하자 말은 나는 듯이 위례성을 향해 달려가기 시작했다. 그 뒤를 놓칠세라 위사들이 따랐는데, 사나운 기세였다.

비유왕과 사슴의 시체만 무심하게 들판에 놓여 있을 뿐이었다. 벌써 피 냄새를 맡은 까마귀 몇 마리가 허공을 맴돌고 있었다.

여황은 위례성 남문 밖에서 초조한 얼굴로 기다리고 있다가 달려오는 진솔을 맞았다. 진솔의 앞섶에 튄 핏자국을 본 순간 여황은 모든 상황을 깨달았다. 이제는 물러설 곳이 없음을 살기어린 진솔의 눈이 말하고 있었다.

"대왕마마는……?"

짐작하고 있으면서도 여황이 그렇게 물었고, 진솔은 고개를 가로저었다.

"왕자님, 쏘아버린 살이올시다. 이제 남은 것은 여경과 여도, 여곤이올시다."

"……."

"어서 말에 오르시오, 왕자님. 서둘러야 합니다."

진솔의 채근에 여황은 말에 올랐다. 그의 뒤에는 수십 명의 위사병들이 대기하고 있었다. 진솔이 위사병들을 돌아보며 소리를 질렀다.

"여경과 여도, 여곤을 찾아내 모조리 죽여라! 한 놈이라도 살려두어서는 안 된다. 이번 거사가 성공하면 너희의 부귀영화는 내가 약속하겠다! 자, 가자!"

진솔이 말머리를 돌려 남문을 향해 달려가기 시작했고, 여황과 위사병들이 따랐다. 연통을 받은 문지기들이 남문을 활짝 열어놓은 채 그들을 통과시켰다.

진솔과 여황은 위사병들을 이끌고 태자궁으로 향했다. 가장 먼저 태자인 여경을 찾아 죽여야 했다. 그러나 태자궁에는 이미 한 무리의 병사들이 배치되어 있었다.

"웬 놈들이냐?"

진솔은 뜻하지 않은 병사들을 보고 안색이 변했다. 오랫동안 치밀하게 준비한 거사였다. 병관좌평인 자신의 명 없이 군병들이 배치될 리가 없었다. 한동안 병사들을 바라보던 진솔은 혀를 끌끌 찼다. 위사장교 백대수의 모습을 발견한 것이다.

"저놈, 백대수가 아니오?"

여황도 백대수를 보았는지 진솔을 돌아보며 물었다. 백대수는 진솔의 심복으로 그의 총애를 받아 지금의 자리까지 출세했다. 진솔은 이번 거사에서 백대수에게 여곤을 죽이라는 명을 내렸다. 여곤이 있는 별궁을 포위하고 있어야 할 백대수가 태자궁에 나타나다니 이해할 수 없는 일이었다.

진솔이 말을 몰아 백대수가 있는 쪽으로 가까이 다가가려고 하자 백대수가 화살을 뽑아들어 시위에 매겼다. 그가 노리는 사람은 진솔이었다. 놀란 진솔의 얼굴이 하얗게 변했다.

"이놈, 백대수! 어찌 된 일이냐?"

진솔이 호통을 내지르자 백대수가 지지 않고 맞고함을 질렀다.

"가까이 다가오면 쏘겠소!"

"네놈이 변심한 게냐?"

"변심은 좌평 나리가 하였소. 아무리 생각해도 나는 이 나라 사직을 뒤엎는 역모에는 가담할 수 없소이다. 나리께 그동안 입은 후의는 사사로운 것일 뿐, 대의를 좇기로 했소이다."

"어리석은 놈……."

낭패한 얼굴로 중얼거리던 진솔은 결단을 내리고 뒤를 돌아보며 명령을 내렸다.

"모조리 죽여라!"

진솔의 명을 받은 위사병들이 일제히 태자궁을 향해 달려들었다. 진솔이 오랫동안 갈고 닦은 최정예 근위대였다. 치열한 접전이 벌어졌지만, 중과부적으로 백대수의 병사들은 점점 뒤로 밀리기 시작했다.

"한 놈도 살려두지 마라! 모두 죽여라!"

진솔이 목청껏 독려했다.

"태자마마를 보호하라! 역적의 무리들을 쳐라!"

백대수도 소리를 질러가며 병사들을 독려했지만 워낙에 숫자가 적었다. 마침내 태자궁의 정문까지 밀려간 백대수는 뒤를 돌아보았다. 말에 올라탄 여경과 여도, 여곤이 태자궁에서 나오고 있었다.

"태자마마!"

"시세가 불리하니 훗날을 도모해야겠다. 남한산성으로 가자!"

여경의 말에 백대수가 병사들을 돌아보며 소리 질렀다.

"태자마마를 보호하라! 앞길을 열어라!"

백대수가 앞장서서 길을 뚫었다. 진솔의 위사병들이 일제히 달려들었지만 죽기를 각오하고 길을 뚫는 백대수와 휘하 병사들의 날선 기세를 막지 못했다. 칼과 창이 부딪치는 소리와 말울음소리, 비명 등이 난무하는 가운데 여경과 여도, 여곤은 가까스로 진솔의 포위망을 뚫는 데 성공했다.

진솔과 여황은 저 멀리 달아나는 여경 일행의 뒷모습을 보면서 쓴 입맛을 다실 뿐이었다.

"놈들을 끝까지 추적하라! 결코 살려두어서는 안 된다!"

진솔의 명을 받은 위사병들이 여경의 뒤를 쫓았다.

"다 된 밥을 백대수 그놈이 엎어버렸소."

진솔이 한탄을 내뱉었다.

"하지만 우리가 왕궁을 접수하지 않았소, 외당숙."

여황의 말에 진솔은 양미간을 찌푸렸다.

"화근을 남겨두었소. 두고두고 골칫거리가 될 것이오."

"그렇게만 생각할 것이 아닙니다, 외당숙. 우리가 모든 병권을 쥐고 있고, 왕궁까지 차지했으니 여경 형님이 어쩔 도리가 있겠소. 우선 도성의 민심을 수습해야 하지 않겠습니까?"

진솔은 여황의 말에는 대꾸하지 않고 두 눈을 들어 여경이 사라진 방향을 바라보았다. 백대수만 변심하지 않았다면 완벽하게 성공할 거사였다. 돌아서는 진솔의 얼굴에는 한 가닥 불길한 예감의 그림자가 서려 있었다.

사냥터에서 자신의 심복에게 비참하게 목숨을 잃은 비유왕은 슬하에 여경과 여도, 여곤 그리고 여황을 두었다. 그는 일찍이 왕후를 사랑하여 많은 후궁을 가까이하지 않았지만 단 한 사람 예외가 있다면 막내 여황을 낳은 진화였다. 진화는 가히 경국지색이라 일컬을 정도로 미색이 빼어나 비유왕의 총애를 한 몸에 받았다.

그러나 비유왕은 태자 승계 문제에서만은 단호했다. 일찍이 장자인 여경 외에는 다른 왕자를 염두에 둔 적이 없었다. 여경과 여도, 여곤이 동복이었고, 여황은 이복이었다. 태자는 여경이었지만, 여도와 여곤 형제의 출중함은 일찍이 세인의 입에 올랐다.

그중 인품이나 도량만으로 태자를 뽑는다면 단연 여곤이었다. 여곤은 타고난 그릇이 호방한 데다가 상황판단이 뛰어났으며 주위사람들을 그러모으는 인덕까지 있었다.

여도도 군장의 그릇을 타고난 데다가 성품이 호방했지만, 남달리 호승심이 강했고, 그것은 지나치게 강한 자존심으로 이어졌다. 한번 마음을 주면 끝없이 퍼주는 성품이긴 했지만, 한번 눈 밖에 나면 그것으로 끝이었다. 하지만 여도 역시 주변 사람들을 끌어 모으는 군주로서의 자질이 뛰어났다.

반면, 장자인 여경은 두 동복아우에 비하면 오히려 군주로서의 자질이 뒤떨어지는 편이었다. 매사에 무난한 성품이었고 감정의 진폭이 적었다. 조용한 성품의 그가 즐기는 것이라고는 바둑과 장기뿐이었다. 어린 시절부터 특히 바둑에 심취했는데, 세월이 흐르면서 그와 호선으로 바둑 실력을 겨룰 수 있는 자는 백제국 내에서도 드물었다.

하지만 비유왕은 장자 세습의 원칙을 지켰다. 어쩌면 여기에는 비유왕의 사려 깊은 판단도 있었을 것이다. 여경이 아닌 다른 왕자 중에서 태자가 나온다면 분명 형제간에 불화와 반목이 있으리라고 생각했을 터였다. 다른 형제들을 가슴으로 끌어안을 수 있는 사람은 맏형이며, 오지랖 넓게 아우들을 챙길 수 있는 여경 외에는 달리 대안이 없다고 생각했는지도 모른다.

그러나 비유왕의 그런 계산은 빗나갔다. 여황을 빼놓은 것이다. 여황의 뒤에 진화가 존재하고 있음을 비유왕은 간과했다.

그때까지 왕후는 대대로 해씨 집안에서 배출되는 것이 관례였다. 여기에 불만을 품은 집안이 바로 해씨와 쌍벽을 이루던 진씨 집안이었다. 진씨 집안은 선왕의 총애를 받던 진화를 충동질해서 태자 승계 문제를 뒤집으려고 노력했다. 여황이 왕위를 계승할 수 있다면 외척인 해씨세력을 내쫓고 진씨 집안이 권력을 장악하는 것이다.

진씨가의 계획은 오랜 세월 동안 치밀하게 진행되어왔다. 여기에는 진씨가의 오랜 은원도 있었다. 100년 전 근초고대왕 때의 일이었다.

영토 확장에 남다른 집념을 가진 근초고왕이 대륙에서 풍찬노숙의 세월을 거듭하는 동안 정사를 맡은 한성의 대신 진정은 외척세력을 날로 확대했다. 진정의 전횡이 거듭되면서 국인들은 도탄에 빠져 민심이 날로 흉흉해졌다.

그동안 진정의 전횡을 지켜만 보던 근초고는 대륙백제, 그러니까 요서의 드넓은 지역에 진평군과 백제군을 설치해 태자 휘수에게 맡기고 한성으로 돌아왔다.

근초고는 돌아온 즉시 친정체제를 강화하고 진정의 반란을 유도해 일거에 진씨세력을 초토화시켰다. 역모에 휘말린 진씨가는 그야말로 몰사하다시피 했는데 그래도 사람의 생명줄이란 모진 데가 있는 법, 여기저기 숨었던 진씨세력은 100년이 흐르는 동안 다시금 되살아나 거대 가문을 형성하는 데 성공했다. 워낙 뿌리 깊은 명문토호였기 때문에 가능한 일이었다.

진씨 집안은 근초고 때의 일을 잊지 않고 있었다. 가문의 원한은 대대로 이어져 기회만 엿보고 있었던 것이다.

여황이 진씨가의 좌장으로 꼽히는 원로대신 진솔과 함께 반란을 일으킨 것은 실로 엉뚱한 계기에서였다.

어느 날 축국 놀이에 나갔던 여황은 관중 틈에서 몸종이 받쳐 든 일산 아래 서 있는 한 여인을 보았다. 여인의 그윽한 눈빛을 본 여황은 단번에 그녀의 숨겨진 절색을 알아차렸다.

여황은 시종에게 여인의 뒤를 밟게 했다. 돌아온 시종이 보고하기를 그 여인은 목부에 근무하는 한솔 관등 서도지의 딸 나향이라고 했다. 서도지의 딸들은 미색이 빼어나기로 소문이 났는데, 그중에서도 특히 셋째 딸 나향이 뛰어난 미모를 자랑했다.

그날부터 여황의 가슴은 나향에 대한 그리움으로 가득 찼다. 나향에 대한 생각으로 날이 시작되었고, 저물었다.

결국 여황은 상사병에 걸렸다. 이전까지 어떤 여인도 여황의 마음을 그토록 흔들어놓은 적이 없었다.

마음의 병이 깊어가자 제대로 밥을 먹을 수도, 잠을 잘 수도 없었다. 날이 갈수록 여황의 얼굴은 핼쑥해졌고 거의 뼈만 남았다 할 정도로 앙상하게 말라갔다.

그런 여황을 유심히 지켜보는 자가 있었으니 병관좌평 진솔이었다. 진솔의 사촌 누이가 바로 여황의 어머니 진화이므로 진솔은 여황의 외당숙이다.

근초고왕 때의 역모 사건 이래로 해씨 가문에 비해 상대적으로 가세가 기울어진 진씨 가문에서는 대왕의 총애를 받는 진화를 이용해서 세력판도가 뒤바뀌기를 바라고 있었다. 진솔은 그래서 여황을 눈여겨보았던 것이다.

진솔은 자신의 심복을 시켜서 나향에 대해 자세히 알아보도록 했다. 그리고 놀라운 사실을 알아냈다. 어쩌면 이 일을 이용해서 가문을 다시 일으킬 수 있을지도 몰랐다.

진솔은 며칠 밤을 뒤척이면서 심사숙고한 후 결론을 내렸다. 어차피 한번 왔다 가는 인생이었다. 그리고 승산은 반반이었다. 시도도 해보지 않고 이대로 물러난다는 것은 야심가인 그의 기질에 맞지 않았다.

진솔은 모든 준비를 마치고 여황을 주연에 초대했다.

집사의 안내를 받아 여황이 청루靑樓 안으로 들어왔다. 기다리고 있던 진솔이 그를 맞았다.

"어서 오십시오, 왕자마마."

"외당숙께서 난데없이 저를 초대해주셔서 웬일인가 했습니다."

"왕자님께서 요사이 술을 즐기신다 들었습니다. 이 청루가 괜찮다는 소문이 났기에 겸사겸사 왕자님을 모셨지요."

겸연쩍은 미소를 흘리며 여황은 청루 안을 둘러보았다. 진귀한 장식품들이 놓여 있었고, 어디선가 은은한 사향 냄새가 풍겨났다.

잠시 후 음식상이 차례로 들어왔고, 눈이 번쩍 뜨일 정도의 미녀들이 뒤를 이었다. 그러나 여황의 눈은 무심코 그녀들을 한번씩 훑었을 뿐 아무런 관심도 없다는 듯 무심해졌다. 진솔은 여황을 유심히 살펴보고 있었다.

좋은 향기가 나는 술이 몇 순배 돌았다. 여황은 마치 기갈이 들린 듯 연거푸 술잔만 비워냈다. 양옆에 자리한 여인들에게는 눈길조차 주지 않은 채였다.

여황의 기색을 살피던 진솔이 가만히 물었다.

"왕자님, 아이들이 마음에 들지 않으십니까?"

"그럴 리 있겠습니까? 보기 드문 미녀들이군요."

여황이 고개를 흔들며 그제야 여인들을 돌아보았다.

"절 속이려 하지 마십시오. 전 왕자님께서 연소하실 때부터 지켜봐왔습니다. 누구보다도 왕자님의 속을 잘 안다고 자부하고 있지요."

"하하, 그런가요. 외당숙께 졌습니다. 외당숙의 성의는 감사합니다만, 요즘 제 마음이 그렇군요. 다른 여인이 들어설 여지가 없답니다."

"……"

진솔이 눈짓하자 여인들이 조용히 방을 빠져나갔다. 단 둘만 남게 되자 진솔은 여황에게 술을 권한 뒤 입을 열었다.

"소문은 들었습니다."

"소문이라……"

"왕자님께서 상사병에 걸렸다는 걸 모르는 사람들이 없더군요."

"허. 그렇습니까? 이거 원 창피해서 고개를 못 들겠군요."

"자고로 영웅호색이라 했습니다. 사내로 태어나서 여색을 밝히지 않는다면 그게 오히려 이상한 일이지요."

"그렇게 생각해주시니 감사합니다. 역시 외당숙밖에 없습니다."

"정말 그 여인을 포기하지 못하겠습니까?"

"저도 포기하려고 했습니다. 하지만 안 되더군요."

여황이 긴 한숨을 내쉬며 고개를 떨어트렸다.

"왕자님께서는 지금 상대를 잘못 고르셨습니다. 무슨 일이 있어도 서도지의 딸은 안 됩니다."

"안 되다니? 그게 무슨 말씀입니까?"

"왕자님은 그녀의 겉모습에 속았습니다. 그녀는 천하에 둘도 없는 요부올시다."

"뭐라구요? 외당숙, 말씀이 너무 지나치신 거 아닙니까? 그럴 리 없습니다!"

"왕자님, 절 믿으십시오."

"그럴 리 없습니다. 그녀가 요부라니요?"

여황이 자리를 박차고 일어났다. 파리하게 변한 여황의 턱이 부들부들 떨렸다. 진솔도 자리에서 일어나 여황의 눈을 똑바로 쳐다보며 말했다.

"왕자님, 전 무조건 왕자님 편입니다. 왕자님을 위해서라면 무슨 일이든 할 용의가 있습니다. 필요하다면 제 목숨까지도 바칠 수 있지요."

"그게 무슨 말씀입니까?"

"저를 믿으라는 뜻이지요."

"……"

"정 믿기 어려우시면 증거를 보여드리겠습니다."

여황의 눈이 커졌다.

"그녀가 요부라는 증거를 보여드리죠. 절 따라오십시오."

진솔이 앞장서자 여황은 이끌리듯 뒤를 따라갔다. 마치 몽유夢遊와도 같은 발걸음이었다.

청루 뒤쪽은 제법 운치 있게 꾸며놓은 후원이었는데, 한쪽에 아담한 전각 하나가 있었다. 대황초를 켜놓았는지 환한 불빛이 창호지문 밖으로 새어나왔다. 방 안에는 인기척이 없었다.

어리둥절한 얼굴로 여황이 진솔을 돌아보았다. 진솔이 손가락 하나를 입으로 가져갔다.

"조용히 지켜보십시오."

진솔과 여황은 나무 그늘 아래 몸을 숨기고 가만히 전각을 지켜보았다. 오래지 않아 후원 담장 한구석에 나 있는 문을 열고 누군가가 들어섰다. 남의 시선을 의식하는 몸짓이었다.

어두웠지만 여황은 그림자의 정체를 한눈에 알아보았다. 여황의 마음을 송두리째 빼앗은 여자, 나향이었다.

놀란 여황이 한걸음 나서려고 하는데 진솔이 소매를 잡아끌었다. 여황은 그제야 자신의 처지를 깨닫고 가만히 있었다.

나향은 주위를 살피다가 재빨리 전각 안으로 숨어들었다. 그녀가 자리에 앉는 모습이 문에 비쳤다.

잠시 후 담장 문으로 누군가 들어섰는데 나향과는 달리 거침없는 발걸음이었다. 사내는 내 집인 양 망설이지 않고 전각 안으로 들어갔다.

여황의 몸이 차갑게 굳어졌다. 그는 부릅뜬 눈으로 전각을 바라보았다.

사내가 들어서자 기다리고 있던 나향이 일어섰다. 두 남녀가 서로를 부둥켜안고, 입을 맞추는 것이 그림자로 비쳐 보였다. 서로의 몸을 거세게 탐하던 남녀가 바닥으로 나뒹굴었고, 서둘러 서로의 옷을 벗겼다. 불을 끄는 것조차 잊을 정도로 남녀는 색정에 굶주려 있었다.

진솔은 힐끗 여황을 돌아보았다. 여황의 두 눈은 분노로 이글거리고 있었다. 자신의 마음을 송두리째 앗아간 여인이 외간 남자와 몸을 섞고 있는 것이다. 게다가 그 사내가 누구인가.

이복형 여도. 성미가 강팍하고 후궁의 몸에서 난 자신을 형제로 인정하지 않는 매몰찬 성격의 여도. 여도는 여색을 밝히기로 유명했다. 노골적인 색탐은 아니지만 여자를 보는 안목이 높은 여도였다. 나라 안에 절색이 있다는 소문을 들으면 여도는 어떻게 해서든 그 여자를 손에 넣어야 직성이 풀렸다.

그러나 지금 여도가 몸을 섞고 있는 상대는 다름 아닌 나향이었다. 여황은 분노로 온몸을 떨었다. 가만히 한숨을 토해내는 여황의 숨결이 달았다.

진솔은 그제야 여황의 소매를 끌었다. 여황은 꼭두각시처럼 진솔이 이끄는 대로 따라갔다.

방으로 돌아온 두 사람은 한동안 말없이 술을 비워냈다. 술동이가 몇 차례 더 들어와서야 여황이 벌게진 눈을 들었다.

"외당숙께서 이 일을 어떻게 아셨습니까?"

"말씀드렸지요. 이 몸은 왕자님을 위해서라면 무슨 일이든 할 수 있다고 말입니다. 왕자님께서 상사병에 걸리셨다는 이야기를 듣고 나향이라는 여자에 대해서 좀 알아보았지요. 그랬더니 방금 눈으로 보신 것처럼 여도 왕자와 내연관계더라 그 말입니다."

"그 사실을 왜 제게 알려주신 겁니까?"

"미련은 떨쳐버리기 쉽지 않습니다. 하지만 잘라내려면 아예 밑동부터 잘라내야지 어설프게 남겨놓았다간 몸도 마음도 상하는 법이지요."

"여자란 요물이라더니 참말 그렇군요."

"다 그렇지는 않겠지요. 하지만 나향이라는 여자, 그 인물값을 한다고 들었습니다."

"……."

다시금 가슴에 통증이 오는지 여황이 얼굴을 찌푸리며 술잔을 단숨에 비웠다.

"혹시 이런 생각을 해보지 않으셨습니까?"

여황이 궁금한 얼굴로 진솔을 돌아보았다.

"이 나라에는 나향이와 같은 미녀들이 천지에 널려 있습니다. 찾아보면 왕자님의 상심한 마음을 달랠 수 있는 미녀들이 많습니다. 하지만 왕자님께서 옥좌에 앉으신다면 이 나라의 모든 게 다 왕자님 것이 됩니다."

여황은 이해하지 못하겠다는 듯 멍청한 표정을 지었다.

"그때는 나향이 따위는 일도 아니지요. 대왕마마가 되신다면 모든 것을 손아귀에 쥘 수 있습니다."

"허어, 농이 지나치시군요. 벌써 술이 과하신 거요?"

"천만에요."

"외당숙……."

"모든 것은 마음먹기에 달렸지요. 왕자님도 얼마든지 다음 옥좌를 차지할 수 있는 법입니다."

"설마…… 여경, 여도 그리고 여곤 형님까지 줄줄이 계십니다. 하물며 저는 형님들과 배도 다릅니다. 그런데……."

어림없다는 말을 덧붙이려는데 진솔이 고개를 저었다.

"그렇기 때문에 더욱 왕자님께서 집권하셔야 합니다. 만일 다른 왕자가 즉위한다면 왕자님의 처지는 그야말로 고립무원입니다. 지금도

궁하기가 한량없는 형편이온데, 금상께서 돌아가시면 왕자님의 신세야 불을 보듯 뻔합니다."

"……."

여황이 힘없는 시선을 허공에 던졌다. 눈빛이 불안하게 흔들렸다. 진솔의 말이 정곡을 찌른 것이다.

이복의 설움을 얼마나 받았던가. 특히 여도에게 당하는 핍박은 이루 말할 수 없을 정도였다. 지나간 세월이 바늘처럼 되살아나 여황의 가슴을 콕콕 찔렀다.

"모든 걸 제게 맡기십시오. 왕자님께서는 그저 천세, 만세의 광영만 누리시면 됩니다."

"정말… 그게… 가능한 일이겠습니까?"

여황이 말을 더듬었다.

"인력으로 안 되는 일은 없습니다. 만일 하늘이 우리를 외면한다면 그때 가서 모든 것을 포기하지요."

진솔이 단호하게 말했다.

정념에 눈이 먼 여황의 질투심은 진솔이라는 희대의 모사꾼을 만나 걷잡을 수 없는 파란을 불러일으켰다.

진솔은 치밀하고 교묘하게 거사를 준비했다. 토호세력인 진씨 가문이 배경이 되어주었고, 진솔은 병관좌평이라는 자신의 지위를 십분 이용해 동조세력을 규합했다. 해씨 가문의 전횡에 불만을 품고 있던 세력들은 진솔과 뜻을 같이했고, 시기만 저울질하고 있던 진솔은 비유왕이 사냥에 나간 틈을 타서 거사를 일으킨 것이다.

왕궁을 장악한 여황과 진솔의 세력을 피해서 한성을 탈출한 여경은 남한산성으로 갔다. 뒤늦게 진솔의 반란을 알게 된 친위세력들이 속속

군사를 이끌고 태자 쪽으로 합류했다.

지방 각 담로에 파견되어 있는 군사들이 남한산성으로 몰려들어 태자를 보호했고, 왕성을 탈출한 문무백관들도 비유왕의 급서를 애통해하며 선왕의 뒤를 이어 여경을 새로운 왕으로 옹립했다. 그가 바로 21대 개로왕이다.

개로왕은 각 지방에서 올라온 담로 병력 등을 합쳐서 이제 나름대로 왕으로서의 위엄을 갖추게 되었지만 한성 탈환은 쉽지 않았다.

진솔 쪽의 군세가 만만치 않기도 했지만, 더 큰 이유는 선왕의 시신이 그들에게 있기 때문이었다. 반란이 일어났을 때 워낙 경황이 없어 선왕의 시신을 미처 수습하지 못한 것이 천추의 한이 되었다.

한성에서는 진씨세력이 여황을 새로운 왕으로 옹립하고, 각 지역 담로에 사신을 보내 여황에게 복종하라고 알렸다.

여황이냐, 여경이냐.

각 지방 담로를 비롯한 토호세력들은 양 세력의 판도를 유심히 지켜보았다. 여경이 선왕의 시신 수습 때문에 한성을 치지 못하고 시간을 헛되이 흘려보내고 있는 사이에 상황은 여황에게 유리하게 돌아갔다. 오히려 이번 기회에 여황 쪽에 힘을 보태 권력을 장악하고 그럼으로써 자신의 세력을 키우려는 담로성주들이 있었기 때문이다.

왕권이 강화되면 자연히 지방 호족들의 세력이 약화되기 마련이었다. 이 때문에 왕실과 각 지방 호족들 간의 갈등은 오래전부터 내재되어 왔다. 지방 호족들은 왕권이 강화되는 것을 그리 달가워하지 않았다. 그들로서는 적통자 여경이 권력을 장악하는 것보다는 차라리 진씨 세력의 꼭두각시인 여황이 왕위에 있는 것이 더 유리했다.

점차 시간이 흐르면서 여황 쪽의 군세가 눈에 띄게 불어나기 시작했다.

모략

개로왕이 비유왕의 뒤를 이어 백제 21대 왕으로 즉위하고도 벌써 6년이나 지났다. 그런데도 개로왕은 명색만 대왕이지 그 신세는 끈 떨어진 뒤웅박이나 마찬가지였다. 시조 온조 이후로 근 5백여 년간 지켜 내려온 한성 위례성을 적에게 빼앗기고 남한산성에서 초라한 모습으로 농성하는 중이었다.

개로왕과 여황 측은 지난 6년 동안 지루한 소모전으로 일관했다. 위례성과 남한산성 사이의 욱리하 강변이 주된 격전장이었다. 양쪽 군사는 대치했다가 일진일퇴의 공방전을 벌이곤 했다. 어느 쪽도 압도적인 군세를 갖추지 못했기 때문에 일방적으로 승리하거나 쫓기는 일은 일어나지 않았다.

오히려 선무전이 더 중요한 관건이었다. 각 지방 호족세력이나 담로세력을 어느 편으로 끌어들이느냐가 이 지루한 싸움의 승패를 가름하는 가장 중요한 요소였다.

여도와 여곤은 호위군사들을 데리고 각 담로를 찾아갔다. 지지세력을 확보하기 위한 노력이었다. 여황과 진솔도 가만히 있지 않았다. 그들도 사절단을 파견해 담로들에게 지지를 호소했다.

하지만 시간이 흐르면 흐를수록 더욱 불리해지는 쪽은 개로왕이었다. 무엇보다도 선왕인 비유왕의 시신이 그들의 수중에 있다는 점이 문제였다.

몇 번이나 결사대를 조직해 한성으로 잠입시켰다. 그러나 그때마다 번번이 실패로 끝났다. 비유왕의 시신은 사냥터의 황량한 들판 한가운데 그대로 버려져 있었고, 들짐승과 날짐승 들이 파먹은 끝에 육탈되었다고 척후들이 보고했다. 풍장은 고대로부터의 관습이지만 이번 경우는 달랐다. 역도들이 선왕을 욕보이고 있는 것이다.

척후의 보고를 들은 개로왕을 비롯하여 여도, 여곤 형제는 이를 부드득 갈았다. 특히 효심이 갸륵한 개로왕의 두 눈은 금세라도 피를 토해낼 듯했다.

선왕의 유골은 드넓은 벌판에 버려져 있었지만, 그것을 감시하는 눈은 이중삼중이었다. 여황 쪽에서도 선왕의 유골을 개로왕이 수습해 간다면 그다음에 전면전이 이어지리라는 것쯤은 충분히 예상하고 있었다. 여황이 가장 두려워하는 것이 바로 그 점이었다. 비록 자신이 왕궁인 위례성을 차지하고 있다고는 하나 어디까지나 명분은 여경 편에 있었다.

지방에 파견되었던 여도와 여곤이 돌아왔다. 별다른 성과를 얻지 못했다는 것은 말하지 않아도 표정에서 짐작할 수 있었다.

정청으로 들어선 그들은 부복하여 군신의 예를 표한 뒤 그간의 사정을 개로왕에게 보고했다.

"신 상좌평 여도, 최선을 다했습니다만 소기의 목적을 이루지 못하였습니다. 송구스럽기 그지없나이다, 대왕마마. 어떤 처벌이라도 달게 받겠습니다."

"신 여곤 역시 마찬가지, 유구무언이올시다. 각 지역 담로주와 성주들은 이 핑계 저 핑계를 대며 출병을 꺼리고 있습니다. 어명을 앞세웠지만 전혀 먹혀들지 않았습니다. 대왕마마께 이런 치욕을 끼쳐드린 과오가 큽니다. 신 역시 대왕마마의 어떤 처벌이라도 감수하겠나이다."

"고생했다."

여도와 여곤은 가만히 고개를 들어 개로왕을 바라보았다. 오랫동안 지방을 떠돌다 돌아온 그들은 금세라도 쓰러질 듯 지쳐 있었지만, 개로왕의 용안 역시 말할 수 없을 정도로 초췌하게 상해 있었다.

"대왕마마, 옥체를 보존하소서. 지금으로서는 대왕마마께서 유일한 희망이올시다."

여도가 개로왕의 마음고생을 짐작했는지 위로의 말을 건넸다.

개로왕의 입가에 잠시 희미한 미소가 스쳤다. 쓸쓸한 여운이 남는 미소였다. 여곤이 뒤를 이었다.

"누가 뭐래도 우리 백제 왕실의 적통은 대왕마마올시다. 여황을 비롯한 역도 무리들은 천벌을 받을 것이라고 신은 굳게 믿습니다."

"……."

개로왕은 대꾸할 기운도 없는 듯 물끄러미 두 아우를 바라보았다. 일찍이 자라면서 두 아우의 기상을 익히 잘 알고 있는 개로왕이었다. 어쩌면 두 아우 중 한 명이 태자였다면 오늘날 이런 치욕을 겪지 않았을까. 그러나 개로왕은 고개를 저었다. 여황은 어디까지나 꼭두각시에 지나지 않았다. 병관좌평 진솔을 중심으로 한 진씨세력은 오래전부터 이번 반역을 꾀했다. 자기가 아닌 여도나 여곤이 태자 직을 이었더라도 결과는 마찬가지였을 것이다.

"수고했다. 그만 물러가서 쉬어라."

개로왕이 손을 들어 가볍게 내저었다.

여도와 여곤이 다시 한번 이마를 정청 바닥에 조아린 다음 뒷걸음으로 빠져나오려는 순간 정청 밖이 소란스러웠다. 무슨 일인가 싶어 밖으로 나갔던 시위가 이내 서둘러 돌아와 대왕께 아뢰었다.

"대왕마마, 전령이 대령했사옵니다."

"들라 하라."

"예, 대왕마마."

잠시 후 전령이 들어왔다. 숨이 턱까지 차오른 모습이었다.

"대왕마마, 위례성에서 대군이 발진했다는 전갈이옵니다."

"대군이라니?"

"보기步騎 합해서 1만이라 하옵니다."

"1만이라구?"

개로왕의 안색이 하얗게 굳어졌다. 여도와 여곤 그리고 좌우로 시립해 있던 문무백관들도 아연실색하기는 마찬가지였다.

"앞서 소식을 전한 전령에 의하면 1만이 틀림없다고 하옵니다."

"허어……."

개로왕이 장탄식을 내뱉었다.

1만이라면 근래에 보기 드문 규모였다. 기껏해야 1, 2천의 군사들로 근근이 대치 상태를 이어왔다. 그런데 갑자기 1만의 병력이 출동했다면 우려하던 대로 면중(광주) 담로가 여황 쪽에 붙은 것이다.

"허어, 이 일을 어찌할꼬……."

개로왕의 탄식이 계속 이어지자 여곤이 나섰다.

"신이 병사들을 이끌고 나가 맞서겠습니다. 급한 대로 보기 3천은 맞출 수 있을 것 같사온데, 그동안 상좌평께서 서둘러서 군세를 모아 보십시오."

여곤이 한성에서 발진한 1만 보기군을 막는 동안에 여도로 하여금 가까운 담로 지역의 군사들을 끌어 모으라는 이야기였다. 달리 방법이 없었다.

"다행히 도한(장흥) 담로군주인 해서가 진솔과는 대대로 원수 집안 이었습니다. 그런즉 상좌평께서 조금만 더 설득하신다면 우리 쪽으로 돌아설 수 있으리라 생각합니다. 해서라면 5천 정도의 군세는 쉽게 끌어 모을 수 있을 겁니다."

"내 아우의 말대로 움직여봄세."

여도가 고개를 끄덕였다.

여곤이 서둘러 병관좌평 찬명과 함께 정청을 빠져나가고, 여도 또한 도한으로 떠날 차비에 바빴다.

보기 합해 1만이라고 하지만 들판을 덮은 기세는 그 군세를 훨씬 뛰어넘은 듯했다. 기마군 3천을 선봉과 중군으로 삼고 그 좌우와 후위를 보군이 둘러싸고 진군해 왔다. 여황의 군사들은 욱리하의 모래벌판에 이르러 진군을 멈추었다. 여곤 쪽의 반응을 기다리는 것이다.

여곤은 찬명을 위시한 여러 장수들과 함께 언덕 위에서 벌판을 내려다보았다. 중군의 사령기를 오랫동안 바라보던 여곤이 입을 열었다.

"저 깃발을 보니 재증걸루가 사령으로 나선 것이 틀림없군."

"그렇습니다, 저하."

찬명이 분하다는 듯 이를 갈았다.

재증걸루, 고이만년은 선왕 때부터 총애받던 장수들이었다. 그들이 진솔과 여황의 편을 들어 역신이 되리라고는 짐작도 못 한 일이었다.

두 장수는 선왕이 특히 아끼던 용장들이었다. 재증걸루는 고구려 접경 지역인 관미성 성주로 수차례에 걸친 고구려군의 침입을 막아낸 공로를 인정받아 2품 달솔까지 올랐다. 변란이 일어나기 전에는 병관좌평 물망에 오르내렸다.

고이만년은 지모가 뛰어나기로 유명했다. 여러 군장들의 책사로 출전해 기발한 전략과 용병술을 발휘하여 승리를 유도해내곤 했다. 비유왕은 그런 고이만년을 가리켜 '해동의 제갈량'이라고 일컬었다. 그런 두 사람이 여경을 배신하고 여황 쪽에 붙은 것이다.

백제국에서도 널리 알려진 두 용장이 여황세력에 가담했다는 사실은 은연중에 이쪽 군사들의 사기에도 영향을 끼쳤다. 그 사실을 잘 알고 있는 여곤은 한층 더 분발하지 않을 수 없었다.

여곤의 나이 서른. 어렸을 때부터 군왕의 수업을 받아온 여곤은 뛰어난 풍채와 용모를 지니고 있는 데다가 백제 왕실의 오랜 풍습인 말타기와 궁술을 오랫동안 수련해 늠름한 장수의 기상을 내뿜고 있었다. 온통 새카만 털로 뒤덮인 가라말에 올라탄 여곤은 쇠투구에 어깨와 허리에는 가죽갑옷을 걸쳤고 허리에는 긴 칼을 찼다. 말안장에는 전통과 활이 걸려 있었다. 비록 풍부한 실전 경험은 없었지만 타고난 군장의 풍모였다.

여곤이 가볍게 박차를 넣자 가라말은 콧김을 내뿜으며 앞으로 나아갔다. 병관좌평 찬명이 바짝 따랐다.

여곤은 기마군 1천을 중군으로 내세우고, 양옆으로 각 1천의 보군을 배치시켰다. 우선 적들의 반응을 보면서 작전을 세울 작정이었다. 정면승부는 어림도 없었다. 1만과 3천의 싸움인 데다가 저쪽은 언뜻 보아도 기마군이 절반에 가까웠다. 게다가 군세 자체에서도 많은 차이가 나 저쪽은 싸움도 하기 전에 기세가 올라 있었다. 반면 이쪽의 기세는 주눅 들어 있음을 짐작하고도 남았다.

다행히 재증걸루는 서두르지 않았다. 단숨에 군사를 휘몰아쳐 오면 이쪽에서도 죽기를 각오하고 물러나지 않을 것이고 그렇게 되면 쌍방간에 많은 피를 보지 않을 수 없다. 재증걸루 역시 군사를 헛되이 잃지 않도록 신중을 기하고 있었다.

양쪽 군대는 욱리하의 드넓은 모래벌판을 사이에 두고 진용을 짰다. 전령이 바쁘게 오가느라 진영 사이에 모래먼지가 요란하게 일었다. 때때로 북과 고각 소리가 요란하게 울려 퍼졌고, 기세를 올리는 군사들의 함성도 들려왔다.

여곤은 잠자코 적의 대응을 기다렸다. 재증걸루가 만일 전면전을 선택한다면 최악의 경우였다. 여곤은 흘낏 고개를 돌려 뒤쪽에 진을 친 자신의 군사들을 바라보았다. 오랜 싸움으로 지친 기색이 확연했다. 그나마 장수들이 넉넉해 다행이었다. 명분에서 이쪽이 앞섰기 때문에 합류한 장수들이었다. 어떻게 해서든 여도가 지원군을 끌고 올 때까지 버텨야 했다.

여곤은 찬명을 돌아보았다.

"우리 장수들 중에서 누가 가장 용맹스러운가?"

잠깐 여곤을 바라보던 찬명이 되물었다.

"장수들끼리 결전을 벌이잔 말씀이옵니까?"

여곤이 고개를 끄덕이자 찬명 역시 고개를 끄덕였다. 군세끼리 정면으로 부딪치기 전에 시간을 끌기 위한 여곤의 의중을 파악한 찬명은 잠깐 생각한 끝에 입을 열었다.

"그렇다면 장덕 해위를 내세우는 것이 어떻겠습니까? 해위라면 둘째가라면 서러워할 정도의 효장驍將입니다."

"그렇군. 해위가 있었어."

여곤이 고개를 끄덕였다. 그 역시 장덕 해위의 명성을 익히 듣고 있었다. 1백 보 거리에서 활을 쏘면 백발백중의 실력을 자랑할 뿐 아니라 장검솜씨는 검술교관으로 날리고 있는 그의 명성에 걸맞게 신기에 가까웠다.

전령이 달려갔고, 이내 해위가 말에 탄 채 다가왔다. 마상에서 여곤과 찬명에게 예를 표한 해위가 두 사람을 똑바로 바라보았다. 부리부리한 왕방울 눈이었고, 밤송이 같은 수염이 얼굴을 뒤덮고 있었다. 쇠뿔 투구에 철판을 깃댄 갑옷을 입은 그는 과연 위풍당당한 모습이었다.

"장덕 해위, 부르심을 받고 왔습니다."

"내 그대의 명성을 익히 듣고 있었소."

"황공하오이다, 저하."

"장덕."

"예, 저하."

"장덕도 보다시피 이미 우리 군세는 저쪽과 비할 바가 못 되오. 우리로서는 지원군이 도착할 때까지 시간을 끌면서 대왕이 계신 남한산성을 방어해야 하오. 그대가 앞장서야겠소."

"광영이올시다. 신께 하명하시면 이 목숨 기꺼이 바치리다."

"그대가 나가서 적장을 유인해내시오."

"……"

잠깐 여곤을 바라보던 해위가 그의 말뜻을 알아차리고 고개를 숙였다.

"저하의 명을 받자옵니다."

"고맙소, 장덕."

여곤이 손을 뻗자 옆에 기다리고 있던 위사장 왕휴가 호리술병을 내밀었다. 여곤이 술병을 받아 해위에게 건네주었다.

"황감하옵니다, 저하."

해위가 단숨에 술병을 비워냈다. 턱수염에 묻은 술을 손바닥으로 쓱 문지르고 난 해위는 여곤에게 고개를 숙였다.

"신 장덕 해위, 저하의 명을 받잡고 다녀오겠습니다."

언덕을 달려 내려가는 해위의 말 뒤로 뿌연 먼지가 길게 일었다.

필마단기로 달려오는 해위의 모습을 지켜보던 상대 진영에서 동요가 일었다. 단숨에 들판을 가로질러 달려간 해위는 말고삐를 채었다.

"난, 백제국 대왕의 충성스러운 신하 장덕 해위다! 역적의 목을 베러 왔으니 재증걸루는 왕명을 받들어 냉큼 목을 내놓아라!"

해위의 쩌렁쩌렁한 목소리가 맑은 하늘에 울려 퍼져나갔다. 여황의 군사들이 충분히 들을 수 있는 거리였고, 군사들의 동요가 파문처럼 일었다.

"감히 대왕께 반역을 꾀하는 무리들의 말로가 어찌 될 것인지 짐작도 하지 못하는가? 선왕께서는 왕통을 적자이신 우리 대왕께 물려주셨다. 그런데 감히 역적의 무리들이 이 나라 사직을 어지럽혀 욕을 보이고자 하니 그 죄 크기를 감히 묻기가 어렵구나. 반도의 괴수 재증걸루는 어서 나와서 내 칼을 받아라!"

해위는 시위하듯 상대 진영과 나란히 말을 달려가면서 있는 욕 없는 욕을 다 퍼부었다. 더 이상 참지 못하겠는지 여황의 진영에서 기마한 필이 바람처럼 달려 나왔다.

해위는 말고삐를 채어들고 그쪽으로 머리를 향했다. 해위의 입귀가 벌어졌지만 밤송이 같은 턱수염 때문에 보이지 않았다.

"네 이놈! 국지께서 방자한 네 목을 가지러 왔다!"

"오, 여황의 개 국지로구나!"

"이놈, 닥쳐라!"

국지는 맹렬하게 달려오던 기세로 해위를 덮쳤다. 아슬아슬하게 국지의 긴 칼이 말 잔등에 바짝 엎드린 해위의 투구 위를 스쳐 지나갔고, 그 순간 해위의 칼은 국지가 탄 말의 엉덩이를 베었다. 놀란 말이 비틀거리며 앞발을 높이 치켜들고 고통스럽게 울부짖었고, 그 서슬에 국지가 말에서 굴러 떨어졌다. 미처 행장을 수습하기도 전에 해위의 단칼에 국지의 목이 달아났다. 언덕 위에서 지켜보던 여곤의 군사들이 일제히 함성을 질렀다.

해위는 다시 시위하듯 여황의 진영을 나란히 달리면서 고함을 질렀다.

"역적의 개들아! 장덕 해위의 칼이 여전히 너희의 목을 기다리고 있다. 누가 나설 텐가?"

이번에는 우군 쪽에서 단기로 뛰쳐나오는 말이 있었다. 말에 탄 자는 붉은빛 투구에 붉은 가죽갑옷을 입었는데, 해위는 한눈에 누구인지 알아보았다. 덕솔 서용규였다. 그 역시 백제국에서는 알아주는 무사였고, 고구려와 말갈과의 대소 전투에서 수많은 무공을 세웠다.

해위의 눈가가 팽팽해졌다. 서용규의 말이 오십 보쯤 앞에서 멈추었다.

"장덕 해위, 많이 컸구나! 젖비린내 나는 놈이 제법 칼 쓰는 법을 터득했다만, 내가 진짜 칼 쓰는 법을 가르쳐주마!"

해위가 두 손을 읍하며 마주 소리 질렀다.

"덕솔 나리께 인사드리오리다. 원컨대 한 수 가르쳐주시오."

읍한 두 손을 풀어 다시 칼을 붙잡고 난 해위가 말을 이었다.

"오라, 역적의 개야!"

"이놈!"

서용규가 용을 쓰면서 말에 박차를 넣었다. 동시에 해위도 말에 박차를 넣었다. 오십 보 거리를 사이에 두고 두 필의 말은 나는 듯이 달렸다. 말들은 모두 전쟁터를 제 집 드나들 듯이 겪은 전마답게 주인과의 호흡이 한 몸처럼 잘 맞았다. 게다가 주인의 흥분과 전율을 온몸으로 함께 느끼는 것 같았다.

두 마리 말이 아슬아슬하게 서로를 스치고 지나갔다. 맹장 서용규의 명성은 헛되지 않아 그의 칼은 해위의 왼쪽 어깨를 찌르고 지나갔으나 철판을 덧댄 가죽갑옷 위였고, 해위의 칼은 갑옷을 피해 서용규의 왼쪽 허벅지를 깊숙이 베고 지나갔다.

눈을 부릅뜬 서용규가 말고삐를 잡아채고 말머리를 돌렸지만, 해위가 더 빨랐다. 해위는 이미 서용규의 허벅지를 베는 순간에 말머리를 돌렸고, 그의 애마는 주인의 의도를 제 심중처럼 알아차렸다. 미처 서용규의 말이 돌기도 전에 뒤에서 달려온 해위의 칼이 서용규의 목을 베어버렸다.

서용규의 잘린 목에서 피가 분수처럼 뿜어져 나왔다. 서용규의 얼굴은 아직도 그 사실을 알아차리지 못한 듯 눈을 부릅뜬 상태였고, 목이 떨어져 나간 몸통은 말안장 위에 그대로 앉아 십여 보쯤 가다가 굴러 떨어졌다.

해위는 피 묻은 칼을 높이 쳐들고 기세등등하게 소리 질렀다.

"이것이 역적의 최후다! 보았느냐, 역적의 개들아!"

해위는 칼을 높이 치켜든 채 보란 듯이 말을 달려 나갔다. 언덕 위에서 다시 군사들이 함성을 내질렀다.

그 순간이었다. 여곤의 중군에서 북소리가 났고, 사령기가 힘차게 흔들렸다. 해위는 말머리를 멈추고 놀란 눈을 부릅떴다. 기마군 1천여 기가 단숨에 언덕을 타고 나는 듯이 달려왔다. 마치 활을 쏜 듯한 기세였고, 막았던 봇물이 터져나가는 듯했다.

뒤늦게 여황의 진영에서도 북과 고각 소리가 귀청을 찢을 듯 울려 퍼지고 전령들이 바쁘게 오갔지만, 해위의 칼 아래 내로라하는 막장 둘을 잃고 난 직후여서 기세는 눈에 띄게 움츠러져 있었다.

게다가 여황 측은 1만의 군세였기 때문에 설마 1천 기의 기마대로 선제공격을 해오리라고는 생각도 하지 못했다. 재증걸루의 군령이 각 진영에 닿기도 전에 1천 기마대의 선봉은 여황의 중군 1선에 부딪치 고 있었다.

그 기세가 얼마나 맹렬했는지 마치 모래성이 무너지듯이 여황의 중 군이 차례로 무너졌다. 1만이라고는 하지만 워낙 옆으로 길게 늘어져 있었기 때문에 정작 중군의 군세는 3천 정도였고, 눈을 뻔히 뜨고도 얼떨결에 당한 기습에 이미 전세는 결판난 셈이었다.

여황의 중군이 우왕좌왕하는 사이에 기마대는 오직 사령기가 걸린 재증걸루의 진막만을 목표로 달려들었다.

기마대를 이끌고 있는 장수는 달솔 협전이었다. 백전노장인 협전 이 죽기를 각오하고 기마대를 이끌었는데, 방금 전에 해위의 눈부신 전공을 목전에서 지켜본 터라 기마대의 사기는 하늘을 찌를 듯했다.

이내 여황의 중군은 궤멸되었다. 닥치는 대로 찌르고 베고 밟는 것 은 협전의 기마대였고, 계속 뒤로 밀리면서 짓밟히는 쪽은 여황의 병 사들이었다. 재증걸루는 부하장수들이 목숨을 걸고 호위한 덕분에 간 신히 뒤로 빠져나왔다. 퇴각을 알리는 징소리가 급하게 이어졌다.

협전의 기마대는 달아나는 여황의 군사들을 마치 도토리 줍듯이 닥 치는 대로 베었다. 해위 역시 기마대에 섞여 선봉에 나섰는데, 한 식경 도 안 되어 여황의 군대는 수십 리나 물러났다. 그때쯤 해서 협전의 기 마대는 추격을 멈추었다.

들판에 시체가 즐비했는데 대부분이 여황의 군사들이었다. 협전의 기마대는 불과 50여 기를 잃었을 뿐이다. 피 냄새를 맡은 까마귀 떼가 하늘을 뒤덮었다.

협전과 해위는 말머리를 나란히 한 채 본진으로 향했다.

"수고했소, 장덕."

"달솔 나리께서 몸소 나서주시리라고는 생각도 못했습니다. 과연 달솔 나리의 솜씨는 명불허전입니다."

"허허, 이 늙은이가 칠성판을 멜 자리를 찾으려고 했는데, 장덕의 눈부신 무공 때문에 구차한 생명을 잇게 되었소이다."

"무슨 말씀을……."

"이 나라 최고가는 검술가로 장덕을 손꼽는 이가 많았는데, 오늘 보니 과연 그렇소. 그대의 검법은 가히 신의 경지에 올랐소."

"과찬이올시다."

장덕과 협전이 서로를 상찬하면서 진지로 돌아오자 여곤이 웃는 얼굴로 맞았다.

"두 분 수고하셨소."

"저야 고생한 게 없습니다. 장덕이 적의 사기를 크게 꺾어놓았고, 노신은 그저 도망치기에 바쁜 적이 흘린 전리품을 챙겼을 뿐입니다. 장덕이야말로 오늘 대승의 수훈갑입니다."

"아닙니다. 장군께서 노련하게 때마침 공격하셨고 호랑이로 소문난 예전의 명성을 다시 한번 확인시켜주셨습니다."

"우리가 꼭 이기겠구려. 이처럼 공을 서로에게 미루니 우리가 결코 질 리 없는 싸움이오."

여곤이 만족한 듯 고개를 끄덕이며 말했다. 여곤의 말처럼 비록 숫자는 적다고 하지만 명분이 이쪽에 있고, 해위와 협전 등 휘하 장수들의 분전으로 차츰 기세가 높아졌다.

특히 해위의 활약은 눈부셨다. 여황의 군사들은 해위가 나타나기만
하면 도망치기에 바빴다. 여황의 군사들 사이에는 해위가 열 명이나
되는 장수들을 단칼에 해치웠고, 그 용맹함이 전설에 나오는 전쟁의
신 치우가 살아온 듯하다는 소문이 파다하게 퍼졌다.

깊은 밤, 여도는 술을 마시고 있었다. 여도의 옆에는 아리따운 여인
이 기대앉아 술시중을 들고 있었다. 여황의 반란으로 위례성에서 쫓겨
나와 남한산성에서 농성하는 와중이지만 색을 밝히는 여도의 버릇은
고쳐지지 않았다.

거나하게 취한 여도의 눈은 반쯤 풀려 있었고, 그의 한 손은 여인의
치마 속에 들어가 있었다. 여도는 여인의 가슴팍을 헤치고 젖가슴에
얼굴을 묻었다. 여도의 거친 수염이 따가울 법한데도 여인은 그것을
느낄 경황이 없어 보였다. 여도는 능숙한 솜씨로 여인을 흥분시켰다.
여도의 손이 여인의 속치마를 끄집어 내리는 순간이었다. 진막 밖이
소란스러워지더니 시위가 부르는 소리가 들려왔다.

"저하, 급한 전령입니다."

여도가 눈살을 찌푸렸지만 어쨌든 지금은 전시였다. 여도는 여인에
게 눈짓을 하며 흐트러진 옷매무새를 가다듬었다. 여인이 서둘러 뒤쪽
으로 사라졌다.

"들라."

여도의 눈가에는 아직도 열기가 남아 있었다. 전령이 부복한 다음
일어나 서찰을 건넸다.

"이건 뭐냐?"

"웬 수상한 자가 있기에 검문해보았더니 이 서찰을 갖고 있었습니

다. 아무래도 미심쩍어 저하께 가져왔습니다."

"미심쩍다니?"

"위례성에서 해위에게 보내는 서찰이옵니다."

"위례성에서 해위에게 서찰을 보내다니… 그렇다면 해위가 적과 내통이라도 하고 있다는 말이냐?"

여도의 눈초리가 치켜 올라갔다. 안 그래도 요즘 해위가 못마땅한 참이었다. 질투심이 강한 여도는 남이 잘되는 꼴을 좀처럼 보아 넘기지 못하는 성격이었다. 해위의 활약에 이쪽 군사가 거듭 승전을 거두고 있는 것조차 눈꼴셨다. 그리고 해위를 비롯한 협전, 찬명, 백대수 등 몇몇 장수들이 자신을 바라보는 눈길이 그다지 곱지 않은 것도 잘 알고 있는 여도였다.

여도는 서둘러 서찰을 읽었다. 서찰은 위례성에 있는 해위의 노모가 아들에게 보내는 것이었다. 노모는 지금 몹시 쇠약해져 오늘 내일을 기약하기 힘들다는 것과 함께 아들에 대한 절절한 그리움이 적혀 있었다. 그저 평범하게 넘길 수도 있는 내용이었다.

그러나 여도의 생각은 달랐다. 지금이 어느 때인가. 서로 죽여야만 살아남을 수 있는 전시였다. 이렇게 살벌한 전쟁판에 단순하게 아들이 보고 싶다는 노모의 서찰을 전하기 위해 사람을 보낸다는 것은 무심히 넘길 일이 아니었다.

여도는 해위가 적과 내통하고 있다고 심증을 굳혔다.

"서찰을 가져온 놈은 어디 있느냐?"

"감금해놓았습니다."

"그놈을 만나봐야겠다."

여도의 눈에는 여인을 희롱할 때와는 또 다른 열기가 떠올라 있었다.

남한산성은 이궁離宮이었고, 오랫동안 황량하게 방치되어 있었다. 따라서 여황의 반란이 일어나 가까스로 탈출한 개로왕은 남한산성에 몸을 의탁했지만 변변한 거처가 따로 있을 리 없었다. 제사를 모시는 동명왕 사당과 허물어질 듯한 낡은 전각 몇 채가 전부였다. 임시로 설치한 천막들로 간신히 비바람을 피했다.

개로왕도 일반 병사들과 마찬가지로 진막에서 지냈다. 이는 병사들과 고락을 같이하겠다는 개로왕의 뜻이기도 했다. 그 진막 안에 모여든 대신들은 심각한 얼굴이었다.

개로왕이 진막 한가운데 앉아 있었고, 그 좌우에 여도와 여곤 그리고 좌평들이 서열대로 자리 잡았다. 여도가 먼저 입을 열었다.

"이미 성안에는 해위에 관한 소문이 떠돌고 있습니다. 해위가 딴마음을 먹고 있다는 것이지요."

"헛소문입니다."

여곤이 나섰다. 여도가 못마땅한 눈길로 여곤을 돌아보며 헛기침을 했다. 그러나 여곤은 개의치 않고 말을 이었다.

"지금은 전시입니다. 간자들이 날뛸 것은 자명한 일, 흘러다니는 소문만 믿고 일을 경솔하게 처리해서는 안 됩니다. 그리고 우리 군세는 반역의 무리와 비교하면 십분지 일도 되지 않습니다. 그나마 버티고 있는 것은 해위와 같은 장수들이 목숨을 아끼지 않고 분전하고 있기 때문입니다. 그런 터에 우리 장수에게 터무니없는 혐의를 두어서는 안 됩니다."

"너는 내가 괜한 소리를 한다고 생각하느냐?"

"그렇지 않고서야 왜 멀쩡한 해위를 걸고넘어지십니까?"

여도의 역정에 여곤도 지지 않고 맞받았다. 여도가 소매 춤에서 서찰을 꺼내 내던졌다.

"이걸 보고도 그런 소리가 나오는지 보겠다."

여도가 이를 앙다물고 내뱉듯 말하고는 개로왕을 돌아보았다.

"간밤에 제 수하가 수상한 자를 잡았습니다. 그놈이 이 서찰을 소지하고 있었습니다."

개로왕의 안색이 변했다. 여도가 긴급히 좌평회의를 주재하자고 나선 이유는 바로 여기에 있었다.

"그게…… 사실이냐?"

개로왕의 목소리가 흔들렸다.

"명백한 증거입니다. 알아본 바에 의하면 해위의 노모는 위례성에 있습니다. 노모가 반역의 무리에게 있으니 해위가 딴마음을 먹는다는 것은 누가 보아도 자명한 일이 아니겠습니까? 필히 해위를 처단해야 후환이 없을 것입니다."

여도의 말에 여곤이 다시 나섰다.

"이깟 서찰 한 통으로 아까운 장수를 의심할 수는 없습니다. 이는 필시 적들의 계략이 분명합니다. 신이 아는 해위는 결코 그럴 사람이 아니올시다. 대왕마마, 현명하게 굽어 살피소서."

개로왕은 내관이 건네준 서찰을 한동안 말없이 읽었다. 곤혹스러운 표정이 개로왕의 양미간에 떠올랐다. 급작스러운 비유왕의 죽음으로 왕위에 올랐지만 개로왕은 성품이 유약했다. 개로왕이 쉽게 결정하지 못하고 침묵을 지키고 있자 여도가 다시 채근했다.

"대왕마마, 위사들을 속히 풀어서 해위를 잡아들여야 합니다. 만일 실기하면 큰 후환이 될 것입니다."

"해위는 충성스러운 장수입니다. 그의 충절을 의심하지 마십시오, 대왕마마."

여도와 여곤이 팽팽하게 맞섰고, 좌평들도 의견이 갈렸다. 개로왕과 대신들이 결정을 내리지 못하고 갑론을박하는 사이에 어느덧 성안에는 해위가 반역을 꾀하고 있다는 소문이 퍼졌다.

당사자인 해위에게도 소문이 들어갔다. 한동안 부장의 말을 듣고 난 해위는 긴 한숨을 토해내었다.

"내 급하게 대왕마마를 반도들의 흉수에서 구해내느라 병석에 누워 있는 노모를 등한시했다. 충을 앞세우고 효를 외면한 것이 내심 마음에 걸렸던바, 그래도 참았던 것은 나라의 녹을 받는 입장에서 내 임무를 먼저 생각했음이다. 그러나 이제 노모가 반도의 수중에 들어가 있는 허물이 내 목을 죄어 오는구나. 사내대장부로 태어나 최후가 이처럼 궁색하니 차라리 죽음이 마땅하리라."

부장이 미처 말릴 틈도 없었다. 어느 틈엔가 단검을 뽑아든 해위는 단숨에 자신의 목울대를 찔렀다. 선혈이 분수처럼 뿜어져 나왔는데 부릅뜬 해위의 두 눈은 원통함으로 가득했다. 너무 놀란 나머지 부장은 비명조차 내지르지 못했다.

해위의 자결은 성안의 사기를 크게 떨어트렸다. 삼삼오오 여기저기 모여 앉은 병사들은 해위의 값없는 죽음에 대해 소곤거렸고, 부장들도 마찬가지였다. 장수들은 해위의 죽음을 안타까워하면서 술자리를 가졌는데 여도의 처사를 성토하는 분위기였다.

개로왕은 아뿔싸 후회했지만 이미 늦었다. 죽음으로써 자신의 결백을 증명한 해위였다.

단지 서찰 한 통만으로 해위를 적과 내통했다고 몰아간 여도는 자신의 경솔함을 후회했지만 그뿐이었다. 그는 모든 것을 쉽게 잊었다. 그에게 해위 같은 장수는 하나의 소모품에 지나지 않았다. 상좌평, 이른바 일인지하 만인지상의 그에게 장덕이라는 직위는 그야말로 까마득히 아래였다.

　『논어』에서는 "군자구저기소인구저인君子求諸己小人求諸人"이라 해서
군자는 무슨 일이건 자신에게서 구하고 책임을 부과하지만, 소인은 무
슨 일이건 남에게 시키고 그 책임을 남에게서 찾는다고 했다. 여도가
바로 그러하였다.

　한번 떨어진 병사들의 사기는 좀처럼 되살아나지 않았다. 해위를
제거하기 위해 간자를 들여보낸 진솔의 계략이 적중한 것이다. 진솔은
계속해서 대군을 보내 남한산성을 공격했고, 수세에 몰린 개로왕은 성
문을 굳게 닫고 농성에 들어갔다.

　진솔은 장기전에 대비해 각 지역 담로에 거듭 사절을 파견해서 포
섭했다. 각 지역 담로들을 장악하면 개로왕은 자연스럽게 고사할 것
이었다.

결사대

"큰일났습니다, 대왕마마! 불사(전주) 담로가 여황 쪽에 붙었다는 전 갈이옵니다."

"뭐라?"

개로왕이 놀란 얼굴로 전령을 바라보았다.

전령은 자신의 잘못인 양 얼굴을 들지 못했다. 개로왕은 난감한 표정으로 잠깐 전령을 내려다보다가 손을 내저었다.

전황은 계속해서 불리해졌다. 날이 갈수록 여황 쪽에 가담하는 담로가 늘어난다는 것은 패권이 그쪽으로 기울고 있음을 의미했다.

지난번 가불(가평) 담로가 여황에게 합류한 것이 결정적인 원인이었다. 그것으로 여황은 단번에 3만의 군세를 얻었고 그 3만의 군세가 지금 욱리하 강변에 진을 치고 있었다.

권력의 향배를 가늠하는 입장에서는 모든 요소가 신중하게 판단되게 마련이다. 이번처럼 여황과 여경, 어느 쪽이든 줄을 잘못 서게 되면 그것으로 멸문지화를 당하는 경우는 더 말할 것이 없었다. 이미 전황이 기울어졌다고 판단한 지방 토호들은 늦을세라 여황에게 가담하기 시작했다.

이제 개로왕 쪽은 말 그대로 고립무원이었다. 모두 해서 2만의 군세. 아무리 명분이 있다고 하지만 권력은 약육강식의 살벌한 싸움이었다. 승리자는 패배자를 두 번 다시 일어설 수 없도록 잔인하게 밟아버리는 것이다.

개로왕은 그러한 권력의 속성을 익히 잘 알고 있었다. 지금 자신이 바로 그 패배자의 처지에 놓이기 직전이었다.

혼자서 장탄식을 터트리던 개로왕은 여도와 여곤을 향해 고개를 돌렸다. 무슨 할 말이 있을 것인가. 세 사람의 시선이 서로를 비껴선 채 한동안 침묵이 흘렀다.

한성 5백년 수도인 위례성을 이복동생에게 빼앗긴 삼형제가 이렇게 초라한 모습으로 함께 하고 있는 것이다. 밖에 있는 장수들도 진막 안의 분위기를 주시하고 있을 터였다. 그들도 현재 전황이 어떻게 흘러가는지 너무나 잘 알고 있었다. 개로왕이 쓴웃음을 지었다.

"내 운세는 여기서 끝나는 모양이구나."

"대왕마마, 그 무슨 약하신 말씀이옵니까?"

여도가 눈을 치켜떴다.

"여기서 군신의 처지를 따지지 말자. 그냥 형제간의 자리이고 싶구나."

"좋습니다, 형님. 혹시 여기서 포기하자는 말씀입니까?"

강골로 소문난 여도의 목소리에 힘이 들어갔다.

"나는 지쳤다."

개로왕이 한숨을 내뱉었다.

"그렇다고 이렇게 물러날 수는 없소이다. 내 여황 그놈의 뼈를 갈아 마시기 전에는 결코 포기하지 않으리다."

"도야. 이미 전세는 기울었다. 패배를 인정해야지."

"안 됩니다."

"더 이상의 인명살상은 피해야 한다. 여기까지 나를 믿고 따라온 병사들과 신하들의 목숨은 살려야 한다."

"어차피 여황 그놈은 우리 모두를 몰살시킬 게 뻔합니다."

"나야 그냥 죽어도 그만이지만 죄 없는 병사들은 살려야 한다. 네가 가서 여황을 설득하라. 그 조건이면 항복하겠노라고."

"형님!"

여도가 눈을 부릅떴다. 개로왕이 귀찮다는 듯 힘없이 눈을 감았다. 그때까지 잠자코 두 사람의 이야기를 듣고 있던 여곤이 입을 열었다.

"도 형님 말씀대로 여기서 포기할 수는 없습니다. 여황의 인품은 제가 잘 알고 있습니다. 그놈은 대가 약하기 때문에 오히려 우리 모두를 죽이고 말 것입니다. 후환이 두렵기 때문입니다. 이래도 죽고 저래도 죽을 바에는 차라리 도 형님 말씀처럼 끝까지 최선을 다해서 싸우다 죽는 게 타당한 이치입니다."

"……."

개로왕은 여전히 눈을 감은 채 말이 없었다.

"비록 저쪽 수십만의 군세에 비해 우리 군세는 2만에 불과하지만 아직 우리에게는 명분이 있고, 충성스러운 장수들이 남아 있습니다. 형님은 저들의 충성을 헛되이 만드실 겁니까? 그럴 수는 없습니다."

"다 부질없는 짓이다. 계란으로 바위 치기야."

"아닙니다. 형님은 월나라의 고사를 잊으셨습니까? 월나라 임금 구천은 5천 명의 결사대로 오나라 왕 부차의 70만 군사를 무찔러 이겼습니다. 그뿐 아닙니다. 주나라 무왕은 겨우 4만 5천의 병사로 은나라 주왕의 군사 70만을 능히 이겨냈습니다. 무릇 전쟁에서 이기고 지는 것은 병사의 수에 있는 것이 아닙니다. 이기고자 하는 필승의 신념이 승패를 판가름합니다. 제게 병권을 주십시오. 마지막으로 최후의 결전을 감당하겠습니다."

"곤아……."

눈을 뜬 개로왕이 가만히 여곤을 바라보았다. 여곤의 눈에서 불꽃이 파랗게 피어올랐다. 어금니를 앙다문 여곤은 개로왕을 똑바로 바라보았다.

"곤아…… 꼭 그렇게 해야겠느냐?"

"이렇게 포기할 수는 없습니다. 너무나 억울합니다."

"……."

"만일 저들이 아바마마의 유골을 수습해주기만 했더라면 저도 포기했을지 모릅니다. 그러나 여황 그놈은 아바마마의 유골을 들판에 그대로 내버려두었습니다. 그놈과는 같은 하늘을 이고 살 수 없는 법, 제가 결코 포기할 수 없는 까닭입니다. 그놈의 뼈를 갈아마셔야겠습니다."

마침내 여곤의 눈에서 피눈물이 흘러나왔다. 눈동자의 실핏줄이 터져 정말로 붉은 피가 배어나온 것이다. 잠시 후 떨리는 목소리로 개로왕이 말했다.

"곤아, 네게 총사령의 영을 맡기마. 이제 네가 우리의 유일한 희망이다."

"곤아, 부탁한다."

여도가 여곤의 손을 힘주어 잡았다.

"작은 형님께서는 제 뒤를 맡아주십시오."

"염려하지 마라. 내가 가진 모든 힘을 다 쏟아 붓겠다. 뒤는 걱정하지 마라."

여도의 목소리 또한 떨려나왔다.

가라말 위에 올라탄 여곤은 속보로 나아갔다. 그의 뒤에는 사령기를 든 군관과 위사장 왕휴를 비롯한 막후 장수들이 바짝 따랐다.

여곤 앞에는 백대수를 선봉장으로 내세운 기마군 2천이 나가 있었다. 여곤의 중군은 기마군 3천에 보군 5천 그리고 후위에 5천이었다. 총 2만의 군세 중에서 여곤은 1만 5천 병력을 끌고 나온 것이다.

나머지 5천은 여도가 이끌었다. 여곤의 뒤를 기습하는 적을 차단하는 별동대라고는 하지만 실상은 개로왕을 지켜야 하는 어림군의 역할이기에 전투가 벌어질 때 여곤을 도와줄 수 있다는 보장이 없었다.

여곤마저 실패하면 그것으로 모든 게 끝장이었다. 그 점을 잘 알고 있는 여곤은 마상에서 깊게 심호흡했다. 앞쪽에서 전령이 말을 몰고 달려왔다.

"저하, 앞쪽에 적군 3만이 진을 치고 있다는 척후의 전갈입니다."

"적의 총사령은 누구인가?"

"사령 깃발로 봐서는 고이만년인 것 같습니다."

"고이만년이라…… 알았다."

후위를 맡은 병관좌평 찬명이 바짝 다가왔다.

"고이만년이라면 재증걸루보다 오히려 어렵습니다."

"……"

"재증걸루는 제 용맹을 과신하는 버릇이 있지만 고이만년은 영악하기가 여우 뺨치는 자올시다."

여곤은 묵묵히 고개만 끄덕였다.

고개를 넘어서자 마침내 욱리하의 황량한 강변이 한눈에 내려다보였다. 20여 리쯤 떨어진 벌판에 진영을 갖춘 적병들의 위세가 대단했다. 보기 합해서 3만이라는 대병력이었고, 그 모습만으로도 이쪽을 압도하고도 남았다. 이쪽의 선봉대도 자리를 잡고 진영을 갖추었다. 선봉을 맡은 백대수가 여곤에게 다가왔다.

"저하, 모든 준비를 끝냈습니다. 영만 내려주십시오."

"기다려보자. 적장이 고이만년이 확실한가?"

"그렇습니다. 척후를 보내 확인했습니다."

"그 밑에는?"

"왕규, 진록, 진범 등이 휘하 장수로 출전한 것 같습니다."

잠깐 턱을 문지르며 생각하던 여곤이 말했다.

"그렇다면 장기전으로 나올 생각이군."

"저하, 왜 그렇게 판단하십니까?"

"막장의 면면을 보고서다. 모두 장기전에 능한 장수들이다. 그들의 경력이나 기질을 보건대 야습이나 기습전에 능한 장수들은 아니다. 고이만년은 장기전으로 끌고 갈 생각이다. 전혀 급할 것이 없으니까."

이쪽 군세는 모래밭의 물과 같았다. 1만 5천의 군세 그리고 뒤에 여도가 거느리고 있는 별동대 5천. 모두 합해야 2만이 고작이다. 하지만 여황 쪽은 얼마든지 충원이 가능했다.

대소 수십 번 전투가 벌어지면 피아간에 사상자가 발생할 것이고, 이쪽은 시간이 갈수록 점점 그 숫자가 줄어들 것이다. 2만에서 1만, 5천, 3천, 2천…… 그러고는 끝내 마지막 한 방울까지 모래 틈으로 스며들 것이다. 고이만년은 바로 그것을 노리고 있었다. 여곤은 단번에 고이만년의 생각을 꿰뚫어보았다.

"하오면 저하?"

"놈이 원하는 대로 해줄 수는 없다."

"그럼 정면승부입니까? 야습입니까?"

"고이만년은 영악하다. 이쪽의 책략쯤은 충분히 간파하고 있을 것이다. 나는 놈이 전혀 상상도 못하는 방법으로 공격할 것이다."

"저하……?"

백대수와 찬명이 궁금하다는 듯 여곤을 바라보았지만 생각에 잠긴 여곤의 눈은 가늘게 뜨여 있었다. 그러나 베일 듯한 눈빛이었다. 평생을 전쟁터에서 보낸 병관좌평 찬명이지만 여곤의 그런 눈빛을 감당하기 힘들었다. 역시 군주의 피는 타고나는 모양이었다.

먹물을 뿌린 듯 칠흑같이 어두운 밤이었다. 자시를 지나 갓 축시로 접어들었을 무렵이었다. 말편자에 헝겊을 덧씌웠고 입에는 재갈을 물렸으므로 일단의 기마대는 큰 소리를 내지 않고 숲 속을 헤쳐 나갔다. 사방에 불빛 하나 없어 오직 감각으로만 앞길을 더듬어 나갔다.

선두가 갑자기 멈추어 섰으므로 바로 뒤따라오던 기마가 거의 부딪칠 뻔했다. 선두의 긴장한 움직임이 차례로 뒤쪽으로 전달되었고, 기마대는 팽팽한 긴장감으로 휩싸였다. 잠시 후 뒤쪽에서 한 필의 기마가 조용히 다가와 선두 옆에 나란히 바짝 붙었다.

"무슨 일인가?"

"보초병입니다."

선두에 선 기마병이 손을 뻗어 앞을 가리켰고, 여곤은 2백여 보 앞쪽에 환하게 켜진 화톳불을 보았다. 화톳불 주변에는 10여 명의 병사들이 서성거리고 있었다.

그들이 서 있는 곳은 숲의 끝자락이었다. 숲이 끝나자마자 바로 개활지가 나타났고, 그 개활지를 건너서 보초병들이 지키고 있었다. 보초병들 너머로 다시 백여 보 뒤쪽에 무수한 진막들이 쳐져 있었다. 여기저기 듬성듬성하게 켜 있는 화톳불에 진막은 윤곽만 드러냈다.

기습하기에는 더없이 좋은 조건이었다. 피아간을 구별할 수 없는 그믐밤이었다. 여곤의 기마대는 백여 기. 아무리 좋은 조건이기는 하지만 3만의 군세를 불과 백여 기로 기습한다는 것은 누가 봐도 죽을 꾀였다. 그러나 여곤의 결단은 빨랐다.

"친다!"

위사장 왕휴의 얼굴이 긴장으로 굳어졌다. 조용했으므로 모두 여곤의 말을 들었을 것이다. 왕휴는 여곤의 말을 복창하지 않았다.

"단, 오래 끌지 않는다. 고이만년의 목을 노려라. 한 식경 내에 모든 일을 끝내고 본대로 복귀한다. 쳐들어가는 순간까지는 행동을 같이하되, 그다음부터는 각자에게 맡긴다. 모두 용감하게 싸우되 목숨을 중히 여기도록 하라!"

"저하!"

왕휴가 읍했는데, 나머지 병사들을 대신해서 모든 것을 알아들었다는 몸짓이었다.

여곤은 옆구리에 찼던 긴 칼을 뽑아들었다. 왕휴와 나머지 병사들도 칼을 뽑느라 숲 속은 잠시 부스럭거렸다. 화톳불 주위에 서 있던 보초병들도 심상치 않은 움직임을 감지했는지 숲 속을 주시했다.

그 순간이었다. 박차를 힘껏 넣은 여곤의 가라말이 용솟음치면서 단걸음에 적병을 향해서 달려갔다. 한 번 도약에 열 보씩 내달렸으므로 보초병들은 어어, 하며 얼떨떨한 표정으로 바라보다가 여곤과 왕휴 그리고 부장 미귀를 비롯한 기마대의 칼 아래 추풍낙엽처럼 쓰러졌다.

"적이다!"

다른 화톳불 주변에 있던 보초병들도 이쪽을 보고 있었으므로 고함이 연이어 터져 나왔다.

여곤의 기마대는 한줄기로 뭉쳐서 달려갔는데, 마치 쏘아버린 화살 같은 기세였다. 여곤의 기마대는 거침없이 적의 진막 사이를 뚫고 지나갔는데, 고함을 듣고 자리에서 기어 나온 병사들의 목이 사정없이 떨어졌다.

가끔 배짱 좋게 앞길을 가로막는 병사들이 있었지만 이쪽에서 칼을 휘두르기도 전에 말발굽에 채여서 나가떨어졌다. 싸움이 벌어지면 전마 역시 무사 한 명의 몫을 충분히 하는 것이다.

비록 숫자는 적었지만 여곤의 기마대는 칠흑 같은 어둠을 이용해서 맘껏 적진을 유린했다. 고이만년의 병사들은 잠결에 당한 기습인 데다 당황해서 서로 소리만 지를 뿐, 형체없는 적병을 발견할 수 없었다. 말하자면 기마인들이 기습한 적병이 틀림없을 텐데, 말발굽소리가 들린다 싶으면 어느새 그들은 쏜살같이 지나쳐갔다. 허둥지둥하다가 서로를 적으로 오인하고 찌르는 일이 다반사였다. 공포심이 병사들의 눈을 멀게 했고 이성을 잃게 했다. 두려움이 역병처럼 진영 전체로 번져나갔다.

뒤늦게 말에 올라탄 고이만년의 부장들이 돌아다니며 소리 질렀다.

"적은 몇 명 되지 않는다! 당황하지 마라!"

오히려 그것이 역효과를 불러일으켰다. 어느 틈엔가 여곤의 기마대는 적병과 함께 뒤섞였으므로 닥치는 대로 칼을 휘두르고 베었다. 그러자 고이만년의 병사들은 말소리만 나면 칼을 휘둘렀고 창을 내질렀다. 그 통에 같은 편 장수들이 칼과 창을 맞고 계속해서 말에서 굴러떨어졌다.

"당황하지 마라! 적은 몇 명 되지 않는다! 불을 켜라! 상대의 얼굴을 확인하라!"

소리 지르던 부장 하나가 어느새 뒤쪽에서 다가온 왕휴의 칼을 맞고 불귀의 객이 되었다. 소리를 지르면 좋은 목표물이 될 뿐이었다.

여곤의 기마대 백여 기는 종횡무진, 거칠 것 없이 맘껏 고이만년의 진영을 유린했다. 동서남북 내키는 대로 달리면서 앞을 가로막는 병사들을 닥치는 대로 베었으므로 전과도 상당했으나 어둠 속이어서 고이만년의 진막을 쉽게 찾을 수 없었다.

온통 피를 뒤집어쓴 여곤은 기를 쓰고 고이만년을 찾아다녔으나 방향조차 분간할 수 없었다. 여곤의 가라말 주위로 위사장 왕휴와 부장 미귀가 기를 쓰고 따라붙었다. 무슨 일이 있어도 주군의 생명을 보호해야 했다.

약속한 대로 한 식경이 지났을 쯤 여곤은 말머리를 숲 쪽으로 돌렸다.

"몇 명이나 따라오고 있느냐?"

여곤이 악을 쓰듯 물었다. 아까 전부터 상황을 살펴보고 있던 왕휴는 여곤의 질문에 바로 답할 수 있었다. 그러나 왕휴는 대꾸하지 않았다.

"몇 명이나 살았느냐?"

다시 여곤이 악을 썼다.

"모두 숲 속으로 탈출했습니다."

왕휴는 그렇게 대꾸할 수밖에 없었는데 아무리 용맹한 기마대라 할지라도 불과 백여 기였다. 사지에 들어서서 살아나기를 기대하는 것이 욕심이었다.

이쪽은 위사장인 자신을 비롯해서 미귀 그리고 위사 몇 명이 뒤를 받치고 있었다. 자신이 사령이라면 이처럼 무모한 작전은 결코 하지 않았을 것이다. 주군은 주군의 역할이 있는 것이다. 왕휴는 머리끝까지 쭈뼛 선 긴장을 누그러트리려고 길게 한숨을 내쉬었다. 여곤을 보호하기 위해서 다른 것은 전혀 신경 쓸 틈도 없었던 것이다.

다음 순간, 그의 눈초리가 치켜 올라갔다. 적병들이 이쪽의 퇴로를 막고 기다리고 있었는데, 한눈에도 백여 명이 넘는 병력이었다.

왕휴는 이를 앙다물었다. 자신이 염려한 것이 바로 이점이었다. 주군이 없었더라면 자기 한 몸 죽는 것쯤은 아무것도 아니었다. 하지만 여곤은 총사령이었고, 왕위 승계 2인자였고, 왕제였다. 주군이 나설 때가 따로 있는 법이다. 여곤은 지금 큰 실수를 저지르고 있는 것이다.

"이놈들!"

왕휴는 앞장서서 박차를 넣었다. 그 뒤를 4명의 위사들이 질풍처럼 뒤따랐다. 그리고 여곤, 마지막으로 미귀가 뒤를 받쳤다. 죽기를 각오하고 돌파하려는 것이다.

그러나 이번에는 상황이 만만치 않았다. 숲 속으로 통하는 길을 봉쇄한 백여 명의 병사들은 이쪽의 기습을 받아 우왕좌왕하던 오합지졸들과는 달랐다. 철릭에 투구를 쓰고 어깨에는 가죽갑옷을 받친 병사들은 고이만년의 친위대였다.

역시 고이만년이었다. 적의 퇴로를 파악하고 자신의 정예병력을 매복시켜놓고 기다리고 있었던 것이다. 설마하니 기마대의 장수가 여곤이리라고는 꿈에도 생각하지 못했겠지만.

왕휴와 위사들이 단걸음에 적병들을 향해 날아들었지만 방비하고 있던 적병들이 말을 향해 긴 창을 내찔렀다. 기습전을 대비해서 경장을 하느라 말에게 갑옷을 입히지 않았으므로 수십 자루의 창끝이 위사들의 말에 꽂혔다. 말들이 앞발을 치켜들고 날카롭게 울었고, 위사들이 굴러 떨어졌다. 떨어지는 동시에 그들에게도 창이 쑤셔졌다. 고슴

도치가 달리 없었다.

왕휴 역시 말에서 떨어졌지만 용케도 중심을 잡고 일어나 닥치는 대로 칼을 휘둘렀다. 그러나 이미 그의 몸은 칼과 창을 맞아 온통 피철갑이었다.

"저하! 꼭 목숨을 보중하십시오!"

입에서 울컥 피를 토해내며 왕휴가 고함을 내질렀다. 그의 살벌한 기세에 적병들이 잠깐 주춤거렸지만 그것도 잠시였다. 한 떼의 병사들이 달려들었고 왕휴는 누구의 칼에 베였는지도 알지 못한 채 목숨을 잃었다.

이제 남은 사람은 여곤과 미귀뿐이었다. 미귀가 앞장섰다.

"소인이 앞길을 뚫어보겠나이다. 저하께서는 차라리 옆길을 택하십시오. 저하만이라도 목숨을 건지셔야 하옵니다. 살아야만 이 치욕을 갚을 수 있나이다!"

"미귀!"

"부디 목숨을 보중하시길!"

그 말과 함께 미귀가 말에 박차를 넣으며 앞으로 달려 나갔다.

여곤은 말고삐를 채고 옆쪽의 어둠 속을 향해 박차를 힘껏 넣었다. 말이 한 길 도랑을 건너뛰었고, 제멋대로 자란 조릿대며 나뭇가지들이 사정없이 여곤의 온몸을 후려쳤다.

"잡아라!"

한 떼의 병사들이 여곤의 앞길을 향해 달려왔다. 부장 미귀가 안간힘을 쓰며 헤쳐 나가려고 애썼지만 단기필마였고, 적병은 수십 명도 넘었다. 사정없는 적병들의 창질에 미귀의 말이 비틀거렸다. 미귀는 마상에서 닥치는 대로 칼을 휘둘렀지만 그것도 짧은 순간이었다. 어느새 말에서 떨어진 미귀의 몸은 병사들에게 둘러싸여 보이지 않았다.

여곤은 찔러오는 창을 칼로 쳐 내리며 앞을 헤쳐 나갔다. 그러나 길이 있을 리 없었고 말도 칠흑 같은 어둠 속에서 허둥댔다.

어느새 적병들이 여곤을 둘러쌌고, 몇 명의 병사들은 횃불을 들고 있었다. 그 횃불에 피를 흠뻑 뒤집어쓴 여곤의 얼굴이 드러났다.

"여곤이다!"

적병들 중에서 여곤의 얼굴을 알아본 장수가 있었다.

"사로잡아라! 여곤이다!"

여곤은 이를 악물었다. 그의 부릅뜬 눈은 살기를 머금고 있었는데 횃불을 받아서 이글거렸다. 여곤은 더 이상 방법이 없음을 깨달았다. 백여 기 중에 이제 남은 사람은 자신뿐이었다.

여곤은 잠깐 밤하늘을 올려다보며 소리 없이 웃었다. 여기가 칠성판을 짊어지고 누울 자리인가. 천명이 그러하다면 받아들이겠노라. 하지만 황천길일망정 길동무는 있어야 하는 법.

여곤이 칼자루를 다시 움켜쥐는 순간이었다. 뒤쪽에서 요란한 말발굽소리가 들려왔다. 적병들과 여곤의 눈길이 그쪽으로 쏠렸다. 어둠 속에서 달려오는 말은 쏜 화살처럼 재빨랐다. 어느 쪽의 기마인가.

그러나 복장으로는 피아를 확인할 수 없었다. 말에 탄 사내는 군복이 아닌 평복 차림이었다. 그리고 투구를 쓰지 않은 맨머리에 머릿수건을 질끈 묶었을 뿐이었다.

기마는 속도를 조금도 늦추지 않고 여곤을 둘러싼 적병들을 그대로 타고 뛰어넘었다. 눈 깜짝할 사이였다. 말과 사람은 한 몸인 듯 움직였고, 그대로 뛰어 들어온 기마인은 여곤의 앞을 지나가면서 소리 질렀다.

"뒤를 따르시오!"

생각하고 망설일 여유가 없었다. 여곤은 힘껏 말에 박차를 넣었다.

다행히 여곤의 가라말은 그 아수라장 속에서도 크게 상처를 입지 않았고, 난데없이 나타난 기마인의 뒤를 본능적으로 뒤쫓았다. 적병들이 몰려들었지만 기마인이 눈부신 솜씨로 칼을 휘두르자 가을바람의 낙엽처럼 휩쓸려나갔다.

여곤으로서는 생전 보지도 듣지도 못한 검법이었다. 무술교관 해위의 검법도 신기를 다툰다고 알려졌지만 낯선 기마인의 검법은 여곤이 한눈에 보아도 윗길이었다. 게다가 어린 시절부터 군주의 필수과목인 승마를 오랫동안 익혀온 여곤도 감탄을 금치 못할 만큼 기마인의 말타는 솜씨는 일품이었다.

마치 말 혼자서 날뛰는 것 같았다. 말은 어둠 속을 질풍처럼 날아서 앞길을 헤쳤다. 수십 명의 적병들이 앞을 가로막았지만 기마인의 칼이 번뜩일 때마다 바람 앞의 꽃잎처럼 가이없이 생명을 잃었다.

적병들은 어둠 속에서 끊임없이 튀어나왔다. 아무리 기마인이 신기의 칼솜씨를 자랑한다 하더라도 혼자서는 힘에 벅차기 마련이었다. 그러나 여곤의 우려와는 달리 기마인은 조금도 지친 기색을 보이지 않고 쉴 새 없이 칼을 휘두르며 앞길을 열었다.

여곤은 생사의 촌각을 다투는 그 와중에서도 기마인의 검법에 감탄을 금치 못했다. 아아, 과연 사람인가 신인가. 천우신조라 함은 이를 일컬음일 것이다.

"곰쇠, 어딨느냐? 곰쇠!"

기마인이 말을 달려가면서 고함을 내질렀다. 여곤의 가라말은 거친 숨과 함께 거품을 내뿜으며 기마인의 뒤를 바짝 따라붙었다. 바로 목덜미까지 적병들의 칼과 창이 뒤쫓아 왔다.

바로 그 순간 어디선가 거한이 나타났다. 부루말 위에 딱 버티고 앉은 거한은 흑곰처럼 험상궂은 얼굴이었고, 한손에는 방천화극을 꼬나 쥐고 있었다.

"뒤를 맡아라!"

여곤을 사지에서 구해낸 사내가 거한에게 소리쳤다.

"걱정 마시오!"

거한이 말을 달려오며 방천화극을 마치 공깃돌 놀리듯 가볍게 휘둘렀다. 한번 휘두를 때마다 거센 바람이 일었다. 방천화극의 무서운 기세에 놀란 적병들이 가까스로 말고삐를 잡아챘다. 그러나 개중에는 미처 말을 세우지 못한 병사가 몇 명 있었는데 눈 깜짝할 사이에 몸뚱이가 두 토막이 났다.

"얼마든지 오너라! 귀찮으니 아예 한꺼번에 덤벼라!"

마치 천둥이 치는 듯한 목소리였다. 수십 관이 나가는 방천화극을 일 같지도 않게 휘두르는 거한의 모습에 병사들은 더 이상 앞으로 나서지 못했다.

병사들은 생사에 민감한 법이다. 기마인의 신기에 가까운 검술에 넋을 잃은 병사들인데 이제는 그것도 모자라 앞길을 가로막은 거한은 꿈에도 마주치고 싶지 않은 흉상이었다. 병사들뿐 아니라 장수들도 마찬가지였다. 모두 넋을 잃은 모습으로 독 안에 들었다가 막 빠져나가는 여곤과 낯선 괴한을 지켜볼 뿐이었다. 두 사람이 어둠 속으로 완전히 사라진 것을 확인한 거한은 그제야 말머리를 돌려 그 뒤를 쫓았다.

"그대의 이름은 무엇인가?"

진막 안에서 여곤을 비롯한 여러 장수들이 무릎을 꿇은 채 바닥을 내려다보는 낯선 청년을 가운데 한 채 둘러서 있었다.

"목만치라 하오이다."

청년이 대답했다.

"고개를 들라. 네 얼굴을 자세히 보고 싶다."

청년이 이윽고 고개를 들었다. 해맑은 이마 아래 부리부리한 눈이 여곤을 향했다. 보기 드문 미남자였다. 눈 밑으로 반듯한 콧날이 자리 잡았고, 인중이 깊고 선이 분명한 붉은 입술이 인상적이었다.

방금 전 여곤을 죽음 일보 직전에서 구해낸 야차 같던 무사라고는 도무지 믿기지 않는 얼굴이었다. 다만 보통 사람보다 머리 하나는 더 큰 훤칠한 키와 강한 정기를 담고 있는 부리부리한 눈빛만이 특이할 뿐이었다.

여곤은 잠자코 청년의 눈을 내려다보았다. 가슴이 뛰었다. 지금까지 살아오면서 이처럼 자신을 흥분시키는 상대는 처음이었다.

여곤이 옆쪽으로 손을 내밀자 위사가 술병을 건네주었다. 여곤은 술병을 입으로 가져가 한 모금 마셨다. 불처럼 뜨거운 독주의 기운이 목젖을 타고 넘어갔다. 여곤은 술병을 청년에게 내밀었다.

"목만치, 네가 내 목숨을 살렸다. 너에게 진 신세는 영원히 잊지 않겠다."

"과찬이올시다."

"단숨에 비워라."

"황감하오이다."

"내가 너에게 지금 줄 수 있는 것은 이것뿐이다."

"소인에게는 더없는 광영이올시다."

목만치가 여곤에게서 술병을 건네받았다. 잠깐 두 사람의 눈이 다시 부딪쳤고, 목만치의 입가에 희미한 미소가 떠올랐다.

목만치는 단숨에 술병을 비워냈다. 뜨거운 독주의 기운이 목만치의 입에서 숨으로 되짚어 나왔다.

"올해 네 나이가 몇이냐?"

"열여덟이오이다."

"그러냐? 열여덟에 그 같은 무공을 쌓았다니 참으로 장하다."

"황송하오이다."

"그대 같은 무사가 내 밑에 있었다는 것을 미처 몰랐구나."

"아니올시다. 소인은 저하의 막하에 속하지 않습니다."

"그게 무슨 말이냐?"

"소인은 떠돌이 무사올시다. 나라에 큰 변이 일어났다는 소문은 진즉 들었고, 소인이 이곳에 도착한 것은 어젯밤이올시다. 소인은 저하의 기마대가 적진을 습격하는 것을 우연히 목격하고, 그 전말이 궁금해서 계속 지켜보았나이다."

"허어!"

여곤의 입에서 자신도 모르게 감탄이 새어나왔다.

"그래서, 그 싸움을 계속해서 지켜보았다?"

"예, 그랬소이다."

"그러다가 나를 구했다?"

"예."

"왜 그랬느냐?"

"부하들이 죽기를 각오하고 마마의 앞길을 헤쳐 나가는 것을 보고 마마의 신분을 짐작했고, 또 그 의기에 감동했나이다. 자고로 무사라면 주군을 위해서 자신의 생명을 바치는 것을 가장 큰 보람으로 여긴다 했거늘, 마마의 위사들은 제 책무를 다했나이다. 그리고 마마께서는 단기필마였고, 적들은 수십 명이 넘었습니다. 처음부터 불리한 싸움이었고, 소인이 뛰어든 것은 바로 그 때문이었습니다."

"허어, 이런!"

여곤이 무릎을 쳤다.

"타고난 무골이로다!"

목만치가 읍하며 다시 예를 표했다. 여곤이 다정한 미소를 지은 채 한손을 들어 목만치의 왼쪽 어깨를 잡았다.

"내 너를 만남은 하늘이 점지해준 운명일 테다. 목만치, 나는 네가 마음에 든다."

"저 역시 그렇소이다."

"군신의 예를 떠나서 하는 말이다."

"소인도 그렇소이다."

주위에 시립해 있던 장수들이 눈을 치켜떴다. 생전 처음 보는 애송이가 감히 불경스러운 말을 함부로 내뱉었고, 여곤은 그것을 용납했기 때문이었다.

"목만치, 목만치!"

여곤이 연거푸 그의 이름을 불렀다. 목만치는 물끄러미 여곤의 눈을 바라보았다. 두 사람의 시선이 한동안 얽혔다.

여곤의 눈이 이번에는 저만치 진막 입구에 서 있는 거한에게 향했다.

"이리 오라."

7척이 넘는 거한이 성큼성큼 다가왔다. 거한이 목만치 뒤에 부복하여 예를 갖추었다.

"그대는 누구인가?"

"곰쇠라는 이름의 미천한 신분입니다. 저기 계신 분이 제 주인이올시다."

거한이 목만치를 눈짓으로 가리키며 대답했다.

"오, 그러냐? 그 주인에 그 종이로다. 주종의 의기가 하늘을 찌르겠구나. 내 참으로 큰 은혜를 네게 입었다."

"과찬의 말씀에 몸 둘 바를 모르겠습니다."

"네 소원이 무엇이냐? 네 공을 어떻게 갚아야 할지 모르겠다."

"소인 바라는 것은 없습니다. 그저 제 주인의 옆을 떠나지 않게만 해주십시오."

"네 뜻이 참으로 갸륵하다. 지금까지 살아오면서 곰쇠 너 같은 장한 壯漢은 처음이구나. 보지 않아도 힘으로 초왕 항우를 능가하겠다."

"항우가 뉘신지는 모르지만 힘이라면 자신 있습니다."

곰쇠의 말에 여곤이 빙긋 웃었다.

"참으로 기쁜 날이다. 뜻하지 않게 용 같은 인재를 얻었고, 기대하지 않았던 범 같은 용사를 얻었으니 이보다 더 기쁜 일이 어디 있겠느냐."

여곤의 얼굴에 기쁨이 넘쳐났다.

"이리 가까이 오라."

개로왕의 옥음이 떨어졌다. 부복했던 목만치는 힐끗 고개를 들어 개로왕을 바라보다가 무릎걸음으로 다가가 다시 고개를 숙였다. 개로왕의 좌우에는 여도와 여곤이 서 있었다.

"내 이야기는 들었다. 내 아우의 목숨을 그대가 살렸다니 참으로 장한 일이다."

"과찬의 말씀이옵니다."

"이제 열여덟이라 하던데, 그러하냐?"

"예."

"그 나이에 참으로 가상한 일이다. 목만치라 했느냐?"

"예."

"그대의 집안 내력에 대해서 말하라. 내 너를 보니 범상치 않다는 생각이 든다."

"……."

목만치가 잠깐 침묵을 지켰다. 이윽고 고개를 든 목만치의 눈에 뜨거운 열기가 담겨 있었다.

"소인의 선친은 목라근자올시다."

"뭐라고?"

개로왕의 얼굴이 굳어졌다. 동시에 좌우에 있던 여도와 여곤도 아연실색했다. 시립한 세 명의 좌평들도 마찬가지였다.

"지금 뭐라 했느냐?"

"선친의 함자가 목라근자올시다."

"그것이 참말이더냐?"

"소인이 뉘 앞이라서 거짓을 아뢰리까?"

"허, 그대가 목라근자의 아들이라……."

개로왕이 긴 탄식을 내뱉었다.

"그랬구나, 그랬어. 피는 못 속인다더니…… 역시 그대는 천하제일 가는 무인 집안인 목씨가의 인물이었어."

"대왕마마, 하지만 목 장군은 역적이었나이다."

내신좌평이 일깨우듯 말했다. 개로왕이 내신좌평을 잠깐 돌아보다가 먼눈을 지었다.

"선왕께서는 너무 성급하셨소. 내 지금 생각해보아도 목 장군의 일은 의심이 가는 정황이 많았소."

"하오나 대왕마마……."

"내신좌평, 지금 우리에게는 단 한 명의 병사도 아쉬운 판국이오. 얼마 전 어리석은 과인의 판단으로 아까운 해위를 잃었소. 벌써 그 일을 잊었단 말이오? 목 장군의 일은 나중에 다시 거론하기로 하오."

"하오나……."

내신좌평이 다시 말을 이으려 하다가 개로왕이 신경질적으로 팔을 내치는 것을 보고 입을 다물었다. 그때였다. 목만치가 고개를 똑바로 들어 개로왕에게 말했다.

"소인에게 청이 있습니다."

"말하라."

"소인, 단 하나 원이 있다면 그건 돌아가신 선친의 무고를 밝혀내는 것입니다. 소인은 선친의 결백을 믿나이다. 그것을 소인, 목숨을 바쳐서 증명해보이겠나이다. 기회를 주소서."

개로왕이 눈을 가늘게 뜬 채 목만치를 내려다보았다.

"허어, 어떻게 이런 일이 일어날 수 있다니…… 삼족을 멸했다고 생각한 목 장군의 아들이 살아 있다니…… 그리고 이렇게 살아서 내 아우의 생명을 구하다니…… 이건 정녕 하늘의 뜻이로다."

"……."

"네게 선친의 명예를 되찾을 기회를 주겠다. 어떻게 하겠느냐?"

개로왕의 말이 떨어지자 목만치는 이마를 청 바닥에 대었고, 잠깐의 시간이 흐른 후에 고개를 들었다.

"이 목숨을 바치겠나이다. 이 순간부터 소인의 목숨은 대왕마마의 것입니다."

"부디 네 뜻을 이루거라."

"성은을 꼭 갚겠나이다."

목만치의 눈빛에 불꽃이 살아 움직인다고 생각한 것은 착각이었을까, 그 자리에 있는 모든 사람들은 잠깐 자신이 잘못 보았다고 여겼는데 아니었다. 목만치의 두 눈에서는 분명 잉걸불이 활활 타오르고 있었다.

위례성

소부리(부여)성에서 위례성으로 합류하는 일
단의 병사들이 있었다. 소부리성 성주가 여황에게 보낸 2천의 보군이
었다.

오랫동안 군사훈련을 받아 단련된 정예군들이 아니고 그저 인근 마
을을 통틀어 군역으로 징발한 장정들이기 때문에 서로 얼굴을 아는 처
지가 아니었다. 말하자면 머릿수만 채워서 보낸 향군들이었다.

소부리성의 부장이 인솔한 2천의 보군이 위례성 남문에 닿은 것은
막 해가 서산을 넘어갈 때였다. 덕솔짜리가 기다리고 있다가 장덕짜리
부장의 인사를 받았다.

"오시느라 수고했소."

"저희 성주께서 안부를 전하십니다."

"고맙다고 전해주시오. 우리에게 큰 힘이 될 것이오."

"별말씀을. 오히려 늦게 보내 송구스럽다는 성주의 말씀입니다."

"들어갑시다. 병사들은 편히 쉬게 하고 장덕 휘하의 장교들을 위해서는 따로 술자리를 마련해놓았소. 먼 길을 왔으니 마음껏 술을 마시고 객고를 푸시오."

"배려에 감사합니다."

부장이 읍으로 예를 표했다.

장교들의 인솔로 2천의 보군들은 각각 숙영지를 잡았다. 자리 배치가 끝나자 장교들은 모두 덕솔짜리가 마련한 술자리로 모여들었고, 피곤에 지친 보군들은 저녁 요기를 마치자마자 그대로 곯아떨어졌다.

모두 깊은 잠이 들어 있는 야심한 시간, 축시경이었다. 장교들의 술자리도 오래전에 끝이 났고, 파수꾼들만 성벽 위를 오갈 뿐이었다.

남문 쪽 근처에 위치한 진막에서 일단의 무리들이 소리 없이 빠져나왔다. 열 명쯤 되는 병사들인데 성벽 위에 피워놓은 화톳불을 받아 눈동자가 반짝거렸다. 그중 두 명이 눈에 띄었는데 목만치와 그를 그림자처럼 따르는 곰쇠였다.

벙거지 군졸 차림의 목만치 뒤로 곰쇠를 위시한 나머지 병사들이 발소리를 최대한 죽인 채 가만히 뒤따랐다.

목만치 일행은 숲 속으로 들어갔다. 숲 속 빈터에서 얼마쯤 기다리자 땅바닥에 귀를 대고 있던 한 사내가 낮은 목소리로 말했다.

"옵니다."

모두 긴장했다. 접근하는 쪽도 조용한 발걸음이었다. 이쪽에서 숨을 죽이고 지켜보지 않으면 눈치 채지 못할 정도였다.

"목 공자……."

가까이 다가온 저쪽에서 누군가 낮게 불렀다.

"이쪽이오."

간신히 얼굴을 알아볼 정도로 가까이 다가온 사내는 내솔 관등으로

여곤의 총애를 받고 있는 사규였다. 얼마 전에 죽은 왕휴의 후임으로 여곤의 위사장이 된 사내로 남한산성으로 피신한 뒤 여황 쪽과의 대소 수십 차례 접전에서 용맹을 떨친 무장이었다. 그 역시 열 명의 결사대를 이끌고 미리 약조한 대로 목만치와 합류한 것이다.

"위사장께서는 예정한 대로 남문을 맡아주시오."

"목 공자께서는?"

예정과는 달라 사규가 의아한 듯 물었다.

"오면서 보니까 남문을 지키는 병력은 생각보다 많지 않습니다. 위사장께서는 여기서 지키고 있다가 교대병력을 치시오. 그리고 변복을 하면 남문까지 접근하는 데 큰 어려움이 없을 겁니다."

"하면 공자께서는 어찌시려고?"

목만치가 소리 없이 씩 웃었는데, 어둠 속에서 하얀 이가 드러났다.

"전 머리를 치러 갑니다."

"머리?"

"그렇소. 어차피 이번 싸움은 군세의 결판으로는 힘듭니다. 위사장께서는 저하와 약조하신 대로 예정된 시간에 남문을 여시오. 그것이 무엇보다 중요합니다. 그동안 나는 적의 머리를 치겠소."

"머리라면…… 여황?"

놀란 사규가 입을 쩍 벌린 채 다물지 못했다.

"그렇소. 여황과 진솔을 치겠소."

"어림없는 소리요. 불가능하오."

"전 스승에게 불가능은 없다고 배웠습니다. 한 방울의 물이 너럭바위에 구멍을 뚫는다고 했습니다. 그들의 처소를 파악해두었소."

"너무 위험하오, 목 공자."

"생명에 대한 집착은 버렸습니다. 저뿐 아니라 그건 위사장께서도 마찬가지고 여기 있는 위사들도 마찬가지일 것입니다. 대의명분을 위해서 목숨을 바치는 것, 장부라면 기꺼이 할 수 있는 일 아닙니까?"

대꾸할 말을 못 찾은 사규는 한동안 침묵을 지키다가 간신히 한마디 했다.

"목 공자…… 부디 성공하시길 빌겠소."

"위사장께 이번 작전의 성운이 달렸습니다."

"나도 최선을 다하겠소. 살아서 다시 만납시다."

비장감 때문인지 사규의 목소리가 떨렸다.

"그럼……."

읍하고 난 목만치는 뒤따르는 열 명의 위사장교들과 함께 숲을 빠져나갔다. 개로왕의 어림군 중에서도 고르고 고른 최정예 장교들이었다. 여곤은 결사대의 대장으로 위사장 사규를 제쳐놓고 목만치를 전격적으로 임명했다. 모두가 깜짝 놀랄 만한 인사지만 누구도 여곤의 고집을 꺾지 못했다. 그리고 개로왕도 그 인사를 승인했다.

역적으로 효수된 목라근자. 그가 누구인가. 이름만 들어도 산천초목이 벌벌 떨었다는 맹장 중의 맹장. 백제국이 지금의 영토를 차지할 수 있도록 가야와 신라의 영토를 복속시킨 바로 그 사람, 목라근자.

비록 역적이라는 죄목으로 효수되었지만 개로왕은 선왕의 성급한 처사에 의문을 품고 있었다. 목라근자가 죽자마자 얼마 지나지 않아 반란이 일어난 것이다.

개로왕은 바로 그 때문에 목라근자의 죽음이 석연치 않았다. 어쩌면 목라근자의 죽음에 진솔의 치밀한 모략이 숨어 있을지도 모른다는 것이 개로왕의 생각이었다.

그랬는데…… 그의 아들이 살아 있다니. 목만치, 바로 그였다.

개로왕은 여기에서 천명을 읽었고, 여곤의 뜻대로 목만치를 최후의 결사대 대장으로 임명한 것이다. 어차피 달리 선택의 길은 없었다. 최후의 한 방울이 되어 모래 틈으로 사라지기 전에 실낱 같은 희망에 모든 것을 걸 수밖에는……

옆에 엎드려 있던 장교가 옆구리를 건드리기 전에 사규도 소리를 들었다. 그들이 있는 숲 속 바로 바깥에 남문으로 향하는 큰길이 있었는데, 성문 교대병력이 다가왔다. 곳곳에 화톳불이 피워져 있었기 때문에 교대병력의 움직임이 훤하게 보였다. 사규는 소리 없이 칼집에서 칼을 뽑아들었고, 나머지 장교들도 준비를 갖추었다.

교대병력은 숲 속에 적들이 매복해 있는지 꿈에도 상상치 못하고 건들거리며 다가왔다. 그들의 얼굴에는 아직도 잠기가 가득했고, 그중 한 명은 늘어지게 하품을 하다가 동료의 곱지 않은 눈총에 손을 들어 입을 막았다.

사규가 긴 숨을 토해내면서 숲을 뛰쳐나가자 다른 장교들도 뛰어들었다. 여섯 명의 교대병력은 눈 깜짝할 사이에 덮쳐든 십여 명의 그림자에 의해 불귀의 객이 되었다. 비명조차 지르지 못할 정도로 모두 급소에 일격을 맞았는데 그것으로 끝이었다. 교대병력은 그대로 숲 속으로 끌려갔고, 두 명의 장교가 바닥의 흔적을 말끔히 치웠다.

사규 일행은 교대병력의 옷으로 갈아입었다. 나머지 네 명은 그냥 소부리성에서 온 보군 차림이었는데 별 수 없었다. 벙거지 군졸 차림의 사규는 자신의 옷차림을 살펴본 뒤 씩 웃었다.

"잘 어울리십니다."

누군가 농을 던졌는데 잠깐 소리 없이 웃던 사규는 목만치가 사라진 방향으로 걱정스러운 눈길을 던졌다.

저렇게 무모한 사내는 처음이었다. 단 열 명의 병력으로 적의 머리를 치러 가다니…… 무모한 것이 아니면 어리석은 것이다.

사규는 가볍게 한숨을 내쉬다가 고개를 절레절레 흔들었다. 어차피 그쪽에 신경 쓸 겨를이 없었다. 자신에게도 막중한 임무가 주어진 것이다. 예정된 시간에 남문을 열어 여곤의 기마대를 받아들여야 했다. 오늘 밤, 모든 것이 결판난다. 그리고 이렇게 무모한 작전을 벌여야 한다는 것은 그만큼 사정이 절박하다는 이야기였다. 더 이상 버틸 힘도 여유도 없었다.

나아가던 목만치의 움직임이 멈추었다. 곰쇠가 손을 들어 나머지 일행에게 몸을 낮추라는 신호를 보냈다. 모두 바닥에 바짝 붙어 주변의 인기척을 살폈다. 곰쇠는 목만치가 바라보고 있는 쪽을 유심히 살펴보았다.

두 길 높이의 담장이 돌아가는 저편에 큰 대문이 있었고, 그곳에는 화톳불을 중심으로 열 명의 병사들이 야직을 서고 있었다. 이 깊은 새벽에 성문도 아닌 곳을 군사들이 지키고 있다면 고관대작의 집이 틀림없었다. 그리고 여황과 진솔은 자객을 염려해서 밤마다 잠자리를 바꾼다고도 했다. 곰쇠가 목만치의 귀에 대고 속삭였다.

"도련님, 어떻게 하실 겁니까?"

"아까부터 유심히 보았는데, 저 보초들뿐 아니라 담장 주변을 순라꾼 네 명이 반 식경마다 순찰하고 있다. 그뿐 아니라 담장 안쪽에서도 일정한 간격을 두고 순라꾼들의 움직임이 느껴진다."

"그렇다면……."

곰쇠가 말끝을 흐렸다. 목만치가 가만히 고개를 끄덕였다.

"우리의 목표는 저곳에 있다."

"저놈들을 해치울까요?"

곰쇠가 대문 앞에 서 있는 야직군사들을 눈짓으로 가리켰다.

"그럴 것 없다. 공연히 일만 크게 벌이는 짓이야. 우리의 목표는 오직 여황과 진가 놈의 목이다. 그것만 생각하자."

"알겠습니다, 도련님."

"곧 있으면 순라꾼들이 지나간다. 그다음에 담을 넘고 무조건 침전을 찾아서 돌진하라."

"알겠습니다."

오늘의 공격은 작전이고 뭐고 없었다. 단지 두 놈의 목만 겨냥하는 것이다. 위사장교들은 태어나서 이렇게 간단명료한 작전은 처음이었고, 그런 만큼 이 소년 장수의 전신에서 뿜어져 나오는 살기에 압도되었다. 그 누구도 목만치의 명령에 반발할 마음조차 먹지 못했다. 개로왕이나 여곤의 명령이 아니더라도 목만치는 스스로 부하들을 압도하는 힘을 갖추고 있었다.

반 식경이나 지났을까. 네 명의 순라꾼들이 횃불을 든 채 그들이 숨어 있는 숲 앞을 지나갔다. 그들이 완전히 시야에서 사라졌을 때쯤 해서 곰쇠와 건장한 위사 한 명이 달려가 담장 밑에 바짝 붙어 서서 두 손을 마주잡았다. 목만치가 몸을 날려 곰쇠와 위사의 양 잡은 손 위에 올라섰고, 곰쇠와 위사는 호흡을 맞추어 두 손을 힘껏 허공으로 뿌렸다. 목만치의 몸은 가볍게 훌쩍 허공을 치솟아 두 길 높이 담장을 넘었다. 목만치는 허공에서 순간적으로 담장 안쪽의 상황을 살폈고, 낙법으로 소리를 죽여 안착했다. 다행히 울창한 나무들이 있어 이쪽이 무방비로 노출될 염려는 없었다.

곧이어 위사들이 하나둘 넘어왔다. 마지막으로 곰쇠까지 넘어온 것을 확인한 목만치는 후원 여기저기 위치한 전각들을 건너뛰어 맨 끝에 있는 전각을 가리켰다. 목만치의 날카로운 눈은 곳곳에서 야직을 서는 병사들이 그 전각을 중심으로 진을 치고 있는 것을 파악했다.

"저곳이다."

목만치가 활에 시위를 재면서 말을 이었다.

"힘을 낭비하지 말고 한데 모아라. 다시 말하지만 우리 목표는 오직 저곳이다."

장교들도 목만치를 따라 활에 살을 쟀다. 목만치는 화톳불 주변에 서 있는 야직병들 중에서 장교 복장을 한 놈을 겨누었다. 다른 장교들도 저마다 목표물을 설정했고, 나머지 장교들은 칼을 겨누고 어둠만을 디디며 앞으로 접근했다.

'핑!'

목만치의 활에서 떠난 살은 바람을 가르며 똑바로 날아갔다. 살은 한 치의 오차도 없이 야직장교의 목을 그대로 꿰뚫어버렸고, 그는 외마디 소리도 내지 못한 채 화톳불 속으로 굴러 떨어졌다. 주변의 병사들이 얼떨떨해하다가 뒤이어 날아온 화살을 맞고 하나둘 고꾸라졌다.

목만치는 달려가면서 연거푸 활을 쏘았는데 살 한 대에 목숨 하나씩이었다. 그리고 그때쯤 이미 전각 가까이 접근한 결사대 장교들이 야직병들과 접전을 벌이기 시작하면서 칼이 부딪치는 소리가 날카롭게 밤하늘을 갈랐다. 다음 순간 어디에 그 많은 숫자가 숨어 있었는지 여기저기서 근위병들이 벌떼처럼 몰려들었다.

"자객이다! 죽여라!"

목만치와 결사대 장교들은 이를 악물고 전각을 향해 달려갔다. 목표는 제대로 찍었다. 근위병 숫자를 보면 여황과 진솔의 침전이 분명했다. 하지만 생각한 것보다 너무 많은 숫자였다. 그리고 짧은 시간에 뛰쳐나온 것을 보면 제대로 훈련된 놈들이었다.

"도련님!"

목만치의 곁에서 달리던 곰쇠가 막 부딪쳐온 근위병의 허리를 비스듬히 베어 넘기면서 말했다.

"저쪽으로!"

상대적으로 근위병들이 적은 방향을 가리키는 곰쇠였다. 목만치는 고개를 끄덕이며 방향을 틀었다. 목만치의 앞을 가로막는 근위병들이 하나둘 늘어났지만 목만치는 아직 한 번도 칼을 휘두르지 않았다. 곰쇠가 앞장서서 적들을 맞아 방천화극을 휘둘렀는데, 수십 관이나 나가는 방천화극은 아주 가벼운 회초리인 양 허공에서 칼춤을 추었고 그때마다 거짓말처럼 서너 명씩 목이 달아났다.

이제 목만치와 곰쇠 앞을 가로막는 자는 없었다. 목표로 한 전각과는 약 50여 보 거리였다. 달려가면서 목만치는 나머지 장교들을 돌아보았는데, 저마다 근위병들에게 막혀서 더 이상 전진하지 못하고 치열한 접전을 벌이고 있었다. 하지만 시간이 흐를수록 모두 죽음을 면치 못할 것이었다.

목만치는 전각 뒷문을 열고 빠져나오는 한 떼의 근위병들을 보았다. 열 명쯤 되는 근위병들 한가운데 제대로 복장을 갖추지 못한 50대의 사내가 있었다. 달려가는 목만치의 입가에 희미한 미소가 떠올랐다. 제대로 맞춘 것이다. 분명 진솔 그놈이었다.

근위병들은 맹렬한 기세로 달려오는 두 명의 자객을 보았고, 진솔을 보호하기 위해 원형의 진을 폈다.

"저놈들을 베라!"

근위병 중 누군가가 고함을 질렀는데 목까지 차오른 공포심을 떨쳐버리기 위한 본능적인 목소리에 지나지 않았다.

땅을 박찬 목만치는 어느 순간 허공에 떠 있는가 싶더니 원형의 진을 친 근위병들을 타고 넘어 진솔의 바로 뒤편에 사뿐 내려앉았다. 근위병들은 방금 눈앞에서 벌어진 장면을 믿을 수 없어 아연했는데, 이번에는 덮치듯 달려온 곰쇠의 방천화극에 기겁했다.

그러나 역시 최고의 무사들로만 이루어진 진솔의 근위병들이었다. 재빠르게 진을 펼치며 진솔을 보호했다. 다시 진솔은 무사들 가운데 들어가 있었다.

곰쇠는 대여섯 명의 근위병들과 겨루고 있었고, 목만치와 대적하는 병사는 네 명이었다. 그중 한 명이 목만치의 눈길을 끌었다. 복색이 다른 병사들과 다를 뿐 아니라 걸음을 옮기는 보법을 보건대 고수였다. 목만치는 동물적 본능으로 사내의 솜씨를 가늠했다. 진솔을 호위하는 직속 근위대의 우두머리 같았다.

사내는 좀처럼 진솔의 곁을 떠나지 않고 목만치를 노려보기만 할 뿐, 움직인 사람은 다른 병사들이었다. 두 명이 동시에 달려들었는데, 목만치의 몸이 옆으로 약간 비껴서는 듯 움직이면서 섬광이 번뜩였다. 다만 칼끝이 가볍게 움직인 것 같았는데 두 명의 병사는 한꺼번에 쓰러졌고, 목덜미에서는 선혈이 뿜어져 나왔다.

목만치는 칼을 들고 선 자리에서 한 발자국도 움직이지 않은 것처럼 보였다. 그의 칼은 무심한 듯 정면을 향해 있었다.

'본국검법이다!'

진솔을 보호하고 있던 사내는 한눈에 목만치의 검법을 알아차렸다. 전설처럼 전해져오는 신비의 검법, 본국검법. 평생 무예를 수련해온 사내는 최고의 경지를 꿈꾸었고, 언젠가 한번은 본국검법을 대하고 싶은 야망을 품고 있었지만 악몽을 꾸는 기분이었다. 이 순간에 본국검법을 만나게 되다니 최악이었다.

본국검법은 닭, 호랑이, 기러기, 뱀, 표범, 교룡, 원숭이, 소 등 들짐승과 날짐승의 움직임을 면밀히 관찰해 검술에 그대로 응용한 것이다.

따라서 새처럼 날고 뱀처럼 기며 원숭이처럼 구르고 호랑이처럼 빠르며, 표범처럼 덤비고 용처럼 몸을 비틀고 그러면서도 소처럼 끈질긴 검법이었다. 때문에 이 검법을 사용하는 사람은 단지 무심하게 날거나 춤추는 것처럼 보일 뿐이었다. 부드러움 속에 필살의 기가 숨어 있으며 춤추는 가벼움 속에 태산의 기가 들어 있는 검법.

사내는 안간힘을 다해 단전으로부터 진기를 끌어올렸다. 검사로서의 승부욕이 그에게 남아 있던 두려움을 빼앗아갔다. 이래 죽거나 저래 죽거나 마찬가지였다. 사내는 칼을 겨누어 목만치를 노려보았다.

두 사람이 서로를 노려보는 사이에 곰쇠와 대적하던 무사 둘이 틈을 보아 목만치의 뒤를 노리고 들어왔다. 그러나 목만치는 등에도 눈이 달린 것처럼 후일척세後一刺勢와 요격세腰擊勢의 연이은 동작만으로 동시에 두 명의 목을 베어버렸다. 그러고는 아무 일 없었다는 듯 기본 검술자세인 지검대적세持劍對賊勢를 취하고 우뚝 서 있었다.

"으아아아아!"

사내는 맹수처럼 돌진했다. 미친 듯한 기세로 떨어져 있던 거리를 단숨에 좁히며 사내의 칼이 고함과 함께 목만치의 머리를 정면에서 내리치는 순간 목만치는 옆으로 비끼면서 좌협수두세左挾獸頭勢를 취했다. 어느 틈엔가 목만치의 칼은 사내의 목을 단숨에 베어 넘기면서 허공을 갈랐다.

질색한 진솔이 몸을 돌려 달아나려는 순간, 목만치가 몸을 날려 취모검으로 진솔의 목을 베었다. 취모검, 터럭 하나를 입김으로 불어도 베어진다는 명검이었다.

"도련님, 이쪽으로!"

피를 온통 뒤집어쓴 곰쇠는 야차와도 같은 모습이었다. 목만치는 진솔의 목을 집어 들고 곰쇠가 가리키는 방향으로 뛰었다. 곰쇠는 어느샌가 말들이 묶여 있는 마구간을 발견했고, 달려가는 그대로 묶여 있던 말고삐를 칼로 쳐냈다. 그들은 말에 올라타자마자 박차를 넣었다. 두 필의 말은 어둠 속을 바람처럼 질주했다.

곰쇠가 한발 먼저 앞길을 열고 달려가면서 소리 질렀다.

"진솔의 목을 벴다! 여기 진솔의 목을 벴다!"

앞을 막으려던 병사들은 두 필의 말이 질풍처럼 달려드는 기세를 당하지 못하고 뒷걸음질 쳤다. 앞쪽 말에 탄 거한이 온통 피를 둘러쓴 채 벽력 같은 소리를 질러대고 있었고, 그 뒤에 탄 기마인은 옆구리에 누군가의 머리 하나를 꿰차고 있었다. 처음에는 무슨 소리인지 몰랐지만 듣자 하니 진솔의 머리를 베었다는 것이다.

동편 하늘에 여명이 희붐하게 밝아오고 있었다. 목만치와 곰쇠가 탄 말들은 남문을 향해 맹렬하게 달려갔다.

그 시각 남문을 장악한 사규는 빗장을 풀고 있었다. 돌아가는 사태를 짐작한 여황의 장수들이 각자 병력을 이끌고 남문 쪽으로 달려왔지만 뜻밖에도 전날 밤 소부리성에서 왔다는 2천의 보군들이 남문으로 향하는 길을 막고 있었다. 2천의 보군들은 처음부터 기습인 데다가 명분에서 이기고 있으므로 어젯밤에 본 오합지졸들이 아니었다.

부장이 칼을 들고 앞장서서 보군들을 독려했다.

"자, 모두 힘을 내서 역도들의 무리를 베어라!"

여황의 병사들은 증원군이라 믿은 소부리성의 보군들이 느닷없이 일제히 덤벼들기 시작하자 당황해서 어쩔 줄 몰랐다. 게다가 아직 어둠이 채 가시지 않아 병사들끼리 엉키면서 피아간에 서로를 분간할 수 없는 지경이었다.

어둠 속에서 칼이 부딪쳤고, 비명이 난무했는데 지옥이 달리 없었다. 그리고 어느 정도 시간이 지나자 보군들은 조금씩 전진했다. 여황의 병사들이 밀리기 시작한 것이다.

전투라는 것은 기세싸움과 같아서 서로 팽팽하게 맞서다가도 한번 밀리기 시작하면 걷잡을 수 없이 무너지는 경우가 왕왕 있다.

여황의 병사들이 전의를 급격히 잃은 것은 난데없는 고함 때문이었다.

"진솔의 목을 베었다! 진가 놈의 목을 베었다!"

성벽 위에서 거한이 누군가의 머리를 들고 혼전을 치르고 있는 병사들을 향해 고함을 질렀다. 워낙 벽력 같은 목소리여서 혼전 중에도 목소리가 똑똑히 들렸다.

전의를 상실한 여황의 병력이 걷잡을 수 없이 밀리기 시작한 것은 그다음이었다. 여황의 병사들은 달아나기 바빴고, 그 뒤를 소부리성 군사들이 일제히 밀고 들어갔다.

그리고 그 뒤에 다시 함성이 들려왔다. 남문을 열고 기다리던 사규가 여곤과 찬명, 백대수 등이 지휘하는 기마대를 맞아들였다. 1만의 기마대는 남문을 통과해 파죽지세로 성안 곳곳으로 말을 몰아갔다.

'이 새벽이면 모든 것이 결판난다.'

사규는 이를 앙다물면서 성벽 위에 서 있는 목만치를 올려다보았다. 도무지 믿기지 않았다. 그는 손을 들어 눈가를 닦았다. 자꾸만 눈물이 흘러내렸던 것이다.

아침이 환하게 밝았을 때, 여황은 후원의 우물 속에 숨어 있다가 병사들에게 발각되어 그 자리에서 목이 달아났다. 병사들은 여황의 얼굴을 몰랐지만 나중에 시체를 확인한 장교에 의해서 여황임이 밝혀졌다.

진솔의 목이 떨어졌다는 소문이 결정적이었다. 여황은 어디까지나

꼭두각시에 지나지 않았고 실질적으로 이번 반란을 주도한 자는 진솔이었다. 겁에 질린 여황은 도망치다가 우물 속에 숨었으니 그의 최후가 그처럼 볼썽사나웠다.

여곤은 기마대를 이끌고 붉게 충혈된 두 눈을 부릅뜬 채 성안을 뒤졌으나 고이만년과 재증걸루를 찾지 못했다. 투항한 여황 측 병사들의 전언에 의하면 그들이 북문을 통해 탈출했다는 것이다.

여곤은 백대수에게 5천의 기마대를 주어 두 사람을 끝까지 쫓게 했다. 그들이 살아 있다면 또다시 반란을 일으킬 염려가 있었다. 재증걸루는 워낙 뛰어난 맹장이었고, 고이만년은 꾀주머니로 불리는 책사였다. 두 사람이 살아 있다면 안심이 되지 않았다.

한성을 완전히 점령하고 난 여곤은 대왕전 앞 넓은 광장에 서서 목만치를 기다렸다. 목만치가 말을 타고 다가와 십여 보 앞에서 내리자 지켜보던 여곤도 말에서 내렸다.

목만치는 옆구리에 차고 있던 진솔의 머리를 바닥에 내려놓고 여곤에게 읍했다. 여곤이 고개를 끄덕이며 얼굴에 가득 웃음을 지었다.

"그것이 바로 진가 놈의 머리인가?"

"예, 전하. 약속대로 진가의 목을 여기 대령했습니다."

"허허, 내 살아서 지금처럼 통쾌한 순간이 없었나니."

여곤이 소리 내 웃었다.

"여봐라! 어서 저놈의 목을 장대에 매어 성루에 걸어놓아라. 반역의 말로가 어떻다는 것을 모두가 똑똑히 볼 수 있도록 하라! 그리고 급히 파발을 보내 대왕마마와 상좌평을 모셔오라!"

장수들은 명을 이행하기 위해 지체 없이 움직였다.

"내 그대에게 신세를 두 번이나 졌다. 이로써 우리 백제 왕실은 적통을 이어갈 수 있게 되었다. 모두가 그대의 덕분이다."

"소인으로서 마땅히 할 일을 했을 뿐입니다."

"대왕께서 그대에게 상을 내리겠지만, 그때까지 기다릴 수 없구나."

여곤이 옆구리에 찼던 칼을 풀었다. 개로왕에게 하사받은 영도였다.

"목만치, 이 칼을 받아라. 내가 네게 군신이 아니라 형제의 의로서 주는 것이다."

"황감하오나 감히 그 칼을 받을 수 없습니다. 그건 총사령을 뜻하는 영도가 아닙니까?"

"이제 반란의 무리들을 토벌했으니 전쟁은 끝났다. 이 칼은 내가 네게 주는 마음의 정표일 뿐이다."

"그러시다면 감히 받겠습니다."

"방금 내가 말했다. 형제의 의로서 주는 것이라고."

"……."

"그 말이 무슨 뜻인지 알겠느냐? 목만치."

"뜻은 알겠지만 감히 받아들이기 송구스럽습니다."

"아니다, 목만치."

여곤이 목만치의 손을 잡았다. 두 사람의 눈길이 다정하게 마주쳤다.

"이제 단 둘이 있는 자리에서는 목만치 넌 내 아우다. 그리할 수 있겠느냐?"

"……."

"답하라, 목만치."

"……."

"정녕 내 뜻을 거절하겠느냐?"

"그것이 저하의 뜻이라면 받아들이겠습니다."

"고맙다, 아우."

"황공하오이다, 저하."

"아우라고 했다, 목만치."

"황공합니다…… 형님."

한성을 탈출한 재증걸루와 고이만년을 추격한 백대수는 끝내 그들을 놓치고 말았다. 재증걸루와 고이만년은 심복들만 이끌고 고구려 국경을 넘었다. 더 추격하다가는 고구려와 분쟁이 일어날 것을 우려한 백대수는 그만 추격군을 돌릴 수밖에 없었다.

반군을 평정한 여경, 아니 개로왕은 남한산성에서 5백 년 사직을 이어온 한성 위례성으로 돌아왔고, 대왕전 옥좌에 올라 문무백관들의 조례를 받았다.

옥좌가 있는 자리에서 다섯 계단 아래 좌우로 상좌평 여도와 여곤을 비롯해 6좌평과 22부의 장리들이 빠짐없이 시립했고, 그 밑으로 달솔, 은솔, 덕솔 등 관등 순으로 도열했다. 대부분 6품 내솔 이상의 관등이어서 남당南堂 안은 오통 자색으로 뒤덮였고, 은관들이 번쩍였다.

개로왕은 붉은색 비단을 간 옥좌에 앉아 있었다. 황금색 용이 수놓인 붉은색 비단 겉옷을 입고 허리에는 황금색 띠를 매었으며, 머리에는 금관을 쓰고 있었다.

남한산성에서 농성할 때의 초라한 모습은 더 이상 찾아볼 수 없었다. 위풍당당한 제왕의 면모가 약여했기에 문무백관들은 감히 눈을 들어 똑바로 개로왕을 바라볼 수 없을 정도였다.

개로왕의 입에서 옥음이 흘러나왔다.

"백제국이 지금까지 20대 5백 년을 이어온 것은 오직 충직한 신하와 왕을 따르는 국인들이 있었기 때문이오."

숨소리도 나지 않는 남당 안에 개로왕의 옥음이 이어졌다.

"왕권이 흔들릴 때도 있었고, 몇 분의 선왕들께서는 적국의 손에, 또는 역신의 손에 승하하시어 위기에 처하기도 했으나 이 나라 사직은 열성조의 은총을 받아 마침내 과인의 대에 이르렀소. 이 어려운 고비에 과인을 믿고 의지한 여러 충신들의 공이 참으로 크다고 하지 않을 수 없소. 충성스러운 신하들에게 공이 골고루 돌아가도록 포상할 터이니, 이 나라 사직은 앞으로도 영원할 것이오!"

내신좌평이 두 손을 들고 외쳤다.

"백제국 천세!"

그러자 문무백관들이 일제히 따라 외쳤다.

"백제국 천세! 백제국 만세!"

"천세! 만세!"

우렁찬 백관들의 함성을 들으며 개로왕은 천천히 머리를 끄덕였다. 그의 시선이 좌우를 훑으며 지나갔다. 개로왕이 손을 쳐들자 백관들의 소리가 잦아들었다.

"이 순간부터 대장군 목라근자의 역모혐의는 벗겨졌다. 목라근자는 예전의 관직을 되찾을 뿐 아니라 한 단계 더 관등직함이 추증될 것이며, 몰수한 그의 영지를 되돌려줌은 물론이거니와 더불어 2백 읍호의 영지를 더 추가하는 바이다. 그의 살아남은 후손이 있다면 장군의 위엄과 충성을 영원히 자랑스럽게 받들지어다."

『서경』에는 "지치형향감우신명至治馨香感于神命"이라는 말이 있다. 이는 지극한 뜻과 다스림은 향기로워서 하늘도 감동시킨다는 뜻이다. 제사상 위에 차려놓은 제물의 많고 적음이 문제가 아니라 그 마음의 중요함을 말하는 바, 부친의 해원을 바라던 목만치의 지극한 정성은 마침내 그 뜻을 이룬 것이다.

출생의 비밀

　　　　　목만치의 부친, 목라근자. 대대로 백제국 최고의 무사 집안으로 알려진 목씨 가문. 그중에서도 목라근자는 최고 직위인 대장군까지 오른 인물이다.

　목라근자가 신라 정벌에 나선 것은 오래전 어느 봄날의 일이었다. 대장군이 된 목라근자는 그때 나이 30대 후반이었지만 이미 그의 무명은 삼한에 널리 퍼져 있었다. 삼국의 무사 중 목라근자에 못지않게 무명을 떨친 장군은 2백 년 후의 신라의 김유신과 백제의 계백 정도일 뿐이다.

　가는 곳마다 파죽지세로 신라군을 물리친 목라근자와 백제군은 이윽고 관산성(옥천)에 이르렀다. 관산성은 신라와 백제의 국경지대에 위치해 군사적으로 매우 중요한 요충지였다. 관산성을 차지한 신라는 그 산성으로 인해 사방 수십 리 영토를 확보할 수 있었다.

　백제는 오래전부터 관산성에 눈독을 들여왔다. 마침내 비유왕은 대장군 목라근자에게 명하여 관산성을 치도록 한 것이다. 보기 1만의 병력으로 목라근자는 공성에 나섰다.

소식을 들은 신라에서는 맹장 김용천을 보내 관산성을 사수하도록 했다. 진골 출신인 그는 2품인 이찬 벼슬의 고관으로 가야를 합병하는데 큰 공을 세운 바 있었다. 하지만 애초부터 목라근자의 상대가 되기에는 무리였다.

목라근자가 이끄는 병사들은 오랜 세월을 거쳐 전장에서 단련된 일당백의 정예병들이었다. 목라근자 휘하의 용맹스러운 장수들은 목숨을 아끼지 않고 다투어 공성의 선두에 나섰다.

이찬 김용천은 3일을 버티지 못하고 성을 빼앗겼다. 끝까지 버티던 신라군은 노도와도 같은 백제군의 공격으로 목숨을 잃었고, 간신히 살아남은 자들은 김용천과 함께 성을 버리고 달아났다. 기세가 오른 백제군은 김용천을 쫓아가 끝내 그의 목을 베었으니 관산성 전투에서 목숨을 건진 신라군은 불과 백여 명에 지나지 않았다.

목라근자는 눈처럼 흰 부루말에 올라탄 채 근위병들의 호위를 받으며 위풍당당하게 성으로 진입했다. 성안에는 여기저기 불이 타오르고 있었고, 시체가 즐비하게 널려 있었지만, 약탈하는 병사들은 없었다. 목라근자는 병사들이 민가를 약탈하고, 부녀자들을 겁탈하는 것을 엄금했다. 만일 어기는 병사가 있다면 불문곡직하고 목을 베었으므로 관산성 안은 화공 때문에 타오르는 가옥 몇 채를 제외하곤 대체로 무사한 편이었다.

목라근자가 문득 고삐를 낚아채 멈추자 부루말이 투레질을 했다. 목라근자의 고리눈이 어느 민가의 처마 밑으로 향했다. 처마 밑에는 부상당한 노인이 쓰러져 있었고, 딸로 보이는 여인이 보살피고 있었다. 노인의 부상이 심했는지 그 여인은 다른 데에 전혀 신경 쓰지 못하는 것 같았다.

목라근자의 눈길이 여인의 이마에 머물렀다. 머리카락을 뒤로 틀어 묶어서 환하게 드러난 여인의 이마는 창백하면서도 해맑았다.

문득 목라근자의 시선을 의식했는지 여인이 고개를 돌렸다. 여인과 목라근자의 눈길이 허공에서 만났다. 잠깐 여인의 눈길이 허공에서 헤매다가 다시 노인에게로 돌아갔다.

아주 짧은 순간이지만 무장 목라근자의 마음은 더할 수 없이 떨렸다. 지금까지 살아오면서 처음 느낀 감정이었다. 저 연약해 보이는 여인 때문에 그는 처음으로 자신의 감정을 통제할 수 없었다.

"대장군……."

옆에서 기다리고 있던 부장이 목라근자를 채근했다. 목라근자가 멈추고 있자 다른 장수들이 더 이상 나가지 못했던 것이다.

목라근자는 말에 박차를 넣으려다가 멈추고 부장을 돌아보았다.

"군의를 데려다 노인을 치료하도록 하라. 여인의 효심이 갸륵하다. 무슨 일이 있어도 노인을 살리도록."

"알겠습니다, 대장군."

목라근자는 다시 한번 여인 쪽을 돌아본 뒤 말에 박차를 넣었는데 그의 입에서 가느다란 한숨이 새어나왔다. 여인에 대한 미련을 좀처럼 떨쳐버리기 어려웠던 것이다.

그것을 놓치지 않고 지켜보는 사람이 있었으니 목라근자의 가노이자 집사인 육손이었다. 위사나 장교들처럼 갑옷 차림이 아닌 평복이지만 말을 타고 있는 데다 등에는 칼까지 차고 있었다. 범상치 않은 기운이 흐르는 얼굴이었다.

조정에서 관산성 성주로 새롭게 임명한 관리가 오기를 기다리며 목라근자는 관산성에 머무르고 있었다. 성주에게 성을 넘기고 나면 목라근자는 한성으로 돌아갈 예정이었다.

이번 동정에서 목라근자의 부대는 무려 7개의 성을 함락시켰고, 신라와 가야군 2만 명을 죽였다. 목라근자의 부대라는 소문만 듣고도 신라와 가야군은 도망치기에 바빴는데 이미 그의 명성이 삼한 전역에 널리 알려졌기 때문이었다.

어느덧 추수철이 다가오고 있었다. 모병했던 병사들을 고향으로 돌려보내 수확을 거두어들이도록 해야 할 때였다.

목라근자는 남문 성벽 위에 세워진 망루에 앉아서 사방으로 넓게 펼쳐진 황금색 들판을 바라보았다. 바람이 불 때마다 황금색 벼들이 물결쳤다. 모처럼 보는 평화로운 장면이었다.

조촐한 술상이 놓여 있었고, 목라근자는 이따금 생각난 듯이 술잔에 손을 가져가 한 모금씩 마시곤 했다. 부장이 술 따르는 시녀를 대령하겠다고 했지만 목라근자는 워낙 여색을 즐기지 않았다.

그러나 독한 화주를 비우면서 목라근자는 문득 허전함을 느꼈다. 온 나라 안에 무명을 떨치면서 젊은 나이에 대장군이라는 영광을 차지했지만 채워지지 않는 그 무엇인가를 목라근자는 처음으로 느꼈다.

목라근자는 자연스럽게 한 여인의 얼굴을 떠올렸다. 며칠 전 부상당한 노인을 정성스럽게 돌보고 있던 여인이었다. 그 여인과 잠깐 눈길이 마주쳤을 때 목라근자는 자신의 가슴 한구석이 가만히 허물어지는 듯한 심정이었다. 그건 애잔함 같은 것이었다. 그리고 그 허물어진 가슴속으로 가을바람이 횡하니 불어오는 듯했다.

고개를 떨치며 목라근자는 다시 한번 독한 화주를 입안에 털어 넣었다. 그때였다.

"주인."

"무슨 일이냐?"

"누군가 주인을 뵙고자 합니다."

"누구인가?"

육손이의 입가에 미소가 떠올라 있었다.

"며칠 전에 주인께서 부상당한 노인을 치료하라고 명하신 일이 있습니다."

"그랬었지. 참, 어떻게 되었느냐?"

"다행히 큰 부상이 아니라 의원이 돌본 덕에 많이 좋아졌답니다."

"그것 잘되었구나. 그런데 날 찾아온 이는?"

"노인의 딸이 대장군을 뵙고 싶답니다."

"뭐라?"

목라근자가 놀란 고리눈을 치켜떴는데, 육손이의 뒤편에서 여인이 나타났다. 여인은 바닥에 조용히 무릎을 꿇으며 목라근자를 향해 절했다. 단아한 이마를 보는 순간 목라근자는 다시 한번 가슴이 서늘해지는 기분이었다. 어느 틈엔가 육손이는 사라지고 없었다.

마침내 고개를 든 여인이 가만히 목라근자를 바라보았다. 조금도 동요되지 않는 눈빛이었다.

"소저는 장군께 잊을 수 없는 은혜를 입었습니다. 소저의 부친은 장군께서 보내주신 의원 덕분에 목숨을 건졌나이다. 이 은혜 정말 감사드립니다."

"……."

"어떻게 보답해야 할지 모르겠사옵니다. 다만 고마운 심정만은 나리께 꼭 전해야 할 것 같아서 무례를 무릅쓰고 찾아왔습니다."

"잘 왔소."

"……."

"그리고 부친께서 쾌차하셨다니 다행이오."

"모든 게 나리 덕분입니다."

"……."

목만치와 여인의 눈길이 허공에서 가만히 만났다. 잠시 후 목라근자가 다소 들뜬 목소리로 물었다.

"그대의 이름이 무엇이오?"

"소저, 항아라고 합니다. 성은 김가올시다."

"성이 있는 것을 보면 상민은 아니군."

"저희 집안은 대대로 지방 호족이었습니다만 조부 때부터 가세가 기울어 소저는 부친과 함께 근근이 연명해왔습니다. 하지만 한번도 저희 가문에 대한 긍지를 잊은 적이 없사옵니다."

"장하오."

"과찬의 말씀입니다."

목라근자는 한동안 침묵을 지켰다. 호리병에 담긴 화주가 다 비도록 목라근자는 가만히 술을 마셨고, 항아는 그린 듯이 앉아 있었다. 시선을 발치 끝에서 한 자쯤 되는 바닥에 가만히 떨군 채였다.

술병이 바닥을 보이자 목라근자는 꿈에서 깨어난 듯 고개를 들고 항아를 바라보았다. 새삼스러운 기색을 느꼈을까, 항아도 시선을 들어 목라근자를 바라보았다. 목라근자가 꿈꾸듯 입을 열었다.

"우리 목씨 집안은 백제국 제일의 가문이오."

"대장군님의 명성은 익히 들었습니다."

"그런 명성을 이어갈 수 있게 해주시오."

"소저, 나리의 명이라면 감히 받겠나이다."

항아가 다시 자리에서 일어나 큰절을 올렸다. 그녀를 바라보는 목라근자의 고리눈에 뜨거운 열기가 차올랐다.

한성에 도착해 대로를 행진하는 목라근자의 개선군 행렬에는 떠날 때와는 달리 가마 한 채가 딸려 있었다. 가마 안에는 물론 항아가 타고 있었다. 항아의 부친은 그때쯤 이미 말을 탈 수 있을 정도로 완쾌되어 있었다. 60대의 노인이지만 그는 능숙한 솜씨로 말을 타고 가마를 뒤따랐다.

병사들을 해산시키고 대왕전에 나아가 대왕의 치하를 받고 난 목라근자는 가신들과 함께 새롭게 얻은 신부와 장인을 데리고 고향집으로 돌아왔다.

그의 집은 대목악성大木岳城에 있었다. 대목악성은 훗날 통일신라 때는 대록군大麓郡으로 바뀌었고, 고려 때는 목주木州, 지금의 독립기념관이 있는 목천면木川面을 가리킨다. 그 이름이 목천이라 함은 목촌木村에서 비롯된 것으로 예로부터 백제 8대성의 하나인 목씨들이 집단을 이루어 살고 있던 곳이었다.

목라근자의 고향은 대대로 씨족마을이었다. 씨족마을 중에서도 종손가였으므로, 목산의 중턱에 자리 잡은 목라근자의 저택은 그 크기가 사뭇 놀라웠다. 사방 수 리의 크기에 두 길 가까운 담장이 빙 둘러쳐 있었고, 그 안에 들어선 집만 수십 채였다. 대소 일가붙이와 가신들에게 딸린 식구들, 종들만 해도 수백 명이 넘었다.

항아와 그녀의 부친은 놀라움을 감추지 못했다. 그들의 집안도 나름대로 지방 호족이었지만 왕궁을 빼놓고 이렇게 큰 집은 처음이었다. 백제국 8대성의 하나이자 대대로 최고의 무사 집안으로 호가 난 목씨 가문의 종손가다웠다.

항아는 그날로 목씨 집안 가장 안채에 자리했는데, 그 인품과 지혜가 얼마나 뛰어났는지 집안 식구들 중 어느 누구도 감탄하고 진정으로 승복하지 않는 이가 없었다. 그녀가 신라 여인이라는 것을 문제 삼는

이는 없었다. 오히려 목 장군의 안목에 대한 칭송만이 더 높아갈 뿐이었다.

그로부터 열 달 후 항아는 마침내 옥동자를 출산했다. 아들이 태어난 날 목욕재계를 한 목라근자는 후원 뒤편에 있는 사당을 찾았다.

신주를 모신 사당에 촛불을 켠 뒤 그는 당 한가운데 놓인 목궤를 열었다. 조심스럽게 목궤 안에서 무엇인가를 꺼냈는데 비단에 둘러싸여 있는 길고 묵직한 물체였다. 비단을 조심스럽게 벗기자 이번에는 유지로 싸여 있었고, 그것마저 벗기자 마침내 평범하게 생긴 칼 한 자루가 나타났다. 너무 평범해서 오히려 실망감을 안겨주는 그런 칼이었다.

칼을 제상 위에 정성스럽게 올려놓은 목라근자는 칼을 향해 세 번 절을 올렸다. 목라근자의 표정은 엄숙하기 그지없었다.

절을 마친 목라근자가 돌아보자 아기를 안고 서 있던 육손이가 아기를 목라근자에게 건넸다. 목라근자는 강보에 싸인 아기를 조심스럽게 안았다. 이제 갓 태어난 아기는 새근새근 잠들어 있었다.

목라근자는 아기를 가슴에 안은 채, 나머지 한손으로 칼을 뽑아들었다. 그 순간 평범하고 볼품없던 칼이 모습을 드러내면서 눈부신 빛을 발하였다. 마치 밤하늘에 순간적으로 비치는 번개와도 같았다. 검기에 놀라서였을까, 그때까지 가만히 잠들어 있던 아기가 눈을 떴다.

그러나 아기는 울지 않았고 눈을 말똥말똥 뜬 채 제 아비를 바라보고 있었다.

아직 그 눈에 아무것도 보이지 않으리라는 것을 알고 있는 목라근자였지만, 그는 자신과 아들 사이에 무엇인가 교류한다고 믿었다. 그리고 그 끈을 이어주는 것은 바로 검에 깃들어 있는 혼이었다.

"아들아. 이 칼은 천하제일의 명검이다. 네 4대조 할아버지는 천하제일가는 무사였다. 그러나 불행히도 당신께서 평생 염원하시던 검법의 완성을 이루지 못하고 이 칼을 남기셨다. 그분께서 유언하셨다. 이 칼은 오직 가문에 전해져오는 비전의 검법을 완성한 자만이 가질 수 있다고 말이다."

육손이는 숨을 죽이고 목라근자가 아들에게 하는 소리를 들었다. 온몸이 굳어져서 손가락 하나 꼼짝할 수 없을 정도였다. 주인을 평생 동안 모셔왔지만 저토록 정색한 모습은 처음이었다.

"아들아, 내 평생 한이 있다면 바로 그것이다. 나는 이 칼의 임자가 되지 못하였다. 비록 삼한의 강역에서 나름대로 위명을 떨치었지만, 그것으로 내 꿈을 삼기에는 너무나 작았다. 내가 진정 바란 것은 이 칼의 주인이 되어, 이 세상 발 닿는 곳까지 나아가고 싶었다. 그리하여 전쟁이 없는 땅, 저 선사시대의 평화를 꿈꾸었다. 아들아, 이 아비의 한을 네가 풀어다오. 이 칼의 주인이 되어 그 누구도 개척하지 못한 새로운 세상을 열어가거라."

아기는 여전히 눈을 말똥말똥 뜬 채 가만히 목라근자를 올려다보고 있었다.

"목만치木滿致! 네 이름이다. 완성을 위해서 모든 것을 바치라는 아비의 바람을 담았다. 내 아들 목만치야, 너는 기필코 이 칼의 임자가 되어야 한다. 그리하여 천하의 참주인이 되어야 한다. 그것이 유일한 내 소원이자, 선조들의 소원이다! 명심하라!"

그 순간이었다. 다시 한번 번쩍하고 칼날의 빛이 방 안을 가득 채웠고 쨍, 하고 소리가 났다.

육손이는 자신의 귀를 의심했지만 분명 칼의 울음소리였다. 예로부터 전해져오기를 명검은 주인을 만나는 순간 운다고 했다.

그와 동시에 목만치도 우렁찬 울음을 터트렸다.

대장군 목라근자는 자주 왕명을 받들어 전쟁에 나섰기에 대부분 육손이가 목만치를 돌보았다. 육손이는 선대로부터 목씨 집안의 종이었는데, 그의 할아버지의 할아버지가 신검의 주인이자 목씨 집안의 전설로 전해져오는 나그네 무사의 최후를 지켜본 인물이다.

목라근자와 육손이는 비슷한 연배로 어린 시절부터 함께 자랐다. 선대로부터의 충직함을 높이 산 목라근자의 모친은 목라근자가 무술과 글을 배울 때 육손이도 함께 배울 수 있도록 은전을 베풀었다. 비천한 신분인 육손이가 나름대로 무술의 고수가 될 수 있었던 데에는 바로 그런 배경이 있었다.

최고의 스승들이 초빙되어 목라근자에게 무술을 가르쳤다. 육손이가 개인적인 무술수련에 치중했다면, 목라근자는 병법과 전략에 더 관심이 많았다. 그래서 무술실력은 육손이가 오히려 한 수 위였다.

목라근자가 전장에 나갈 때마다 목만치를 육손이에게 맡긴 것은 바로 그 때문이었다. 게다가 육손이는 목씨 집안에 비전되어 오는 본국검법을 잘 알고 있었다.

본국검법. 그 검법의 완성을 이루기는 어렵지만, 일단 완성을 이룬다면 천하무적이라는 신비의 검법.

대륙으로의 팽창을 꿈꾸던 고구려는 중국의 병법과 유사하게 기마전과 병장기의 사용에 능숙하여서 주로 마상쌍검馬上雙劍, 마상월도馬上月刀와 같은 중국검술이 유행했다. 그러나 백제는 고구려와 달리 수전水戰과 보전步戰에 능하여 짧은 칼인 환도를 사용하는 검술이 발달했다. 그중 최고의 경지를 다투는 검법을 일컬어 본국검법이라 했다.

육손이는 본국검법의 초식을 어느 정도 깨우쳤다. 물론 궁극의 단계에까지 이르지는 못했지만.

목라근자는 모친이 그랬듯이 목만치가 무술수련을 받을 때면 육손이의 아들 곰쇠를 함께 참여시켰다. 곰쇠는 큰 덩치만큼이나 마음이 넓었고, 어린 목만치의 개구쟁이받이가 되어주었다. 집안 대대로 이어져온 주종의 숙명을 어린 나이에도 이미 깨달은 것이다.

육손이는 목라근자의 깊은 한을 잘 알고 있었기 때문에 최선을 다해서 목만치를 가르쳤다. 목만치 옆에는 그림자처럼 곰쇠가 함께했다.

곰쇠는 제 아비와는 달리 어릴 때부터 체구가 곰과 같았다. 나이 열 살 무렵에 이미 스무 살이 넘는 장정과 같은 덩치였고, 나이 열셋에는 들돌을 들기까지 해 한몫의 장정 노릇을 했다. 타고난 장사였다.

그에 비해 목만치는 호리호리한 체구였는데 그래도 걱정하던 것과는 달리 키가 훌쩍 커갔다.

목만치가 열네 살이 되던 무렵, 목라근자는 오랜 원정길에서 돌아와 모처럼 한가한 시간을 보내고 있었다. 오랫동안 떨어져 있던 아들 목만치의 눈부신 성장과 나날이 늘어가는 무술솜씨를 지켜보는 것이 그의 낙이었다.

목라근자는 틈만 나면 사당으로 목만치를 데려가 선대로부터 전해져온 신검에 대한 이야기를 들려주었다. 그러나 더 이상 목궤에서 신검을 꺼내는 법은 없었다.

"네가 검법을 완성하는 날, 이 칼을 꺼내겠다. 네가 태어나던 날 난 조상께 약속했다. 네가 자라서 꼭 이 칼을 쓰게 하리라고 맹세했다."

"……."

"목만치, 너는 자랑스러운 내 아들이자 우리 목씨 가문의 종손이다. 조상들이 쌓아온 명성을 더럽혀서는 안 된다. 알겠느냐, 아들아."

"예!"

어린 목만치지만 야무지게 대답하는 말투에서 힘이 느껴졌다. 목라근자는 얼굴을 가득 뒤덮은 수염을 매만지며 흐뭇한 미소를 지었다.

한성에서 사자가 달려온 것은 목라근자가 그처럼 한가로이 시간을 보내고 있던 가을의 어느 날이었다.

얼마나 서둘러 왔는지 온몸에 흙먼지를 뒤집어쓴 사자는 말에서 내리자마자 목라근자에게 서둘러 입궁하라는 어명을 전했다. 고구려가 국경을 침범했으니 바로 입궁하라는 칙서였다. 사자의 채근에 목라근자는 종복 하나와 함께 길을 떠났다.

"육손이 자네는 기별을 넣어서 가신들을 모은 뒤에 뒤따라오도록 하게."

목라근자의 명을 받은 육손이는 연통을 해 가신들을 모았다. 지방 호족인 목씨 집안의 녹을 받는 가신들이 속속들이 모여들었다. 오랫동안 목라근자를 보필해온 충직한 수하들이었다. 육손이는 사병들을 끌어 모으는 한편 한성으로 가노 차복이를 보내 대장군의 근황을 살피도록 했다.

한성에 보낸 차복이가 돌아오는 대로 떠날 작정을 하며 가신들과 기다리고 있는데, 다음날 해거름 녘에 차복이가 넋이 나간 얼굴로 돌아왔다. 차복이의 얼굴을 보는 순간 육손이는 일이 심상치 않다는 것을 직감했다.

"크, 큰일 났습니다!"

"이놈아, 호들갑 떨지 말고 제대로 말하라!"

"나, 나리께서……."

"나리가 어쨌단 말이냐?"

"나리가 역모혐의로 붙잡혀 들어가셨습니다요!"

"뭐라구? 그게 사실이냐?"

육손이를 비롯한 가신들이 아연실색해서 되물었다.

"소인도 믿기지 않는 일이지만, 한성에 들어가 나리의 행적을 수소문해본 결과 사실입니다요. 지금 나리는 옥에 갇혀서 국문을 받고 계십니다요."

"허어, 이런 변이 있나?"

"지금 이럴 때가 아닙니다요. 나리가 역모에 걸리셨으니 우리 모두 죽은 목숨입니다요!"

차복이가 울부짖었다. 육손이가 엄한 눈빛을 하고 차복이를 노려보았다.

"그래서? 네놈 말은 어서 도망이라도 치잔 말이냐?"

"역모에 걸리면 삼족을 멸한다고 했소. 집사는 그걸 모릅니까요?"

"이놈!"

육손이가 벼락 같은 호통을 내질렀다.

"주인의 하해와 같은 은혜를 입고 지금까지 목숨을 부지해왔거늘, 네놈 혼자 살 길을 도모하려는 것이냐? 이놈을 그냥 놔두었다가는 차라리 주인에게 해가 될 놈이로다!"

"지, 집사, 쇤네가 잠깐 정신이 나갔소!"

그러나 차복이가 손을 빌기도 전에 둘러섰던 가신들 중에서 누군가가 그의 목을 베었다. 바닥에 떨어진 차복이의 머리에 침을 뱉고 난 육손이가 돌아서서 냉정한 목소리로 입을 열었다.

"주인이 역모혐의에 걸리셨다면 우리가 할 일은 단지 하나뿐. 주인의 누명을 벗겨드리고 주인과 생사를 같이하는 것이다."

"그렇소."

가신들이 모두 한 입으로 말했다. 가신들 중에서 가장 나이가 많은 정학이 입을 열었다.

"집사, 한성 일은 우리가 맡겠네. 집사가 할 일은 따로 있으이."

"그게 무슨 말씀이오?"

"집사는 공자님을 맡게. 설령 우리가 역도로 몰려 억울하게 죽더라도 공자님만은 살아남아야 우리의 원한을 풀 것이네."

"아니오. 내가 아니더라도 공자님을 맡을 사람이 많소. 난 무슨 일이 있어도 주인을 구하러 한성에 가야 하오."

"집사, 쓸데없는 고집이네. 우리 모두 한성으로 가겠지만 결과는 뻔할 것이네. 그렇다고 해서 우리 중에 목숨을 아까워할 사람은 없으이. 주인을 위해서 언젠가는 바쳐야 할 목숨이었네. 하지만 주인의 유일한 혈육인 공자님만은 어떻게 해서든 목숨을 이어야 하네."

정학과 육손이 그리고 다른 가신들이 서로 고집을 피우며 옥신각신하고 있을 때였다. 밖의 동정을 살피고 있던 가신 중 하나가 안색이 변하여 뛰어 들어왔다.

"큰일났소! 관군들이 집을 포위했소!"

"뭐라구? 그게 정말인가?"

모두 밖을 내다보았다. 어느새 몰려왔는지 관군들이 빽빽하게 담장을 둘러싸고 있었다.

"이건 함정이다! 누군가 우리 주인을 해치기 위해 꾸민 계략이야!"

가신들 중 누군가가 그렇게 부르짖었다. 이제와 생각하니 급하게 장군을 한성으로 부른 것도 그랬지만 가신들조차 딸리지 못하도록 서둘러 길을 재촉한 것도 미심쩍었다.

"아뿔싸!"

육손이는 대장군을 혼자 보낸 것을 땅을 치며 후회했지만 이미 엎지른 물이었다.

"이대로 당할 수 없다! 숨이 붙어 있을 때까지 놈들과 싸운다!"

육손이의 결의에 찬 고함에 가신들은 고개를 끄덕이며 칼을 힘껏 고쳐 잡았다.

"역도의 무리들아! 항복하면 목숨만은 건질 수 있다!"

밖에서 들려오는 소리에 가신들은 코웃음을 쳤다. 역모혐의에 걸렸다면 삼족이 아니라 구족까지 몰사당하는 판에 애당초 살아나긴 글렀다. 그렇다면 끝까지 싸우다 죽는 수밖에 없었다. 정학이 육손이에게 다가왔다.

"집사, 고집 피울 일이 아니네. 여긴 우리에게 맡기고 자넨 공자님을 살려야 해."

"우리 모두 여기서 죽읍시다!"

"주인이 진정 그러기를 바랄까?"

정학이 눈을 부릅뜬 채 육손이의 양 어깨를 흔들었다. 다음 순간 육손이는 온몸을 늘어뜨렸다.

"자네도 주인께 충성스러운 집사지만 나 역시 젊은 시절부터 주인의 그림자처럼 전쟁터를 누비고 다녔네. 주인이라면 자네 못지않게 잘 알고 있는 나란 말일세."

"……"

"주인이 누명을 썼다면 그걸 벗길 수 있는 사람은 공자님뿐이네. 꼭 공자님을 살려야 하네. 자네만이 그 일을 할 수 있어."

"……"

"집사, 제발 부탁하네."

육손이는 그 순간 정학의 두 눈에서 흘러내리는 눈물을 보았다.

그때쯤 밖에서 함성과 함께 불화살이 날아들었다. 여기저기 타오르기 시작한 불은 걷잡을 수 없이 번져갔다. 담장을 넘어 들어온 관군들과 가신들이 여기저기서 접전을 벌였다. 더 이상 지체할 수 없었다.

"나리, 그럼 뒷일을 부탁하오!"

"집사, 우리 공자님을 훌륭하게 키워주시오!"

그렇게 정학과 작별한 육손이는 자욱하게 퍼진 연기 사이를 헤쳐 안채로 달려갔다. 안채 마당에 항아가 목만치와 함께 서 있었다. 목만치 뒤에는 항상 그림자처럼 따르는 곰쇠가 서 있었다. 항아의 얼굴은 담담했다. 모든 것을 운명으로 받아들이고 있는 모습이었다.

"만치야."

"예, 어머니."

"어서 이곳을 떠나거라."

"어머니도 함께 가셔야 합니다. 어머니께서 안 가시면 저도 안 갑니다."

목만치가 도리질을 했다.

"결코 부끄럽지 않은 사내가 되어다오. 네 부친은 이 나라 최고의 대장군이시다. 너는 목씨 집안의 명성을 이어가야 한다."

"지금 그게 무슨 소용이 있단 말입니까? 아버님께서 저렇게 되셨는데 그따위가 무슨 소용이란 말입니까?"

다음 순간 목만치의 눈이 커졌다. 눈 깜짝할 사이에 은장도를 꺼내든 항아가 자신의 가슴을 깊숙이 찔렀던 것이다.

"어, 어머니……."

"이놈! 감히 어머니라고 부르지도 마라!"

"잘못했습니다, 어머니……."

목만치의 두 눈에서 눈물이 걷잡을 수 없이 흘러내렸다.

"그럼 내 말을 듣겠느냐?"

"예, 어머니."

"어서 떠나거라. 집사는 네 스승이기도 하거니와 부친의 오랜 벗이기도 하다. 잘 모시거라."

항아가 고개를 돌려 육손이를 보았다.

"수원사로 가서 해월 스님을 찾게."

"알겠습니다, 마님."

육손이가 허리를 깊이 숙여 마지막 작별인사를 올렸다. 항아는 핏기 하나 없이 창백해진 모습으로 비틀거리며 대청마루를 짚었다.

목만치는 땅바닥에 엎드려 항아에게 큰절을 했다. 곰쇠도 뒤늦게 큰절을 했는데 눈물 콧물바람이었다. 항아가 손을 내저어 어서 떠나라는 시늉을 했다.

"어서……."

"도련님, 어서 갑시다요!"

침통한 얼굴로 육손이가 목만치의 손을 이끌었다.

어느새 안채 지붕까지 불이 옮겨 붙어 나무와 기와가 튀는 소리가 요란했다. 바로 안채 밖에서 관군들의 함성이 들려왔다.

"저기 있다!"

자욱한 연기를 헤치며 서너 명의 관군들이 갑자기 나타나 앞을 가로막았는데 육손이가 칼을 뽑아들고 허공으로 몸을 날렸다. 허공에서 육손이의 칼이 몇 번 번뜩인다 싶었는데 관군들은 이미 바닥에 나뒹굴고 있었다. 곰쇠는 경황 중에도 쓰러진 관군의 손에서 칼을 뺏어들고 목만치의 뒤를 맡았다.

목만치는 대청마루 끝을 붙잡고 자꾸만 손을 내젓는 항아를 몇 번이나 돌아보았지만 이내 연기에 가려서 보이지 않았다.

육손이의 채근에 담장을 넘으려던 목만치가 뒤늦게 무슨 생각이 난 듯 주춤거렸다.

"도련님, 서두르셔야 합니다! 어서요!"

애가 탄 육손이가 목만치의 등을 떠밀었다. 그러나 목만치는 담장을 넘지 않고 사당 쪽으로 달려갔다.

"도련님!"

육손이와 곰쇠가 뒤를 쫓아왔다.

"어서 이곳을 빠져나가셔야 합니다, 도련님!"

"검! 검을 가져가야 해!"

뒤도 돌아보지 않고 사당으로 달려가면서 목만치가 숨차게 대답했다. 그제야 육손이도 사당에 간직되어 있는 신검을 기억해냈다. 똥구멍에 불이 붙을 지경에도 신검을 용케 떠올린 목만치였다.

육손이와 곰쇠가 사당 주변을 경계하는 동안 목만치는 서둘러 사당 안에 뛰어들어 목궤를 열고 비단에 싸인 신검을 챙겼다.

육손이와 목만치, 곰쇠는 사당 뒷담을 뛰어넘었다. 그곳에도 대여섯 명의 관군들이 기다리고 있었지만 육손이의 상대가 되지 못했다. 비명조차 제대로 지르지 못하고 쓰러진 관군들을 타고 뛰어넘은 그들은 그대로 집 뒤 산줄기를 타고 올라갔다.

숨이 턱까지 차오르도록 달려가서 마침내 건너편 산등성이에 도착했다. 충분히 적을 따돌렸다고 생각한 육손이는 걸음을 멈추었다. 뒤를 돌아보던 육손이의 얼굴이 굳어졌다.

저 멀리 산중턱에 위치한 주인의 집이 온통 불바다였다. 대낮같이 밝게 타오르는 불빛 속에서 허둥대다가 불에 타죽는 가노들과 가신들의 모습은 마치 지옥과도 같았다. 용케 불 속을 빠져나와도 기다리고 있던 관군들에 의해 목이 달아났다.

육손이는 그 장면을 하나도 놓치지 않고 지켜보았다. 목만치와 곰쇠도 피눈물을 흘리며 지켜보았다.

수원사는 곰나루(웅천)에서도 수십 리나 들어간 월성산 깊은 곳에 있는 조그만 절이었다. 워낙에 산세가 험하고 깊어서 어쩌다 길 잃은 나무꾼이나 약초꾼, 심마니들이 찾아들었고, 어지간히 불심이 깊은 신도가 아니고서는 수원사의 존재를 알지 못했다.

수원사에는 해월이라는 괴팍하기 이를 데 없는 노스님과 시봉을 드는 동승 하나가 전부였을 뿐이다.

그날따라 해월은 수복이에게 절 안팎을 깨끗하게 청소하라 일렀다.

그날 밤, 세 명의 낯선 손들이 수원사로 찾아들었다. 길라잡이가 없으면 찾기 어려운 길인데 초행길에 용케도 찾아온 셈이었다.

밖에서 인기척이 나자 법당에서 예불을 드리고 있던 해월은 뒤도 돌아보지 않고 수복에게 일렀다.

"목씨가에서 오신 손님이면 요사채로 모셔라."

"예, 스님."

수복이가 법당 옆문을 열고 나갔다.

낯선 손들은 마당 가득 내려앉은 어둠 속에 서 있었다. 수복이는 본능적으로 그들에게서 풍겨나는 피비린내를 맡았다. 쭈뼛거리며 다가간 수복이가 물었다.

"어디에서 오셨습니까? 스님께서 목씨가에서 오신 손님이면 뒤채로 모시라고 하셨습니다."

육손이가 놀란 표정을 애써 감추며 대꾸했다.

"그래, 우리가 바로 목씨가에서 왔다."

"그럼 따라오시지요."

수복이의 안내로 요사채로 간 육손이 일행은 행장을 풀었다. 행장이랄 것도 없었다. 황망중에도 사당에 들러 가져온 신검이 유일한 짐이었다.

수복이가 차려온 저녁 공양을 마치고, 목만치와 곰쇠가 피곤에 못 이겨 벽에 기대어 꾸벅꾸벅 졸고 있을 때쯤에야 해월이 방에 들어섰다.

육손이가 얼른 일어나 해월을 향해 읍했다.

"육손이라 합니다."

해월이 마주 합장하며 받았다.

"해월이오."

"마님께서 이곳을 찾아가라 하셨소."

"내 며칠 전부터 일기를 보며 나름대로 짐작하고 있었소."

"……."

육손이가 눈을 크게 떴다.

"나무아미타불……."

눈을 감고 중얼거리던 해월이 눈을 뜨고는 벽에 기대어 잠들어 있는 목만치를 물끄러미 바라보았다.

"저 아이가……. 김 시주의 아들이군요. 목만치라 했던가요."

"그렇습니다, 스님."

"김 시주는 아주 독실한 신도였소. 철마다 이곳에 찾아와 불공을 드리는데 그 정성이 보통이 아니었소. 하늘도 감동할 만한 지성이었는데 모두가 아들을 위해서였소."

"그랬습니까?"

"그랬소이다. 저 아이가 훗날 큰 인물이 된다면 그 공의 팔 할은 제 어미의 공일 테지요."

"……."

"옆의 아이는 보아하니 처사의 아들이군요. 타고난 무골이오."

"부끄럽습니다. 우리 도련님의 운명은 어떻습니까?"

"……."

목만치를 바라보는 해월의 표정이 예사롭지 않았다. 깊은 물 속 같은, 그 끝을 측량하기 어려운 눈빛이었다.

"목 공자의 운명이라……. 그건 소승도 모르오. 저 아이의 그릇은 이미 소승이 짐작할 만한 경계를 벗어났소.『장자』에 '월계불능복곡란 越鷄不能伏鵠卵'이라는 말이 있지요. 월나라의 작은 닭이 고니의 커다란 알을 품을 수 있겠습니까?"

"하오면……?"

"우린 그저 지켜보는 것밖에 달리 할 일이 없을 것이오."

해월의 말이 이해되지 않았지만, 육손이는 말없이 고개를 끄덕일 수밖에 없었다.

"잘 오셨소. 그리고 어쩔 수 없는 일이오. 운명이란 게 다 하늘의 뜻이니…… 인력으로는 도망칠 수 없는 법이오. 나무아미타불……."

육손이가 어리둥절해하는데 스님은 어느새 방을 빠져나간 뒤였다.

다음날 새벽에 해월이 갑자기 사라졌다. 동승 수복이조차 해월의 행적을 몰랐다. 해월이 돌아온 것은 그러고도 7일이나 지난 뒤였다. 해월의 행장은 지난 행적을 충분히 짐작케 할 정도로 흙먼지로 뒤덮여 있었다.

해월은 등에 걸머진 바랑을 조심스럽게 내려놓았다. 스님의 얼굴은 고요하게 가라앉아 있었는데, 짐작 가는 게 있는 육손이의 얼굴은 창백하게 굳었다.

해월이 목만치에게 눈길을 주었다.

"목만치야."

"예, 스님."

목만치가 한 걸음 앞으로 나서며 스님에게 허리를 숙여 예를 표했다.

해월이 바랑을 풀어헤치자 유지로 싼 둥그런 물체가 나왔다. 짙은 향 냄새가 진동하고 있었음에도 채 가리지 못한 악취가 풍겨 나왔다. 살이 썩어가는 냄새였다.

육손이는 그 자리에서 무릎을 꿇고 후들후들 온몸을 떨면서 눈물을 흘리기 시작했다.

"목만치야."

"예, 스님."

"아버님께 인사드려라."

"……."

목만치의 온몸이 얼어붙었다. 호흡을 멈춘 목만치는 뚫어져라 유지에 싸인 것을 내려다보았다.

"흐흑, 주인! 이게 웬 변입니까? 주인, 흐흑……."

육손이의 통곡이 이어졌다.

언제까지나 그 자리에 얼어붙어 있을 것만 같던 목만치는 뜨거운 숨을 토해냈고, 유지에 싸인 물체를 향해 천천히 두 번 절했다.

그리고 목만치는 무릎걸음으로 다가가 떨리는 손으로 유지를 펼쳤다. 해월도 육손이도 그런 목만치를 지켜볼 뿐이었다. 이윽고 끔찍하게 부패한, 이미 얼굴을 알아볼 수 없을 정도로 썩어가는 흉한 살덩이가 드러났다. 목만치는 부릅뜬 눈으로 그것을 바라보았다.

불과 얼마 전까지 엄하기는 하지만 살아 웃고, 말하고, 호령하던 아버지 목라근자. 바로 이것이 그분이란 말인가. 어린 나이이긴 하지만 그 순간 목만치에게는 사람이 죽고 사는 게 얼마나 덧없는 일인지 인상 깊게 각인되었다. 스쳐 지나가는 바람을 손으로 움켜잡는 일처럼 허망한 것이 또한 인생인가. 목만치는 삶의 진수를 한순간에 깨닫는 것 같았다.

그래서였을까. 오히려 슬픔은 느껴지지 않았다. 모든 것이 담담하게 받아들여졌다. 목만치는 정성스럽게 부친의 유골을 수습해 다시 유지에 쌌다.

그날 밤 해월은 목만치와 육손이, 곰쇠와 함께 가장 빠른 산줄기를 타고 서해안으로 갔다. 밤을 새워 달려와 새벽이 터올 무렵 바다가 내려다보이는 양지 바른 언덕에 목라근자의 머리는 편히 쉴 곳을 찾았다.

준비해 간 술을 비우면서 육손이는 저만치 떨어진 곳에서 바다만 하염없이 보고 있는 목만치에게 전율을 느꼈다.

"주인을 오랫동안 모셨습니다만, 이 나라 최고의 무장인 주인보다 더 무서운 기상을 타고나셨습니다."

해월이 가만히 고개를 끄덕였다.

"주인을 따라 대소 수십 번의 전쟁을 치렀지만 주인은 단 한 번도 생사에 연연해하는 약한 모습을 보여주지 않았습지요. 그런 주인을 늘 자랑스럽게 생각했습니다. 하지만 저 어린 주인은 큰 주인을 뛰어넘는 그릇 같습니다."

"나무아미타불……."

"저로서는 감당하기 어렵습니다. 스님."

"그래도 처사께서 하실 일이지요."

"저보다는 오히려 스님께서 맡아주셔야 할 일 같습니다."

"나무아미타불……. 다 때가 오겠지요."

해월이 막 떠오르는 아침 해를 받아 붉게 빛나는 바다를 향해 눈길을 던졌다.

출생의 비밀 🌸 125

본국검법

　　　　　　　　저녁을 물리고 난 야심한 시간이었다. 가뜩이나 잠이 많은 곰쇠는 연방 하품을 하면서 잠을 쫓고 있었고 목만치의 눈에도 잠이 그득 들어찼다.

　윗목에서 짚신을 삼고 있던 육손이가 아이들을 보며 잠깐 소리 없이 웃었다. 해월도 아이들을 바라보다가 무슨 생각이 났는지 빙긋이 웃으며 말했다.

　"내 옛날 얘기 하나 해줄까?"

　"정말이세요, 스님?"

　곰쇠가 눈을 반짝이며 달려들었다. 목만치도 궁금하다는 듯 해월을 바라보았다. 등잔불이 졸듯 잦아들다가 되살아났다. 그럴 때마다 흙벽에 사람들의 그림자가 일렁거렸다.

　해월은 잠깐 눈을 감은 채 생각을 가다듬다가 이윽고 입을 열었다.

　"아주 옛날에…… 황창랑이라는 아이가 살았더니라."

백제 제9대 분서왕 시절의 이야기다. 분서왕의 부친인 책계왕은 낙랑樂浪을 친히 정벌하고 돌아오는 길에 낙랑의 매복군사들에 의해 뜻하지 않은 죽음을 당했다.

책계왕의 뒤를 이어 왕위에 오른 분서왕은 선왕의 원수를 갚기 위해 군사력을 길렀고, 마침내 때가 되자 낙랑을 침공해 낙랑태수를 죽였다. 낙랑태수의 모든 가족이 비명에 갔는데, 천운인지 마침 자리를 비운 낙랑태수의 사위인 보육만이 목숨을 건질 수 있었다. 보육은 동진東晉의 권문세가의 자제였고, 본국에서는 시랑侍郎 벼슬을 하고 있었다. 낙랑태수는 사위가 시랑에 오른 것을 기뻐하며 잔치를 열었다가 그만 분서왕에게 당한 것이다.

보육은 장인과 아내의 원수를 갚기 위해 절치부심했다. 그러나 날로 강성해지는 백제국의 왕을 죽이는 일은 그리 간단한 것이 아니었다. 고민을 거듭하던 보육은 그 무렵, 귀신 같은 검무를 춘다는 소년의 이야기를 들었다.

보육은 시종과 함께 물어물어 검무를 춘다는 소년을 찾아갔다. 소년의 이름은 황창랑이라고 했고, 신라인이었다. 장터 한구석에서 검무를 추는 황창랑의 솜씨를 먼발치서 지켜보던 보육은 놀란 입을 다물지 못했다. 그야말로 하늘의 솜씨였던 것이다. 여섯 살짜리 소년의 솜씨라고는 도무지 믿어지지 않았다. 순간 보육의 머릿속에 하나의 계책이 스치고 지나갔다.

황창랑이 자신을 돌보아주는 할멈과 함께 또 다른 장터를 찾아 길을 가는 도중이었다. 날이 저물어 황창랑은 할멈과 함께 객관에 들었다. 잠을 자다가 소피가 마려워 눈을 뜬 황창랑이 밖으로 나왔을 때였다. 기다리고 있던 보육이 다가왔다.

황창랑은 느닷없이 나타난 사내 때문에 놀랐다. 게다가 사내는 눈물을 쉼 없이 흘리고 있었다.

"창랑아······."

"뉘, 뉘십니까?"

"창랑아, 나를 모르겠느냐?"

"누구십니까?"

"하긴 넌 나를 모르겠지. 네 가족이 모두 비명에 갔으니까. 나는 네 외삼촌이란다."

보육이 긴 한숨을 내쉬며 말했다.

"외삼촌이라구요?"

황창랑이 놀란 눈을 크게 떴다.

"그래. 네 엄마가 내게는 누이가 된다. 내가 공부하러 집을 떠난 지 오래인데, 돌아와 보니 네 집안이 풍비박산이 되었더구나. 그때부터 너를 찾아 가보지 않은 데가 없다."

"······."

황창랑은 느닷없이 나타난 사내를 믿을 수도 없고, 믿지 않을 수도 없어서 눈만 꿈벅꿈벅 뜬 채 서 있었다. 황창랑은 자신의 부모에 대해서는 일언반구도 들은 게 없었다. 그저 어느날 깨닫고 보니 장터를 떠돌며 검무를 추는 팔자였던 것이다. 쭈그렁바가지 할멈이 시키는 대로 춤을 추었고, 구경꾼들이 건네주는 행하채는 모두가 할멈의 차지였다. 그저 굶지 않고 헐벗지 않고, 밤이슬 맞지 않는 것이 다행이었다.

"내 말이 믿기지 않는 모양이구나. 하긴 당연하겠지. 원래 네 집안은 명문 집안이었다. 네 부친은 이 나라 최고가는 대신이었는데, 그것을 시기한 역적들의 모함 때문에 억울하게 돌아가셨다. 나머지 가족도 모두 비명에 갔는데, 창랑이 너만은 용케도 목숨을 부지하여 핏줄을 이어가게 되었으니, 이것은 필시 하늘의 뜻이로다."

보육이 밤하늘을 우러러 한탄과 함께 감사의 기도를 올렸으므로 황창랑은 그만 그의 말을 믿지 않을 도리가 없었다.

"지금도 역적의 무리들이 너를 쫓고 있다. 나를 따라서 어서 이곳을 떠나자꾸나."

"하지만 할멈을 데려가야 합니다."

"그건 염려하지 말거라. 이미 내가 모든 준비를 해놓았다. 오늘 밤 우리가 이곳을 떠나고 나면 내일 아침에 하인들이 할멈을 시골로 데려갈 것이다. 할멈이 남은 평생을 편히 쉴 수 있도록 해놓았으니 너는 걱정하지 마라."

그동안 미운 정 고운 정 모두 든 할멈이므로 황창랑은 내키지 않는 발걸음을 애써 떼며 몇 번이고 할멈이 잠든 방 쪽을 돌아보았다.

그렇게 해서 보육은 황창랑을 데리고 낙랑으로 돌아왔다. 보육은 정성을 다해서 황창랑을 보살폈다. 으리으리한 저택에서 비단옷과 산해진미를 대하면서 황창랑은 꿈 같은 세월을 보냈다.

한 철이 지나자 마침내 보육은 사냥을 나가자며 황창랑과 함께 저택을 나섰다. 사냥터로 가는 도중에 어느 언덕을 지나다가 보육은 말에서 내려 바닥에 엎드린 채 통곡을 하였다. 놀란 황창랑이 보육을 부축했다.

"외삼촌, 이게 무슨 일입니까?"

"창랑아, 저길 보거라."

보육이 손을 뻗어 언덕을 가리켰다. 언덕 위에는 크고 작은 무덤들이 옹기종기 모여 있었다.

"저곳이 바로 네 부모님과 형제들의 무덤이다. 오늘 여길 지나자니 비명에 간 네 가족의 모습이 떠올라 견딜 수가 없구나. 어서 하루 빨리 원수를 갚아야 할 텐데 이렇게 시간만 흐르니 이 비통함을 어떻게 달랠꼬."

황창랑의 눈에서도 닭똥 같은 눈물이 그치지 않고 흘러내렸다.

"외삼촌, 제게 방법을 가르쳐주십시오. 부모님의 원수를 갚을 수 있다면 지옥의 불구덩이 속이라도 마다하지 않겠습니다."

"네 뜻이 정녕 그러하냐?"

"이를 말씀입니까?"

"오냐, 네 뜻을 잘 알겠다."

눈물을 멈춘 보육이 황창랑의 손을 움켜쥐며 고개를 끄덕였다.

다시 해가 바뀌어 봄이 되자 백제의 한성에는 귀신 같은 검무를 춘다는 신동에 대한 소문이 자자하였다. 고관대작들은 앞 다투어 소년을 초대하여 검무를 감상하였고, 소년이 나타난다는 장터마다 사람들이 구름처럼 몰려들었다. 구경꾼들 중에는 변복한 공주도 있었다. 왕궁의 엄격한 법도에 묶인 공주는 때때로 변복한 채로 시종과 함께 저잣거리로 나섰는데, 한번 황창랑을 보고 난 뒤 공주는 그를 마음에 품었다.

마침내 황창랑에 대한 소문이 대왕에게까지 들어갔다. 분서왕의 명으로 황창랑은 궁궐에 초대되었다. 왕궁의 넓은 마당에 차일이 펼쳐지고, 대왕을 비롯한 대신들이 좌우에 자리 잡았다.

이윽고 황창랑이 나타났다. 울긋불긋한 비단옷에 철릭까지 받쳐 입은 일곱 살짜리 미소년은 눈부시도록 아름다웠다. 소년이 검무를 추기 시작하자 칼날에 반사되는 햇빛이 그토록 현란할 수가 없었다. 모두 넋을 잃고 소년의 신기와 같은 검무를 바라보았다.

황창랑은 쌍검을 능숙한 솜씨로 휘두르면서 연회장을 오갔다. 그러는 중에 황창랑은 분서왕 근처에 접근할 수 있었는데, 어느 한순간 황창랑은 몸을 날려 분서왕의 가슴에 칼을 꽂았다. 분서왕의 가슴에서 분수처럼 피가 뿜어져 나왔고, 모두 놀라서 망연자실한 틈을 타 황창랑은 그곳에서 도망쳤다. 시위대가 황창랑을 추격했고, 황창랑은 보육과 미리 약속한 담장을 뛰어넘었다.

그곳에는 가마가 대기하고 있었다. 그곳에 숨으면 보육 일당이 가마를 빼돌리기로 했던 것이다.

황창랑이 가마에 들어서는 순간이었다. 가마 속에 숨어 있던 누군가가 은장도로 황창랑의 가슴을 찔렀다. 황창랑은 뭔가 말하려다가 숨을 거두었다.

황창랑을 사랑한 공주는 그가 나타난다는 소문만 들으면 수단과 방법을 가리지 않고 찾아가 먼발치서 그를 바라보곤 했다. 일곱 살짜리 소년에 대한 공주의 연모는 날이 갈수록 더욱 깊어갔다.

그날도 공주는 연정을 이기지 못하고 미리 황창랑의 가마에 숨어들었다. 그래서 검무를 추고 나온 황창랑에게 자신의 마음을 수줍게 고백할 예정이었다. 그러나 궁궐 안에서 벌어진 참변을 고함을 통해서 들었고, 그 범인이 다름 아닌 황창랑이라는 것을 알았다. 공주는 놀라움을 금치 못했다. 소년이 가마에 들어서기 전까지 짧은 시간 동안 공주는 천국과 지옥을 오가는 번민을 거듭했다. 그러나 결국 공주는 자신의 연정을 향해서 칼을 꽂고 말았다.

목만치와 곰쇠는 반쯤 넋이 나간 얼굴로 해월의 입만 바라보았다. 마침내 이야기가 끝났을 때 목만치와 곰쇠는 동시에 한숨을 내쉬었다.

해월과 육손이의 눈길이 허공에서 마주쳤고, 두 사람은 소리 없이 웃었다. 옛 이야기에 반쯤 넋이 나가는 것을 보면 천상 어쩔 수 없는 아이들이었다.

"이놈아! 옛날 얘기 좋아하면 가난하게 산다는 말도 못 들었느냐?"

장난기가 동한 육손이의 손이 곰쇠의 뒤통수를 호되게 쳤다. 곰쇠가 뒤통수를 만지며 육손이를 흘겨보았다.

"아버진 왜 맨날 나만 가지구 그류?"

"허허, 이놈이 그래두?"

"스님이 말씀을 재밌게 하셔서 그러는 거요. 할아범이 이해하우."

목만치가 곰쇠를 두둔하고 나섰다.

"원 도련님도, 그깟 얘기가 뭐 재미있다구 그러슈?"

"왜 재미가 없누. 꼭 내 얘기 같구만."

목만치가 입술을 깨물며 하는 말이었다.

"보육에게 이용당한 것만 빼면 꼭 내 인생이지. 그렇지, 할아범?"

육손이는 목만치를 바라보다가 다시 해월과 눈이 마주치자 아예 천
장을 올려다보았다. 육손이는 해월이 그 이야기를 꺼낸 이유를 나름대
로 짐작한 것이다.

"황창랑이 추었다는 그 검법을 배워보겠느냐?"

"예? 그게 정말이에요?"

대답은 목만치가 아니라 곰쇠에게서 먼저 튀어나왔다. 목만치가 선
수를 빼앗겼다는 듯 불만스러운 눈망울로 곰쇠를 흘겨보았다.

"그래, 배우고 싶으냐? 그 검법을……."

해월이 목만치에게 다시 물었다.

"그럼 황창랑인가 뭔가 하는 아이 얘기가 말짱 지어낸 것이 아니고
실제로 그 검법이 전해져온단 말인가요, 스님?"

"그럼, 전해져오고말고."

"그게 사실이라면 무슨 일이 있어도 꼭 배우고 싶어요, 스님."

목만치의 눈이 당돌하게 빛났다. 일곱 살 나이에 신기의 검무를 추
었다는 황창랑, 그 소년이 환생한다면 그러할까. 해월의 입가에 미소
가 떠올랐다.

"그 검법을 이름하여 본국검법이라 하느니라."

"본국검법이라구요?"

"그렇다. 본국검법이라 한다."

"본국검법……."

"본국검법은 백제국에서도 한 집안에서만 계승되는 검법이란다."

"어느 집안인가요? 그 집에 찾아가면 배울 수 있는 건가요?"

"목만치야."

"예, 스님."

해월이 가만히 목만치를 바라보다가 다시 말을 이었다.

"본국검법은 목씨 집안에서 대대로 계승되어온 검법이다."

"예? 스님, 그게 정말이에요?"

"그렇다."

돌연 목만치의 눈에서 닭똥 같은 눈물이 굴러 떨어졌다.

"아버님께서 돌아가셨으니 전 누구에게 본국검법을 배워서 원수를 갚을 수 있겠습니까?"

좀처럼 눈물을 보이지 않는 목만치였다. 본국검법을 배울 수 없다는 생각만으로도 어지간히 분한 모양이었다.

"목만치야."

"예, 스님."

"본국검법을 배우고 싶다고 했지?"

"예."

"그렇다면 바로 앞에 계신 스승께 예를 표해야지."

"예? 무슨 말씀이신지?"

목만치가 어리둥절한 표정을 지었다.

"허, 그놈…… 등잔 밑이 어둡다더니 딱 이를 말함이라. 처사께서 바로 본국검법의 달인이시다."

"할아범이?"

"목만치야!"

해월의 목소리가 엄해졌다.

"네가 정녕 본국검법을 배우고 싶다면 스승께 예를 갖추거라."

목만치는 얼른 자리에서 일어났다. 그러고는 조금도 망설이지 않고 육손이를 향해 세 번 정중하게 절을 올렸다.

"네 스승은 네 선친과 함께 무술수련을 하셨다. 주종관계에서 감히 그럴 수 없는 노릇이지만 네 선친은 형제와 같은 후의를 네 스승께 베푸셨다. 그런 인연으로 이제 본국검법을 제대로 펼칠 수 있는 이는 네 스승뿐이다."

"아니올시다……."

육손이가 손을 내저어 무슨 말인가를 하려고 했는데, 목만치가 다시 일어나 큰절을 하고는 정색한 얼굴로 입을 열었다.

"제 유일한 소원이 있다면 그건 본국검법을 배워 선친의 원수를 갚는 일이거늘, 부디 청하건대 본국검법을 가르쳐주십시오, 스승님."

해월의 입가에 따뜻한 미소가 떠올랐다.

"잘했다, 목만치야. 그렇게 하는 것이다. 주종관계야 변치 않을지 모르지만 어쨌든 검술수련을 마칠 때까지는 처사와 사제지간이다. 명심하거라."

"잊지 않겠습니다."

"이놈아! 벌써 3년이 흘렀다. 그런데도 아직 네놈의 솜씨는 어째 그 모양이냐? 내가 그렇게 공을 들였으면 차라리 부지깽이라도 너보단 낫겠다."

육손이가 혀를 끌끌 찼다. 얼굴이 벌게진 목만치는 더 이상 대꾸할 말을 잃고 고개를 숙였다. 귀에 딱지가 앉을 만큼 들은 소리지만 들을 때마다 가슴이 베이는 듯한 느낌이었다.

그만큼 육손이의 가르침은 빈틈이 없었다. 가혹하고 철저했다. 예전에 대목악성 집에서 수련받을 때와는 천양지차였다. 살기가 감돌 정도로 육손이는 목만치에게 무술수련을 시켰다.

그러나 목만치는 단 한 번도 불평을 터뜨리는 법 없이 육손이가 시키는 대로 했다. 아무리 힘들어도 목만치는 육손이가 시키는 것을 빠트리거나 설렁설렁 하는 법이 없었다.

목만치는 하루도 빠짐없이 꼭두새벽마다 산마루를 달려 넘었다. 벌써 3년째라 익숙해질 대로 익숙해져서 가파른 바위 능선도 산짐승처럼 타올랐고 달려 내려갈 때는 바람 같았다.

아침을 먹고 나면 바로 수련에 들어갔다. 수원사 뒷산 중턱에 있는 평지에서 육손이는 검법과 창술, 궁술을 가르쳤는데 목만치의 기량은 날이 갈수록 눈에 띄게 향상되었다. 육손이는 수련 시간에 조금이라도 방심하거나 게으름 피우는 것을 용납하지 않았다.

목만치 혼자서 검무를 추고 있었다. 육손이가 전수해준 본국검법의 초식을 모두 외워 찌르고 베고 막는 초식을 잇달아서 연출하며 검과 함께 몸을 흔들었다. 본국검법은 찌르는 수단에도 강약이 있고 고저가 있는 데다 방향도 수십 군데로 나누어진다.

목만치는 몸을 옆으로 틀어 칼을 뿌리면서 껑충 솟아올랐다. 적은 사방에 있어서 허공에서도 칼을 내리쳤고 한 발로 앞쪽을 차올렸다. 두 손과 두 발뿐만 아니라 이마와 무릎이며 팔꿈치 등 온몸이 살수가 되었다.

전신에서 땀이 흘러내렸지만 목만치는 개의치 않고 열중했다. 육손이에게 배운 초식을 스스로 마구 뒤섞었으므로 초식은 수를 헤아릴 수 없었고 동작은 더욱 현란해졌다.

언제 나왔는지 육손이가 지켜보다가 다가왔다. 잔뜩 찌푸린 얼굴이었다.

"아직 멀었다. 네 몸은 지금 초식을 의식하고 있다. 무릇 초식은 의식해서 나오는 것이 아니라 그야말로 무의식 속에서 네 몸의 일부처럼 움직여야 한다."

육손이의 나무람이 하루 이틀 일도 아니었지만 초식을 잊으라는 말은 새로웠다.

"너 무검지검無劍之劍이라는 말을 들어보았느냐?"

"듣지 못했습니다."

"오래전 중국에 검술의 달인이 있었느니라. 그가 특히 잘 다루는 것은 삼척청봉三尺靑鋒이었다. 젊었을 때부터 그를 당할 자가 없어서 강호의 검객들을 수없이 죽이더니 만년에 이르러서는 신무불살神武不殺의 경지에 이르러 몸에 절대 검을 지닌 적이 없었다고 한다. 검 대신 그의 온몸이 검이 되었으며 때로는 들고 있는 부채가, 때로는 깔고 앉은 멍석이, 때로는 쓰고 있던 붓 한 자루가 검이 되었느니라."

목만치의 눈에 갈망의 빛이 떠올랐다. 그런 경지에 오를 수만 있다면 당장이라도 목숨을 내놓을 수 있다는 눈빛이었다.

"그때부터 최고의 검객이 되려면 칼을 지니지 않는 무검의 경지에 이르러야 한다고 했다."

"참으로 아득하게 느껴집니다."

목만치가 한숨처럼 말을 토해냈다.

"부디 게으름 피우지 마라."

육손이의 말에 목만치가 입술을 깨물었다.

해월이 육손이와 함께 절 살림에 필요한 식량과 부식을 구하러 모처럼 저잣거리에 나선 어느 날이었다.

번화한 역참 거리를 지나치던 해월이 걸음을 멈추었다. 해월이 바라보고 있는 역참 마구간 한쪽에 말 한 마리가 서 있었다. 육손이가 의아한 얼굴로 물었다.

"스님, 왜 그러십니까?"

해월은 육손이의 물음에 대꾸도 없이 마구간으로 다가갔다. 늙수그레한 역참원이 다른 말들에게 여물을 먹이는 중이었다.

"저 말은 왜 여물을 먹이지 않는 거요?"

"죽을병이 들었는지 벌써 열흘째 여물에는 입도 대지 않습니다. 아무리 달래고 얼러도 소용없구만요."

역참원이 고개를 저으며 침울하게 대꾸했다.

"그 말을 어떻게 하실 거요?"

"임자만 나타난다면 싸게라도 넘길 거구만요."

"거 내게 넘기시우."

"스님께서 웬 말이 필요하시우?"

역참원이 해월을 위아래로 훑어보며 물었다.

"저승 갈 때가 되었는지 다리가 부실해서 시주공양 다니는 길이 영 고역이우. 저놈이라두 있으면 다리품 좀 줄일 수 있으려나……."

"그깟 병든 말을 가지고 뭐 어떻게 하시려구요, 스님?"

해월의 심중을 헤아린 육손이가 값을 후려치려는 수작이었다.

흥정은 간단하게 이루어졌다. 역참원으로서는 다 죽어가는 말을 끌어안고 있어야 이득이 없기 때문에 싸게라도 파는 게 나았다. 역참원은 말을 끌고 가는 해월에게 말이 오늘 밤 죽더라도 절대 물릴 수 없다고 몇 번이고 오금을 박았다.

"저도 말에 대해선 꽤나 안다고 자부했는데, 스님께서는 저보다 훨씬 더 윗길이시군요. 자세히 보니 제대로 골격을 타고난 말입니다."

수원사로 돌아오는 길에 육손이가 말하자 해월이 흐뭇한 미소를 지었다.

"천하의 명마올시다. 좀처럼 보기 드문 말이지요."

"허, 그런데 왜 병이 든 것처럼 비실비실합니까?"

"아무리 둘도 없는 명마라도 제 주인을 만나지 못하면 당나귀나 노새와 진배없지요. 이놈은 활달한 기상을 타고난 과하마올시다. 제 성에 차지 못하는 일을 하고 있으니까 마음의 병이 든 것뿐이올시다. 몇 가지 약초를 먹이고 지성으로 돌보면 제 모습을 찾을 겁니다."

"스님께서 불법에 도가 깊은 줄은 익히 알고 있었습니다만 말에 대해서도 그처럼 잘 알고 계시니 감탄할 따름입니다."

"소싯적에 말을 탐냈습지요. 처사께서는 말에 대해서 얼마나 알고 있습니까?"

"부끄럽습니다만 저야 뭐 아는 게 있습니까? 그저 검고 흰 거나 분간할 뿐이지요."

"그럼 소승이 한번 읊어보도록 하지요."

해월이 손가락을 하나하나 꼽아가기 시작했다.

"말은 대체로 털빛에 의해 구분하지요. 온몸의 털빛이 검은 놈은 가라말, 반대로 온몸이 흰 놈은 부루말이라고 합니다. 붉은 놈은 절따말, 누런 놈은 황고랑, 검푸른 놈은 돗총이라고 하고 또 여기에 갈기만 검은 놈은 가리온, 마찬가지로 갈기만 붉은 절따말은 부절따말이나 월따말, 또 등에만 검은 털이 난 황고랑은 고라말이라고 부릅지요."

육손이가 감탄의 눈길로 바라보았는데 해월의 말은 계속 이어졌다.

"쌍창워라는 엉덩이만 흰 가라말이요, 총이말은 갈기와 꼬리가 파르스름한 부루말을 가리킵니다. 여기에 털빛이 완전히 검지 않고 거무스름한 놈은 담가라말, 검은 털과 흰 털이 섞여 난 놈은 먹총이, 흑백의 바둑무늬로 되어 있는 놈은 바둑말이라고 하지요. 또 주둥이만 검은 놈은 공고라, 이마와 뺨이 흰 말은 간자말인데, 그중에서도 몸빛이 푸른 놈은 찬간자말이라고 따로 부릅지요. 돈점박이는 몸에 돈짝만 한 점이 있는 놈이요, 네 굽이 흰 말은 사족발이, 뒷발의 왼쪽이 흰 말은 외쪽박이라 합니다. 끝으로 은총이라는 말이 있는데 그놈은 어떤 말인지 알겠습니까?"

"은총이라…… 잘 모르겠군요."

육손이가 고개를 갸우뚱거리자 해월이 빙그레 웃었다.

"그놈은 불알이 흰 놈을 말합지요."

"뭐라구요? 어허허허……."

육손이가 웃음을 터트렸다.

"그럼 그놈은 제가 은총이임을 확인받으려면 물건을 항상 내놓고 다녀야겠습니다."

"그게 또 그렇게 되는가? 허허허……."

두 사람은 다시 웃음을 터트렸다.

두 사람이 말을 주고받는 사이에 어느새 수원사가 눈앞에 다가왔다.

해월의 말은 어김없었다. 산에서 구해 온 몇 가지 약초를 끼니마다 달여서 먹이자 말은 날이 갈수록 생기를 되찾았다. 어느 정도 기력을 되찾자 말의 검은 털에서 윤기가 흐르기 시작하더니 준마의 면모가 나타났다.

해월이 말고삐를 목만치에게 넘겨주며 말했다.

"이름을 지어주려무나."

가을이라 절 아래 계곡에는 색색으로 물든 나뭇잎이 하늘거리며 떨어져 수를 놓은 듯 아름다웠다. 마치 까마귀처럼 검은 털빛을 가진 말 여기저기에는 흰 털이 드문드문 박혀 있었다. 목만치가 보기에 그것이 까마귀 날개 위에 내려앉은 낙엽처럼 보였다.

"추풍오秋風烏라 하겠습니다."

"추풍오라? 제법 시정 넘치는 이름이구나. 왜 그렇게 지었느냐?"

"검은 옷을 입은 명마가 가을바람을 타고 제게 왔으니 그렇게 붙여 보았습니다."

"그래. 말을 타는 사람과 말은 하나가 되어야 전쟁터에 나가서도 제대로 싸울 수 있는 법이다. 말은 영물이니 주인이 먼저 충심을 다해 대한다면 말 또한 주인을 위해 기꺼이 제 목숨을 내놓고 달릴 것이니라."

"명심하겠습니다."

목만치는 해월을 향해 고개를 숙였다. 그의 얼굴은 명마를 얻었다는 기쁨으로 환하게 빛나고 있었다.

그날부터 목만치와 추풍오는 한 몸이 되어 뒹굴었다. 그렇게 며칠이 지나자 추풍오는 목만치의 마음을 읽기라도 하는 듯 기민하게 그의 뜻대로 움직였다.

"하하, 네가 또 하나의 내가 되었구나."

무술수련을 끝내고 나면 목만치와 추풍오는 산과 들을 쏘다니며 호흡을 맞추었다. 멀리서 보면 그저 추풍오 혼자서 달리는 것처럼 보였다.

목만치가 무술수련을 받을 때에는 곰쇠도 어김없이 옆에서 똑같이 수련했다. 육손이가 곰쇠에게 직접 가르치는 법은 한번도 없었지만, 곰쇠는 기를 쓰고 목만치와 같이 움직였다.

"검술의 기본 원리는 크게 안법眼法, 수법手法, 신법身法, 보법步法으로 나뉜다. 그 원칙을 근본부터 이해하지 않으면 청맹과니나 마찬가지다. 그건 무술이 아니라 서툰 무당이 칼춤 추는 것이나 같다. 안법은 말 그대로 눈으로 보는 법이다. 검을 움직일 때 눈과 손이 같이 움직여야 한다. 그것이 따로 논다면 이미 상대방에게 제 목숨을 맡긴 것이나 마찬가지다. 수법은 손을 움직이는 방법인바, 수심공手心空이란 말이 있다. 손바닥을 비운다, 다시 말해 검을 손바닥이 아닌 손가락으로 잡으라는 이야기다. 그래야 상대방이 어떤 방향으로 공격해 들어오든 민첩하게 반응할 수 있다. 또한 검은 몸 중앙에 있어야 한다. 사람의 급소는 모두 몸의 중앙에 있다. 그러므로 검을 몸 가운데 세우고 그 칼끝이 상대방의 목이나 미간을 겨누고 있으면 가장 완벽한 공격과 방어의 자세가 나온다. 그것이 바로 중단자세다. 다음 신법은 척추와 허리를 움직이는 방법이다. 함흉발배含胸拔背, 가슴은 자연스럽고 편안해야 하며 등은 위로 뽑듯이 펴야 한다. 이는 모든 무술을 배울 때 가장 기초적인 동작이다. 중정中正, 이는 척추를 곧게 펴야 한다는 뜻이다. 척추가 굽으면 상대방에게 쉽게 제압당한다. 그리고 척추가 곧아야 주먹을 지르든 발을 차든 정확한 동작이 나오는 법이다. 기침단전起枕丹田, 이는 기를 단전으로 내리라는 뜻이다. 기가 항상 단전으로 내려와 있어야 몸의 중심이 잡히고 발이 안정되며 긴장하지 않고 여유를 가질 수 있는 법이다. 끝으로 보법, 이는 몸을 이동하는 법이다. 보법이 빠르면 동작도 빨라진다. 공격할 때는 낮게 들어가고 물러날 때에는 크게 물러나야 한다. 땅을 디디는 발은 칼을 쥔 손과 마찬가지로 공空해야 한다. 고양이가 쥐를 잡기 직전의 발모양을 떠올려라. 부드러움이 있어야 강함이 나오는 이치다."

곰쇠는 육손이가 목만치에게 설명하는 이야기를 한 가지도 빼놓지 않고 귀담아 듣고 있다가 그대로 따라했고, 육손이가 직접 무술을 해

보이면 그것 역시 하나도 빼놓지 않고 지켜보고 있다가 그대로 옮겼다. 일견 미련해 보이지만 곰쇠는 우직하게 그 일을 단 한 번도 빼놓지 않고 해나갔다.

곰쇠는 타고난 장사였다. 그리고 육손이의 아들답게 무인의 본능이 있었다. 오히려 처음 몇 년간은 목만치보다 더 월등한 성취를 보였다.

지도가 끝난 뒤 육손이가 사라지고 나면 개인훈련을 했는데, 둘은 거의 하루도 빼놓지 않고 서로 겨루었다. 매번 승리를 거두는 쪽은 곰쇠였다. 타고난 체격조건과 체력이 목만치보다 훨씬 좋기도 했지만, 어린 주인에게 이겨보고 싶다는 곰쇠의 호승심도 한몫했다.

목만치는 내색하지 않았지만 그때마다 깊은 마음의 상처를 받았다. 아무리 기를 쓰고 덤벼도 곰쇠에게 이기지 못하자 낙심하지 않을 수 없었다.

어느 날 목만치는 곰쇠와 헤어져 깊은 산 속 폭포가 있는 용소까지 가서 통곡했다. 자존심 때문에 남들 앞에서는 울 수 없었다.

목만치는 자기가 왜 곰쇠를 이길 수 없는지 차분히 생각해보았다. 분명 육손이가 가르쳐주는 모든 초식을 열심히 수련했다. 스스로 생각해보아도 그럴 듯하게 몸에 익었다. 그러나 곰쇠와 대련하면 여지없이 지고 말았다. 아무리 곰쇠가 체격이 좋고 힘이 뛰어나다 해도 자신 역시 지난 몇 년 동안 완전히 야생동물처럼 변하지 않았던가. 그런데도 매번 지는 이유를 도무지 알 수 없었다.

물끄러미 폭포를 바라보던 목만치는 물고기가 어느 한순간 폭포를 거슬러 뛰어오르는 것을 보았다. 저 어마어마한 기세로 떨어지는 폭포수를 거슬러 올라가는 물고기가 있다니 믿어지지 않았다.

목만치는 가만히 물고기를 지켜보았다. 한두 마리가 아니었다. 은빛 찬란한 물고기들은 쏟아져 내리는 물줄기를 교묘히 타면서 자신의 몸을 실었다. 그러고는 그 거센 압력을 이기면서 폭포수를 뛰어올랐다.

그 순간 목만치는 눈앞이 환해지는 느낌이 들었다. 그의 입가에 미소가 떠올랐다. 목만치는 기쁨으로 충만한 채 서둘러 옷을 벗고 폭포수를 향해 몸을 날렸다. 얼음처럼 차가운 물살이 기분 좋게 살결에 와 닿았다.

다음날도 어김없이 무술수련을 받았다. 두 시진 동안이나 땀을 뻘뻘 흘리며 육손이의 지도를 받은 뒤였다. 육손이가 사라지자 목만치가 곰쇠를 보며 자유대련을 신청했다.

"한판 붙자, 곰쇠."

"도련님, 오늘도 지실 게 뻔한데 또 하실라우?"

곰쇠가 약 올리듯 이죽거렸다. 이번에는 목만치가 소리 없이 웃었다. 평소 같으면 욱기가 발동해 불문곡직하고 덤벼들 목만치였기에 곰쇠는 의아하게 생각했다.

"지는 사람이 나뭇짐 해오기다."

"참말 후회 안 하실 거지유, 도련님? 꼭 약속을 지키셔야 합니다."

"알았다."

목만치의 대답을 듣고 난 곰쇠가 목검을 집어 들었다.

목만치는 한손으로 목검을 치켜들고 나머지 한손으로 손목을 받쳤다. 목검을 들어 중단을 겨누던 곰쇠는 잠깐 주춤거렸다. 여느 때와는 다른 무엇인가가 목만치의 전신에서 풍겨 나왔던 것이다. 예전의 조급함은 사라지고 느긋한 여유가 느껴졌다.

목만치는 무심하게 칼을 들고 곰쇠의 공격을 기다렸다. 어딘지 모르게 방심한 듯한 표정이었다.

곰쇠는 목만치의 자세에서 빈틈을 보았다. 너무 허술해서 오히려

다가가기가 주춤거려지는 그런 방만한 자세였다. 잠깐 경계하던 곰쇠는 고함과 함께 목만치의 빈틈을 노리고 찔러 들어갔다.

곰쇠는 자신의 목검에 와 닿는 둔탁한 반응을 예상했지만, 빈 허공을 찔렀을 뿐이었다. 목만치는 서 있는 위치에서 한 걸음도 움직이지 않은 채 허리만 비틀어서 곰쇠의 공격을 흘려보냈다.

곰쇠는 재빠르게 몸을 돌려 예상되는 목만치의 반격을 되받아치려고 했지만, 목만치의 공격이 없었으므로 오히려 맥이 풀리는 기분이었다. 그 순간 문득 목만치가 움직인다 싶었는데 무엇인가 서늘한 기운이 곰쇠의 목울대를 노리고 들어왔다. 본능적으로 몸을 젖혔지만 목만치의 목검은 정확하게 마치 검불이 닿는 느낌으로 곰쇠의 목울대를 스치고 지나갔다. 기겁한 곰쇠가 미처 자세를 취하기도 전에 목만치가 다시 한 걸음 다가왔는데, 이번에는 명치끝에 서늘한 기운이 느껴졌다.

곰쇠는 큰 낭패감을 맛보았다. 목만치의 목검은 한 치의 오차도 없이 곰쇠의 급소를 하나씩 찍어갔는데, 아무리 용을 쓰면서 피하려고 해도 목만치의 검은 예측한 듯이 곰쇠의 움직임을 한발 앞서 기다리고 있었다.

곰쇠가 안간힘을 다해 반격을 가했는데 목만치는 예전처럼 격렬한 기운으로 맞받아쳐 오는 것이 아니라 마치 가을바람에 흐느끼는 풀잎처럼 부드럽게 피해갔다. 곰쇠는 자신의 목검이 겨누고 있는 상대가 목만치가 아니라 하나의 바람처럼 여겨졌다. 형체를 알 수 없는, 만져지지도 않고 느껴지지도 않는 바람과의 싸움.

곰쇠는 극도의 공포심을 느꼈다. 지금까지 목만치에게 단 한 번도 지지 않았다. 그러나 어느새 목만치는 자신을 훌쩍 뛰어넘어 도저히 어림도 가지 않는 경계에 가 있는 것이다.

다시 한번 목만치의 목검이 곰쇠의 관자노리를 스치듯 찍었고, 뒤이어 단전을 찍었을 때는 곰쇠도 더 이상 견디지 못하고 무릎을 꿇었다.

"졌소."

가만히 목검을 거두어들인 목만치의 얼굴은 평온했다. 전날까지 온몸에 땀을 비오듯 흘리며 곰쇠를 이기기 위해 안간힘을 쓰던 목만치가 아니었다.

부드러운 것이 강한 것을 이긴다는 이치를 깨닫는 순간, 목만치는 비로소 본국검법의 기본적인 초식을 던져버릴 수 있었다. 초식을 완벽하게 몸에 익혀야 한다는 강박감에서 벗어나자 몇 년 동안 수련해온 본국검법의 초식은 오히려 더욱 완벽하게 목만치와 하나가 되었다. 그것은 목만치가 숨을 쉬는 것만큼이나 자연스러운 체득이었다.

"도련님, 어떻게 하룻밤 사이에 딴사람이 되었소? 정말 놀랐소."

"그러냐?"

"대체 무슨 일이 있었던 거요?"

"바람을 느끼게 되었다."

"예?"

곰쇠가 두 눈을 휘둥그레 떴다.

"물의 흐름을 느끼게 되었다."

"대체 그게 무슨 말이우?"

"너도 알게 될 것이다. 바람과 물처럼 자연스럽게 흐르는 이치를 깨닫게 되면 모든 것을 새롭게 알게 되는 법이다. 너도 언젠가는 그런 깨달음을 얻게 될 것이다."

목만치는 그동안 육손이가 누누이 설명한 본국검법의 정수를 떠올렸다.

"본국검법은 스물두 가지 검법으로 이루어져 있는데 그 핵심은 크게 네 가지가 있다. 첫 번째는 격법擊法이라 하는데 닭이나 기러기의 형태를 그대로 응용한 검법이다. 두 번째로 세법洗法, 이는 뱀이나 교룡 같은 동물들의 자세를 본떠서 적을 베는 방법이다. 세 번째 척법刺法, 이는 호랑이나 표범, 원숭이와 같은 동물들의 공격자세를 원용한 것으로 가장 적극적인 공격법이다. 그리고 마지막으로 핵심 중의 핵심은 바로 심안心眼이다. 눈으로 보는 것이 아니라 마음으로 봐야 한다. 안법眼法을 깨우치는 것, 그것이 가장 중요하다. 눈을 감고서도 수십 수백의 적들을 능히 감당할 수 있을 때에야 비로소 본국검법의 핵심을 깨우치는 것이다. 이는 마음의 눈이 열리지 않고서는 불가능한 일. 결국 네가 너임을 잊어버릴 때, 그때서야 비로소 본국검법의 정수와 만나게 되는 것이다. 명심하라. 너를 초월해서 자연과 하나가 되어라. 그것이 본국검법의 정수이니라."

그런 목만치를 육손이가 멀리서 지켜보고 있었다. 지금까지 단 한 번도 곰쇠를 이기지 못한 목만치가 하룻밤 사이에 격물치지格物致知의 원리를 깨우친 것이다.

육손이가 빙그레 웃으며 돌아섰는데 어느 틈에 왔는지 해월도 미소 짓고 있었다. 육손이가 해월을 향해 합장했다.

"스님……."

"목만치가 한 고비를 넘겼군요."

"지켜보셨군요."

"이제야 힘의 원리를 깨달은 거지요. 힘을 힘으로 꺾으려고 했는데 이제는 힘을 제 것으로 만드는 이치를 깨달았다니, 참으로 빠른 성취올시다."

"옛 주인을 보는 느낌입니다."

육손이가 감개무량한 목소리로 말했다.

『장자』에 "종수지도이불위사언從水之道而不爲私焉"이라는 말이 있다. 물의 흐름을 따를 뿐 나의 힘을 쓰지 않는다는 뜻이다. 이에 관련된 고사가 있는데, 공자가 여량呂梁에 갔을 때의 일이다. 한 젊은이가 굉장한 급류에서 헤엄치고 있었다. 공자가 경탄하며 그 방법을 묻자, 젊은이는 이렇게 대답하였다.

"물에는 자연스럽게 흘러가는 물의 도가 있습니다. 저는 단지 그 도를 따라서 헤엄치면서 저의 의지를 사용하지 않습니다. 이것이 바로 물에서 헤엄치는 비결입니다."

십여 보 거리를 두고 목만치와 육손이는 서로를 노려보았다. 두 사람 모두 날 푸른 진검을 든 채였다. 일 년 전부터 육손이는 목만치에게 목검 대신 진검을 들게 했다.

그동안의 수련을 통해서 목만치의 검술은 날로 그 경지를 높여갔고, 비록 목검이라도 목숨이 아슬아슬하기는 진검과 진배없었다. 무술의 고수쯤 되면 진검이나 목검이나 별 차이가 없는 것이다.

하지만 목검과 진검은 또 달랐다. 아무리 상대를 베는 손길에 살기가 없다 하더라도 진검에 베이면 생명에 큰 위협을 주게 마련이었다. 그것을 누구보다 잘 아는 육손이지만 일 년 전부터 진검을 고집했다.

목만치는 정신을 바짝 차릴 수밖에 없었다. 스승의 칼날을 피하고 받아내는 것도 문제지만 자신의 칼이 스승의 몸을 위해할까 걱정이었다. 목검으로 승부할 때보다 몇 배나 더 힘든 것은 당연지사였다.

그러나 스승의 칼날은 사정없었다. 오히려 목검을 쓸 때보다 더 사정없이 목만치의 빈틈을 파고들었고, 목만치의 급소를 여지없이 찔러왔다. 죽을힘을 다해 정신을 차리지 않으면 벌써 몇 번쯤은 스승의 진검에 생명을 잃었을 것이다.

언제부터인가 목만치의 칼 역시 마찬가지였다. 스승 육손이도 제자 목만치와의 진검 대결 때마다 목숨을 칼날 위에 받쳐놓은 상태였다.

수십 합을 겨루고 그날의 수련이 끝나고 나면 두 사람 모두 온몸이 목욕한 듯 땀으로 흠뻑 젖었다. 그것은 무술수련이 아니라 생사를 건 혈투였다.

칼을 중단으로 겨누고 있던 육손이가 먼저 움직였다. 육손이의 한 발이 땅을 박차는 순간 그의 몸은 허공에 떠 있었다. 그와 동시에 무심한 듯 서 있던 목만치도 땅을 박차고 허공을 날았는데 다른 때와는 달리 두 사람의 칼날이 부딪치지 않았다. 평소 같으면 마치 싸움닭 두 마리가 허공에서 부딪치듯 맹렬한 기세로 두 사람의 칼이 어지럽게 교차했을 터였다.

두 사람은 서로 상대가 서 있던 자리에 착지했다. 이번에는 서로를 노려보는 자세가 아니라 등진 자세였다. 목만치는 자신의 왼쪽 소매가 너덜거리는 것을 보았다. 그쯤은 각오했던 바였다. 목만치는 천천히 돌아섰다.

먼저 돌아서 있던 육손이의 얼굴이 일그러졌다. 무술수련을 하는 동안에는 더할 수 없이 엄격한 표정을 유지하던 스승이었다.

그러나 지금 육손이의 얼굴은 기묘하기 이를 데 없는 표정이었는데, 그 얼굴에 두 줄기 눈물이 흘러내렸다.

놀란 목만치가 몸을 굳히는 순간, 해월이 다가왔다.

"훌륭하구나, 목만치야. 방금 네가 보여준 초식은 본국검법 중에서도 최고의 경지였다. 네 스승이 그것을 가르쳐주지는 않았을 터인데 용케도 스스로 터득했구나."

육손이의 저고리 앞섶이 어깨에서부터 옆구리까지 길게 베어져 있었다. 찰나의 순간에 검술의 달인인 육손이를 상대로 그어버린 것이다. 진검이었고, 육손이의 육신에는 손톱만큼의 상처도 입히지 않고 말 그대로 실오라기 하나 차이로 정확하게 베어버렸다. 만일 목만치의 칼질이 조금이라도 모자랐거나 넘쳐났다면 육손이는 치명상을 입었을 것이 틀림없었다. 치밀하게 계산한 칼질이었다.

육손이는 여전히 눈물을 흘리며 해월에게 말했다.

"그렇습니다, 스님. 스님도 아시다시피 저도 방금 도련님이 보여주신 최고의 경지를 터득하지 못했습니다. 그런데 도련님께서는 이 아둔한 놈이 수십 년 걸려서도 터득하지 못한 경지를 스스로 깨우치셨습니다. 스님, 이놈은 이렇게 기쁠 수가 없습니다."

"처사님께서 그동안 고생 많이 하셨소."

"청출어람이라더니 소인이 고생한 보람이 있었습니다. 스님, 이제 제 할 일은 끝났습니다."

육손이가 해월에게 합장하며 예를 표했다.

"나무아미타불."

육손이가 이번에는 목만치를 향해 무릎을 꿇었다. 목만치가 황급히 달려와 육손이를 제지했지만, 육손이는 만류하는 목만치의 손을 뿌리치고 절을 했다.

"도련님. 이제 소인의 역할은 끝났습니다. 방금 전 도련님께서 보여주신 초식은 스님 말씀대로 비전의 검법인 본국검법 중에서도 초일류의 검세입니다. 그것을 도련님께서는 스스로 깨우치신 겁니다. 스승으로서 가장 보람 있는 순간이라고 하면 제자가 스승을 능가하는 때라고 했습니다. 소인은 바로 그 기쁨을 맛보았습니다. 그리고 지금부터 사제지간의 인연은 끝입니다."

"……"

"이제 도련님과 저는 예전처럼 주종의 인연으로 돌아갑니다. 이제 도련님의 새로운 스승님은……."

육손이가 미소를 지으며 해월을 돌아보았다.

"여기 계신 스님이옵니다."

목만치가 놀란 눈으로 해월을 바라보자 그가 고개를 끄덕였다.

"어차피 무도의 길은 끝이 없다. 어느 정도 경지에 오르면 그때부터는 진정한 스승이란 없다. 오직 자신을 스승으로 삼아서 끝없는 경지를 추구해야 한다. 목만치야."

"예, 스님."

"너의 선대 조부께서 바로 그런 경지를 추구하면서 평생을 보낸 분이셨다. 그분은 평생 재물이나 명예에는 아무런 욕심도 없는 분이셨다. 그분이 유일하게 추구한 것은 도의 완성, 스스로의 완성이었다. 그분은 그것을 이루기 위한 수단으로 단지 검을 이용했을 뿐이다."

"……."

"만치야, 목만치야. 이 세상에 도를 이루는 길에는 여러 가지가 있다. 어떤 이는 글씨로 도를 이루고, 어떤 이는 음악으로 도를 이루며, 또 어떤 이는 문장으로 도를 이룬다. 또 어떤 이는 그릇을 빚어 최고의 경지를 이루는가 하면 또 어떤 이는 나무를 깎아 나름의 경지를 이룬다. 하물며 저잣거리의 참기름 장수도 조그만 병구멍에 기름을 따라 넣으면서 최고의 경지를 다툰다. 무릇 모든 것은 도를 이루는 하나의 방편일 뿐, 궁극적으로 모든 도는 하나이며 그것을 이루었을 때, 지금까지 추구해온 그 모든 것들이 또한 완벽한 무無임을 깨닫게 되는 것이다. 그것이 도의 실체다. 도를 이루면서 궁극적으로는 그것조차 초월하는 것이다. 알겠느냐?"

"솔직히…… 모르겠습니다."

목만치의 대답에 해월이 잠깐 미소 지었다.

"그럴 게다. 모든 것은 바람처럼 자연스럽게 알게 되는 법이다. 음양의 이치를 깨닫듯, 벌과 나비가 꽃을 찾아들듯, 그 모든 것들은 인연을 따라서 찾아오게 되리라."

해월이 다시 일렀다.

"목만치는 내일 새벽부터 법당문을 열어라. 매일같이 법당 안을 깨끗이 쓸고 닦으며, 새벽 예불을 위한 모든 준비를 해놓아라. 이제 수복이는 새벽일에서 손 떼거라. 그동안 고생했다."

새벽이라고 하지만 인시가 갓 넘은 시각에 해월의 새벽 독경이 시작된다. 하루 종일 무술수련을 하느라 파김치가 되는 판국인 데다가 새벽잠이 한창 많을 나이였다.

그런데 꼭두새벽부터 일어나 얼음바닥처럼 차가운 법당 마룻바닥을 쓸고 닦고, 또 불상이며 촛대며 향로며 그 많은 제기들을 일일이 닦고 문질러야 하는 것이다. 먼지 한 점이라도 묻어나면 해월은 벼락 같은 호통을 내질렀다. 지금껏 그 일을 담당해 왔던 수복이로서는 부처님이 환생해서 들려주는 옥음이라도 이보다 더 반가웠을까.

그러나 그 지긋지긋한 새벽불공 준비에서 벗어난다는 기쁨보다도 목만치가 겪어야 할 고생이 더 안쓰러운 수복이는 안타까운 눈길로 목만치를 바라보았다. 하지만 목만치는 차분한 눈길로 해월을 향해 머리를 숙였다.

"알겠습니다, 스님."

그해 겨울은 모질게도 추웠지만 목만치는 단 하루도 빠지지 않고 인시가 시작되는 시각에 어김없이 일어나 냉 바닥 같은 법당 안을 모조리 쓸고 닦고 문질렀다.

수복이가 범종을 치면 소리는 계곡을 타고 은은하게 퍼져나가 삼라만상의 잠을 깨웠다. 해월이 법당 안으로 들어와 부처님 앞에 좌정할 때까지 목만치는 한 치의 빈틈도 없이 모든 준비를 해놓았다. 단 한 번도 해월의 눈살을 찌푸리게 하는 법이 없을 정도로 완벽했다.

어느 날 스님이 목만치에게 물었다.

"전설로 내려오는 한 무사가 있었느니라. 세간에서는 그 무사를 그저 나그네 무사라고만 불렀다. 들어보았느냐?"

"예……."

"그가 누구냐?"

"선친께서 이르시기를 저의 4대조 어른이시라고 하셨습니다."

"그래, 맞다. 이 나라가 생긴 이래로 그 무사의 솜씨를 능가하는 이가 없다고 전해진다. 그가 그런 경지에 오를 수 있었던 이유가 무엇인지 아느냐?"

"잘 모르겠습니다."

"그이는 자신의 인생을 오직 검법의 완성에만 바쳤느니라. 그이는 부귀와 영화, 명성에는 아무런 관심을 두지 않았느니라. 오직 검법의 완성에만 평생을 몰두했다. 자고로 그러한 각오와 필사의 단련이 없이는 어떤 것도 이루어지지 않는 법이다. 내 말을 알아듣겠느냐?"

"예."

"네 몸속에는 그이의 피가 흐르고 있느니라. 간혹 게으름이 찾아들 때면 그이를 생각하면서 한층 더 분발하도록 하라."

"명심하겠습니다."

"내가 너에게 검법의 완성을 얘기하지만, 내가 바라는 것은 단순한 무술의 성취가 아니다. 그것을 통해서 네가 한 차원 더 높은 세계를 느끼기 바란다. 단순한 도가 아니라 궁극의 도, 그리하여 결국은 무심의 차원까지 너 자신을 단련시키기를 바랄 뿐이다. 칼은 사람을 죽이기도 하지만, 사람을 살리기도 하는 법이다. 살인검이냐, 활인검이냐, 결국은 칼을 쓰는 사람의 마음에 달려 있다. 부처에 이르는 길은 여러 가지인즉, 난 불경을 택했고, 넌 칼을 택한 것이다. 거듭 명심하라."

목만치는 해월의 이야기를 가슴에 새겨두었다.

해월의 독경소리가 끝날 때쯤이면 아침잠이 가뜩이나 많은 곰쇠도 일어나 마당을 깨끗하게 쓸어놓고 뒷산에 올라가 산만 한 나뭇짐을 해서 내려오곤 했다. 늦잠을 자다간 아비 육손이의 호된 발길질에 채이기도 했지만 목만치에게 미안했기 때문이다.

목만치는 독경을 외는 해월과 조금 떨어진 곳에서 가부좌를 틀고 눈을 반쯤 감은 채 독경이 끝나기를 기다렸다.

처음에는 아무런 의미 없이 들렸지만 어느샌가 독경소리가 목만치의 귀에 익었다. 언제부터인가는 해월보다 앞서 목만치는 다음 대목을 외울 수 있었고, 또 언제부터인가는 그 불경의 의미를 나름대로 이해할 수 있었다.

해월이 즐겨 외우는 새벽 독경은 반야경이었다.

관자재보살 앵심반야바라밀다시 조견
오온개공 도일체고액 사리자
색불이공 공불이색 색즉시공 공즉시색
수상행식 역부여시 사리자
아제아제 바라아제 바라승아제 모지 사바하
아제아제 바라아제 바라승아제 모지 사바하

아제아제 바라아제 바라승아제 모지 사바하

　그 겨울이 갈 때쯤 목만치는 해월이 읊는 불경을 거의 외우다시피
했다.
　그러던 어느 날 갑자기 해월은 독경을 멈추었다. 독경을 머릿속으
로 따라 외던 목만치가 의아해서 실눈을 뜨자 해월이 그를 가만히 바
라보고 있었다.
　"무슨 생각을 하고 있느냐?"
　"아무 생각도 안 하고 있습니다."
　"참말이냐?"
　"예, 그저 스님의 독경을 따라 외우고 있었을 뿐입니다."
　"이제 그조차 비워라."
　"예?"
　"네 마음을 완전히 비우란 말이다."
　"무슨 뜻이온지?"
　"이 아둔한 놈! 독경을 외우는 것조차 네 머릿속에서 지워버리라는
뜻이다."
　해월은 절대 허튼소리를 하지 않았기에 목만치는 뭔가 뜻이 있을
것 같았다.
　"알겠습니다, 스님."
　"그리고 숨을 가슴으로 쉬지 말고 단전으로 하거라."
　"예?"
　"네 배꼽 아래 세 치쯤 밑에서 숨을 끌어올리란 말이다. 그 시간은
내 독경 한 장이 끝나는 동안이다."

무술수련을 하면서 육손이에게 호흡조식법을 배운 목만치였다. 그러나 해월은 새삼스럽게 단전호흡을 다시 강조했다.

"예."

어쨌거나 해월의 말을 들어서 손해 보는 일은 없을 터였다. 목만치는 해월이 분부한 대로 모든 잡념을 떨치면서 호흡을 독경소리에 맞추었다. 쉽지 않은 일이었다. 그대로 해야 한다고 의식하자 오히려 더욱 어려웠다.

마음을 비우려고 하자 불타오르던 대목악성의 집이 선명하게 되살아났다. 어머니의 가슴팍에서 배어나오던 선홍빛 선혈과 부릅뜬 눈을 차마 감지 못한 아버지 목라근자의 머리가 떠올랐다.

그러자 분노가 되살아났다. 필사적으로 눈을 감고 잊으려 해도 바로 눈앞인 듯 살아났다. 온몸을 펄펄 뛰게 만드는 분노. 분노가 머리끝까지 차올라 마침내 폭발하려는 순간, 목만치는 혼신의 힘을 다해 눈을 감았다. 온몸이 벌벌 떨렸다.

그러나 해월의 독경소리는 추호의 흔들림도 없었다. 해월의 독경소리를 꿈결처럼 반복해서 들으면서 목만치는 끝내 이겨냈다.

언제부터인가 목만치는 그 모든 장면들을 한 걸음 떨어진 곳에서 바라볼 수 있게 되었다. 마치 그림을 보듯이 객관적인 시선으로, 감정의 이입 없이 차분하게 바라볼 수 있게 된 것이다.

그리고 그런 장면들조차 머릿속에서 사라지기 시작했다. 어느새 한정 없이 길어진 해월의 독경 일장조차도 깨닫지 못했다. 해월은 긴 불경을 한 호흡으로 독송했는데, 스스로도 깨닫지 못하는 사이에 목만치는 단 한 호흡으로 그 긴 독경의 시작과 끝을 같이했다.

갑자기 해월의 독경이 끝났다.

목만치는 곧 이어질 해월의 독경을 기다렸는데, 아무런 소리가 없었다. 목만치를 가만히 바라보고 있던 해월이 밑도 끝도 없이 말했다.

"고생했다."

"스님, 왜 독경을 안 하십니까?"

"독경은 이미 끝났느니라."

"그러셨습니까? 전 그것도 몰랐습니다."

"아주 훌륭하게 해냈구나."

해월이 빙긋 웃었다.

"무슨 말씀이신지?"

"넌 방금 내 독경을 시작할 때부터 끝날 때까지 단 한 호흡으로 맞추었다."

"제가 그랬습니까?"

"그랬다. 넌 그것을 의식하지 못했지만 이미 네 호흡법은 더없는 경지에 도달했다."

"……"

"정말 훌륭하다, 목만치야. 내가 기대한 것 이상으로 잘 해냈다."

"스님……"

영문을 모르는 목만치가 말끝을 흐렸다.

"활을 챙겨 나오너라."

해월이 먼저 일어서서 법당을 나갔다.

육손이와 곰쇠, 수복이가 지켜보는 가운데 해월은 시위에 화살을 매겼다. 각궁이었고, 살은 편전片箭이었다. 편전은 착력着力이 강하고 화살촉이 예리해 철갑이라도 능히 뚫는 위력을 발휘했다.

활 중에서도 가장 강한 각궁은 어지간한 장사라도 제대로 당길 수 없었다. 타고난 근력을 자랑하는 곰쇠도 안간힘을 써야 겨우 시위를 당길 수 있을 정도였다.

　해월은 팔목이 앙상해 보이는데도 아주 가벼운 동작으로 시위에 살을 잰다. 그의 공력이 어느 정도의 경지인지 미루어 짐작이 갔다. 곰쇠와 수복이가 감탄한 눈으로 바라보았고, 육손이의 눈은 긴장으로 가득 찼다.

　해월이 겨냥한 30보 앞에는 목만치가 서 있었다. 그제야 상황을 깨달은 곰쇠와 수복이는 놀란 입을 쩍 벌린 채 육손이를 돌아보았지만 그는 이미 짐작하고 있는 얼굴이었다. 곰쇠와 수복이가 서둘러 채근했다.

　"아버지, 말려야 하지 않겠시유? 저러다 도련님 죽습니다요!"

　"처사님, 제발 말려야 합니다!"

　"가만 있거라. 입 다물고."

　육손이가 엄하게 말했다.

　'핑!'

　바람 가르는 소리가 났다. 팽팽하게 겨눈 활에서 살이 튀어나갔다. 아니 빛 같은 것이 날아간다고 느꼈다. 워낙 빨랐으므로 보이지 않았다. 다음 순간 더 놀라운 일이 일어났다.

　목만치는 그 자리에 가만히 서 있었는데, 잠깐 그의 팔이 움직인다 싶더니 어느새 살이 그의 손 안에 잡혀 있었다.

　해월이 수복이에게 활을 건네며 껄껄거리고 웃었다.

　수복이는 활을 건네받을 생각도 못하고 있다가 육손이가 툭 치는 바람에 그제야 활을 건네받았고, 곰쇠는 여전히 벌어진 입을 다물지 못하고 있다가 목만치에게 달려갔다.

　"도, 도련님!"

　목만치도 어안이 벙벙한 모습이었다.

"도련님, 어떻게 된 것입니까요? 화살을 받아내다니요? 눈으로 보고서도 못 믿겠습니다. 어떻게 된 겁니까요?"

"나도 모르겠다."

"도련님이 모르시면 누가 압니까요?"

목만치가 반쯤 얼이 빠진 얼굴로 해월에게 다가왔다.

"스님, 어떻게 된 겁니까?"

"목만치야."

"예, 스님."

"넌 오늘 새벽 내 독경을 한 호흡에 맞추었다."

"예, 그랬습니다."

"그건 다시 말해서 네 호흡법이 무한의 경지에 올랐다는 뜻이다. 화살이 날아오는 것이 보였느냐?"

"예, 똑똑히 보였습니다."

"어떻게 보이더냐?"

"그저 평범한 나뭇가지처럼 보였습니다."

"헐헐, 그게 바로 네 호흡법이 경지에 올랐기 때문이니라. 호흡을 네 마음대로 조절하게 되었느니라. 호흡을 조절하게 되었고, 무엇보다 마음을 다스리게 되었는데, 눈을 다스리는 것쯤이야 일도 아닌 게야. 이제 더 이상 네게 가르칠 게 없느니라."

"아닙니다, 스님. 전 아직 많이 부족합니다. 절 내치지 마시고 거두어주십시오."

"내가 전에 말했느니라. 이제 스승은 너뿐이다. 너는 평생 너를 스승으로 받들어 수련을 게을리 하지 말아야 할 것이야. 궁극의 도는 끝이 없거늘, 내가 화두로서 모든 업장에서 벗어나려 하는 것처럼 너는 검으로서 해탈을 이루거라."

"……."

목만치는 해월의 눈을 이윽히 들여다보았고 그 순간 모든 것을 이해했다. 더 이상 고집 피울 수 없다는 것을 깨달았다. 목만치는 그 자리에서 해월에게 큰절을 세 번 올렸다.

"스님의 은혜, 죽어서도 잊지 않겠습니다."

이번에는 육손이가 해월에게 큰절을 세 번 올렸다.

"대사님, 이로써 먼저 가신 주인께 조금 면목이 서게 되었나이다. 모든 게 대사님 덕분이올시다."

뒤이어 곰쇠가 무릎을 꿇었다.

"스님, 이 못난 놈을 거두어주셔서 정말 감사드립니다. 스님의 은혜 정말 잊지 않겠습니다."

해월은 이미 고개를 돌려 저만치 가고 있었다. 그 뒷모습은 아주 무거운 짐을 갓 벗어던진 것처럼 더할 수 없이 홀가분해 보였다.

대륙백제

　　　목만치는 이제 새벽 예불 시중에서 벗어나 해월이 건네준 서책을 읽기 시작했다. 서책들은 얼마나 오래되었는지 짐작이 가지 않을 정도로 낡았고, 만지기만 해도 거의 부스러지기 일보직전이었다.

　주로 병법서인데, 한두 장 읽어가던 목만치는 어느새 책의 내용에 흠뻑 빠져들었다. 그야말로 기기묘묘한 전술과 진법들이 적혀 있었고, 그것을 읽어 내려가는 동안에 목만치는 자신도 모르게 무릎을 치기가 일쑤였다. 그의 눈빛은 흥분으로 빛났고, 얼굴은 열에 들떠 붉어졌다. 때때로 목만치는 자신도 모르게 한숨을 내쉬었는데, 책에 씌어진 기상천외한 전법들을 당장이라도 펼치고 싶은 열망 때문이었다. 그런 목만치의 흉중을 그린 듯이 읽고 있는 해월은 먼발치에서 그를 보며 가만히 미소 지었다.

　목만치가 책에 몰두하는 동안에 딱해진 것은 곰쇠와 추풍오였다.

그동안 목만치를 놀려먹는 재미로 살던 곰쇠는 목만치가 이제는 자신보다 훨씬 더 월등한 성취를 보인 데다가 책을 읽느라 맞상대를 해주지 않자 애꿎은 수복이에게 신경질을 부렸다. 추풍오 역시 주인과 함께 산과 들로 쏘다니는 버릇에 인이 박여 한동안 마구간에만 갇혀 있게 되자 여물을 주러 다가오는 곰쇠와 수복이에게 뒷발길질을 해댔다.

밤이 되면 해월은 목만치를 불러 낮 동안 읽은 병법서의 내용을 확인했고, 애써 내색하지 않았지만 목만치의 총명함에 감탄을 금치 못했다.

'호랑이 새끼로 괭이가 나지 않는다더니 과연 그 짝이구나…….'

목만치가 병법서들을 다 읽었을 무렵, 해월은 목만치를 불러놓고 미리 준비한 닥종이 위에 붓을 들어 한가운데 커다란 원을 그렸다. 그리고 그 큰 원의 한 귀퉁이에 아주 조그맣게 삐져나온 꼬투리를, 다시 그 꼬투리에서 조금 떨어져서 비슷한 크기의 고구마 모양을 그렸다. 목만치가 물끄러미 해월을 바라보았다.

"이게 무엇이냐?"

"모르겠습니다."

목만치가 고개를 저었다. 해월이 커다란 원을 손가락으로 짚었다.

"이것이 중원中原이다."

"중원이라 하면 천하의 중심이 아닙니까?"

"그래, 세간에서는 그렇게들 말하지. 지금 송나라와 북위가 양분해 있는 땅을 말함이다. 그럼 이것은 무엇이냐?"

중원에 붙어 있는 꼬투리를 가리키며 해월이 물었다.

"제 생각에는 우리 삼한이 아닌가 싶습니다."

"그렇다면 이것은?"

"열도를 말함이 아닌가 짐작됩니다."

"그래, 바로 맞혔다. 이걸 보면 무슨 생각이 드느냐?"

한동안 침묵을 지킨 채 종이를 내려다보던 목만치가 고개를 들었다.

"참으로 우리 삼한의 형국이 초라함을 느낍니다. 중원에 비하면 삼한이 옹색하기가 그지없습니다. 게다가 삼한의 하나인 우리 백제국으로 말하자면 더 말할 수 없지요."

이번에는 해월이 한동안 말을 끊고 이윽한 눈길로 목만치를 바라보았다. 해월이 고개를 끄덕이며 입을 열었다.

"정확하게 보았다. 하지만 천하의 중심이라고 하는 중원은 원래 우리 땅이었느니라."

"예?"

눈을 크게 뜬 목만치가 해월을 바라보았다.

"중원의 역사는 흔히들 삼황오제로부터 시작된다고 한다. 하지만 그 삼황오제의 시기 이전에는 중원이 우리 땅이었느니라. 그 땅을 통치한 이가 바로 치우천황이라고 우리의 선조이니라."

"처음 듣습니다. 그게 사실입니까?"

"세상의 모든 것을 믿지 마라. 보이는 것만이 전부가 아니고, 듣는 것만이 전부가 아니다. 우리가 알고 있는 것은 극히 일부분이며, 태반이 그릇된 것들이니라."

"하지만 과연 그 말이 사실입니까?"

"사실이다. 치우 천황이 오랫동안 다스린 땅이 바로 중원이다. 중국의 헌원 황제와의 싸움에서 지고 난 뒤 우리 배달족은 여기까지 밀려왔느니라. 그러고도 아직 한 나라가 되지 못한 채 삼한으로 나뉘어 아옹다옹 다투고 있느니라. 이 좁은 땅 안에서도 말이다. 참으로 통탄할 일이 아니겠느냐?"

해월이 혀를 끌끌 찼다.

"……."

"그나마 중원의 한 귀퉁이에 우리 백제 땅이 있다는 것으로 위안을 삼는다."

"스님, 그건 무슨 말씀입니까?"

해월이 다시 붓을 들어 중원의 한 귀퉁이에 선을 그었다. 그러자 삼한의 두 배쯤 되는 크기의 강역이 생겼다.

"여기 윗부분이 요동이다. 고구려가 차지하고 있지. 그리고 이 밑으로는 요서, 여기는 우리 백제땅이다. 일컬어 대륙백제라고 하지."

"그게…… 사실입니까? 저는 처음 듣는 얘깁니다."

"그러하리라. 네가 이곳에 들어온 때가 겨우 열네 살이지 않느냐. 세상 물리에 눈 뜨기에는 이른 나이였느니라."

"예."

"하지만 이제는 눈을 크게 떠야 할 때다. 내가 오늘 이 얘기를 들려주는 것은 바로 그 때문이다. 지금으로부터 약 백여 년 전 우리 백제국의 힘을 널리 떨친 이가 있었느니라. 그이가 여기 대륙백제를 개척하셨다."

"그가…… 누구이옵니까?"

"근초고대왕이니라."

"근초고대왕……."

"그래, 참으로 대단한 인물이었다. 그때가 우리 백제국의 최전성기였다."

해월의 이야기를 들으면서 시간을 거슬러 올라가는 목만치의 눈빛에 광채가 떠올라 있었다.

광활한 중국 대륙에서도 창해(황해) 쪽으로 넓게 펼쳐진 땅, 이른바 요동과 요서라고 부르는 곳이었다. 고구려가 차지한 요동과 백제가 차지한 요서. 그 요서의 한가운데 한수漢水라는 이름의 넓고 긴 강이 있었다.

드넓은 강변의 모래사장이 인마들로 그득 들어찼다. 수많은 정병들이 철갑을 두른 전마들과 함께 모여 있었는데 실로 장관이었다.

정병들의 앞쪽에 폭 넓은 일산日傘들이 그림자를 만들어 고귀한 신분의 인사들을 뜨거운 햇볕으로부터 보호했다. 그리고 그 한가운데는 비어 있었다.

비단 백제뿐만 아니라 인근 국가의 최고 고관들이 모여 밀집한 자리였다. 그런 자리 한가운데가 비어 있었는데, 다름 아닌 대왕의 자리였다. 한수 강변에 모인 정병들과 고관대작들은 대왕을 기다리고 있는 중이었다.

근초고왕. 대백제국 사상 가장 강력한 왕권을 발휘한 근초고왕. 그를 기다리고 있는 수만의 정병들은 근초고왕의 자랑스러운 친위대였다.

정병들이 저마다 손에 들고 있는 창검들이 햇살을 받아 빛났다. 기병은 기병대로, 보병은 보병대로 번쩍이는 투구와 갑옷으로 치장하고, 대오도 정렬하게 백사장을 가득 뒤덮었다. 한눈에 보아도 1만이 넘는 대군이었다.

정병들의 얼굴에는 사기가 넘쳐흘렀다. 숫자만 채운 병사들이 아니라 강도 높은 훈련으로 군기가 바짝 든 데다가 동북아 최강이라고 자랑해온 고구려의 정예병들을 수차례나 물리친 그들의 사기는 하늘을 찌를 듯이 높았다.

정병들이 일제히 긴장했다. 어림군의 호위를 받으며 일산을 받쳐 쓴 황색 용가龍駕가 다가오고 있었다. 누가 입을 열어 말하지 않아도 그것이 무엇인지 모두 알았다. 대왕의 행렬이었다.

도열해 있던 병사들의 목적은 바로 그 대왕 앞에서 사기충천한 군사 사열식을 보여주는 것이었다. 아니, 더 큰 목적은 달리 있었다. 백제의 군사력이 이제는 감히 어느 국가도 함부로 넘볼 수 없을 만큼 막강하다는 것을 만천하에 알리고자 함이었다. 근초고왕이 노리는 점은 바로 그것이었다.

병사들도 그 점을 잘 알고 있었고, 자랑스럽게 생각했다. 이미 수차례의 전투를 통해서 고구려군사들을 무찌르지 않았던가.

군사강국 고구려를 보기 좋게 꺾은 백제의 숨은 실력에 놀란 것은 고구려뿐만 아니었다.

당시 대륙을 사분오열로 장악하고 있던 전연前燕을 비롯한 동진東晉 등 중국의 여러 국가들은 새롭게 등장한 이 군사강국을 결코 만만하게 보아서는 안 된다는 것을 깨달았다.

그런 와중에 근초고왕은 1만 명의 강군을 앞세워 한수 강가에서 군사 사열식을 보란 듯이 열고 있는 것이다.

용가가 강변 한가운데 멈추었고, 연단 위로 근초고왕이 올라섰다. 바로 뒤에는 태자 휘수가 따랐고, 그 뒤를 조정의 중신들이 이었다.

근초고왕은 만족스러운 얼굴로 병사들을 바라보았다. 전쟁터에서 평생을 보내온 백전노장다운 굳건한 기상이 얼굴에 떠올라 있었다. 백제 역사상 가장 큰 영역확장을 해온 근초고는 백제군사들에게는 대왕이라는 신분을 떠나서도 이미 신격화된 존재였다.

마침내 근초고왕이 고개를 끄덕이자 사열의 책임자인 대장군 막고해가 허리춤에 찬 절도봉을 꺼내들어 힘차게 허공을 갈랐다. 그러자 귀청을 찢을 듯한 북소리와 고각소리가 요란하게 울려 퍼지고, 기병들이 구름처럼 모래먼지를 일으키며 분열식을 시작했다. 뒤를 이어서 보병들이 보무도 당당하게 각 군단 단위로 분열과 이합집산을 해 보였다. 수많은 병사들의 동작은 마치 한 마리의 뱀이 움직이는 것처럼 흐트러짐이 없었다.

무엇보다도 화려한 것은 병사들의 소속을 알리는 깃발이었다. 각국의 외교사절들은 놀라움을 감추지 못했다.

황금색의 깃발. 감히 상상도 할 수 없는 일이었다. 황금색이야말로 천자의 상징이었다. 하늘이 내린 황제라는 뜻이었다.

변방의 한 조그만 나라, 백제의 왕 근초고는 지금 이 자리에서 황금색 깃발을 보란 듯이 사용하고 있는 것이다. 그뿐 아니었다. 근초고왕이 자리하고 있는 연단을 비롯한 용가 등이 온통 찬란한 황금색이었다.

그것은 근초고 자신이 천제天帝라는 뜻을 만방에 과시하고 있다는 증거나 다름없었다. 변방의 후왕이 아니라 자신이야말로 하늘이 내린 황제라는 사실을 만천하에 공포하고 있는 것이다.

백제군과 조정대신들은 자부심에 온몸이 떨릴 정도였지만, 각국 외교사절들은 온몸을 짓눌러오는 두려움을 떨쳐내느라 안간힘을 써야 했다.

근초고왕의 그 당당함은 과연 어디에서 오는 것일까. 변방의 한 나라가 감히 천제의 위용을 과시하다니……

정통 한漢나라의 혈통을 이어온다고 자부해온 중국인들의 자부심은 사열식에서 산산조각 났다. 속으로 부득부득 이를 가는 이도 있었고, 이 동이족을 그냥 놓아두었다가는 중원조차 그들의 손에 넘어갈지 모른다는 위기의식을 느끼는 이도 있었다.

그날의 사열식은 백제의 위세를 만방에 떨치는 것으로 시작해서 끝났다.

근초고왕과 태자 휘수가 애초부터 의도한 것이었다. 이제 백제는 변방의 소국이 아니라 요서 지방을 비롯해 강소성, 양자강 이남까지 완벽하게 장악한 대국임을 선언하는 자리였던 것이다.

"아바마마, 참으로 자랑스럽습니다."

태자 휘수가 감동으로 떨려나오는 목소리를 주체하지 못했다. 근초고는 가만히 고개를 끄덕였다. 돌이켜보면 파란만장한 세월이었다. 왕위에 오르기까지 그 얼마나 신난 곤란한 삶을 겪어왔던가. 상왕인 계왕 친위세력과의 싸움은 한마디로 생존을 위한 필사적인 투쟁이었다.

간신히 왕위에 즉위하자 이번에는 사방에서 적들의 공격이 이어졌다. 고구려, 전연, 동진 등 사방팔방의 적들은 마땅한 먹잇감인 백제를 그냥 두지 않았다. 또한 적은 외부에만 있는 것이 아니었다. 아직도 건재한 계왕의 외척과 친위 세력, 호시탐탐 왕권을 노리는 호족세력들로 인해 근초고왕의 자리는 말 그대로 누란이었고, 가시방석이었으며, 백척간두의 위기 속에서 지탱해온 자리였다.

그러나 근초고는 타고난 강골이었고, 지기를 무엇보다 싫어하는 승부근성이 있었다. 그리고 그 자리에서 한 걸음 물러난다는 것은 바로 죽음을 뜻했다.

살기 위해서는 무엇보다도 적을 해치워야 했다. 살기 위해서 상대를 죽이는 것, 그것이 바로 생존이었다. 실로 피비린내로 점철된 삶이었다.

하지만 이제 많은 세월이 흘렀다. 근초고는 사열식을 계속하고 있는 정병들을 보면서 자신이 퇴장할 때라고 생각했다.

"태자야."

"예, 아바마마."

휘수가 한없는 존경의 빛이 담긴 시선으로 근초고를 바라보았다. 휘수는 이제 완연한 군장의 풍모였다. 흡사 전성기의 자신을 보는 것 같았다. 피는 속일 수 없다는 것을 새삼 떠올리면서 근초고는 가볍게 미소 지었다.

"태자야."

"예. 말씀하십시오."

"나는 이제 한성으로 돌아가겠다."

"예? 그게 무슨 말씀이십니까?"

휘수가 놀란 얼굴로 근초고를 바라보았다. 그러나 이미 근초고는 휘수에게서 고개를 돌려 사열식을 바라보고 있었다. 휘수의 눈길이 근초고의 얼굴에서 떨어질 줄 몰랐다.

"나는 한성으로 돌아가서 인생을 마무리할 것이다."

"아닙니다. 아직 아바마마께서는 하실 일이 많습니다. 중원은 끝이 없고, 그 방대한 땅이 아바마마와 우리 병사들의 말발굽을 기다리고 있습니다. 우리 군사들의 사기는 하늘을 찌를 듯하고 두려운 것이 없습니다. 설령 수십만의 대군이라도 감히 우리 군사들을 감당하기 어려울 것입니다."

"태자야."

"예, 아바마마."

"무릇 모든 일에는 들고 나는 때가 있는 법이다. 실기하는 것처럼 어리석은 일은 없다. 나는 한성으로 돌아갈 것인즉 여기는 태자에게 맡기겠다. 열성조의 은총을 받아 여기까지 왔지만 이제부터 모든 것은 네 손에 달렸다."

"아바마마……."

"현명한 군주라면 국인들을 제 몸처럼 사랑하고, 일신의 향락을 탐하지 말아야 할 것이다. 옛 성인이 이렇게 말씀하셨다. 국인을 사랑하는데도 그들이 나를 친밀하게 여기지 않을 때는 내 인덕이 부족하지 않은지 반성해야 한다. 사람을 다스림이 제대로 되지 않을 때에는 나의 지혜가 부족하지 않은지 반성해야 한다. 누구를 탓할 일이 아니란 뜻이다."

휘수는 잠자코 근초고의 말을 들었다.

"성인께서 또 말씀하시길 어떤 일을 도모했는데 이루지 못했을 때는 스스로 반성해 원인을 모두 자기 자신에게서 찾아야 한다고 했느니라. 위정자는 야속한 인심을 탓하기 전에 앞서 자신을 돌아봐야 한다는 뜻이니라. 밖의 적은 오히려 상대하기 쉽다. 적이 누구인지, 어떻게 대처해야 할지 분명하게 알 수 있기 때문이다. 하지만 내부의 적은 다르다. 도무지 알지도 못할뿐더러, 설령 알게 되더라도 그때는 이미 늦고 만다. 내 말을 명심하라, 태자야."

"소자, 뼛속 깊이 아바마마의 말씀을 간직하겠습니다."

"보아라, 저 자랑스러운 병사들을."

"예, 지금 보고 있습니다."

휘수도 고개를 돌려 모래먼지 속에서 행군하는 군사들을 바라보았다.

"지금은 일당백의 기세지만 단련시키지 않으면 저들도 오합지졸에 불과하다. 잊지 마라. 일당백의 강군이나 오합지졸이나 근본은 하나다. 모두가 같은 한 사람이지만 그 차이는 어디에서 오는가. 모두가 지도자의 정신자세에 달린 것이다."

"예……."

"결코 쉬운 일이 아닐 것이다. 대왕이라는 자리는 겉으로 화려해 보일지 모르지만, 기실은 말먹이 구종보다 못한 자리다. 그만큼 어렵고,

괴롭고, 고통스러운 자리라는 말이다. 내 말을 명심하라."

"백골난망입니다."

"열성조께서 너를 보호해주실 것이다."

휘수는 더 이상 말을 잇지 못하고 근초고를 바라볼 뿐이었다. 그는 근초고의 얼굴에서 쓸쓸함을 보았다. 그것은 세월의 그림자였다. 어린 시절 그에게 근초고는 감히 범접할 수 없는 커다란 고목 같은 존재였고, 손도 닿지 않는 곳에 존재하는 거대한 태산이었다.

그러나 휘수가 훌쩍 자라나 이제 장년이 된 지금 근초고는 그의 눈에도 주름살 깊은 노인으로 보였다. 몇 년 새 흰머리가 부쩍 늘어나더니 당당하던 어깨도 조금씩 구부러졌다.

휘수는 아버지의 늙음에서 세월을 강하게 절감했다. 백전노장, 결코 두려움을 모르던 아버지. 그도 세월 앞에서 쓸쓸히 사라지려고 하는 것이다.

근초고왕.

백제 역사상 가장 위대한 영주로 꼽히는 인물. 그가 재위하는 동안 백제는 대륙의 땅을 크게 경영하여 남쪽으로는 양자강에 이르렀고, 북쪽으로는 요동 지역에 육박하였으며, 서쪽으로는 덕주, 곡부, 청강, 양주에 이르렀으니 그 영토는 본토인 한성백제의 몇 배나 되었다. 그런 과정에서 고구려와의 충돌은 필연적으로 발생할 수밖에 없는 결과였다.

고구려는 미천왕 이래 남하정책을 실시하여 요서 지역까지 세력을 확장하였다. 그러자 이 지역의 새로운 패권세력으로 등장한 모용 선비족과의 전쟁을 피할 수 없었다. 서로 팽팽하게 맞서던 양국은 342년 모용 황이 5만 5천의 병력으로 고구려의 수도 환도성을 무너뜨리면서 그 균형이 깨졌다. 그동안 동방의 패자로 군림하던 고구려는 급격히 세력을 잃고 모용 선비가 세운 연나라에 태자를 입조시키는 굴욕까지 겪어야 했다.

백제에서 근초고가 즉위한 것은 그 무렵이었다. 근초고는 즉위와 동시에 잃은 영토를 되찾고, 영토확장에 박차를 가했다.

당시 대륙백제의 거점은 산동성 지역이었다. 서진이 멸망한 이후 중원의 변방에 해당하는 산동성과 강소성에는 백제를 능가할 만한 세력이 존재하지 않았다. 백제는 자연스럽게 남진정책을 감행하여 산동성과 강소성 일대를 장악했다.

360년대, 모용 선비가 세운 연나라가 점차 몰락하고 진秦이 북방으로 세력을 확대하고 있었다. 이러한 때에 근초고는 힘의 공백이 생긴 북쪽을 손아귀에 넣으려는 욕심을 떨쳐버릴 수 없었다. 그리고 오랜 세월 권토중래해온 고구려 역시 모용 선비의 쇠퇴를 틈타 남진할 기회를 엿보고 있었다.

고구려와 백제의 한판 승부는 피할 수 없는 운명이었다.

먼저 군사를 일으킨 쪽은 고구려의 고국원왕이었다. 고국원왕은 369년 9월 보병과 기병 도합 2만의 군사를 이끌고 백제령을 침략했다.

근초고는 휘수에게 방어에 나서게 했다. 휘수는 무예와 병법에도 뛰어나 위명을 널리 떨친 훗날의 근구수왕이다.

휘수가 고구려군의 공격을 어렵게 막아내고 있을 무렵이었다. 야밤을 틈타 고구려 진영에서 누군가가 휘수를 찾아왔다. 호위병들의 안내를 받아 휘수의 군막 안에 들어온 사내는 휘수도 안면이 있었다.

"태자마마, 소인을 기억하시겠습니까?"

사내가 무릎을 꿇고 부복했다. 휘수는 기억을 더듬어 마침내 사내를 떠올렸다.

"너는 예전에 마지기였던 자가 아닌가?"

"맞습니다. 사기라고 하옵니다. 태자마마, 소인을 죽여주시옵소서."

사내가 대성통곡하며 이마를 바닥에 찧었다. 휘수는 잠자코 그 사내를 내려다보았다.

사기는 집안 대대로 왕궁의 말들을 돌보았다. 명마를 고르는 안목도 상당할뿐더러 말을 먹이고 키우는 데 뛰어난 솜씨를 보여주었다. 그런데 어느 날 사기는 자기가 가장 신경 써서 돌보는 말이 절뚝거리는 것을 알아차렸다. 살펴보니까 아뿔싸, 말발굽이 망가져 발바닥 안쪽부터 썩어 들어가고 있었다. 대왕이 총애하는 말이므로 겁이 난 그는 뒤도 돌아보지 않고 고구려로 넘어간 것이었다.

"살겠다고 월경한 놈이 여기는 또 웬일이냐? 네놈이 여기에 나타나면 목숨을 부지하겠다고 믿었단 말이냐?"

휘수는 사기의 속을 떠보기 위해 노한 기색을 나타냈다. 사기가 다시 한번 이마를 바닥에 찧었다.

"아무리 미욱한 소인일지라도 죽을죄를 지었다는 것을 왜 모르겠습니까? 그러나 아무리 어리석은 소견으로 살아남기 위해 도망쳤다고는 하나 제 근본은 백제인이옵니다. 고구려에서 이밥에 고기반찬을 아무리 먹어도 살과 뼈로 가지 않았습니다. 위례성에 두고 온 노모와 처자식 생각에 단 하루도 마음 편할 날이 없었습니다. 그런 터에 전쟁이 일어났습니다만 제 근본을 생각해보니 도무지 백제를 향해 창을 들이댈 수 없었습니다. 그래서 죽기를 각오하고 이렇게 밤을 틈타 빠져나왔습니다. 소인을 죽여주시옵소서."

휘수의 입가에 희미한 미소가 떠올랐다. 아버지 근초고를 쫓아 소년 시절부터 전장을 수없이 누빈 몸이었다. 용맹만큼 지략도 자연스럽게 쌓였을 터, 휘수는 사기가 자신의 구명줄을 갖고 온 것을 눈치 챘다.

휘수가 기대한 대로 사기는 주변을 물리쳐달라고 요청했다. 시위들이 나가고 휘수와 단둘이 남자 사기가 낮은 목소리로 말했다.

"비록 고구려군의 숫자가 많기는 합니다만, 그 태반이 주변 국가에서 빌린 군사들입니다. 고구려의 강압에 군사를 빌려주기는 했지만 그들이 목숨을 걸고 싸울 리는 만무합니다. 태자마마께서는 군세를 집중하여 고구려의 정예군만을 노리는 것이 이번 전투의 관건이 될 것입니다."

"그것이 정녕 사실이냐?"

"그렇습니다."

"어느 부대가 적의 주력이냐?"

"붉은 깃발을 든 부대이옵니다. 만일 그 부대를 먼저 공격하면 나머지는 치지 않아도 제풀에 무너질 것입니다."

"그게 사실이면 네게 큰 상을 내리겠다."

"아니옵니다. 상까지 바라지는 않습니다. 그저 지난날의 허물을 용서해주시고, 제 가족들과 함께 살 수 있게만 해주시면 성은을 뼛속 깊이 간직하겠습니다."

사기가 눈물바람으로 간청했다. 휘수는 가만히 고개를 끄덕였다. 아무리 시절이 하수상하다 하나 가족 품만큼 아늑한 곳은 어디에도 달리 없는 법이다. 사기의 주름진 눈에서 끊임없이 눈물이 흘러내렸다.

다음날 휘수는 직접 선봉군을 이끌고 나섰다. 모든 휘하 장수들이 만류했지만 그는 타고난 무장이었다. 직접 철기마에 올라탄 그는 부하 제장들에게 일렀다.

"모두 명심해서 듣거라! 오늘 전투에서 다른 부대는 건드릴 것 없다. 오직 적의 중군, 붉은 깃발의 부대만 집중적으로 공격하라. 적의 좌우군은 신경 쓸 것 없다. 오늘 우리의 목표는 단 하나, 붉은 깃발의 부대다!"

휘수의 돌진 명령이 떨어졌다. 그는 내처 탐색전을 펼칠 것도 없이 자신이 선두에 서서 고구려 진영을 향해 말을 달려갔다. 태자를 보호하기 위해 최정예 호위군들이 서둘러 뒤를 따랐고, 이윽고 전후좌우에 인의 장막이 만들어졌다.

남은 제장들도 제각기 자신의 철기마 부대를 돌진시켰다. 일직선으로 흙먼지가 뿌옇게 일면서 고구려군이 진을 펼쳐놓은 중군을 향해 철기마 부대가 달려들었다.

당황한 쪽은 고구려군이었다. 지금까지 대소 수십 번 동안 접전해 오는 동안 이처럼 무모한 돌진은 처음이었다. 적들은 좌우에서 소리를 지르며 달려드는 이쪽 편은 돌아보지도 않고 오직 중군만을 겨냥해 달려오고 있었다.

드디어 고구려군이 조금씩 밀리기 시작했다. 죽기를 각오하고 달려드는 편과 살기를 바라는 편과의 싸움은 애당초 그 승패가 정해져 있었다.

붉은 깃발의 고구려 정예군은 고국원왕이 자랑하는 철기부대였지만 한번 무너지기 시작하자 걷잡을 수 없이 오합지졸로 변했다. 차마 눈뜨고 바라볼 수 없는 살육전이 드넓은 들판에 펼쳐졌다. 오며 가며 닥치는 대로 찌르고 베고 밟는 쪽은 백제군이었고, 비명을 내지르며 죽어 가는 쪽은 고구려군이었다.

휘수의 철기마 부대가 고구려 중군을 절반쯤 궤멸시켰을 무렵 좌우군은 이미 말머리를 돌려 달아나기 바빴다. 오랫동안 고구려의 변방에 머물면서 형색만으로 조공을 바치고 있던 말갈, 거란 족에서 파병 나온 병사들이었다.

그날의 전투에서 휘수의 백제군이 얻은 전과는 적병 5천 명의 머리였다. 대단한 전과를 올린 백제군은 기세를 몰아 도망치는 고구려군의 뒤를 쫓았다.

산세가 험난한 계곡까지 접어들었을 때, 장군 막고해가 휘수 옆으로 급하게 말을 달려왔다.

"태자마마, 여기서 그만 진격을 멈춰야 합니다."

"그게 무슨 소리요?"

뜻하지 않은 대승에 흥분한 휘수가 이해할 수 없다는 얼굴로 막고해를 돌아보았다.

"여기서 아주 내처서 적의 숨통을 끊어버려도 시원치 않을 판국에 그만 진격을 멈추다니요?"

"옛말에 이런 말이 있습니다."

막고해가 투구 아래 흐르는 땀을 손바닥으로 훔치며 침착하게 말했다. 막고해는 근초고를 수행해 수십 번의 전투에 참가한 백전노장이었다. 휘수도 그의 말이라면 가볍게 받아들이지 않았다.

"일찍이 도가의 말에 만족할 줄 알면 욕을 당하지 않고, 그칠 줄을 알면 위태롭지 않다고 하였습니다. 지금 얻은 바도 적지 않은데 어찌 더 많은 것을 바라겠습니까?"

잠자코 생각하던 휘수가 고개를 끄덕였다.

"장군 말이 옳소. 젊은 혈기에 취해 잠깐 냉정을 잃은 것 같소."

휘수는 주변을 살펴보더니 계곡 위로 올라갔다. 시야가 확 트여서 어디서나 잘 보이는 곳이었다.

휘수는 부하들을 시켜서 비석으로 쓰임 직한 돌을 구해 오게 했다.

그리고 그 돌을 파묻고 그 위에 이렇게 썼다.

'오늘 이후로 누가 다시 이곳에 올 수 있겠는가?'

젊은 태자다운 호방함이었고, 자신감이었다.

그날 이후 고구려는 백제의 위세에 눌려 한동안 국경을 침입하지 못했다. 근초고의 백제는 날로 군사강국으로서의 면모를 떨치며 일약 동북아의 새로운 강자가 되었다. 젊고 팔팔한 호랑이와도 같은 기세였다.

그러나 고구려가 또 어떤 나라인가.

전쟁을 밥 먹듯이 좋아하는 나라, 예로부터 중원을 제패한 숱한 국가들이 고구려의 복속을 원했지만 진정으로 굴복한 적이 단 한 번도 없는 나라가 바로 고구려다. 사납기가 시라소니이고, 잔인하기는 살쾡이와도 같으며, 뚝심으로는 곰을 능가하는 나라, 고구려.

고구려가 비록 고국원왕 대에 이르러 이빨이 빠졌다고는 하지만 그래도 고구려는 고구려였다.

백제에게 참패당한 이후 절치부심하던 고국원은 군세를 재정비하여 백제를 침공했다. 그러나 이번에도 역시 패하 강가에 숨어 있던 백제군의 매복작전에 걸려 태반의 군사를 잃는 참패를 당했다.

비극은 그것으로 끝나지 않았다.

휘수는 이번 기회에 고구려에 잊지 못할 교훈을 안겨주겠다고 결심했다. 휘수는 사기가 충천한 부하들을 독려해 달아나는 고국원의 목덜미를 쫓아 평양까지 쳐들어갔다.

백제가 자랑하는 3만의 정병들을 맞은 고구려는 필사적으로 항쟁했다. 여기서 밀리면 끝장이라는 위기의식이 고구려군사들과 국인들을 끝까지 버티게 했다.

그렇게 밀고 밀리는 와중에 고국원은 어디에서 날아왔는지도 모르는 독화살에 맞았다. 급소를 맞은 고국원은 정신을 잃고 쓰러졌다.

고국원의 태자 구부는 평양성으로 들어가 성문을 굳게 닫고 평양의 모든 성민들을 동원해 총력전으로 맞섰다.

휘수는 그제야 군사를 돌렸다. 그만하면 전과는 충분히 올린 셈이었다. 평양을 유린하고 난 휘수의 백제군은 승전고를 울리며 귀환했다.

고구려는 참담한 패배에 울었다. 고국원은 독화살 때문에 얻은 치명상을 극복하지 못하고 숨을 거두고 말았다.

고구려로서는 차마 잊을 수 없는 치욕이었고, 그날 이후 고구려 왕실은 절치부심 백제에 대한 원한을 날로 키워갔다.

따지고 보면 형제국이라 할 수 있는 고구려와 백제.

주몽의 세 아들 중 유리의 고구려와 비류, 온조의 백제. 같은 동명왕의 사당을 모시고 제사를 지내는 나라였다.

그러나 오랜 세월이 흘러오면서 양국 사이에는 형제국이라는 끈끈한 인연은 더 이상 찾아볼 수 없게 되었거니와 이제는 서로를 죽여야 하는 철천지원수가 되었다. 오랜 은원의 시작은 바로 고국원의 죽음 때문이었다.

고국원의 죽음에 대한 복수는 그 후 고구려 왕실의 숙원이 되었는 바, 훗날 고구려 역사상 가장 위대한 왕으로 꼽히는 광개토왕과 그의 아들 장수왕 대에 이르러서야 비로소 그 원한을 갚게 되는 것이다.

근초고왕의 영광

"대왕이 돌아오셨다!"

"대왕마마께서 돌아오셨다!"

"대왕마마 천세! 만세!"

연도에 늘어선 국인들의 환호가 끊이지 않았다. 대륙백제에서 한성
위례성으로 돌아오는 근초고의 행렬은 말 그대로 금의환향이었다. 그
화려한 행차에 국인들은 두 손을 쳐들고 천세와 만세를 외치며 대왕의
만수무강을 기원했다.

계왕의 친위세력과 치열한 권력투쟁 끝에 왕위에 오른 뒤 대륙백제
의 영토확장에 나서 풍찬노숙風餐露宿, 평생을 전장의 피바람 속에서
살아온 노대왕의 한성 입경은 국인들에게는 경사가 아닐 수 없었다.

단순히 대왕이 돌아왔다는 사실 때문만이 아니었다. 국인들이 대왕
의 귀국을 손꼽아 기다린 데는 특별한 이유가 있었다. 다름 아닌 조정
좌평 진정 때문이었다.

왕후의 오라비 진정은 성질이 흉악하고 어질지 못해 일을 처리하는 데도 까다롭고 잔소리가 많았다. 또한 권세를 믿고 함부로 행동하여 국인들의 원망을 샀다.

조정좌평은 형벌과 송사를 주관하는 자리였다. 누구보다도 공정하고 엄격하며 사리판단이 정확해야 할 조정좌평 진정이지만 그에 대한 국인들의 불만은 극한에 달해 있었다.

그러나 조정에서는 누구도 진정의 전횡을 막을 수 없었다. 진정세력이 한성 조정 곳곳에 뿌리박혀 있기 때문이었다. 한성 조정은 진정의 말 한마디에 의해서 움직였고, 그는 거의 대왕이나 다름없는 권력을 휘둘렀다.

국인들이 대륙에 나가 있던 근초고의 귀국을 반긴 것은 바로 그 때문이었다. 대왕이 돌아왔으니 이제는 진정의 시대가 가리라 생각한 것이다.

진정에 대한 국인들의 불만을 근초고 역시 잘 알고 있었다. 대륙의 영토를 확장하는 과정에서도 근초고의 관심은 한성에서 떠나지 않았다. 한성이야말로 온조 이후로 백제의 뿌리이자 고향이 아니던가.

하지만 당장 눈앞에 처한 급박한 상황은 근초고가 몸을 뺄 수 있도록 허락하지 않았다. 태자 휘수를 한성으로 보내 대신 다스리게 하는 방법도 있었다. 그러나 휘수는 왕재로서도 훌륭했지만 만군을 다스리는 장수로서도 나무랄 데가 없었다. 고구려와 동진, 전연 등 숱한 적으로 둘러싸여 있는 백제로서는 휘수와 같은 유능한 장수가 하나라도 아쉬웠다. 게다가 진정은 휘수의 외삼촌이었다. 아무리 태자라 할지라도 집안의 어른인 외숙을 다스리는 데는 한계가 있을 수밖에 없었다.

그리고 근초고의 결심을 머뭇거리게 만든 또 다른 이유가 있었다. 시간을 거슬러 올라가 계왕과의 왕위 쟁탈전이 벌어졌을 때 근초고는 절대약세의 처지였다. 근초고가 그 위기를 벗어날 수 있었던 것은 부인 진씨의 힘을 빌렸기에 가능했다. 대토호 세력인 진씨세력의 도움이 없었다면 왕위에 오르는 일은 꿈도 꾸지 못할 일이었다. 근초고는 그 점을 무시할 수 없었다.

또한 휘수가 한성으로 돌아가 진정을 비롯한 외척세력을 몰아낸다면 필경 반격이 예상되었다. 야심만만하고 탐욕스러운 처남 진정의 성품을 잘 알고 있는 근초고였다. 대륙백제의 영토확장에 평생의 꿈을 걸고 있는 근초고로서는 결코 바라지 않는 상황이었다.

그래서 근초고가 선택한 방법은 한성에 대한 무관심이었다. 숱한 사자들이 달려와 진정의 전횡과 고조되고 있는 국인들의 불만을 보고해도 근초고는 그저 듣기만 했다. 그러는 와중에 진정을 비롯한 외척세력의 기세는 드높아갈 수밖에 없었다.

그런데 이제 대왕이 돌아온 것이다. 근초고의 귀성은 국인들에게는 희망과 안도의 소식이었지만 진정을 비롯한 진씨 일가에게는 달갑지 않은 소식이었다.

황금색 일산이 드리워진 어가는 어림군의 철통 같은 경호 속에 왕궁으로 향했다. 앞에서는 5백 명의 어림군 기병들이 길을 텄고, 어가를 중심으로 중원군이 또 수백 명, 후위에 또 그만큼의 기병들이 따랐다. 그 기세가 가히 황제의 행차라 일컫기에 충분했다.

"대왕마마! 천세!"

"대왕마마! 만세!"

어가가 지나갈 때마다 국인들은 한입처럼 그렇게 만세를 외쳤다. 그동안 진정의 학정에 시달려온 국인들은 기대에 들떠 있었다. 주렴 사이로 연도의 국인들을 바라보면서 근초고는 그들의 염원을 읽었다.

드디어 어가가 왕성 정문 앞에 도착했다. 왕비 진씨 부인과 좌평대신들이 기다리고 있었다. 조정좌평 진정을 비롯해서 내신좌평, 내두좌평, 내법좌평, 위사좌평, 병관좌평 등 한성 조정의 최고 대신들이 어가 앞에 엎드려 절을 올렸다.

근초고는 어가에서 내려 왕비 진씨에게 다가갔다. 왕비의 눈에서 눈물이 흘러내렸다. 대왕이 왕비 진씨의 손을 잡고 입을 열었다.

"부인, 오랜만이오."

"살아생전에 이렇게 대왕마마의 용안을 뵙게 되리라고는 기대하지 않았습니다."

진 왕비가 원망을 담은 목소리로 말했다. 다른 후궁들을 대륙에 데려가면서도 진 왕비에게는 한성을 떠나지 못하도록 한 대왕이었다. 진 왕비의 말에는 청상과부처럼 지내온 지난날에 대한 뼈가 숨어 있었다.

"부인, 정말 미안하오. 모두가 과인의 허물이오."

진 왕비의 손을 토닥거리고 난 근초고는 이번에는 내신좌평을 비롯한 여러 좌평들의 손을 차례로 잡으며 그동안의 노고를 치하했다. 끝으로 근초고는 조정좌평 진정의 손을 잡았다.

"좌평, 그동안 고생이 많았소."

대왕보다 10년이 위인 진정은 환갑을 바라보는 나이였다. 그러나 아직도 진정의 눈은 야심에 빛나고 있었다.

"아니옵니다, 대왕마마. 마마께서 평양성까지 쳐들어가 고국원의 목을 벤 것은 우리나라의 자랑이옵니다. 덕분에 우리 백제는 천세 만세 자랑스러운 광영을 얻었습니다. 이 모두가 대왕마마께서 옥체를 아끼지 않으시고 벌이신 일입니다. 그러나 부끄럽게도 저희 신료들은 그동안 한성에서 밥이나 축내는 식충이 노릇만 해왔습니다. 죽어 마땅한 죄옵니다. 대왕마마."

"그게 무슨 소리요? 그대가 아니라면 한성을 누구에게 맡길 수 있었겠소. 경이 있었기에 과인이 마음 놓고 정벌의 길에 나설 수 있었던 것이오. 그러니까 경이야말로 우리 백제가 세상을 향해 위용을 떨칠 수 있게 한 일등공신이오."

"그렇게 말씀해주시니 성은이 망극하나이다. 대왕마마."

진정이 눈물을 흘리며 허리를 숙였다.

"대왕마마, 어서 안으로 드시지요. 대왕마마를 위해 큰 잔치를 준비해놓았습니다."

안으로 들어서자 드넓은 연회장이 마련되어 있었다. 연회장 상석에 근초고가 앉자마자 내신좌평이 고개를 끄덕였고, 풍악이 울려 퍼졌다. 팔현금의 음률에 맞추어 무희들이 중앙에 나와 춤을 추기 시작했다.

근초고는 각 좌평들의 잔에 술을 채우게 한 뒤 잔을 들어 문무백관들을 내려다보았다.

"시조이신 온조대왕께서 사직을 창설하시고 근 4백 년 가까운 세월이 흘렀소. 다행히 열성조께서 돌봐주신 덕분으로 우리나라는 개국 이래 최고의 영토를 확보했소. 그동안 우리 백제국은 힘이 약하여 오랫동안 고구려에 모진 핍박을 받아왔소. 과인은 그것을 가슴 깊이 통한으로 간직하고 있었던바, 우리의 뜻이 하늘에 닿아 마침내 고국원을 죽일 수 있었소. 이는 그동안 형제국의 우의를 보여주지 않고 우리를 괴롭혀온 북적北狄이 응당 받아야 할 대가이고, 과인은 그간의 한을 풀 수 있게 되었으니 얼마나 다행한 일인지 모르겠소. 이 모두가 그대들이 한마음으로 과인을 보필해준 덕분이라고 생각하오. 모두 흥겹게 마시고 즐기도록 하시오."

근초고가 단숨에 술잔을 비웠다.

며칠 후, 진정은 나인의 은밀한 서찰을 받았다. 진 왕비로부터 만나자는 전갈이었다. 다른 사람 눈에 띄지 않게 해달라는 말에 약간 의아했지만 진정은 그대로 따랐다.

나인들이 낯선 이들의 접근을 감시하는 가운데 궐 안쪽 후원의 한 전각에서 진정과 왕비가 마주앉았다.

"왕비마마, 무슨 일이옵니까?"

진정이 눈을 가늘게 뜨고 느릿하게 입을 떼었다. 산전수전 다 겪은 그는 어지간한 일에는 눈 하나 깜짝하지 않는 강심장이 되어 있었다.

"아무래도 대왕의 낌새가 이상하옵니다, 오라버니."

진 왕비가 무릎걸음으로 다가오며 떨리는 목소리로 말했다. 진정은 잠자코 진 왕비를 바라보았다.

"낌새가 이상하다니…… 그게 무슨 말씀이오이까?"

"대왕께서는 참으로 오랜만에 환궁하셨습니다. 그래서 저는 어지간하면 예전처럼 오라버니께 사사로운 정사를 모두 맡기시리라 짐작했지요."

"그런데요?"

진정의 눈에 날카로운 빛이 스쳐 지나갔다.

"아직 아무런 기미도 눈치 못 채셨습니까?"

"그렇습니다."

"대왕께서 제관장들을 은밀히 불러들이고 있습니다. 그동안 오라버니가 해오신 정사를 하나하나 점고하고 계신 것 같습니다."

"설마하니……."

"제 짐작이 틀림없을 것입니다."

진정은 양미간을 잔뜩 찌푸린 채 고개를 쳐들었다. 허공을 헤매던 그의 눈길이 잠시 후 진 왕비에게로 돌아왔다.

"그렇다면 대왕께서 어떤 마음인지 짐작하시겠군요."

"……."

진 왕비가 입을 다물었다. 스스로 입을 열어 말하기에는 너무나 두려운 사실이었다. 진정이 설핏 입가에 미소를 지었다.

"아마 왕비마마와 제가 생각하는 것이 같을 겁니다."

"……."

"그렇다면 다른 방법이 없습니다."

진정이 차갑게 내뱉었다.

"하면?"

진 왕비가 눈을 크게 뜨고 진정을 보았다.

"먼저 쳐야지요."

"오라버니……."

짐작하던 대답이기는 했지만 막상 듣고 보니 또 달랐다. 경악으로 일그러진 진 왕비가 파리해진 입술을 떨었다. 그러나 진정은 냉정한 표정이었다.

"죽기 싫으면 먼저 상대를 죽여야 하는 법이외다. 대왕께서 이 몸을 내치기로 결심하셨다면 저 역시 죽지 않을 방도를 찾아야 함은 당연한 일, 그것은 하나밖에 없소이다."

"꼭 그렇게까지 하셔야겠습니까?"

"왕비마마, 대왕께서 절 죽이고 나면 마마께서는 무사하실 것 같습니까? 아닙니다. 결코 아닙니다. 벌써 잊으셨습니까? 대왕께서 바다 건너 백제령으로 가실 때, 왕비마마를 내버려두고 가신 일을 잊으셨습니까?"

아랫입술을 지그시 깨문 진 왕비의 눈길이 허공을 더듬었다.

"그뿐 아니지요. 태자마마도 매몰차게 데려가셨지요. 모자간의 애틋한 정이 왕비와 태자 사이라 해서 왜 없겠습니까? 20년이 넘었습니다. 그 세월을 홀로 청상이나 마찬가지로 지내오셨습니다. 차라리 마마께서 왕비라는 존귀한 신분이 아니라면 이 몸은 사사로이 오라비의 정으로 재가를 권유해드렸을 것이외다. 개똥밭에 굴러도 이승이 낫다는 말이 있소이다. 바로 이런 때를 두고 하는 말이 아니오이까. 허울뿐인 왕비 자리보다는 뭇 남정네의 꾐을 받는 막창 신세가 더 좋은 것이 음양의 이치올시다."

"오라버니……."

진 왕비가 말을 막았지만 진정은 내친 김이었다.

"그 서러운 세월을 견뎌온 것은 단 한 가지, 집안을 지키기 위함이 아니었습니까? 생각해보십시오. 대왕께서 왕위에 오르실 때 우리 집안의 도움이 없었다면 언감생심 꿈이라도 꿀 일이었습니까? 저 역시 대왕을 위해 제 목숨을 걸고 상왕세력과 싸웠습니다. 만일 그때 성공하지 못했다면 우리 집안은 이미 도륙이 났겠지요. 그 대가가 무엇입니까? 이제 와서 대왕께서 우리를 내쳐 버리려 하신다면 그냥 당하고 있을 수만은 없습니다."

"하면……."

진 왕비가 힘없이 중얼거렸다.

"모든 것을 제게 맡기십시오."

"그래도 대왕께서는 휘수의 아비입니다. 그 점을 잊지 마세요."

"태자가 왕위에 오른다면 모든 것이 해결되는 셈이지요. 염려 마소서. 저 역시 태자마마의 외숙이올시다."

그러나 진 왕비는 진정의 말뜻을 다 알아차리지 못했다. 진정은 그

순간 근초고뿐만 아니라 태자까지 제거해야겠다고 마음먹었다. 태자
에게 왕위를 넘겨주는 선양禪讓으로는 이 사태를 수습하기에 미흡했
다. 뿌리를 잘라야 했다.

집으로 돌아온 진정은 통인을 시켜 심복들을 불러 모았다. 근초고
가 대륙에 있는 동안 진정은 조정의 요처에 자신의 심복들을 심어놓
았다. 사실상 진정이 심어놓은 눈과 귀를 피하고서는 이루어지는 것
이 없었다.

진정은 자신이 방심했다고 자책했다. 근초고의 귀성에만 마음이 쏠
려서 대왕이 각 부의 제관장들을 은밀히 불러들이고 있음을 눈치 채지
못했다. 그렇지만 제관장들은 대부분 자신이 앉혀놓은 인사들이었다.

바로 여기에 문제가 있다고 진정은 생각했다. 벌써부터 힘의 균형
이 대왕 쪽으로 기우는 것이다. 평소에는 자기에게 입 안의 혀처럼
굴던 자들이 대왕이 환궁한 뒤로는 대왕과의 은밀한 독대조차 알리
지 않았다.

진정은 한번 기울기 시작하면 걷잡을 수 없는 권력의 속성을 누구
보다 잘 알았다. 더 이상 손 쓸 수 없는 상황이 되기 전에 이쪽에서 먼
저 움직여야 했다.

진정이 불러들인 심복들은 그가 죽으라면 죽는 시늉까지 할 자들이
었다. 그들은 진정의 고민을 눈치 빠르게 알아차렸다.

"아주 오래전의 일이지만 선왕이신 계왕께서 지금의 금상을 탐탁치
않게 생각하시어 다른 이를 태자로 승계하려고 하셨지요."

진정이 입을 열었다.

"그 일을 모르는 사람이 없습니다. 좌평 나리께서 그때 분연히 떨치
고 일어나셔서 금상을 옥좌에 올려놓으셨습니다."

사공부에 재직하고 있는 심복이 냉큼 말을 받았다.

"그렇습니다. 금상께서 지금의 자리에 계신 것은 전적으로 좌평 나리 덕분입지요."

사군부에 있는 흘루가 질세라 끼어들었다. 진정은 잠자코 고개를 끄덕이고는 말을 이어갔다.

"여기 있는 그대들은 오래전부터 나와 생사를 함께해왔소. 내 그대들을 혈육처럼 여기고 있는데 그대들의 의향이 어떤지 모르겠소."

"이를 말씀입니까? 나리께서 그렇게 생각해주시니 몸 둘 바를 모르겠습니다."

"나리를 위해서 무슨 일이라도 하겠습니다."

"죽을 때까지 견마지로를 다하겠습니다."

심복들이 앞 다투어 말했다.

"그대들의 목숨이 걸린 일이오."

진정의 말이 떨어지자 마치 찬물을 끼얹은 듯이 방 안이 조용해졌다. 진정의 가늘게 뜬 눈이 차갑게 사람들의 얼굴을 훑었다. 침묵이 조금 길게 이어진다 싶은 순간, 맨 뒤쪽에서 결연한 목소리가 터져 나왔다.

"이 목숨 초개처럼 바치겠습니다!"

진정의 눈이 그쪽으로 향했다. 사군부에 근무하는 4품 덕솔 벼슬짜리 사내인데 마치 통나무 밑동처럼 크고 단단한 체구였다. 눈에는 익었지만 진정은 그의 이름을 쉽게 기억해내지 못했다.

"네 이름이 뭐냐?"

"소인 유기라고 합니다."

진정은 그제야 사내를 기억해냈다. 변방의 한 성주로 나갔다가 고구려와의 전투에서 패한 뒤로 승진의 길이 막힌 자였다.

"오, 그래. 그대의 의기가 대견하다. 내게 목숨을 걸겠다, 그 말이 참말이렷다?"

"그렇습니다. 어차피 한 번 죽는 법, 태어난 이름값은 떨치고 죽고 싶습니다."

"그래, 장하다."

진정이 입가에 차가운 미소를 지은 채 좌중을 둘러보았다. 그제야 모두 질세라 나서기 시작했다.

"소인도 나리를 따르겠습니다."

"나리께서 하명만 하시면 이 목숨 바치겠습니다."

"닥쳐라!"

진정의 노한 목소리가 터져 나왔다. 모두 깜짝 놀란 얼굴로 진정을 쳐다보았다.

"입만 나불거리지 마라! 나는 이번 거사에 내 모든 것을 걸었거늘, 지금이라도 기회를 주겠다. 목숨이 아까운 자, 이 자리에서 떠나거라. 결코 붙잡지 않겠다. 그러나 함께하겠다면 목숨을 내게 맡겨라. 말은 필요 없다. 행동으로 보여다오."

아무도 자리를 떠나지 않았다. 이제 내친 김이었고, 이래 죽으나 저래 죽으나 마찬가지였다. 어차피 내일 아침이면 역모의 소문이 퍼질 터였다.

"모두 돌아가서 군사를 끌어 모아라. 거사는 내일 아침 동트는 시각이다. 더 말하지 않겠다. 이번 일에 우리 모두의 목숨이 달렸다. 추호의 빈틈도 없어야 한다."

진정에게 제 할 일을 하달받은 심복들은 서둘러 돌아갔다.

진정은 가노들을 모두 끌어 모아 중무장을 시키고, 유기에게 사병들을 지휘하도록 명했다.

진정은 심복들이 끌고 올 병력을 계산해보았다. 적어도 천 명에 가까운 숫자는 될 터였다. 그중에서도 사군부 2품으로 있는 흘루에게 큰 기대를 걸고 있었다. 흘루는 전투부대를 직접 거느린 장수였다. 적어도 그의 병력 가운데 절반만 합류한다고 해도 승산이 있었다.

왕도에 있는 근위대는 많아야 2천여 명이고, 오늘 밤 수직을 서는 인원은 기백 명에 불과했다. 게다가 이쪽은 기습을 하는 입장이었다. 진정은 승산이 있다고 믿었다. 그런 확신이 무엇보다 중요했다.

밤이 깊어가면서 진정의 저택으로 속속 병사들이 모여들었다. 가노들까지 중무장한 참이라 마당이며 대문 밖 한터까지 병사들과 말들로 가득 찼다. 사방에서 말 울음소리와 무기들이 부딪치는 소리로 요란했다.

진정은 집사의 부축을 받아 말 위에 올라탔다. 그는 말 위에서 하늘을 힐끗 쳐다보았다. 푸르스름하게 먼동이 터오고 있었다.

"자, 가자!"

진정이 말 아랫배를 힘차게 차자 아까부터 투레질을 하며 흥분해 있던 말은 성큼 발을 내디뎠다. 바로 그 뒤를 유기가 따르고 병사들이 이었다.

시간이 갈수록 말의 걸음걸이가 빨라졌다. 왕궁으로 향하는 주작대로가 말을 탄 병사들로 가득 들어찼다.

야직을 서는 병사들이 군데군데 화톳불을 피워놓고 있다가 달려오는 병사들을 제지했지만, 고작 대여섯 명의 야직군사들로는 수백 명의 반군들을 당해낼 도리가 없었다. 앞장선 유기의 갑옷은 피범벅이 되어 있었다.

이제는 돌이킬 수 없게 되었다. 살아남기 위해서는 어떻게 해서든 이번 반란이 성공해야만 했다.

그것을 깨달은 사병들의 얼굴은 긴장으로 잔뜩 굳어 있었다. 게다가 앞을 가로막는 야직군사들을 베어내면서 맡은 피비린내가 실전경험이 없는 사병들을 흥분시켰다. 마치 열탕처럼 뜨거운 열기가 병사들을 휘감았다.

주작대로를 거침없이 달려온 진정의 군사들은 멀리 왕궁의 정문이 바라보이는 지점에서 행군을 멈추었다. 여기에서 흘루의 병력과 합류하기로 되어 있었다.

뒤따라 도착한 진정이 유기에게 다가왔다.

"흘루! 흘루는 아직 안 왔는가?"

보고 있으면서도 진정은 그렇게 고함쳤다. 진정의 두 눈은 이미 핏발이 성성하여 이상스러운 열기가 뿜어져 나왔다.

진정이 그동안 양성해온 사병들과 여타 심복들이 끌고 온 병사들까지 모두 합해서 3백여 명이었다. 그런데 여기에 흘루의 직속부대가 가담하리라는 예상이 빗나간 것이다.

진정은 이를 악물었다. 더 이상 머뭇거릴 상황이 아니었다.

"불화살을 쏘아라!"

진정의 명이 떨어지자 심복 하나가 기름을 먹인 살에 불을 붙였다. 불화살은 밤하늘을 날아가 궁성 안으로 떨어졌다.

진정은 눈을 부릅뜨고 성문 쪽을 바라보았다. 성문의 경비책임자로 있는 심복이 신호에 맞추어 문을 열게 되어 있었다. 초조하게 바라보던 진정의 안색이 바뀌었다.

"나리!"

유기의 입에서 외마디 소리가 터져 나왔다.

성문 위 누각에 화톳불이 환하게 켜지고 중무장한 병사들이 일제히 성벽마다 그 모습을 드러냈다. 그중 성문 위 누각에 우뚝 서 있는 장수는 분명 흘루였다.

"나리, 흘루가 배신했소이다!"

"흘루, 네 이놈!"

어느 틈엔가 천지를 뒤흔드는 말발굽소리가 들려왔다. 한눈에도 이쪽보다 수십 배는 넘는 병력이 삽시간에 진정의 사병들을 사방에서 둘러쌌다.

"포위당했소이다, 나리!

"흘루, 네 이놈!"

진정은 말을 몰아 성루에서 멀지 않은 곳까지 단숨에 달려갔다.

"네 이놈, 흘루야! 내 일찍이 비루 오른 강아지마냥 근거 없이 떠도는 놈을 받아들여 이처럼 키워놓았다. 그런데도 네놈이 배신하다니, 네놈이야말로 은혜를 모르는 개새끼로구나!"

"말씀이 지나치시오! 내 비록 좌평께 은혜를 입은 것은 사실이오나, 이 나라 사직의 근본을 뒤엎는 역모에는 가담할 수 없었소이다. 사사로운 정을 떨치고 의로운 대의를 따랐을 뿐이외다!"

흘루도 지지 않고 맞받아쳤다.

"이놈, 흘루야! 네 속을 내가 잘 안다! 너야말로 이가 되면 의리를 헌신짝처럼 내던지는 놈이 아니더냐? 몇 푼의 이를 위해서라면 항문이라도 핥는 놈, 흘루가 아니더냐?"

"내 지금까지는 정리를 생각해서 그대를 대접했지만, 이제부터는 아니다! 이놈, 진정! 네놈이 하해와도 같은 대왕마마의 성은을 모르고 역모를 꾸미다니 네 명을 재촉하는구나!"

진정의 눈에서 불똥이 튀었다. 다가온 유기에게 진정이 말했다.

"이대로 물러날 수 없다! 내 기필코 성문을 깨트리고 저놈의 멱을 따야겠다!"

"……."

대답이 없었기에 진정은 유기를 돌아보다가 눈을 크게 떴다. 유기의 입가에 떠올라 있는 차가운 미소를 보았던 것이다.

"나리, 참으로 어리석소이다."

"유기…… 네 이놈……?"

진정이 더듬거리며 뒤로 물러나려고 몸을 젖혔다. 그러나 어느새 바짝 다가온 유기의 칼이 진정의 가슴에 박힌 뒤였다. 진정은 유기의 칼을 두 손으로 움켜쥐었다. 배어 나온 피가 혈조를 타고 진정의 손을 흠뻑 적셨다.

진정은 아직도 믿기지 않은 눈으로 유기를 쳐다보았다. 유기는 그대로 칼을 놓아둔 채 뒤로 물러났다.

"이놈…… 유기……."

"나리야말로 발밑의 흙이 꺼지는 것도 눈치 채지 못한 청맹과니였소. 대왕마마께서 풍찬노숙의 세월을 보내시며 영토를 넓힌 것은 다름 아닌 이 나라 국인들을 위한 것이었소. 그런데 나리께서는 그저 일신의 향락만을 위해 국인들을 도탄에 빠지게 했을 뿐만 아니라 감히 역모의 망상까지 꿈꾸었으니 죽어 마땅하오."

"그럼 네, 네놈은……?"

진정이 숨을 헐떡이며 한 손을 내밀었다.

"대왕께서는 오늘날 이런 일이 있을 줄 아시옵고, 몇 년 전에 나를 한성으로 보내셨나이다. 대왕마마의 예지가 심히 놀라울 뿐이외다."

"허어……."

진정의 입에서 외마디 신음이 흘러나왔다. 다음 순간 진정의 몸이 말에서 굴러 떨어졌다.

유기는 말머리를 돌려 아직도 눈앞의 사태를 파악하지 못한 진정의 사병들을 향해 입을 열었다. 어느새 날은 훤하게 밝아오고 있었다. 아침 공기를 유기의 쩌렁쩌렁한 목소리가 뒤흔들었다.

"네놈들도 잘 듣거라! 나는 오늘의 반란을 진압하라는 대왕마마의 특명을 받은 대장군 유기다! 네놈들이야 상전이 시키는 대로 역모에 가담했을 것인즉 잘못을 뉘우치고 투항하면 목숨은 살려주겠거니와, 만일 살기 싫은 자가 있다면 앞으로 나서라!"

진정이 죽는 것을 눈앞에서 똑똑히 목격한 사병들이었다. 유기의 말이 끝나기가 무섭게 모두 칼과 창을 내던지고 말에서 내려 바닥에 엎드렸다.

역성혁명.

적어도 한 나라의 사직을 뒤바꾸려면 하늘의 뜻이 있어야 했다.

진정은 오랜 세월 전횡을 거듭해오는 동안 눈이 멀고 귀가 멀어 분별력을 잃어버렸다. 근초고가 누구인가. 고구려의 광개토왕에 필적할 만한 영웅, 대백제국의 가장 영광스러운 시기를 연 대왕 근초고.

그의 찬란한 영광은 칼 한 자루에 담겨 지금까지 이어지고 있다. 이름하여 칠지도라 했다.

괴짜 대장장이

근초고는 환궁하기 몇 년 전 위사 유기를 본국으로 보내 진정에게 가까이 접근하도록 했다. 변방의 조그만 성주로 부임한 유기에게 패전의 책임을 물어 관직을 강등한 것도 진정으로 하여금 그를 믿게 하기 위한 치밀한 계략이었다.

진정이 죽은 다음 진씨 일가는 대부분 참형당했고, 일부는 도망쳐 종적을 감추어버렸다.

진 왕비는 참형까지 당하지 않았지만, 그 못지않은 참담한 신세가 되었다. 태자의 생모인 점을 감안해 그나마 후궁으로 전락한 것이다. 별궁 후원의 초라한 처소에서 나인들의 엄중한 감시를 받으며 실의의 세월을 보내게 되었다.

근초고는 후환이 될 만한 씨앗은 모조리 잘랐다. 잔인한 성품 탓이 아니었다. 그는 권력의 속성을 누구보다 잘 알았다. 따지고 보면 자신이 왕위에 오르는 데 최고의 공을 세운 처가였지만, 그는 그 씨족을 제

거했다. 그리고 진정과 조금이라도 관계가 있는 관리들도 모조리 관직을 삭탈당했다. 그것은 다른 토호 씨족들에 대한 경고이기도 했다.

진정의 반란으로 인한 소용돌이가 한바탕 몰아치고 난 뒤 그 피비린내가 가라앉았을 무렵이었다. 대왕이 찾는다는 내관의 연락에 급히 달려온 신임 내신좌평 우슬은 부복해 대왕의 명을 기다렸다.

"지금 나라 안에서 최고가는 도검 장인이 누구인가?"

난데없이 최고의 도검 장인을 찾는 대왕의 뜻을 헤아리지 못한 우슬은 어리둥절했다.

"그 문제라면 소신보다 도부를 관리하는 달솔 해성이 더 잘 알고 있으리라 사료됩니다. 아시다시피 무기와 도검 관리는 도부에서 관장하고 있으니까 말입니다."

"그렇겠군. 그럼 해성을 들라 이르라."

우슬의 눈짓을 받은 내관이 어전을 나갔다. 잠시 시간이 지체되고 해성이 다급한 걸음으로 들어왔다. 얼굴이 붉게 상기된 것이 꽤 서두른 눈치였다.

"대왕마마, 부르셨나이까?"

"다름이 아니라 이 나라 최고의 도검 장인이 누구인가 알고 싶어서 경을 찾았네."

"최고의 도검 장인이라 하셨습니까?"

"그렇네."

느닷없이 대왕이 최고의 도검 장인을 찾는 이유를 모르는 것은 해성도 마찬가지였다.

"갑자기 말씀하시니 잘 생각나지 않습니다. 소신이 그 이유를 알아도 되겠사옵니까?"

"내 오랫동안 생각해온 것이 있네. 이 나라를 개국하신 온조 성조님께서 졸본 부여를 떠나오실 때는 혼자가 아니었지. 경들도 잘 알고 있겠지만 온조 성조님의 형님이신 비류대왕께서도 함께였네. 비류대왕께서는 대륙, 지금의 대방 지역에서 나라를 경영하셨고, 온조 성조님께서는 비류대왕의 명을 받들어 창해를 넘어 여기 한성에 도읍을 세우셨지. 그 후 비류대왕께서는 뒤늦게 미추홀에 도착하시어 두 형제가 함께 하기를 원했지만 불행히도 두 형제분께서 뜻이 맞지 않았던 것은 그대들도 잘 아는 이야기이네. 그때 비류대왕께서는 한성을 포기하고 남쪽으로 내려가 웅진에 도읍을 세우셨고 또 일부는 바다를 건너 토매인들이 사는 땅을 점령한 뒤로 수백 년이 흘렀네. 경들도 잘 알다시피 그곳이 바로 왜일세."

"그 일이라면 소신들도 익히 알고 있습니다, 대왕마마."

"사실 왜는 우리와 형제국이나 마찬가지네."

"그렇습니다, 대왕마마."

"하지만 그동안 내가 대륙을 경영하느라 왜와는 좀 적조했네. 게다가 왜와 화친을 맺지 않았더라면 과인이 대륙의 영토를 확장하는 데 큰 어려움이 있었을 것이야. 뒤에 적을 두고 앞의 적을 맞아 싸우는 것처럼 어리석은 일은 없다고 하였네."

"그렇습니다, 대왕마마."

"다행히 왜에서는 그동안 어려운 형편임에도 우리의 처지를 감안하여 도움을 요청하지 않고 스스로 어려움을 헤쳐 나갔네. 내 그것을 기특히 여기어 왜왕에게 특별한 검을 하사하고자 하네."

"검을 말입니까?"

우슬이 되물었다.

"그렇네. 아주 특별한 검이어야 하네. 백제의 위엄을 만천하에 드러낼 수 있는 그런 명검이어야 한다. 내 그것을 제작하여 왜왕에게 하사할 생각이네."

그제야 우슬과 해성은 대왕의 뜻을 알아차렸다. 잠자코 헤아리던 해성이 입을 열었다.

"대왕마마의 뜻이 그러시다면 마땅한 적임자가 있습니다."

"오, 그런가?"

대왕이 반가운 듯 상체를 앞으로 기울였다.

"예, 대왕마마께서 말씀하신 대로 나라 안에서 최고가는 장인이옵니다. 그가 만드는 검은 귀신도 감탄할 정도로 명검이라 하옵니다. 다만 한 가지……."

해성이 말끝을 흐렸다.

"아니, 말씀을 올리다 말고 왜 그러는 것이오?"

우슬이 영문을 몰라 물었다.

"그자의 성정이 워낙 괴팍해 일을 맡기기가 쉽지 않다고 합니다."

"무슨 소리요? 그럼 그자가 도부에서 일하지 않는단 말이오?"

"그렇습니다. 그는 도부에서 일하지 않습니다."

"도부에서 일하지 않는 자가 그토록 실력이 뛰어나단 말이오?"

"사실은 저도 소문만 들었을 뿐입니다. 그는 그냥 대장장이입니다. 또 한성에 살지도 않을뿐더러 세상을 등진 채 아주 외진 곳에 살고 있사옵니다. 말 그대로 기인이라고 소문이 났습지요. 그자가 만든 검은 천하제일의 명검이어서 무사로 입신하고자 하는 이치고 그 명검을 욕심내지 않는 이가 없다고 하였습니다. 하지만 지금까지 그에게서 명검을 받은 이는 아직 한 사람도 없는 것으로 알고 있습니다."

"그렇다면 곤란하지 않소. 도부에 속하지 않은 자라니……."

우슬이 이맛살을 찌푸리며 말했다.

"하지만 대왕마마의 명이라면 어느 누가 감히 거역하오리까?"

해성의 말에 대왕이 고개를 저었다.

"아니다. 그 정도로 성격이 괴팍한 장인이라면 억지로 해서는 안 될 일. 좋은 방도를 생각해서 그자를 불러오도록 하라."

대왕이 얼굴 가득 호기심을 나타냈다. 과연 어떤 대장장이기에 세상을 등지고 살면서도 소문이 난단 말인가. 만일 소문대로 그가 만든 검이 천하제일의 명검이라면 무슨 수를 써서라도 손에 넣고 싶었다. 무엇보다도 대장장이의 옹고집이 대왕의 마음에 들었다.

"억지로 그 대장장이를 데려와서는 안 된다. 이번 명검은 말 그대로 천하제일의 것이 되어야 할 터, 결코 억지로는 명검이 만들어질 수 없다. 자신의 생명과 바꿀 정도로 신명을 바치지 않고서는 안 된다. 과인의 말을 명심하라."

"예, 대왕마마."

"그 대장장이의 이름은 무엇이더냐?"

"진각이라 하옵니다."

괴짜로 소문난 대장장이 진각은 그때 이미 60을 바라보는 나이였다. 평생을 노동으로 살아온 그의 얼굴은 나이보다 훨씬 더 늙어 보였고, 아무렇게나 자란 더벅머리며 얼굴 수염 때문에 차라리 대장장이보다는 망나니에 가까워 보였다.

진각은 항상 술에 절어 살았다. 게다가 목욕은 언제 했는지 도통 알 수 없을 정도여서 그의 근처에 가기만 해도 코를 찌를 듯한 냄새가 풍겼다. 세상이 그를 버린 것인지 그가 세상을 버린 것인지 정확히 아는 사람은 없었다.

아직도 그의 솜씨는 전설적이어서 찾는 사람이 간간이 있었지만 진각은 일체 그들을 상대하지 않았다. 특히 무사들이라면 더욱 그랬다. 그러나 입에 풀칠을 하고는 살아야 했기 때문에 농사꾼들이 부탁하는 낫이나 괭이, 가래 따위는 가끔 만들어주었다.

그에게는 함께 늙어온 극성맞은 할멈이 있는데, 그 여자의 성질이 또 보통이 아니었다. 젊은 시절부터 강짜가 심한 편이었는데, 나이 들수록 할멈의 잔소리며 투정과 심술은 더욱 늘어갔다. 진각은 아예 귀를 막고 살았다. 할멈이 뭐라고 욕을 하고 투덜대도 진각은 어느 집 개가 짖느냐는 듯 아예 모르쇠로 살았다. 그러니까 할멈은 벽에 대고 말을 하고, 진각은 또 여느 집 개소리를 노상 듣고 사는 셈이었다.

도무지 정상적인 부부 관계라고는 할 수 없는데도 이날 이때껏 살아온 것이 용했다. 아무래도 속궁합이 좋은 모양이라는 것이 마을 사람들의 중론이었다. 진각은 대장장이었고 노상 무거운 쇠를 만지는 것이 일이니 젊은 시절부터 체력은 남들과 비교가 되지 않았다. 진각의 아내가 그토록 투덜대면서도 지금까지 함께 살아오는 것은 진각의 절륜한 아랫도리 힘 때문이라고 남 말하기 좋아하는 사람들은 음탕한 농을 즐겼다.

그들 부부 사이에는 딸과 외손자가 있었다. 그런데 그 딸이 말 못하는 벙어리였다. 말귀를 알아듣는 것을 보면 배냇병신은 아닌 모양인데, 마을 사람들 누구도 자세한 사연을 알지 못했다.

대장장이 진각 내외가 마을에 찾아든 것은 30년도 더 전의 일이었고, 그때 진각의 벙어리 딸은 열 살쯤이었다.

마을이라고는 해도 그야말로 산골이었다. 산자락에 위치한 마을은 30여 호가 조금 넘었고, 농촌이라고 하기에도 산촌이라고 하기에도 어정쩡한 곳이었다. 사람들은 다락논밭을 일구어서 곡식 농사를 지었고 사시사철 산에서 나는 열매와 약초를 캐어서 살림에 보탰다.

그나마 다행인 것은 마을이 대처로 가는 지름길과 통하는 위치에 있다는 점이었다. 말하자면 험한 길일망정 시간을 아끼는 도부꾼들이나 길손들이 질러가는 길목이었다.

진각의 대장간이 망하지 않은 것은 바로 그 때문이었다. 진각의 솜씨는 이 마을을 거쳐 지나가는 길손들에 의해 조금씩 소문이 났고, 가깝고 먼 마을에서 일감이 몰려들었다.

시간을 거슬러 올라가 진각이 아직 지금처럼 늙지 않은, 그러니까 20여 년 전의 일이다.

어느 날 해거름 녘, 진각의 대장간에 정체 모를 떠돌이 무사가 찾아들었다.

진각은 대장간 일을 마치고 평상에 앉아 여느 때처럼 술을 마시던 참이었다. 떠돌이 무사는 정중하게 예를 표하고 한술 밥과 하룻밤 잠자리를 청했다.

진각은 떠돌이 무사를 한참이나 바라보다가 그의 청을 허락했다. 처음 있는 일이었다. 부엌에 있던 성질 사나운 아내가 아니나 다를까 부리나케 뛰쳐나왔다.

"우리 먹을 끼니도 없구만 저놈의 인사가 뭔 소리여?"

그러다가 그녀는 떠돌이 무사의 얼굴을 보는 순간 입을 다물었다. 비록 행색은 남루했지만 무사의 얼굴은 기품과 범접할 수 없는 위엄이 깃들어 있었다. 진각의 아내는 평소답지 않게 뒷걸음질로 부엌으로 들어가 정성을 다해서 저녁상을 차려 내왔다.

진각과 무사는 평상에서 저녁을 함께 먹으면서 늦은 밤까지 술을 주거니 받거니 했다. 그저 심드렁하게 세상 살아가는 이야기를 나누는 것이었지만, 두 사람의 화제는 그저 따로 떠돌았다. 진각은 무사에게 어떻게 살아왔는지 또 어디로 가는지 묻지 않았고 무사 역시 자신에 대해서는 일언반구도 비치지 않았다.

어느 정도 술기운이 불콰하게 돌았을 때, 진각의 아내가 쪽마루 위에 관솔불을 밝히기 위해 나왔다.

"여보게, 화덕에 풀무질을 해놓게."

"이 인사가 망령이 났나. 한밤중에 웬 풀무질 타령이오?"

성질대로 나오던 진각의 아내는 무사를 의식하고 목소리를 낮췄다.

"글쎄, 시키는 대로만 하구려. 그리고 달기에게 달래천에 가서 목욕하고 오라고 이르게."

"이 인사가 안 하던 짓을 다 하구…… 뭐 잘못 먹었수?"

평소 같으면 미쳤다는 말이 이어질 법도 하건만 진각의 아내가 조심스레 무사의 눈치를 살폈다.

달기는 그들 부부의 벙어리 딸이었다. 그때는 이미 이십대 중반을 넘어섰지만 가난한 대장장이 살림인 데다가 벙어리인 달기에게 혼처가 달리 있을 리 만무했다. 진각 부부에게 달기는 말 그대로 애물덩어리였다.

진각의 아내는 진각이 그렇게 나오는 데는 뭔가 이유가 있을 것이라고 짐작했다. 굼뜨고 게으르기는 하지만 허튼 사람은 아니었다. 벽창호 기질이 문제이기는 했지만 목에 칼이 들어와도 콩은 콩이라고 말할 사람이었다.

진각의 아내는 진각이 시키는 대로 대장간 안에 들어가 불씨를 살렸다. 달기와 함께 땀을 흘리며 불길이 벌겋게 되살아날 때까지 풀무질을 했다. 화덕 안의 참숯이 벌겋게 달아오르면서 대장간 안은 한여름 염천은 저리 가라 할 정도로 뜨거운 열기로 가득 찼다.

달이 환한 보름쯤이었고, 마루청에 걸린 관솔불이 아니어도 평상 위에 마주앉은 두 사람은 서로의 표정을 충분히 읽을 수 있었다.

마지막 남은 술잔을 비우고 난 진각은 수염에 묻은 술방울을 닦았다. 그리고 매서운 눈길로 떠돌이 나그네를 바라보았다.

나그네 무사 역시 기다리고 있었다는 듯 그의 눈길을 똑바로 받았다. 한참 동안 두 사람 사이에 말없이 시선이 오갔다. 진각이 입을 열었다.

"내 천하제일의 검을 만들어주겠네."

"……."

"하면, 그대는 내게 무엇을 줄 것인가?"

"……."

"말해보시게."

떠돌이 무사가 대답 대신 입가에 미소를 지었다.

"흠, 그대는 내 말을 이해한 모양이군."

고개를 끄덕이고 난 진각이 몸을 일으켰다.

진각은 밤새 대장간에서 나오지 않았다. 쇠를 달구고 마치로 다듬는 소리와 물에 담금질하는 소리가 밤새 끊이지 않았지만 그 누구도 대장간에 들어갈 수 없었다.

달래천에서 목욕을 하고 온 달기의 온몸에서는 향긋한 냄새가 났다. 진각의 아내는 안방에서 그동안 한 번도 꺼내지 않은 새 이불과 요를 가져와 달기 방에 깔았다. 달기가 시집갈 때를 대비해서 마련해둔 것이지만 달기를 데려갈 사내가 있으리라곤 생각하지 못했다.

달기는 옷을 벗었다. 창호지 문 밖에서 들어오는 달빛에 달기의 무르익은 알몸이 드러났다. 스물다섯 해, 그 누구의 손길도 닿은 적이 없는 처녀였다. 달기는 그렇게 발가벗은 채 요 위에 누워 가만히 기다렸다.

이윽고 방문이 열리고, 그 사이로 조용한 달빛과 함께 그림자 하나가 들어섰다. 그림자는 어둠에 눈이 익기를 기다리는 듯 한동안 가만히 서 있었다.

달기는 숨소리조차 내지 않으려고 했지만 가슴이 금세라도 터질 것처럼 쿵쾅거렸다. 온몸이 사시나무처럼 떨렸다. 처녀로서의 본능이었다. 그러나 그것은 두려움만은 아니었다. 미지의 것에 대한 흥분과 호기심도 함께 깃들어 있었다. 그녀는 자신이 무엇을 기다리는지 정확히 몰랐지만 그것을 운명적으로 받아들여야 한다고 생각했다.

그림자가 천천히 옷을 벗었다. 사내의 몸이 달빛에 그 윤곽을 드러냈다. 청동처럼 탄탄한 몸뚱이었다.

눈을 감아야 한다고 생각하면서도 달기는 사내의 몸에서 눈을 뗄 수가 없었다. 사내가 몸을 숙였고, 달기 옆에 누웠다.

사내와 달기는 한동안 나란히 누워 있었다. 한쪽 어깨와 가슴과 옆구리, 허벅지가 닿았다. 서로의 살결이 닿는 곳은 새벽 서리처럼 차가웠다. 아니었다. 금세 뜨거운 불기운으로 변했다. 서로 맞대고 있는 살을 통해서 무섭게 뛰고 있는 상대의 심장 박동소리가 들려왔다.

사내의 입에서 가느다란 한숨이 새어나온다 싶더니 그가 몸을 돌려 달기의 상반신 위로 고개를 들이밀었다. 달기와 사내의 눈은 어둠 속에서도 서로를 붙잡았다. 달기를 바라보는 사내의 눈길은 뜨거웠다.

사내의 눈길을 감당하기 어려워진 달기가 슬며시 고개를 돌렸지만 그가 손을 뻗어 그녀의 턱을 부드럽게 잡아 원상태로 돌렸다. 자꾸만 감기는 눈을 억지로 뜬 채 사내를 바라보자 이번에는 그의 얼굴이 다가왔다.

거칠면서도 부드럽고 선뜻하면서도 뜨거운 사내의 입술이 달기의 입술에 닿았다. 그때쯤 달기는 더 이상 참지 못하고 눈을 감았고, 뜨거운 숨을 토해냈고, 자신도 모르게 두 팔을 뻗어 사내의 우람한 상반신을 끌어안았다.

어느 순간 달기는 여자의 본능으로 사내와 영원히 끊이지 않을 인연의 씨앗이 자신의 깊은 곳 어딘가에 남겨졌음을 알아차렸다.

푸른 달빛이 먹물 번지듯 창호지문을 통과해 들어왔다. 온 방 안에 푸른 기운이 가득 찬 듯한 느낌이었다.

그 새벽, 달기의 방을 빠져나간 무사는 새벽이슬을 맞으며 마당에서 기다리던 진각에게 칼 한 자루를 받았다. 그리고 떠나간 떠돌이 무사의 운명에 대해서 누구도 알지 못했다.

다만 무사의 칼은 이 나라가 생긴 이래 만들어진 최고의 신검이고, 그것을 만든 대장장이는 깊은 산 속에 숨어 사는 진각이라는 괴팍스러운 기인이라는 이야기만 안개처럼 바람처럼 떠돌았다.

최고의 검신을 꿈꾸는 무인들이 소문에 홀려서 그 산마을을 용케도 찾아들었고, 진각에게 떠돌이 무사가 찬 신검을 재현해달라고 간청했지만 부질없는 짓이었다. 진각은 두 번 다시 칼을 만들지 않았다.

떠돌이 무사가 떠나간 뒤 딱 열 달 후에 달기는 아들을 낳았다. 병어리 어미의 극진한 보살핌을 받으며 아이는 무럭무럭 자라났다. 외할아버지 진각과 성질 사나운 진각의 아내조차도 외손자라면 눈에 넣어도 전혀 아프지 않을 정도로 끔찍이 위했다. 아이의 이름은 진성이었다. 아비의 성을 모르니 그저 외가의 성을 따를 수밖에 없었다.

그러고도 오랜 세월이 흘렀고, 떠도는 풍문에 의하면 떠돌이 무사는 백제뿐 아니라 신라며 가야, 고구려까지 발 닿는 곳이면 어디든지 찾아가 최고의 무사들과 실력을 겨루었다는 것이다. 무사의 검술솜씨는 진정 인간의 솜씨가 아니었고, 하늘에서 전신戰神이 하강한 것이나 다름없다는 전설 같은 이야기가 바람결에 전해져 왔다.

게다가 무사의 검술을 더욱 신비하게 만드는 것은 이름 없는 한 대장장이가 만들었다는 신비의 보검이었다. 투박하기 이를 데 없고 별다른 장식도 없는 그 칼에는 대장장이의 혼신이 깃들어 있기 때문에 떠돌이 무사와 겨루는 상대는 칼을 보는 순간 이미 기가 질리게 마련이라는 것이었다.

떠돌이 무사는 어느 장군의 막후에도 들지 않았고, 어느 임금의 밑에서 관직을 원하지도 않았으며, 그 어디에도 속하고자 하지 않았다. 그저 자신보다 더 강한 상대를 찾아다녔다.

훗날 떠돌이 무사는 어느 땅에선가 일생을 마쳤는데, 자신보다 더 강한 상대를 만나서가 아니었다. 오히려 그 반대였다. 그는 평생을 바쳐서 자신의 검법을 완성하려고 노력했지만 마지막 한 고비를 넘지 못했다. 그는 그 사실을 한스럽게 생각했다. 그 마지막 고비를 뛰어넘게 해줄 스승을 찾아다니느라 평생의 세월을 보낸 셈이었다. 그러나 그 어디에서도, 그 누구도 그에게 마지막 비밀을 가르쳐주는 사람이 없었다.

그는 어느 이름 없는 산골짝에서 스스로 목숨을 끊기 전에 집사를 불렀다. 떠돌이 무사는 그 충복에게 대장장이가 만들어준 보검을 건네주며 자신의 아들에게 전해달라고 유언했다. 하지만 결코 그 칼을 사용해서는 안 된다는 엄명이 덧붙여졌다. 그의 후손 중에서 단 한 사람, 자신의 검법을 계승하여 궁극의 이치를 완성한 자만이 그 칼을 사용할 수 있다는 것이 떠돌이 무사의 마지막 바람이었다. 주인을 화장하고 난 충복은 유골함과 함께 보검을 안고 돌아왔다.

떠돌이 무사의 가문은 대대로 백제의 8대 대성인 목씨가였고, 대목악성이라는 지역에서 씨족 마을을 이루고 살아왔다. 목씨 문중 사람들은 충복이 가져온 유골함과 보검 앞에 애도를 표했고, 뒤늦게나마 떠돌이 무사의 유골을 소중히 장사지냈다. 목씨 가문은 조상 대대로 이 나라 최고의 대장군을 배출해온 무사 집안임을 자랑스럽게 여겼다.

그리고 떠돌이 무사는 목씨 가문의 뛰어난 무사 중에서도 가장 뛰어난 무사이며, 태어나서 단 한 번의 패배도 모른 검술의 달인이었다.

한편, 떠돌이 무사에게는 다시는 돌아올 수 없는 먼 길을 떠나기 전에 얻은 아들이 하나 있으니, 훗날 대장군으로 위명을 떨치는 목라근자의 조부다.

진각의 대장간에, 아니 그 마을이 생기고 처음 있는 일이 벌어졌다.

30호쯤 되는 마을의 촌장은 예전에 16품 관등직인 극우를 지낸 적이 있는데, 그것만으로도 온 마을 사람들의 존경을 한 몸에 받았다. 촌장은 가야와의 전쟁에 참가했다가 부상을 당해 극우 벼슬에서 물러나 고향으로 돌아온 것이다. 하지만 마을이 생긴 이래로 극우 벼슬이라도 한 자는 그가 유일했다.

그런 마을에 어느 날 말을 탄 관원들이 한눈에도 높아 보이는 벼슬아치를 에워싸고 들어왔다. 비색 관복을 입은 벼슬아치는 11품 대덕 관등에 있는 자였다. 극우였던 촌장으로서도 감히 얼굴을 우러러 마주볼 수 없을 만큼 까마득히 높은 벼슬아치였다. 그런 벼슬아치가 이렇게 궁벽한 산골에 찾아든 것이다.

관원들이 대덕 벼슬아치를 모시고 버티재 입구에 있는 대장간에 찾아들었을 때, 진각은 낮술에 취해 잠들어 있었다. 평상 위에서 배꼽이 드러나도록 고의적삼이 헤벌어진 채 큰 대자로 잠들어 있는 진각의 입가에는 버캐가 허옇게 말라붙어 있었다. 코 고는 소리가 어쩌나 큰지 바자 밖에까지 흘러나왔다.

벼슬아치는 관원들의 도움을 받아 말에서 내리면서 얼굴을 찌푸렸다. 그로서는 성주의 명을 받고 여기까지 찾아왔고, 또 예의를 갖추어 대장장이를 모셔오라는 지시를 받긴 했지만 도무지 내키지 않는 걸음이었다. 대장장이가 얼마나 대단한지는 모르지만 대덕 관등에 대해 무척이나 자부심을 갖고 있는 그로서는 도무지 이 일이 성에 찰 리 없었다. 게다가 술에 취해 평상 위에 널브러져 있는 늙은이의 꼬락서니라니.

대덕 우노는 고개를 절레절레 흔들었다. 그의 눈치를 살피고 있던 관원 중 한 명이 다가가 평상 밑으로 흘러내린 진각의 발을 호되게 찼다. 진각이 끙, 소리를 내며 뒤돌아 누웠다. 관원이 다시 한번 더 세차게 진각의 다리를 찼고, 그제야 눈을 뜬 그는 낯선 사람들을 바라보았다. 진각은 굼뜨게 몸을 일으켰다.

대장간에서 진성이 낯선 인기척을 듣고 풀무질을 도와주던 벙어리 어미 달기와 함께 마당으로 나왔다. 집 뒤 텃밭에서 푸성귀를 다듬고 있던 진각의 아내도 그때쯤 해서 분위기가 심상치 않다는 것을 깨닫고 서둘러 들어오던 참이었다.

"자네가 진각이라는 대장장이인가?"

두 명의 관원 중 다소 늙은 쪽이 물었다.

"그렇소만, 무슨 볼일이오?"

진각은 단잠에서 깨어난 불쾌함을 그대로 드러낸 채 퉁명스럽게 대꾸했다. 관원들과 그 뒤편에 서 있는 벼슬아치를 두려워하는 눈치라곤 조금도 없어 보였다. 오히려 사색이 된 쪽은 진각의 아내와 달기, 진성이었다.

"허, 그놈 말투가 무례하구나. 어느 안전이라고?"

이번에는 젊은 관원이 한발 나서며 금세라도 주먹을 날릴 듯 눈을 부라렸다. 진각은 우노를 흘깃 바라보았다.

"여기 계신 나리로 말씀드리자면 11품 대덕 관등에 계신 분이시네. 어서 인사 여쭙게."

진각이 마지못해 흉내만으로 허리를 숙였다.

"소인 인사 올립니다, 대덕 나리."

우노는 양미간을 가볍게 찌푸리며 진각의 인사를 받았다. 평민들에게 이런 인사를 받기는 처음이었다. 보통의 경우라면 마른땅, 진땅 가리지 않고 큰절을 올려야 옳았다. 그 자리에서 벼락 같은 호통을 내지르고 싶었지만 그는 성주의 명령을 상기하며 화를 억눌렀다.

"자네가 진각이라는 대장장이인가?"

"진각이라면 소인의 명자가 맞습니다."

"그렇다면 옳게 찾아온 모양이군."

"하지만 소인은 대덕 나리께서 이 누추한 곳까지 몸소 왕림하신 이유를 꿈에서조차도 짐작하지 못하겠습니다."

"그건 나도 모르겠고, 어서 길 떠날 차비를 하거라."

"길을 떠난다굽쇼?"

놀란 진각의 목소리가 커졌다. 뒤에 있던 진각의 아내가 뛰쳐나와 진각의 허리춤을 붙잡고 우노를 바라보았다. 마치 어미닭이 솔개로부터 병아리를 지키려는 듯한 몸짓이었다.

"아니 우리 할아범이 뭘 잘못했다고 잡아가시는 거유? 안 돼유!"

"허허, 잡아가는 게 아니라 모셔가는 거라네."

늙은 관원이 말하자 진각의 아내는 못 믿겠다는 듯 우노를 쳐다보았다. 우노가 고개를 끄덕였다.

"그렇다. 성주 나리께서 그대의 지아비를 모셔오라는 명령을 내리셨다. 그렇지 않고서야 명색이 대덕인 내가 여기까지 올 이유가 없지 않은가."

"하지만 소인이 성주 나리의 부르심을 받잡고 갈 일이라고는 아무리 생각해도 없습니다요."

"자넨 그냥 우릴 따라나서기만 하면 되네. 같잖게 이유를 달지 말게. 성주 나리께서 부르시는 일을 우리가 어찌 알겠는가. 어서 길 떠날 차비를 하게."

"싫습니다요!"

진각이 그 자리에 서서 도리질을 했다. 관원들이 놀라서 서로의 얼굴을 돌아보다가 마지막으로 우노를 쳐다보았다. 이런 경우는 처음이었다. 감히 관원의 명을 거역하다니. 게다가 대덕이라는 벼슬아치가 있는 자리였다.

젊은 관원이 허리춤에 차고 있던 칼집에서 칼을 꺼냈다. 날이 푸르게 서 있는 검이 진각을 향했다.

"안 됩니다요!"

그 순간 진성이 소리치며 관원과 진각 사이에 끼어들었다. 진성은 20대의 혈기왕성한 청년으로 성장해 있었다.

"무슨 일인지는 모르지만 이런 법은 없습니다요. 아무리 힘없는 촌것일지라도 이렇게 마소 끌 듯 끌고 갈 수는 없는 법입니다요. 게다가 칼까지 들이대다니요!"

진성은 서슬 푸른 칼 앞에서도 위축되지 않고 항변했다.

"어서 비키지 못하겠느냐?"

관원이 소리쳤지만 진성은 그 자리에서 조금도 움직이지 않았다.

"차라리 소인을 데려가십시오. 저희 할아버진 안 됩니다요."

"그러니까⋯⋯."

그때까지 가만히 지켜보고 있던 우노가 입을 열었다.

"네가 저 대장장이의 손자란 말이냐?"

"그렇습니다요."

"이름이 뭐냐?"

"진성이라 합니다."

"진성이라…… 그래, 늙은이를 위하는 네 마음이 갸륵하구나. 하지만 염려하지 말거라. 이번 일은 아무래도 네 할아비에게 좋은 일이지 나쁜 일은 아닌 것 같구나. 성주 나리께서 모든 예의를 다 갖추어 그대의 할아비를 모셔오라고 하셨다. 정 걱정이 되면 너도 함께 가면 되지 않겠느냐?"

"참말로…… 저희 할아버지께 해가 되는 일이 아닙니까?"

"그렇다. 아무려면 대장장이 하나 잡으러 나까지 나섰겠느냐?"

진성은 잠깐 생각해보았지만 우노의 말이 사리에 맞았다. 진성은 돌아서서 진각에게 다가갔다. 진각은 지금까지 일어난 일이 자신과는 전혀 관계가 없다는 듯 심드렁한 얼굴을 하고 있었다.

"할아버지, 저와 함께 성으로 들어가십시다."

"싫다. 정 들어가고 싶으면 너나 가거라. 나는 여기서 한발짝도 움직이기 싫다."

"할아버지, 나라에서 명하는 일입니다."

"싫다. 이 나라가 내게 무슨 일을 해주었는지 기억도 나지 않는다. 부역에 나오라면 꼬박꼬박 나갔고, 세금을 바치라면 꼬박꼬박 바쳤지만 내가 무슨 좋은 대접을 받았는지 기억에 없다."

"참말로 저 늙은이가 겁이 없군."

듣고 있던 젊은 관원이 말했다. 대역죄인이나 할 소리였던 것이다. 그러나 우노는 성주의 말을 떠올렸다.

"그 늙은이가 무척 괴팍하다고 들었소. 늙은이를 데려오는 일이 결코 쉽지 않을 것이오. 그래서 내가 그대를 보내는 것이니 이번 일을 무사히 수행하기 바라오."

성주는 이런 일이 일어날 것임을 예견한 것일까. 우노는 이번 임무가 생각보다 만만치 않은 일임을 깨달았다. 그리고 성주보다 더 높은, 어쩌면 왕실과 관계가 있는 업무일지도 모른다는 생각이 들었다.

"진각이라는 대장장이여, 듣거라."

진각이 마뜩찮다는 인상을 지우지 않은 채 우노를 바라보았다.

"이 일은 아주 중대하다. 네놈의 기분에 따라 가고 싶다, 말고 싶다 할 그런 차원의 일이 아니다. 다시 한번 네놈이 못 간다는 그따위 소리를 내뱉는다면 내 이 자리에서 네 식구들을 모조리 없애버리겠다! 내 말을 알아듣겠느냐?"

우노의 눈에서 무서운 살기가 뻗쳐 나왔다. 우노의 기세에 지금껏 바자 밖에 둘러서 있던 마을 사람들도 모골이 송연해졌다. 진성과 달기, 진각의 아내도 사색이 되었다. 그러나 정작 진각은 태연했다.

"네놈의 가족을 모조리 도륙 내겠다고 했다. 못 들었느냐?"

"그렇다면 별 수 없이 소인이 따라나서겠지마는 그런다고 해서 이놈의 마음까지 데려간다고 생각하지 마시오. 단지 나리께서 끌고 가는 것은 진각이라는 이 촌것의 누추한 몸뚱이일 뿐이오."

과연 듣던 대로 괴팍하기 이를 데 없는 늙은이였다. 도무지 눈곱만큼도 이쪽의 기세에 억눌리는 기색이 없었다. 우노는 속으로 당혹스러웠지만 내색하지 않았다. 어쨌든 늙은이를 성주에게만 데려가면 되는 것이다.

진각과 진성이 길 떠날 차비를 하고 우노 일행을 따라나선 것은 그러고도 한 식경이나 지난 후였다.

화룡점정

　　　　한성에 올라온 진각과 진성은 눈이 휘둥그레질 정도의 환대를 받았다. 그들 조손은 관리의 안내를 받아 규모가 큰 객관에 짐을 풀었다. 두 사람을 돌보는 하인들만 서너 명, 그 외에도 객관에서 일하는 모든 사람들이 조손이 행여 불편함을 느낄까 신경을 곤두세웠다. 객관에는 조손 외에 머무는 손이 없었다. 큰 객관을 진각과 진성이 독차지하고 있는 셈이었다.

　아침, 점심, 저녁으로 나오는 식사가 또 조손이 생전 처음 대하는 진귀한 음식들이었다. 육고기와 해물 그리고 처음 보는 음식들이 상다리가 부러지도록 나왔고, 진각의 입이 귀에 걸리도록 향기 좋은 술이 떨어지지 않았다.

　배가 터지도록 먹고 마시고, 곯아떨어지는 것이 하루 일과였다. 며칠을 그렇게 지내자 진각과 진성의 몸피는 산골에 있을 때와는 사뭇 달라졌다. 허여멀끔하게 살피들이 피었고, 기름기가 돌았다.

처음에 그들을 안내한 관리는 코빼기도 보이지 않다가, 이러구러 달포쯤 흘렀을 때 다시 나타났다.

객부에서 파견 나온 그 관리의 지시에 따라 객관 사람들은 진각과 진성을 뜨거운 물에 목욕시켰다. 몇십 년 묵은 때를 벗기고 난 진각과 진성은 몰라보게 달라진 모습이었고, 거기에 관리가 가져온 새 옷을 입으니 옷이 날개라는 말이 그르지 않았다.

관리가 그들의 모습에 만족한 듯 고개를 연신 끄덕였다.

"나리, 우릴 도성으로 불러올렸으면 뭔가 할 일을 주셔야 하는 것 아닙니까? 아무리 좋은 고기와 술도 하루 이틀이지 이젠 물릴 판입니다요."

진각이 볼멘소리를 하자 관리가 웃었다.

"안 그래도 그대들 몸에서 촌 냄새가 빠지길 기다렸느니라. 오늘 그대들은 아주 존귀한 분을 만나 뵙게 될 것이다."

관리는 대기하고 있던 가마에 진각을 태웠고, 진성은 말에 타게 했다. 그리고 자신도 말에 올라 앞장섰다.

반 식경쯤 가자 왕궁이 나타났다. 가마와 말에서 내린 그들은 정문 옆에 난 조그만 문으로 들어섰다. 이윽고 어느 커다란 전각 앞에 멈추자 관리가 말했다.

"지금부터는 절대 고개를 들어서는 안 된다. 그리고 곁눈질로 사방을 살펴서도 안 된다. 그저 발밑만 보고 시키는 대로 해야 하느니라."

"알겠습니다요."

진각과 진성이 동시에 대답했다.

그들은 허리를 굽힌 채 발만 보며 전각 안으로 들어갔다. 붉은 비단이 깔린 긴 회랑이 나타났고, 좌우로 시종들이 허리를 굽힌 채 그들을 맞았다.

큰방 안으로 들어선 관리가 바닥에 엎드려 상대를 향해 큰절을 올렸다. 진각과 진성은 관리가 하는 대로 따라했다. 머리를 들지 않고 있는데 허공에서 소리가 들렸다.

"그대가 천하제일의 대장장이라는 진각인가?"

"천하제일인지는 모르겠사오나 진각은 맞습니다요."

진각이 여전히 이마를 바닥에 댄 채 대답했다.

"내 그대를 꼭 만나보고 싶었느니라. 고개를 들라."

"⋯⋯."

진각은 관리의 말을 떠올리며 망설였다.

"고개를 들라신다."

이번에는 다른 목소리가 들려왔다. 진각은 고개를 들었다가 눈앞에 펼쳐진 광경에 소스라치게 놀라 다시 고개를 숙였다.

대왕마마시다!

눈부신 곤룡포에 면류관을 쓰고 황금빛으로 번쩍이는 크고 높다란 옥좌에 앉을 수 있는 사람은 단 한 사람, 대왕마마뿐이다.

진각의 가슴이 쿵쾅거리기 시작했다. 세상에 무서운 것이 없었고, 괴팍스럽기 그지없는 진각이지만 대왕마마 앞인 것이다. 아무리 진정하려고 해도 온몸이 떨려왔다.

"진각아, 고개를 들라."

뉘 명이라서 거역할까. 진각은 조심스레 고개를 들었다. 인자한 눈빛으로 근초고가 진각을 바라보았다.

"그대 옆에 있는 청년은 손자라고 했느냐?"

"그렇습니다요, 대왕마마."

"그래, 그대의 재주를 타고났으니 장차 이 나라에 큰 일꾼이 되겠구나. 그대도 고개를 들라."

진성이 고개를 들었는데, 그 역시 눈앞에 앉아 있는 이가 대왕임을 한눈에 알아차렸다. 진성의 얼굴에서 핏기가 사라졌다. 왕의 면전에서 제정신을 차릴 수 있는 자는 흔치 않았다.

"내 너를 부름은 다름이 아니다. 우리 백제국은 나라를 개국하신 온조 성제님 이래로 지금처럼 광영스러운 때가 달리 없었다."

"모두가 대왕마마의 홍복이옵니다."

"진각아. 그대는 네 재주를 한껏 살려 우리 대백제국의 광영을 길이 입증할 수 있는 명품을 만들어보거라. 수만 년이 흘러도 변치 않는 그런 명품을 만들 수 있겠느냐?"

"미천한 소인에게 기회를 주신다면 목숨을 다 바쳐서라도 대왕마마의 분부를 받들어 거행하겠나이다."

"그래, 내가 듣고 싶었던 말이다."

근초고가 흡족한 미소를 지었다.

"이 나라 광영을 입증하는 동시에 진각, 장인으로서의 네 안목에도 부끄럽지 않은 명품을 기대하겠노라."

"혼신의 힘을 다하겠나이다."

진각이 바닥에 이마를 찧으며 말했다. 성은에 감격했음일까, 말끝이 떨려나왔다.

진성에게는 지금 눈앞에 벌어지는 이 모든 장면들이 마치 꿈을 꾸는 듯했다.

검신에 작은 가지칼 여섯 개가 서로 엇갈려 나 있는 독특한 칼. 그것은 이제까지 보아온 그 어떤 칼과도 달랐다. 그것은 칼이 아니라 나뭇가지와 같은 형상이었다.

그러나 칼에서 풍겨 나오는 기운은 예사롭지 않았다.

단철로 만든 양날의 칼인데, 칼 몸체의 앞뒷면에는 60여 자가 금상
감金象嵌되어 있었고, 그 외곽을 가는 금선으로 둘렀다. 금속표면에 선
이나 면을 새긴 뒤에 금이나 은을 박아 넣거나 덧씌워 무늬를 놓는 입
사 공법이었다. 그것을 능숙하게 다룰 수 있는 장인은 이 나라에 단 한
사람뿐이었다. 진각, 바로 그였다.

이제 마지막 한 자만 새기면 되었다.

화룡점정畵龍點睛.

이른바 용을 그릴 때 용의 눈에 찍는 마지막 한 점. 그럼으로써 마
침내 용은 그 생명을 얻고, 승천하는 것이다.

진각은 혼신의 힘을 다해서 마지막 글자를 새겼다. 진각의 이마에
서는 굵은 땀방울이 계속해서 흘러내려 눈알을 따갑게 했지만, 그의
눈은 조금도 깜빡이지 않았다.

옆에서 지켜보는 진성의 애간장이 더 탔다. 속을 뒤집어 보일 수 있
다면 아마 새까맣게 탔을 것이다.

진각의 표정은 요지부동이었다. 태산이 무너져도, 벼락이 떨어져도
진각의 온 정신은 마지막 글자에만 매달려 있었다.

마침내, 마지막 글자 위에 상감이 입혀졌다. 진각은 가만히 눈을 감
았다. 오히려 한숨을 길게 내쉰 쪽은 진성이었다. 진각은 오랫동안 숨
소리조차 내지 않았다.

어찌 된 일일까. 진성은 가만히 할아버지를 바라보았다. 돌부처처
럼 꼼짝도 않고 앉아 있는 진각의 입가에서 붉은 선혈 한 줄기가 흘
러내렸다.

"할아버지!"

진성이 놀라 부르짖었다. 그러나 진각은 대답이 없었다. 너무나 혼
신을 쏟았음일까. 칠지도七支刀의 마지막 문자를 새겨넣은 뒤 진각의

영혼은 그 자리에서 증발하였다. 그랬다, 그것은 증발이라고밖에 달리 설명할 도리가 없다.

진각의 육체적 생명은 이미 오래전에 끝나 있었고, 오직 정신적인 생명만이 실낱처럼 이어져오다가 칠지도가 완성되는 화룡점정의 순간에 증발하였다. 칠지도에 생명을 불어넣음과 동시에 진각의 육신에서는 생명이 빠져나간 것이다.

진성은 분명히 보았다. 칠지도와 할아버지 진각의 영혼이 서로 교류하는 그 찰나를.

칠지도는 진각이 자신의 목숨을 걸고, 장인으로서의 모든 자부심을 걸고 만든 최후의 걸작이었다. 칠지도는 그저 뛰어난 보검이 아니라 한 장인의 모든 것을 담아낸 신검이었다.

진성은 그 순간 할아버지가 칠지도를 통해 보여준 장인정신을 깨달았다. 진정한 장인이라면 모름지기 어떤 자세로 임해야 하는지를 할아버지는 자신의 생명과 바꾸면서 진성에게 보여준 것이다.

"할아버지……."

진성의 입에서 외마디 절규가 새어나왔다.

진각은 가부좌 자세로 열반한 고승처럼 어떠한 미련조차도 남기지 않은 그런 얼굴이었다. 평온하기 그지없었다. 그의 얼굴은 완벽한 무無, 그 자체였다.

그리고 그 자리에 남은 것은 칠지도, 수천 년의 세월을 견뎌낼 신검, 혼의 검 단 한 자루였다. 369년 근초고왕 24년의 일이었다.

칠지도.

광개토왕비와 더불어 한일 양국의 고대사를 푸는 데 결정적인 비밀을 쥐고 있는 것으로 알려진 칠지도는 과연 어떤 칼인가.

일본의 건국신화에는 하늘에서 천손天孫이 큐슈九州로 하강할 때 신권을 상징하는 세 가지 신기神器를 가지고 왔다고 전하고 있다. 청동거울과 곡옥曲玉 그리고 철검이다. 청동거울은 태양을 상징하고, 곡옥은 달을, 철검은 번갯불을 상징한다. 이 세 가지 물건은 곧 일본 왕실의 권위를 상징하며 칼이 일본에서 숭앙되는 이유이기도 하다. 그런데 일본의 수많은 명검 중에서도 신물神物로 꼽히는 칼이 바로 칠지도다.

『일본사사전』에는 칠지도를 이렇게 소개한다.

철검. 나라 텐리시天理市 이소노카미 신궁의 신역神域에서 출토. 이 칠지도는 『일본서기』의 신공神功 황후 52년조 기록에 보이는 칠지도에 해당한다고 여겨진다. 전체 길이 약 75센티미터, 칼몸刀身 좌우에 각 세 개씩 양날의 가지칼枝刀을 서로 번갈아 뻗쳐 나오게 만든 생김새로 실용적인 칼은 아니다. 칼몸체의 양면에는 금으로 상감된 60여 자의 명문銘文이 새겨져 있다.

이 칠지도는 당시 동아시아 각국의 이해와 깊이 관련되어 해석되고 있으나 아직까지 정설은 밝혀지지 않았다. 369년 백제왕이 왜왕을 위해 만들었다고 추정되며, 백제에서 온 '헌상품'으로 보는 설이 있고, 백제왕이 왜왕에게 '하사한 물건'이라는 설, 그 밖에 동진東晉에서 백제왕을 통해 왜왕에게 '하사한 물건'이라는 설이 있으며, 명문을 『고사기』와 『일본서기』의 왜왕에게 '바쳤다貢上'는 기사와 단순하게 연결 짓는 점이 비판되고 있다. 국보.

칠지도의 양면에 새겨진 한자어는 다음과 같다.

泰和四年五月十六日丙午正陽造百練鐵七支刀以辟百兵宜供供侯王□□□
□作

先世以來未有此刀百滋王世子奇生聖音故爲倭王旨造傳示後世

　이 한자어 명문은 녹이 슨 칠지도의 글자(금상감)들을 일본 학자들이
다각적으로 판독해낸 것이다. 이것을 번역하면 다음과 같다.

　태화 4년 4월 11일, 일중日中에 백련百練의 강철로 칠지도를 만들었다. 이는
나아가 백병百兵을 물리칠 수 있는 것이므로 마땅히 후왕에게 줄 만하다.
　선세先世 이래로 아직 이 칼이 없었던바 백제의 왕세자 기생성음奇生聖音이
왜왕을 위하여 만들었으니, 후세에 전하여 보일지어다.

　백 번 단련한 강철로 만든 칠지도를 백제왕자 기생성음이 일본의
왕에게 선물했다는 기록이다. 왕세자 기생성음은 나중에 제14대 왕
이 되는 백제왕 근구수왕이고, 태화 4년은 서기 369년이다.
　이 칠지도는 오늘날 나라현의 이소노카미 신궁에 보관되어 있다.
이 칼에 새겨진 명문 중에는 네 글자가 보이지 않는다. 이 네 글자의
해석에 따라 백제와 왜의 관계가 규정될 수 있어 한일 고대사를 연구
하는 사학자들에게는 커다란 논란을 불러일으켰다. 칼을 하사했느냐,
진상했느냐에 따라 당시 백제와 일본의 위상이 드러나기 때문이었다.
　여기서 짚고 넘어가야 할 부분이 있다. 칠지도를 이소노카미 신궁
에서 처음으로 찾아내고 녹을 떼어 금상감이 된 명문을 세상에 알린

사람은 스카 마사토모菅政友라는 인물이다. 그는 칠지도 앞뒷면이 검게 녹슬어 있어서 모든 녹을 떼어내고 금상감이 되어 있는 명문 글자들을 찾아냈다고 한다. 과연 삭제된 네 글자는 원래부터 마모되어 없어진 것일까. 아니면 일본 측에 불리한 증거였기 때문에 인위적으로 갈아서 없애버린 것일까.

그런데 그의 행적을 살펴보면 이상한 점이 눈에 띈다. 그는 1877년 이소노카미 신궁 궁사직을 떠나 '일본이 임나일본부를 통해 한반도를 통치했다'는 임나일본부설을 주장하는 사가史家로 변신했다. 그가 임나일본부설의 근거로 내세운 것은 바로 칠지도의 명문이었다.

궁사, 우리로 치면 주지스님에서 역사학자로 변모했다고 볼 수 있는데, 일본 군국주의에 의해 그의 주장은 일본의 조선 침략에 대한 타당성을 확보하는 근거로 이용되었다. 조작된 역사, 조작된 사관을 바탕으로 일본은 '탈아론脫亞論'을 주창하며 조선을 합병하고, 그 기세를 대륙침략으로까지 이어간 것이다.

그렇다면 백제왕의 신보神寶인 칠지도 앞면의 네 글자는 언제 누구에 의해서 깎인 것인가. 스카 마사토모가 이소노카미 신궁의 책임자로 근무하던 시기일까, 아니면 그 후의 일일까.

과연 사라진 네 글자는 어떤 내용을 담고 있었을까. 추정컨대 '백제 왕국'이나 백제인 도검 제작자의 이름이 새겨졌을 것임이 그 흐름상 이치에 맞지 않을까.

고대에는 군사력이 곧 국력이었다. 이것은 지금에 와서도 크게 다르지 않다. 그런 점에서 칠지도가 갖는 의미는 중요하다.

고대에는 좋은 강철로 만든 칼이 매우 드물었다. 당시에는 무쇠칼이 대부분이었고, 당연한 이야기지만 그 무쇠칼들은 전투 중에 쉽게 부러지곤 했다. 그렇기 때문에 칠지도의 명문에서도 백 번 두드린 강철이라는 점을 강조하는 것이다.

고대 일본에는 강철을 제련할 수 있는 기술이 없었다. 그래서 일본은 제철기술을 선진국인 한반도로부터 건네받았다. 바로 그 제철기술의 원조는 고구려와 백제다. 이른바 단철술鍛鐵術이라 부르는 것인데, 이것은 쇠를 담금질하여 두드려 만드는 기술을 말한다.

3세기 중엽 일본에 제일 먼저 단철술을 가르쳐준 사람이 백제의 탁소다.

탁소가 강철을 만드는 기술을 전해주기 이전에는 일본에 강철이 존재하지 않았다. 무른 쇠인 선철을 만드는 기술만이 있었을 뿐이다.

그 선철을 만드는 법을 가르쳐준 사람 역시 한반도에서 건너간 사람이다. 바로 천일창天日槍이라는 신라의 왕자다. 천일창이 선철 만드는 기술을 가르쳐준 곳은 아드마東國 지역이다. 아드마란 끝 간 데 없는 두메산골이라는 뜻인데, 오늘날 도쿄가 중심인 관동 지역이다.

예로부터 관동 지역에서는 질 좋은 무쇠가 많이 채굴되었는데 당시 그 지역에는 고구려인과 신라인이 많이 살고 있었다. 천일창은 바로 그 지역에 제철기술을 전파해, 아드마는 첨단 제철기술을 가진 지역이 되었다.

한편, 일본의 칼은 10세기 이전까지는 밋밋한 직도였다. 곡선화된 칼이 만들어진 것은 11세기부터다.

그것도 알고 보면 고려에서 건너간 도장刀匠 천국천생일파가 만든 것이다. 오늘날 일본도의 뿌리는 바로 고려인 천국천생일파인 셈이다.

이처럼 일본 혼의 상징 일본도와 일본검도에는 아무리 감추려고 해도 감출 수 없는 우리의 그림자가 깃들어 있는 것이다.

인연

　　아무리 추운 겨울이라도 다가오는 봄을 밀어내지는 못한다. 집채만 한 바윗돌로도 깨지지 않던 두터운 계곡의 얼음이 날이 갈수록 얇아졌다. 어느 날부터인가는 제 스스로 쨍쨍 갈라지는 소리가 들려오더니, 이제는 살얼음장 밑으로 계곡물 흐르는 소리가 제법 커졌다.

　　양지바른 곳에는 겨우내 쌓였던 눈이 어느새 녹았고, 불어오는 바람도 예전처럼 매섭게 느껴지지 않고 훈풍이 배어 있었다.

　　인적이 끊겼던 월성산에도 가끔 나무꾼들과 약초꾼들이 모습을 나타냈고, 봄이 훌쩍 코앞에 다가오자 그동안 날이 풀리기만을 조바심나게 기다린 불심 깊은 신도들이 하나둘 수원사를 찾아왔다.

　　계절이 바뀌면서 목만치와 곰쇠, 수복이의 마음도 봄바람처럼 살랑살랑 설레는 것은 어쩔 수 없었다. 젊은 청춘들이다. 불과 열대여섯 살, 아무리 목만치가 절대 무예를 수련하고, 곰쇠가 곰보다 더한 용력을 자랑한다고 해도 스멀스멀 피어오르는 사춘기의 설렘을 억제할 수는 없었다. 그들은 틈만 나면 멀리 산 아래를 바라보며 살 냄새 풍기는 저잣거리를 그리워했다.

해월과 육손이인들 이들 젊은이의 눈치를 모를 리 없었다. 그러나 해월과 육손이는 목만치에게 산을 내려가는 것을 엄금했다. 가끔 곰쇠나 수복이는 가까운 마을에 심부름이라도 갔지만 목만치는 꿈도 꾸지 못할 일이었다.

목라근자의 아들을 찾아서 나라 안 구석구석까지 추포령이 내려졌기 때문이다. 목라근자의 아들과 집사 육손이의 용모파기가 자세하게 설명된 방이 사람이 모이는 곳이면 어김없이 붙어 있었는데, 상금이 무려 은자 백 냥이었다. 이 나라 최고의 무사 집안이었던 목씨가의 후환을 그만큼 두려워한다는 이야기도 되었다.

아직은 세월이 아니라는 것을 잘 알고 있는 해월과 육손이는 날로 커가는 목만치를 지켜보는 것을 낙으로 삼았다.

그러나 언제까지나 그런 세월이 계속될지 알고 있는 사람은 없었다. 목만치는 고삐를 매지 않은 야생마나 마찬가지였다. 목만치가 산을 뛰쳐나간다 해도 막을 수 있는 사람은 아무도 없었다.

산에 들어온 지 4년째. 목만치와 곰쇠는 헌헌장부로 자라났다. 곰쇠가 근 7척에 가까웠고, 목만치는 그 못지않게 6척을 넘었다. 곰쇠는 정말이지 타고난 거인이었다. 체중이 무려 30관이 넘게 나갔는데도 뛰는 것을 보면 날다람쥐처럼 날렵했다. 체중이 발끝에 거의 실리지 않을 정도니까 곰쇠의 경신술도 남다른 경지에 이르렀다.

목만치는 아버지 목라근자를 닮아서 부리부리한 고리눈이 어린 나이임에도 위엄을 담고 있었고, 어머니 항아를 닮아서 해맑은 이마에 이목구비가 깎은 밤톨처럼 반듯했다. 산짐승처럼 자랐는데도 목만치의 피부는 약간 그을렸을 뿐, 본디 타고난 우윳빛 살성을 감추지 못했다. 옥골선풍에 무장의 기질을 합한 것이 바로 목만치였다.

어느 처자인들 그저 지나칠 수 없는 타고난 사내의 매력이 날이 갈수록 목만치에게서 흘러넘쳤다. 아무리 냉혹하고 긴 겨울도 끝내는 봄 앞에 자리를 비우게 마련이듯이 목만치도 이제 늠름한 청년이 되었다.

세월은 어느새 소년을 청년으로 성큼 자라게 만든 것이다.

봄기운이 완연해서 양지바른 계곡에 산수유가 노란 꽃망울을 앞 다투어 터트리기 시작했을 무렵 반가운 손이 절에 찾아들었다.

나귀 다섯 마리에 가득 짐을 싣고 종자 두 명과 함께 찾아든 중년의 사내는 더할 수 없이 인자해 보였다.

수복이는 사내와 안면이 있는지 두 손을 합장하며 나아가 맞이했다.

"거사님, 오랜만에 뵈옵니다."

"허허, 그동안 잘 있었느냐? 노스님 모시느라 고생이 많았다."

"아닙니다. 거사님도 무량하셨습니까?"

"허허, 나야 잘 지냈지. 그래, 스님은 어디 계시냐?"

"법당 안에 계십니다. 안 그래도 아침부터 까치가 유난히 울기에 반가운 손님이 찾아오리라고 생각했습니다."

"허어, 이제 너도 노스님 닮아서 천기를 읽는 모양이구나."

사내가 짐짓 감탄한 표정을 지으며 웃음을 터트렸다. 그때쯤 해월도 법당에서 나오는 길이었다. 사내가 서둘러 다가가 해월에게 두 손을 합장하며 예를 표했고, 해월도 가볍게 합장했다.

"먼저 부처님을 뵙겠습니다."

사내가 법당으로 들어가서 부처님께 절을 올렸다.

잠시 후 사내와 해월은 종자가 절 마당 한쪽 끝 너럭바위 위에 펼쳐놓은 자리에 마주하고 앉았는데 육손이도 함께였다.

"두 분 인사 나누시지요."

해월의 말에 두 사람은 상대를 향해 고개를 숙였다.

"육손이올시다."

"진충이라 합니다."

"방금 진충이라 하셨소?"

육손이가 놀란 얼굴로 사내를 다시 쳐다보았다.

"예, 그렇소이다."

사내가 부드러운 미소로 대답했다.

"이 나라 최고간다는 도목 진충이란 말이오?"

"부끄럽습니다만 이 나라 최고가는 줄은 모르겠고, 진충이란 이름
은 제 부친께서 물려주신 이름이 분명합니다."

"하이구, 이런 유명한 분을 여기서 다 만나다니 광영이올시다."

"보잘것없는 장이를 과찬해주시니 부끄럽습니다."

진충.

이 부드러운 미소의 사내야말로 백제국에서 최고로 이름을 날리고
있는 도목 진충이었다.

신비의 칼 칠지도를 만든 괴짜 대장장이 진각 그리고 진각의 손자
진성. 그렇게 흘러내려온 핏줄은 진성의 손자 진충의 대에 이르러 만
개했다. 대대로 최고의 장인을 배출해낸 핏줄이고, 진충의 이름은 장
인 문화가 꽃피운 백제국에서도 으뜸으로 쳤다. 그러고 보면 핏줄은
속일 수 없는 모양이다. 떠돌이 나그네 무사로부터 내려온 피가 대장
군 목라근자와 그 아들 목만치에 이른 것처럼.

진충은 수만금을 모은 재력가인데, 평생을 써도 남을 만한 부를 이
미 선대에 이루었다. 하지만 진충은 재물에는 아무런 욕심이 없었다.

재물은 최선을 다해서 장이로서의 자존심을 지키다 보면 자연스럽게 따라오는 것일 뿐이라고 여겼다. 그는 어릴 때부터 귀에 못이 박히도록 들은 최고의 명품을 만들어야 한다는 할아비와 아비의 당부를 결코 잊지 않았다. 그의 아비는 눈을 감는 순간 한숨을 내쉬며 평생의 한을 털어놓았다.

"신검을 만드신 선대 어른의 솜씨를 능가하는 최고의 명장이 되고 싶었다. 그러나 내 솜씨는 그 할아버지에 비하면 그야말로 새 발의 피며, 감히 시늉조차 낼 수 없었다. 내 평생을 바쳤건만 그 할아버지의 그림자도 밟지 못했으니 그것이 끝내 한이다. 넌 아비를 닮지 말고 그 어른을 능가하는 최고의 장인이 되어야 한다."

진충은 모든 재산을 다 털어서라도 진각이 남겼다는 신검을 찾기 위해 행방을 수소문했다. 그러나 역적으로 몰려 멸문지화를 당한 목씨 가에서 행방이 끊겼다는 소문이 들려올 뿐 신검의 행방은 묘연했다. 그리고 또 한 자루는 바다 건너 열도의 왜왕이 소지하고 있다고 했다. 칠지도라는 이름의 검이 바로 그것이었다.

진각이 남긴 또 하나의 신검. 나그네 무사에게 전해졌고, 목씨가를 거쳐 이제는 행방조차 묘연한 신검. 바로 그 신검을 찾아 그것을 능가하는 칼을 만들겠다는 것이 진충의 유일한 목표였다.

돈독한 불심을 가진 진충은 그 소원을 이루기 위해 명산대찰을 찾아서 많은 시주를 했는데, 그런 인연으로 세상을 등지고 숨어 있는 수원사의 해월과도 인연을 맺었던 것이다. 진충이 그토록 찾아 헤매던 신검이 바로 목만치에 의해 수원사 어딘가에 숨겨져 있음을 그가 꿈에라도 짐작할 수 있었을까.

해월을 존경하는 진충은 오래전부터 그에게 무엇인가 간청을 하고 있었는데 오늘 찾아온 것도 바로 그 때문이었다.

"제가 해동되기를 기다려 이렇게 서둘러 스님을 찾아뵌 것은 다름 아닙니다."

"……"

육손이가 시선을 진충에게서 해월에게로 돌렸지만 해월은 이미 짐작하고 있는 얼굴이었다.

"스님, 이번만은 고집을 꺾어주십시오. 제가 스님께 해드릴 수 있는 것은 그뿐입니다."

해월은 진충의 말에 아무런 대꾸도 없이 눈을 감은 채 묵주만 돌리고 있었다.

"제발 수원사를 중창하는 일만 허락해주십시오."

"아니 스님, 진 도목께서 절을 중창해주신다지 않습니까?"

육손이가 반가운 마음에 끼어들었다. 해월이 눈을 떴다.

"절집이 화려하다 해서 부처님의 마음이 특별하게 깃드는 법은 아니지요."

"하지만 진 도목의 불심이 갸륵하지 않습니까?"

"그 불심을 다른 데 쓰시지요."

"스님, 전 이 절을 화려하게 짓자고 하는 건 아닙니다. 그저 허물어져가는 대들보며 용마루 정도를 손보겠다는 겁니다. 모쪼록 이 하찮은 목수의 바람을 저버리지 말아주십시오."

"나무아미타불."

"스님 말씀대로 불쌍한 이들을 위해서 시주는 얼마든지 하겠습니다. 하지만 스님을 위해서 전 아무것도 해드린 게 없습니다. 이번만은 제발 고집을 꺾어주십시오."

안타까운 마음에 육손이도 거들었다.

"스님, 이렇게 간청하시는데 받아주시지요."

"나무아미타불……. 허허, 내 진 시주께 졌소이다. 그럼 비바람만 막을 수 있도록 조금만 수고해주시겠소?"

"아이구, 정말 감사합니다, 스님."

진충의 얼굴이 더할 수 없이 밝아졌다. 그토록 오랫동안 간청해온 일이 이제야 받아들여진 것이다.

"스님의 뜻을 받들어서 결코 화려하게 하진 않겠습니다. 다만 천 년을 견딜 수 있도록 만들어보겠습니다."

"허어, 천 년을?"

육손이가 무릎을 치며 감탄했다.

"나무아미타불…… 천 년의 세월이라지만 한 점 먼지와 같은 것을……. 뜻대로 하시오."

해월이 합장했다. 진충도 해월에게 마주 합장을 했는데, 잠시 후 고개를 든 진충은 눈을 크게 떴다. 마침 사냥을 나갔던 목만치와 곰쇠가 절 마당에 들어서고 있었다.

육손이가 두 사람을 손짓해 불렀다. 그렇지 않아도 낯선 손이 있어 궁금하던 참이었다. 목만치와 곰쇠는 가까이 다가와 낯선 이에게 공손하게 예를 차렸다.

"인사드려라. 진 도목 어른이시다."

"곰쇠올시다."

"만치올시다."

"만치…… 성이 없느냐?"

진충이 목만치를 노려보며 물었다. 목만치는 해월과 육손이를 잠깐 바라본 뒤 대답했다.

"없습니다. 그저 만치라 부릅니다."

"그럼 상민의 자식이란 말이냐?"

"그렇소이다. 저 아이가 어릴 때 난리통에 길을 잃고 헤매는 것을 주워다 키웠소."

목만치 대신 육손이가 대답했다.

"허어!"

진충이 도무지 믿기지 않는다는 듯 탄식을 터트렸다.

다시 예를 표한 뒤 사라지는 목만치의 뒷모습을 보면서 진충은 고개를 절레절레 흔들었다. 상민의 자식이라니…… 자신의 안목이 결코 빗나갈 리 없지만 내색하지 않았다. 해월과 육손이가 구태여 밝히려고 하지 않는 것을 보면 뭔가 말 못할 사정이 있는 듯했다.

그러나 평생 눈썰미 하나만은 이 나라 최고라는 자부심으로 살아온 진충이었다. 그는 이 낯선 청년을 보는 순간 자신의 딸 연이를 떠올렸다. 딸의 배필로 생각할 만큼 탐나는 청년이었다.

봄이 무르익어가자 목만치와 곰쇠는 산으로 들로 마음껏 뛰어다니며 사냥을 즐겼다. 몇 년 동안 매일같이 산을 타는 동안에 그들의 몸은 산짐승이나 매한가지로 변해 있었다. 가파른 산등성이를 고라니처럼 날쌔게 타는가 하면 세 길, 네 길 높이의 벼랑을 가볍게 훌쩍 뛰어내렸다.

멀리서 보면 마치 두 마리의 산짐승 같았다. 아니다, 여기에 목만치의 애마 추풍오까지 있으니 세 마리의 짐승이었다.

그런 어느 날이었다. 그날따라 목만치와 곰쇠는 절에서 멀리 떨어진 산자락까지 나가 있었다.

목만치에게는 무슨 일이 있어도 마을에 내려가지 말라는 엄명이 내려져 있었기에 마을이 멀리 보이는 산자락까지가 그에게 허용된 곳이었다.

"저게 뭐냐?"

목만치는 손차양을 하며 눈을 가늘게 떴다.

저 멀리 펼쳐진 들판 한가운데 한 무리의 사내들이 천막을 쳐놓고 술을 마시고 있었다.

"아마 가까운 성의 토호 자제나 벼슬짜리가 사냥을 나온 모양입니다. 제법 행차가 뻑적지근한데요, 도련님."

"네 신세가 부럽다."

"무슨 말씀입니까요?"

"이곳에 들어온 지 벌써 4년, 나는 단 한 번도 산에서 내려가지 못했다. 하지만 넌 벌써 몇 번이나 내려갔다 오지 않았느냐?"

"참내 도련님두. 저자에 내려가면 뭐 별다른 게 있는 줄 아시우? 다 똑같지 뭐요."

"그래도 넌 몇 번 다녀왔으니까 그런 소리라도 하지. 난 이게 무슨 신세냐?"

목만치는 한숨을 내쉬면서 하늘을 올려다보았다.

새매가 원을 그리며 날고 있었다. 수컷인 난추니인가, 암컷인 익더귀인가. 유유하게 하늘을 날며 지상의 먹이를 찾고 있는 새매를 쫓던 목만치가 중얼거렸다.

"네 신세가 나보다 훨씬 낫구나."

그렇게 신세타령을 하던 목만치의 눈이 어느 순간 한곳에 고정되었다. 들판을 가로질러 오는 남녀가 있었다. 들판 사이로 난 외길은 천막을 쳐놓고 술을 마시는 사내들 옆을 지나치게 되어 있었다.

오랜만에 보는 낯선 사람들이라 물끄러미 지켜보던 목만치의 눈초리가 치켜 올라갔다.

술을 마시던 사내들 중에서 몇 명이 나서더니 지나치는 남녀 앞을 가로막았다. 얼마쯤 실랑이가 오가더니 사내들이 여자에게 덮쳐들었다. 남자가 저항했지만 혼자인 데다가 멀리서 보아도 사내들과는 상대가 되지 않게 곱상하게 생긴 청년이었다.

여자의 날카로운 비명이 들판을 울렸다. 버둥거리는 여자의 사지를 잡아챈 사내들은 그녀를 천막으로 데려갔는데, 그곳에는 꿩 깃을 양쪽에 꽂은 가죽모자를 쓴 20대의 비만한 사내가 기다리고 있었다. 비단 저고리와 바지에 호피 조끼를 덧댄 차림이었으므로 한눈에 보아도 지체 높은 집 자제거나 돈푼깨나 만지는 부호의 자제 같았다.

다음에 무슨 일이 일어날지는 목만치나 곰쇠도 충분히 짐작이 갔다.

"저놈들이?"

곰쇠가 씨근덕거렸다. 분기를 참느라 콧방울이 벌렁벌렁거렸다.

반항이 거세자 비만한 사내가 여자의 얼굴을 사정없이 후려쳤다. 여자의 새된 비명이 다시 들판에 길게 울려 퍼졌다.

"사람 살려요!"

"이놈들, 그 아이를 건들지 마라!"

다른 사내들에게 꼼짝없이 억눌려 있던 청년의 분통 터진 목소리가 그 뒤를 이었다. 잠자코 지켜보던 목만치가 곰쇠에게 손을 내밀었다.

"고삐를 다오."

"하지만 도련님, 도련님께서 나가시면 안 됩니다요. 스님 명을 어길 참입니까?"

"그럼 이대로 두고 보자는 게냐?"

"까짓 놈들이야 저 혼자서두 충분합니다요."

"아니다. 놈들이 무장한 걸 보지 못했느냐? 칼뿐 아니라 활도 가지고 있다."

목만치는 사내들의 무장을 눈여겨본 뒤였다. 가벼운 차림이 아니었다. 제대로 검술과 궁술을 아는 사내들 같았다. 곰쇠가 제몫을 충분히 한다손 치더라도 아직은 제 용력만 믿었지 실전경험이 없었다.

"하지만 도련님, 스님 아시면 경을 치십니다."

"그건 나중에 걱정할 일이다."

목만치는 가볍게 추풍오 위에 몸을 실었다. 박차를 힘차게 넣는 순간 추풍오는 오랫동안 좀이 쑤시는 것을 참았다는 듯 앞으로 튀어나갔다. 날듯이 달려가는 말 위에서 목만치는 고삐를 입에 물고 안장에 찼던 활과 살을 꺼내 허리를 폈다.

달려가는 기세로 목만치는 활을 재어 그대로 날렸다. 아직 3백여 보나 남은 거리지만 화살은 여자를 붙잡고 있던 한 사내의 어깨를 그대로 꿰뚫었고, 다시 연이어 날린 화살은 또 다른 사내의 손목을 꿰뚫었다. 다시 세 번째 살이 날았다. 이번에는 다른 사내의 허벅지에 날아가 박혔다.

놀란 사내들이 일제히 칼을 뽑았다. 추풍오가 기세 좋게 달려갔으므로 화살을 쏘기에는 너무나 가까운 거리였다.

놈들은 달려오는 추풍오를 겨냥해서 그대로 칼을 휘둘렀는데 주인과 한 몸이나 진배없는 추풍오는 십여 보 앞선 거리에서 도약해 그들을 훌쩍 타넘었다. 달리던 탄력 그대로 얼마쯤 나아가던 추풍오가 이내 돌아섰는데, 이번에는 주인의 솜씨를 지켜보겠다는 듯 투레질을 하며 목만치를 내려놓았다.

목만치는 천천히 다가갔다. 아직 옆구리에 찬 칼을 뽑지도 않은 채였다. 살을 맞지 않은 7명의 사내들이 일제히 목만치를 둘러쌌다. 보폭을 옮기는 솜씨들이 짐작대로 제법 검술을 익힌 모양이었다.

"웬 놈이냐?"

꿩 깃을 단 모자를 쓴 사내가 호기롭게 물었다.

"그건 알 것 없고, 그 사람들을 놓아주어라."

목만치가 대꾸했다.

"제법 활을 쏠 줄 안다고 나서는 용기가 가상하다만 목숨 아까운 줄 모르는 놈이구나."

"여기 계신 나리께서는 가림성(임천) 성주 국강 나리의 자제이신 국협 계덕나리시다. 감히 나섰으니 넌 오늘 죽은 목숨이다."

사내들이 한마디씩 했다. 목만치가 코웃음을 쳤다.

"벼슬아치면 벼슬아치답게 굴어야지 어디 할 짓이 없어 지나가는 양민을 희롱하느냐?"

"이놈이? 죽고 싶은 모양이구나!"

서너 명이 동시에 덮쳤다. 분명 목만치를 겨누었는데 그들이 친 것은 허공이었고, 이미 목만치는 그들 뒤에 서 있었다. 그들이 미처 몸을 돌리기도 전에 목만치는 단 일합을 내질렀는데 칼등이 세 명의 목덜미에 거의 동시에 닿았다. 모두 그 자리에서 의식을 잃었다.

너무 빠른 솜씨였기에 나머지 사내들은 분명 목이 베였다고 믿었고, 더 이상 싸울 의지를 잃어버렸다. 검술을 조금이라도 아는 자라면 방금 눈으로 본 검법은 도무지 믿을 수 없는 경지였다. 아니, 살을 맞는 순간에 달아났어야 옳았다. 그러나 가림성주의 자제 앞이었고, 호위무사라는 체면 때문에 머뭇거린 것이 화근이었다.

"이놈들! 뭐 하느냐? 어서 저놈을 죽여라!"

계덕짜리가 제 분을 못 이겨 고함을 질렀다. 나머지 무사들이 눈치를 보면서 목만치를 먼 거리에서 둘러쌌다.

"지금이라도 도망친다면 목숨을 살려주겠거니와 정녕 죽고 싶다면 나서라."

목만치가 차분하게 말했다.

"사내로 태어나 그중 못할 짓이 힘없는 아녀자를 괴롭히는 일이라고 들었다. 용서를 구한다면 목숨만은 건질 수 있을 것이다."

"시끄럽다, 이놈아! 감히 뉘 앞에서 같잖은 훈계냐? 뭣들 하고 있느냐? 어서 저놈을 없애라니까?"

국협이 발을 구르며 소리 질렀다.

마지못한 사내들이 일제히 덤벼들었다. 사내들이 바로 눈앞에 다가올 때까지 잠자코 있던 목만치의 손이 한순간 번뜩이자 사내들은 혼비백산하며 그 자리에 주저앉아 버렸다. 단 한 번의 손놀림에 사내들의 저고리 앞섶이 모조리 베였다.

그때였다. 바람을 가르는 소리가 난다 싶었는데 살 한 대가 목만치를 향해서 날아들었다. 목만치는 태연하게 손을 뻗어 살을 낚아챘다.

모두가 아연한 눈으로 이 믿기지 않는 상황을 지켜보았다. 화살을 쏜 국협도 마찬가지였다. 안색이 파랗게 질린 국협이 허둥지둥 활을 버리고 달아났다. 비만한 몸이 마음을 따라주지 못해 몇 번이고 앞으로 고꾸라질 뻔했지만 국협은 죽을힘을 다해 달렸다.

국협이 아득하게 보일 때쯤 목만치는 등 뒤에서 활을 꺼내 국협이 쏜 화살을 쟀다. 잠깐 겨누던 목만치가 시위를 놓자 살은 바람을 매섭게 가르며 국협을 향해 날아갔다. 그저 쏘는 듯했는데 정확하게 국협의 등으로 향했다. 운수가 사나웠던 것일까, 마침 그 순간 돌아보던 국협이 비명을 내지르며 쓰러졌다. 잠시 후 다시 일어난 국협이 제 눈에 박힌 살을 뽑아내었다. 마치 산적처럼 살 끝에 눈동자가 딸려 나왔다. 움푹한 눈구멍에서 피가 뿜어져 나오고 있었다.

"언젠가는 네놈을 갈아 마실 때가 있을 것이다! 내 너를 잊지 않겠다! 너도 나를 잊지 않는 것이 좋을 것이야!"

국협이 이를 갈며 외치는 소리였다. 그 말을 마치고 난 국협은 뒤도 돌아보지 않고 달아났다.

　어느샌가 다가온 곰쇠가 넋을 잃고 망연히 앉아 있는 세 놈의 엉덩이를 호되게 후려 찼다.

　"이놈들아, 여기 살 맞은 네 동무들이나 챙겨서 냉큼 사라져라! 한 번만 더 양민들을 희롱하면 용화산 화적 두령 수달님이 용서하지 않을 것이다! 어서 꺼져라!"

　곰쇠가 벽력 같은 호령을 내지르자 혼비백산한 놈들은 살 맞은 제 동무들을 부축하고 그 자리를 서둘러 떠났다.

　"용화산 화적이라니?"

　"아, 그래야 저놈들이 도련님의 본색을 눈치 채지 못할 거 아닙니까요?"

　용화산이라면 수원사가 있는 월성산과는 반대쪽이었고, 가끔 산적들이 출몰하곤 했다. 화적 두령 이름이 수달이라는 것은 곰쇠가 지어낸 말이었다. 그때쯤 행장을 수습한 남녀가 서로를 부축하며 가까이 다가왔다.

　목만치는 여자를 보는 순간 눈을 크게 떴다. 나이는 열다섯 정도 되었을까. 다행히 소녀는 입술만 터져서 생채기가 조금 났을 뿐인데 핏줄이 내비칠 듯 투명한 피부에 그린 듯한 미모였다. 아직도 놀란 흥분이 가시지 않았는지 양 볼이 상기되어 있지만 그녀의 아름다움은 오히려 더욱 눈에 띄었다.

　목만치는 소녀와 눈이 마주치는 순간 정체를 알 수 없는 안타까움, 오랫동안 잊고 있던 어떤 따뜻함에 대한 그리움을 느꼈다.

　"정말 감사합니다."

　소녀가 허리를 숙였다. 목만치는 허둥대면서 인사를 받았다. 소녀의 부축을 받은 남자는 목만치와 비슷한 또래인데, 여기저기 얻어맞아

퉁퉁 부은 얼굴이었다. 그러나 그 역시 해맑은 미소년임은 숨길 수 없었다.

"이 은혜를 어떻게 갚아야 할지 모르겠습니다."

"크게 다친 데가 없는 거 같으니 다행입니다."

목만치는 남자에게 향했던 눈길을 저도 모르게 다시 옆으로 돌렸다. 지켜보고 있던 소녀와 다시 눈이 마주쳤다.

"공자의 함자를 가르쳐주십시오. 이 은혜를 꼭 갚겠습니다."

"그건 알 것 없고 다음부터는 길 조심하시우."

곰쇠가 퉁명스럽게 대꾸하며 나섰다. 자기 혼자서도 얼마든지 상대할 자신이 있었다. 그랬다면 이 아리따운 낭자에게서 공치사를 독차지할 수 있었는데 목만치 때문에 그럴 기회를 놓쳐버린 것에 화가 난 참이었다.

곰쇠가 그예 한마디 더했다.

"누이를 데리고 이런 길에 나설 참이면 아예 힘 좀 쓰는 종놈이라도 데리고 다니든가. 누이 보기에 부끄럽지 않소?"

"곰쇠야!"

목만치가 곰쇠를 나무랐다. 사내가 얼굴을 붉히면서 곰쇠에게 목례했다.

"댁의 말씀이 맞습니다. 제 불찰이 큽니다. 누이가 하마터면 큰 봉욕을 당할 뻔했습니다. 공자의 함자를 꼭 알려주십시오."

"됐습니다. 어려움에 처한 이를 도와주는 것은 당연한 도리거늘 대단한 일이 아닙니다. 어서 누이를 모시고 갈 길을 가십시오."

"오라버니."

소녀가 남자의 소매꼬리를 넌지시 잡아당겼다. 저만치 가서 남매가 하는 말을 듣자니 목만치는 웃음이 나왔다.

"용화산에 사는 화적 수달이라고 하는 걸 들었습니다."

사내가 다시 다가와 목만치를 보고 쓰게 웃었다.

"저희는 수원사에 가는 길이었습니다. 마을 사람들의 말만 믿고 안심하고 오는 길이었는데, 여기서 이런 봉욕을 당하리라곤 짐작도 못했습니다."

"방금 뭐라 했소?"

곰쇠가 물었다.

"어디를 가신다구요?"

"수원사에 갑니다."

"수원사에는 무슨 볼일이우?"

"수원사에 저희 부친께서 계십니다."

"해월 스님이 댁의 부친이슈?"

곰쇠가 어리둥절해서 되물었다. 영문을 모르기는 남매도 마찬가지였다.

"예? 무슨 말씀이신지? 저희 부친께서 수원사 중창공사를 맡고 계신다기에 찾아뵙는 길이었습니다."

그제야 목만치가 나섰다.

"아, 그럼 진 도목 어른께서……."

"예, 저희 부친입니다. 아니, 그런데 어떻게 그걸 아십니까?"

목만치가 곰쇠를 돌아보았다.

"글쎄, 그건 저기 계신 화적 두령께 물어보시오."

목만치가 웃음을 참으며 돌아섰는데, 그 순간 다시 소녀와 시선이 마주쳤다. 목만치의 얼굴에 떠오른 웃음이 의외였는지 소녀가 눈을 휘둥그레 뜬 채 바라보았다.

목만치는 부끄러워 소녀의 눈길을 피했는데, 가슴 한구석이 서늘해지는 기분이었다. 그리고 뒤이어 가슴에 뜨거운 동계動悸가 느껴졌다. 처음 겪는 기분이었다.

봄이, 연노랑 색 산수유 꽃이 계곡마다 짙은 내음을 퍼트리고 있었다. 완연하게 익어가는 봄날의 오후였다.

"호호, 용화산 화적 두령 수달이라구요? 수달보다는 차라리 너구리라구 했으면 더 어울릴 뻔했어요."

수원사에 와서 내막을 알고 난 진연은 목만치에게 그렇게 종알거리며 웃었다.

"내가 그랬나? 곰쇠 그놈이 그랬지."

목만치가 그녀의 시선을 외면하며 부러 퉁명스럽게 대꾸했다.

"호호, 하지만 난 그때 이미 명화적 두령이 오라버니인 걸 알았는데요 뭐."

오라버니라는 호칭을 스스럼없이 붙이는 진연이었다. 그녀의 오빠 진수와 목만치가 동갑인 것을 알고 난 이후부터였다. 타고난 성정이 막힌 데가 없어서 그래서였을까, 진연은 이성의 어색함 따위는 전혀 개의치 않고 목만치에게 다가왔다.

"곰쇠 오라버니는 첫눈에 정말 곰처럼 생겼더라니까요."

"곰쇠에게 곰처럼 생겼다고 하면 화낸다."

"하지만 정말 닮았는데 어떻게 해요?"

"연이 너 같으면 곰배팔이에게 자꾸 곰배팔이라고 하면 기분이 좋겠니?"

"하긴……. 곰쇠 오라버니도 기분 나빠 하겠지?"

수원사에 들어온 이후부터 진연은 목만치가 가는 곳이라면 묻지도 않고 따라다녔다. 무술수련을 하러 뒷산으로 올라간 목만치를 뒤늦게 따라나섰다가 길을 잃어 온 절 식구들이 반나절이나 산을 뒤지게 만든 적도 있지만, 워낙 붙임성 있게 달라붙는 진연이어서 목만치도 처음의 어색함을 어느 정도 떨쳐버릴 수 있었다.

"저기 만치 색시 온다."

하지만 수원사 중창 공사에 한창인 인부들이 목만치가 들으라고 부러 진연이 올 때마다 그렇게 놀리는 것은 딱 질색이었다. 목만치는 얼굴을 붉히며 자리를 피했는데, 그것이 재미있어서 인부들은 목만치를 볼 때마다 놀려먹곤 했다.

"만치 도령, 네 색시 어디 갔어?"

"만치야, 네 색시 도망갔다."

그러나 아무리 화가 나도 어른들을 혼낼 수는 없는 노릇이었다. 게다가 육손이는 목만치에게 철저하게 신분을 숨기라고 신신당부했다.

육손이는 가림성주의 아들이 군사를 이끌고 복수하러 올까 봐 그것이 걱정이었다. 그래서 한동안 목만치와 곰쇠를 뒷산에 피신시켜놓고 동정을 살피기까지 했다.

다행히 워낙 혼겁이 난 모양인지 국협의 움직임은 잠잠했다. 용의주도한 육손이는 완전히 마음을 놓지 않고 진충의 종자 한 사람을 가림성에 보내 분위기를 알아보았는데, 국협이 오히려 자신의 시위무사들에게 소문내지 말라고 쉬쉬했다는 것이었다. 그러나 사냥 길에서 느닷없이 애꾸가 되어 돌아온 국협이었기에 어느덧 성안에는 소문이 파다하게 퍼졌다. 길 가는 처자를 희롱하다가 그 꼴이 된 국협을 성안 사람들은 잘코사니로 여겼다. 국협이라면 아예 사람 되기 글렀다고 호가 난 민심 때문이었다.

어쨌든 겉으로는 별다른 움직임이 없었기 때문에 육손이는 마음을 놓았다.

공사가 시작될 무렵에 운수행각을 떠난 해월과 수복이는 좀처럼 돌아오지 않았고, 수원사는 날로 모습을 탈바꿈하고 있었다. 천 년을 견딜 수 있는 가람을 만들겠다는 진충의 호언장담대로 튼튼하고 웅장한 사찰로 바뀌어가는 중이었다.

진수와 진연 남매는 며칠간 절에 머물다가 돌아갔다.

진연이 없는 동안 목만치의 가슴은 그리움 때문에 새까맣게 타 들어갔다. 한번 그리움을 알게 된 목만치의 가슴은 무심히 스쳐 지나가는 바람소리에도, 계곡 사이로 흐르는 물소리에도, 새들 지저귀는 소리에도 설렜다. 모든 사물이 새로운 의미로 다가왔다.

목만치는 진연을 잊기 위해 무술수련에 더욱 매달렸다. 추풍오를 타고 들판을 바람처럼 달려가면서 그녀의 얼굴을, 그녀의 미소를, 그녀의 반짝이는 눈동자를 잊으려고 했다. 그러나 허사였다. 시간이 갈수록 그녀의 얼굴은 더욱 또렷하게 되살아나서 가슴을 가득 채웠다.

그렇게 목만치의 가슴이 그리움으로 새까맣게 타서, 더 이상 타들어갈 여지도 남지 않아 거의 절망적인 기분이었을 때 거짓말처럼 진연이 나타났다. 여전히 그 아름다운 얼굴을 하고서, 웃을 때마다 온 세상이 환해지는 아름다운 미소를 입가에 가득 머금고서.

"만치 오라버니!"

수원사 뒷산 중턱에 깎아놓은 수련장에서 땀을 흘리며 무예를 닦고 있던 목만치는 숲 속에서 홀연 나타난 진연의 모습에 깜짝 놀랐다. 이젠 헛것이 다 보인다고 생각했다. 그러나 눈을 씻고 다시 봐도 분명 그녀였다.

치밀어 오르는 반가움 때문에 목이 멜 정도였다. 그녀를 향해서 한발 나서려는 순간, 진연의 뒤쪽에서 진수가 빙그레 웃으며 나타났다.

"매부, 잘 있었나?"

진수의 농에 순간적으로 진연의 얼굴이 빨개졌다. 목만치도 주춤거리며 진연에게 향하던 발걸음을 멈추었다.

"그게 무슨 소린가, 진수?"

"오라버니도 참……."

진연이 진수를 흘겨본 뒤 그대로 내려가버렸다.

"허참, 농담 한마디 한 걸 가지구…… 그런다구 그냥 내려가? 만치가 보고 싶다구 한성에서는 노래를 부르더니만."

진수가 멋쩍게 뒷머리를 긁었다.

"농담할 게 따로 있지."

목만치는 진연이 사라진 쪽을 한참이나 바라보았다.

"하하, 어쨌든 그동안 잘 있었나?"

"보시다시피. 한성 집에는 별일 없고?"

"별일이야 있었지."

"별일이라니?"

"연이 성화 때문에 맘 편히 지낼 수가 있어야지. 아버님 보고 싶다구 수원사에 가자고 얼마나 성화를 부리던지. 누가 지 속을 몰라?"

진수가 목만치를 보며 웃었다.

진수는 부친 진충의 뒤를 이어 최고의 장인이 되고 싶다는 꿈을 가지고 있었다. 집안 대대로 눈썰미 하나만은 타고났는지 그 나이에도 진수의 솜씨는 타의 추종을 불허하는 데가 있었다.

그러나 진충은 진수가 본격적인 장인의 길에 들어서기 전에 좀 더 많은 학문을 배우도록 했다. 사실 장인이란 엄격한 도제식 수업을 통해서 기술의 맥을 이어오는 것이 보통인데, 진충의 생각은 한 걸음 더 나아가 있었다.

선대 어른인 진각의 솜씨를 뛰어넘지 못한 것을 평생의 한으로 간직한 조부와 부친의 실패는 바로 그 때문이라고 보았다. 윗대의 솜씨를 그저 눈여겨보고 따라 해봐야 그저 흉내에 그칠 뿐이었다.

진충이 진수에게 학문을 배우게 한 것은 그런 깊은 뜻이 있었다. 아무리 돈이 많아도 장인 집안에서 학문을 닦는다는 것은 드문 일이었다. 주위의 비웃음을 샀지만 진충은 돈이 얼마가 들든 아들 진수에게 최고의 선생들을 붙였다.

당시 백제에는 독특하게 박사제도가 있었다. 박사는 유교 경전을 교육하는 자와 전문기술을 가진 자로 크게 나뉘었다. 전자는 전공분야에 따라 오경박사, 역易박사, 모시毛詩박사, 후자는 와瓦박사, 역曆박사, 노반露盤박사, 의醫박사, 채약사採藥師 등이 있었다. 이들 박사는 4품인 덕솔로부터 5품 한솔, 6품 내솔 등 솔계 관등과 7품 장덕에서 11품 대덕까지로 덕계 관등에 해당하는 조정의 실무자들이었다.

백제는 삼국 중에서도 특히 문화가 활짝 꽃핀 것으로도 유명했는데, 이처럼 전문기술을 가진 이들을 박사로 대우하는 풍토가 그 저변이 되었다.

이런 박사들에게 가르침을 받은 진수는 어린 나이임에도 다방면에 조예가 깊을 수밖에 없었다.

목만치 역시 해월을 통해 계속 글공부를 했고, 비전의 병법서 등을 줄곧 읽어온 데다가 자연스럽게 불교 교리를 익히고 있었기에 진수와는 말이 통했다. 대화를 나누다 밤을 새운 적도 여러 번이었다.

곰쇠는 그것이 불만이었다. 자신은 아무리 들어도 알아듣지 못하는 이야기만 서로 나누기 때문이었다. 게다가 아무리 잠이 들지 않으려고 해도 초저녁만 되면 그 옆에서 꾸벅꾸벅 졸다가 아예 드러누워 코를 드르렁드르렁 골아버리기 일쑤였다.

곰쇠는 아예 세상을 마음 편하게 받아들이기로 마음먹었다. 어차피 자기야 목만치의 시종으로 타고난 운명이었다. 그것을 받아들이자 그렇게 태평스러울 수가 없었다.

지켜보던 육손이는 속으로 혀를 끌끌 찼지만 달리 방도가 있을 수 없었다. 엄격한 신분제도가 존재하는 세상이었고, 그런 주종관계는 숙명으로 이어져왔다. 세상을 뒤바꾸지 않는 한 그것은 어쩔 수 없는 팔자였다.

드디어 수원사 중창 공사가 끝나 이튿날이면 진연이 한성으로 떠나야 했다. 일찍 저녁상을 물린 목만치는 울적한 심사를 달래기 위해 산책에 나섰다. 하루 종일 우울했다. 그 원인이 무엇인지 목만치는 잘 알고 있었다. 그랬기에 오히려 그 이유를 더 인정하고 싶지 않았던 것이다.

진연 때문이었다. 진연이 내일이면 진 도목을 따라 한성으로 돌아갈 것이다. 목만치는 그 생각 때문에 우울했고 하루 종일 추풍오와 함께 들판을 쏘다녔다. 그러나 아무리 말을 달려도 진연에 대한 생각을 떨쳐버리기 어려웠다.

목만치는 자신도 모르게 뒷산 계곡으로 발걸음을 잡았다. 워낙 익숙한 산길이어서 눈을 감고서도 찾아갈 수 있을 정도지만, 달빛마저 그의 마음을 아는지 고즈넉하게 뿌려주고 있었다.

용이 살고 있다는 깊은 소가 나타났고, 귀청이 얼얼할 정도로 요란하게 폭포수가 떨어져 내렸다. 한동안 너럭바위에 멍하니 앉아 있던 목만치는 주위를 둘러보고는 옷을 벗었다. 이 깊은 산 속에 누가 찾아올 리 없건만 본능적인 동작이었다. 목만치는 그런 자신을 향해 웃었고, 이윽고 남김없이 옷을 벗고는 물속으로 풍덩 뛰어들었다. 물이 얼음처럼 차가워 온몸에 소름이 돋아났지만 더할 수 없이 시원했다. 왠지 모르게 들떠 있던 마음도 차분하게 가라앉았다.

목만치는 눈을 감은 채 물의 흐름에 완전히 몸을 맡겼다. 찰랑찰랑 몸을 간질이는 느낌이 나쁘지 않았다.

얼마나 그렇게 하고 있었을까. 요란한 폭포수소리에도 동물처럼 민감한 목만치는 인기척을 느꼈다.

"누구요?"

아무런 대답이 없었다. 잘못 들었나 싶기도 했지만 목만치는 자신의 본능을 더 믿었다.

"거기 누구냐니까?"

잠시 후 너럭바위 뒤편에서 맑은 웃음소리가 들려왔다. 목만치의 눈이 휘둥그레졌다. 월성산에 천 년 묵은 여우가 산다더니 그 여우가 출몰한 것이 아닐까. 온몸의 신경이 곤두섰지만 어딘지 모르게 웃음소리가 귀에 익숙했다.

"너 연이지? 어서 나와!"

잠시 후 연이가 첨벙첨벙 물소리를 내며 목만치가 있는 곳으로 다가왔다. 몇 발쯤 떨어진 바위에 앉은 연이가 목만치를 빤히 쳐다보았다.

목만치는 물속에서 목만 내놓은 채 핀잔을 주었다.

"겁도 없이 여기가 어디라고 올라와?"

"오라버니도 왔는데 뭐."

"어떻게 너하고 나하고 같으냐? 정말 겁도 없다."

"오늘 하루 종일 오라버니만 기다렸는데 어딜 갔었어?"

"그냥 여기저기……."

"나 내일 한성으로 가는 것을 알면서도 그랬어?"

문득 진연의 목소리가 쓸쓸해졌다.

목만치는 목이 메었다. 바로 그 때문에 하루 종일 추풍오와 함께 들판을 달렸다는 말을 차마 할 수 없었다.

"나 한성에 가지 말고 여기 그냥 머물러 있을까?"

"누가 널 받아주기나 한대? 아마 스님이 당장 널 내쫓을 거다."

"피, 스님이 날 얼마나 예뻐하시는데."

"여기 있으면 뭐가 좋아? 한성에 가면 맛난 것도 먹고, 예쁜 옷도 입고, 동무들도 많을 텐데 여기가 뭐가 좋다고 그래?"

"그래도 난 오라버니 옆에 있고 싶은걸……."

시무룩해진 음성이었다. 진연이 자리에서 일어섰다.

"나도 물속에 들어가고 싶어."

"물이 차."

"오라버니도 들어갔는데 뭘. 고개 돌려. 절대 돌아보면 안 돼."

"연아, 안 돼! 어딜 들어온다는 거야?"

목만치가 황급히 손사래를 쳤지만 진연이 옷을 벗는 것을 보고는 질겁해서 눈을 감아버렸다. 가슴이 무섭게 뛰고 온몸이 걷잡을 수 없이 떨렸다. 차마 눈을 뜰 수 없었다.

진연이 옷을 벗고 물에 들어오는 것이 느껴졌다.

"이제 눈 떠도 돼."

진연의 목소리는 가라앉아 있었다. 하지만 그 끝이 희미하게 떨리는 것까지 감출 수는 없었다.

목만치는 천천히 눈을 떴다. 바로 눈앞에 진연이 있었다. 두 손으로 가슴을 가리고 있었기 때문에 진연의 몸은 완전히 드러나지 않았지만 길고 가늘게 뻗은 목 아래 쇄골마저 가릴 수는 없었다. 물이 일렁거릴 때마다 진연의 하체 역시 달빛에 흔들렸다.

마치 몽환약을 먹은 것처럼 어지러웠다. 목만치는 가만히 한숨을 내쉬며 애써 진연을 외면했다.

"내일 가면 우리 언제 또 만날 수 있을까?"

목만치는 아무런 대답도 할 수 없었다. 자신은 아직도 산 아래 마을에조차 내려가지 못하는 신세였다.

"오라버니, 한성에 놀러올래?"

"……"

목만치의 대답이 없자 진연이 눈을 크게 떴다. 대답을 채근하느라 동그랗게 뜬 진연의 두 눈이 더할 수 없이 귀여웠다.

"못 가."

"왜?"

"그럴 만한 이유가 있어."

"내게만 말해봐."

"안 돼. 언젠가…… 때가 되면 말해줄게. 하지만 지금은 안 돼. 나도 한성에 가고 싶은 생각이야 굴뚝같지만 갈 수가 없어."

"그럼 우리 언제 다시 만날 수 있는 거야?"

"그건…… 나도 몰라."

"우리 꼭 다시 만날 수 있는 거지?"

"그럼……"

목만치가 고개를 끄덕이며 대답했는데, 자신도 알 수 없었다. 과연 다시 만날 수 있을까.

한동안 침묵이 이어졌다. 두 사람 사이에 폭포수소리만 감돌았다. 너무 오랫동안 물속에 있어서 그런지 한기가 느껴졌다.

목만치와 진연의 눈이 가만히 만났다. 진연의 눈은 애절하게 목만치를 바라보고 있었고, 목만치는 자신도 모르게 그녀를 향해 천천히 다가갔다.

이윽고 두 사람의 몸이 닿았다. 목만치는 두 팔을 들어 진연의 몸을 가만히 안았다. 마치 세게 만지면 부스러질 듯 그렇게 조심스럽게 안았다.

성을 부끄럽게 여기지 않는 시대였다. 게다가 타고난 성정이 무애한 진연이었고, 야생에서 방목되다시피 자라난 목만치였다. 두 젊은 청춘남녀의 자연스러운 본능이었다.

대낮처럼 밝은 보름달이 때마침 부끄러운 듯 구름에 살짝 가려졌다.

출사

     언제부터인가 용화산과 월성산에 관군들의 모습이 자주 나타났다. 도부꾼들과 약초꾼들로 변복했지만 날카로운 눈매마저 숨길 수는 없었다. 그들은 산을 헤매며 누군가를 찾고 있었다. 하지만 워낙 산세가 깊고 험해서 그들이 찾는 이는 좀처럼 쉽게 나타나지 않았다.

    그 무렵 수복이와 함께 대처로 시주동냥을 나섰던 해월이 돌아왔다. 해월이 육손이를 요사채로 불러들여 한동안 귀엣말을 나누었다. 두 사람의 안색이 모두 좋지 않기는 마찬가지였다. 궁금해진 목만치와 곰쇠가 수복이를 불러 물었다.

    "무슨 일이 있었던 거야, 애기 스님?"

    "곧 용화산 화적들을 소탕한다는 소문이 파다합니다. 얘기 듣기로는 가림성주의 아들인가 뭔가 하는 이가 화적들에게 한쪽 눈을 잃었기에 오래전부터 성주가 벼르고 있었다고 합니다요. 곧 관군들이 용화산을 이 잡듯 뒤질 것이구만요."

목만치와 곰쇠는 서로의 얼굴을 돌아보았다. 그들이 찾는 자가 누구인지 바로 알아들었기 때문이다.

해월과 이야기를 마치고 나온 육손이는 서둘러 목만치와 곰쇠에게 추풍오를 데리고 당분간 뒷산 동굴에 숨어 있으라고 일렀다. 그들이 피신한 지 며칠 지나지 않아 과연 십여 명의 관군들이 수원사까지 찾아와 샅샅이 수색했다.

해월과 육손이가 서둘러 안팎을 단속했으므로 관군들이 목만치와 곰쇠의 흔적을 찾기란 쉬운 일이 아니었다. 다행히 관군들은 그냥 돌아갔지만 미심쩍은 눈길을 완전히 푼 것은 아니었다.

어느날 육손이와 해월이 모처럼 부식거리를 장만하러 저잣거리에 나갔다가 돌아오는 길이었다. 저만치 수원사의 모습이 보이는 오솔길에서 문득 해월이 걸음을 멈추었다. 긴장한 얼굴이었다. 가만히 해월의 얼굴을 살피던 육손이도 심상치 않은 기색을 느꼈다. 두 사람의 눈길이 가만히 만났다. 이윽고 고개를 끄덕인 두 사람은 길을 버리고 산속으로 들어갔다. 얼마쯤 뒤졌을까, 마침내 큰 나무 밑동에 고삐가 매어진 세 필의 전마戰馬들을 발견했다.

해월과 육손이의 눈길이 다시 만났고, 두 사람의 눈길이 이번에는 목만치가 무술수련을 하는 산중턱으로 향했다. 두 사람이 거의 동시에 신속하게 움직였다.

얼마쯤 올라갔을까, 두 사람은 인기척을 죽이고 가만히 앞을 바라보았다. 무술수련장이 한눈에 내려다보이는 다복솔 숲 속에 낯선 사내 셋이 엎드려 밑의 동정을 살피고 있었다. 저 아래 무술수련장에서는 목만치 혼자서 검무를 추고 있었다.

세 명의 사내는 모두가 장한들이었고, 옆구리에는 칼을 차고 있었다. 그중 한 사내의 손에 들린 양피지에는 육손이와 목만치의 용모파기가 그려져 있었다.

육손이는 한눈에 상황을 파악했다. 추포령이 내린 목만치와 자신을 잡으러 다니는 자들이었다. 육손이가 긴장한 얼굴로 해월을 돌아보았다. 해월이 육손이의 눈빛을 읽고는 나지막하게 읊조렸다.

"나무아미타불 관세음보살……."

"죄송합니다, 스님. 피치 못할 일입니다."

"나무아미타불 관세음보살……."

해월이 육손이의 말에는 대꾸하지 않고 연거푸 읊조렸다. 육손이는 품에서 단도를 꺼내 사내들에게 다가갔다.

그제야 인기척을 느낀 사내들이 뒤를 돌아보았고, 빠르게 몸을 일으켜 육손이와 대적할 자세를 갖추었다. 상당한 무예의 고수들임을 짐작케 하는 몸놀림이었다. 사내들 중 하나가 위협적으로 물었다.

"웬 놈이냐?"

"내가 묻고 싶은 말이다."

"네놈 혼자서 우릴 상대하겠다는 거냐? 게다가 그깟 단도로 뭘 어쩌겠다는 거냐?"

"미안하지만 네놈들의 목숨은 내가 거두어야겠다."

육손이가 낮게 중얼거렸다. 사내들이 서로의 얼굴을 돌아보다가 어느 순간 긴장으로 굳어졌다. 제 목숨을 마치 자기 호주머니에 든 양 말하는 육손이의 말이 허언이 아님을 그들도 직감적으로 깨달았던 것이다.

육손이의 몸이 어느 한 순간 허공에 떴다. 사내들은 그림자를 향해 번개처럼 칼을 그었는데, 모두가 허공을 상대했을 뿐이었다. 그것이 그들의 마지막 몸짓이었다. 언제 어떻게 어디를 맞았는지도 모른 채 그들은 육손이의 단도에 명줄을 놓았고, 허망한 눈을 채 감지도 못하고 주검으로 낙엽 위를 나뒹굴었다.

육손이가 땅을 파고 그들의 시신을 묻는 동안에 해월은 그저 독송만 월 뿐이었다. 산 위에서 무슨 일이 일어났는지 목만치는 전혀 모른 채 수련을 하다가 어느새 내려가고 없었다.

주변의 부엽토를 모두 끌어 모아 흔적이 남지 않게 덮고 난 육손이가 한숨을 돌리며 해월에게 다가왔다.

"스님……."

"……."

"피비린내를 풍기게 해서 그저 죄송할 따름입니다."

"이제 그만 때가 된 것 같소."

그 무렵 6년째 지루하게 대치하고 있던 위례성과 남한산성 간의 전쟁이 막바지로 치닫고 있었다. 반란을 일으킨 여황의 승리로 돌아갈 것 같았다. 비유왕의 급서 이후 6년간이나 내분이 계속되면서 국인들의 살림살이는 갈수록 팍팍해졌고, 민심은 흉흉해졌다. 하수상한 시절이었다.

며칠 동안 침묵을 지키며 깊은 생각에 잠겨 있던 해월은 육손이를 불렀다. 두 사람은 하룻밤을 꼬박 새워가며 이야기를 나누었고, 다음날 해월은 목만치와 곰쇠를 찾았다.

"만치야."

"예, 스님."

"와호복룡臥虎伏龍이란 말이 있다. 또 『주역』에 '용사지칩이존신야龍蛇之蟄以存身也'라는 대목이 나온다. 용이나 뱀이 겨울에 땅속에 움츠리고 있는 것은 오래 몸을 보존하기 위함이라는 뜻이다. 사람도 언젠가는 물러나서 몸을 지켜야 할 때가 있다. 영웅은 때를 기다린다는 뜻이기도 하지. 내 그동안 목만치 너에게 세상에 나가지 말라고 엄명을 내린 것은 여러 가지 이유에서였다. 우선 첫째는 네 선친께 걸린 역모 혐의가 아직 풀리지 않았기 때문이고, 둘째는 그렇기 때문에 네 신분이 밝혀졌을 때 네가 위험해지기 때문이다. 셋째는 너를 기다리는 세상의 기운이 무르익지 않았기 때문이다. 무릇 모든 것은 다 때가 있기 마련이다. 네 한 몸이야 어디 간들 구처를 못하겠느냐마는 대장부가 한번 몸을 일으킬 때는 그에 어울릴 만한 명분과 역할이 있어야 하는 법이다.”

“…….”

“목만치야.”

해월이 부드러운 음성으로 목만치를 불렀다.

“예, 스님.”

“이제 네가 세상으로 나아갈 때가 온 것 같구나. 자고로 영웅이 시대를 만들고 시대가 영웅을 만든다고 했다. 때가 됐으니 그토록 네가 원하던 세상에 나가 네 뜻을 한껏 떨쳐보아라.”

“스님…….”

“왜, 내키지 않느냐?”

“솔직히 말씀드려서 두렵습니다.”

“원수를 갚겠다고 지금껏 벼르지 않았더냐? 몸은 이곳에 있지만 오래전부터 네 마음은 저 산 밑에 있다는 것을 내 익히 잘 알고 있다. 그런데 놀던 판도 멍석을 깔아놓으니 그만둔다고 네놈이 딱 그 짝이로구나. 두렵다고 하였느냐?”

“예, 스님.”

“흠…….”

가만히 고개 숙인 목만치의 이마를 내려다보던 해월의 입가에 미소가 떠올랐다.

"내가 아무래도 널 제대로 가르친 모양이다."

"예? 스님, 그게 무슨 말씀이신지?"

"두려움을 안다는 것, 사실 내가 가장 걱정한 게 바로 그것이다. 젊은 혈기와 용력만 믿고 어리석은 멧돼지처럼 날뛸까 저어했다. 하지만 두렵다는 것을 보니 네놈의 물리가 제법 틔었구나."

"아니옵니다, 스님. 저는 정말 두렵습니다."

"목만치야, 무엇이 그렇게 두렵느냐?"

"무릇 이 세상은 끝없는 바다와 같이 넓습니다. 저보다 훨씬 뛰어난 사람들이 밤하늘의 별처럼 많고 많을 것인즉, 저처럼 어리석고 졸렬한 안목과 일천한 경험으로 감히 선친과 가문의 원수를 갚겠다고 나서다가 큰 욕이나 보지 않을까 솔직히 두렵습니다. 전해 듣기로 저희 선조들께서는 이 나라 제일의 가문이었다고 하고, 선친께서는 이 나라 최고의 용장이었다고 들었습니다. 하지만 전 아직도 스님 밑에서 배우고 깨쳐야 할 것이 숱하게 많이 남아 있습니다."

"목만치야."

해월의 목소리가 부드럽게 이어졌다.

"무엇이 용기라고 생각하느냐?"

"어리석은 제자는 잘 모르겠습니다."

"두려움을 모르는 것, 겁을 느끼지 않는 것, 그것이 용기일까?"

"그건 아닌 듯합니다."

"그렇다. 그것은 용기가 아니라 어리석음이다. 『시경』에 '불감포호 불감빙하不敢暴虎不敢憑河'라는 말이 있다. 호랑이를 맨손으로 때려잡듯이, 혹은 배를 타지 않고 걸어서 강을 건너듯이 무리하고 무모한 짓은 용기가 아니라는 뜻이다. 진정한 용기란 두려움에서 비롯된다. 검을 들 때마다 무인은 죽음을 맞이하는 법이다. 선가禪家에서는 '백척간두 갱진일보百尺竿頭更進一步'라 했다. 무슨 뜻이냐?"

"백 척의 절벽 끝에서 다시 한 발자국 더 나아가라는 뜻으로 알고 있습니다."

"그렇다. 죽기를 각오하면 이루지 못할 일이 없다. 방금 네가 말한 것을 죽을 때까지 잊지 마라. 네 말처럼 세상에는 밤하늘의 별처럼 뛰어난 인재들이 많다. 그런 겸손과 분발심을 잊지 않으면 너의 바람과 소원은 언젠가 성취될 수 있느니라."

"……."

"목만치야, 이제 그만 떠나거라."

"스님……."

"항상 부처님의 가르침을 명심하거라."

목만치는 고개를 들어 스님을 바라보았다. 해월의 인자한 두 눈에 언뜻 이내가 내리는 듯했다. 목만치는 곧 마음을 다잡았다.

"스님, 그동안 거두어주신 은혜 백골난망입니다."

목만치는 해월에게 세 번 큰절을 올렸다.

"부디 편안하게 계십시오."

"스님, 쇤네의 절도 받으시오."

곰쇠도 해월에게 큰절을 올렸다. 자신도 목만치의 뒤를 따라야 한다는 것쯤은 누가 말하지 않아도 알고 있었다.

해월은 두 청년의 절을 받은 뒤 등을 돌렸다. 그만 떠나라는 무언의 몸짓이었다. 목만치와 곰쇠는 떨어지지 않는 발걸음을 애써 떼어냈다.

밖에서 기다리고 있던 육손이가 이미 추풍오에게 안장을 올려놓았다. 옆에는 못 보던 말이 나란히 서 있었는데, 눈처럼 새하얀 부루

말이었다. 목만치와 곰쇠가 어리둥절한 표정으로 바라보자 육손이
가 말했다.

"곰쇠야, 네놈 말이다."

"아버지, 정말이우?"

곰쇠의 입이 귀에 가 걸렸다.

"그럼 정말이지 않구."

육손이가 웃었다. 도무지 믿기지 않는 얼굴로 부루말의 갈기를 쓰
다듬는 곰쇠에게 육손이가 설명했다.

"진 도목이 마련해준 것이다. 아마 네놈만 말이 없는 게 보기에 안
됐던 모양이다. 진 도목이 또 보낸 것이 있다. 안장 옆을 보아라."

안장 옆에 곰쇠의 신장만 한 길쭉한 물체가 마포에 둘둘 말린 채 걸
려 있었다. 안 그래도 무엇인가 궁금하던 참이었다. 곰쇠가 서둘러 마
포를 풀고는 기쁨을 감추지 못했다.

"세상에나, 이게 뭐유?"

"방천화극이라는 놈이다."

방천화극을 손으로 쓰다듬다가 칼자루를 쥔 곰쇠는 그 자리에서 휘
두르기 시작했다. 수십 관이 넘게 나가는 방천화극이 마치 회초리처럼
가볍게 사방팔방을 찔렀다. 한바탕 신명나는 칼춤을 추고 난 곰쇠가
이마의 땀을 훔치며 방천화극을 거두어들였다.

"이놈만 있으면 세상에 무서울 게 없을 것 같습니다유, 도련님."

"그래, 내가 보기에도 그렇구나."

목만치가 부러운 표정으로 끄덕였다. 그런 목만치를 보면서 육손이
가 빙그레 웃었다.

"작은 주인도 안장을 살펴보시우."

"뭐? 내 것도 있어?"

"당연합지요. 진 도목이 아무렴 곰쇠 저놈 것만 보내고 입을 닦겠습니까요."

육손이의 말은 듣는 둥 마는 둥 목만치는 서둘러 추풍오의 안장에 매달려 있는 길쭉한 자루를 꺼냈다. 환도였다. 칼집에서 칼을 뽑아들자 서늘한 검기가 강하게 느껴졌다. 목만치는 한동안 숨이 막힌 듯한 얼굴로 칼을 바라보고만 있었다.

"취모검이라는 놈입니다. 입김으로 터럭을 불기만 해도 베인다는 명검입지요."

"참으로 고마운 일이네."

"인사는 제가 아니라 진 도목이 받아야지요. 한성에 올라가시면 진 도목께 인사드리십시오."

"그럼 한성에 가면 진 도목 어른을 찾아뵈어야 하는가?"

"예, 작은 주인. 진 도목과는 이야기가 되어 있으니까 작은 주인을 잘 돌봐드릴 겁니다. 하지만 잊지 마십시오. 진 도목에게도 작은 주인의 신분을 밝혀서는 안 됩니다."

"꼭 그렇게까지 해야 하는가?"

"진 도목은 믿을 수 있는 사람이긴 합니다. 하지만 세상일은 결코 모르는 법입니다. 섣부른 말 한마디가 목숨을 앗아가기도 합니다."

"잘 알았네."

"특히 곰쇠 네놈은 혀를 함부로 나불거리지 말거라. 네놈은 덩치에 걸맞지 않게 허언을 자주 하는 버릇이 있어서 애비는 종시 마음이 안 놓인다."

"염려 마시우."

먼 길을 떠나게 되었다는 기쁨에 들뜬 곰쇠가 그렇게 대꾸했지만 육손이는 진지하게 말을 이었다.

"내 말 명심하거라. 옛말에 구슬이 깨어진 것은 바꿀 수가 있지만 말이 어긋난 것은 어쩔 수가 없다고 했다."

"글쎄, 알았다니까요."

"이놈, 똑바로 들어라. 옛말에 이르기를 입은 사람을 상하게 하는 도끼요, 말은 혀를 베는 칼이니 입을 막고 혀를 깊이 감추면 몸이 어느 곳에 있더라도 편안할 것이라고 했다. 하여튼 곰쇠 너는 애비의 말을 꼭 명심하고 작은 주인 모시는 데 추호도 서투름이 있어서는 안 된다. 알겠느냐?"

"알았수다."

"집사, 그럼 다녀오리다. 스님을 잘 부탁하네."

"여긴 염려 마시고, 다녀오십쇼."

육손이가 목만치를 향해 허리를 숙였다. 목만치는 마상에서 육손이를 향해 읍했다.

"수복아, 너도 스님을 잘 모셔야 한다."

"잘 다녀오시오, 공자님."

수복이도 합장으로 먼 길을 떠나는 두 사람의 앞날을 기원했다.

목만치는 눈을 가늘게 뜨고 수원사를 돌아보았다. 진충이 정성을 다해서 새롭게 중창한 수원사는 면모를 일신하고 제대로 틀을 갖춘 가람으로 다시 태어났다.

수원사에서 보낸 지난 세월이 한순간에 눈앞을 스쳐 지나갔다. 참으로 어렵고 모질고 견디기 어려운 세월이었다. 스님과 집사가 없었다면 자신은 어떻게 되었을까.

그리고 진연……. 진연과의 추억이 수원사 곳곳에, 숲 속과 계곡마다 깃들어 있었다.

이곳을 떠나는 것은 슬픈 일이지만 곧 진연을 만나게 된다는 새로운 기쁨이 목만치의 가슴에 차올랐다.

"가자!"

목만치는 추풍오의 배에 박차를 힘껏 넣었다. 벌써부터 낌새를 챘는지 온몸을 긴장시키며 흥분해 있던 추풍오는 허공을 향해 몸을 솟구쳤다.

순식간에 목만치와 곰쇠가 탄 두 필의 말은 날듯이 산언덕을 내려가 시야에서 사라졌다.

육손이는 오랫동안 두 사람이 사라진 곳을 바라보다가 돌아섰다. 저 멀리 대웅전 법당 안에서 해월의 무심한 독경소리가 들려왔다.

"나무아미타불 관세음보살……."

해월의 낭랑한 독경소리는 투명한 가을의 공기 속으로 흔적도 없이 사라졌다.

몰락

　　　　목만치는 여황과 진솔의 반란을 진압한 공로로 개로왕에게서 목라근자의 해원解冤을 풀었음은 물론이거니와 부친이 역모혐의로 참살당하기 전까지 지배하던 임나 지역에 대한 식읍을 되돌려 받았다.

　　목만치가 이처럼 일등공신이 된 데에는 여곤의 강력한 천거 덕분이었다. 아무리 목만치의 공이 지대하다 하지만 불과 스물도 안 된 애송이인 데다 전례가 없다는 이유로 조정의 일부 대신들은 강하게 반대했다. 그리고 이들 대신의 뒤에는 상좌평으로 군림하는 여도가 있었다.

　　여도.

　　개로왕의 아우이자 여곤의 형. 위풍당당한 제왕의 풍모에 우렁우렁한 목소리, 상대를 압도하는 부리부리한 눈빛 등 여도는 자라면서 강골로 유명했는데 유약한 편에 가까운 여경과는 여러 면에서 비교되었다.

여경이 책을 가까이하고 바둑이나 장기 등 주로 정적인 취미를 즐기는 반면에 여도는 수하들을 데리고 산으로 들로 사냥을 다녔다. 어릴 때부터 수하를 이끄는 능력이 탁월했는데 신상필벌이 엄격해 나이가 어리다고 감히 무시하지 못했다.

하지만 그에게는 성격상 결정적인 단점이 있었다. 워낙 거침없이 자라 자존심이 강하기 이를 데 없었고 성격이 불같이 급했다. 한번은 그의 명령을 뒤늦게 수행한 측근 시위의 목을 그 자리에서 베어버린 일도 있었다.

여경과 여도의 성격을 골고루, 아니 장점만 취한 인물이 바로 여곤이다. 여곤은 여도 못지않은 걸출한 풍모에 여경의 침착함과 사려 깊음을 겸비하고 있었다. 게다가 여곤은 한눈에 상대방의 자질과 인품을 파악할 수 있는 혜안도 갖추고 있었다. 인간에 대한 깊은 이해와 애정 없이는 얻기 불가능한 덕목이다.

성품이 강인한 데다가 잔정이 없는 여도에 비해 여곤은 주변 사람들의 어려움을 일일이 헤아려 보살피는 애틋한 마음씀씀이를 잊지 않았고, 따라서 그의 주위에는 사람들이 끊이지 않았다.

여도는 어느 날부터인가 아우를 예전처럼 무심한 눈길로 바라보지 않는 자신을 깨달았다. 자신이 강함으로 주변을 제압한다면 아우는 인자함과 부드러움으로 주변을 감싸고 있었다.

그것을 의식한 순간부터 여도는 아우를 혈육이나 동기간이 아닌 잠재적인 적으로 보기 시작했다. 여도의 가슴 깊숙한 곳에서 자라고 있는 뜨거운 야망 때문이었다. 여도는 남들 앞에서 그것을 드러낸 적이 없지만 눈 밝은 자라면 그의 부리부리한 두 눈 깊숙한 곳에서 용광로처럼 이글거리는 야망을 읽어낼 수 있었다.

왕권.

여도는 바로 그것을 꿈꾸었다. 장자세습의 원칙이 세워진 것은 그리 오래되지 않았다. 그전까지는 형제간에도 얼마든지 선양이 이루어지곤 했다. 부여씨 가문에서 가장 능력이 특출한 사람이 왕위를 차지하는 것은 일종의 묵계였다.

여도는 자신의 마음 한편에 자리한 야망의 불씨를 한순간도 잊은 적이 없었다.

'언젠가는……'

여도는 자신에게 그렇게 중얼거리곤 했다.

'언젠가는 저 자리에 오르고 말리라.'

남당에서 문무백관과의 조례를 마치고 퇴청하는 개로왕의 위풍당당한 행차를 보면서 여도는 그렇게 스스로에게 다짐했다.

그리고 여곤은 그런 여도의 숨겨진 야망을 파악하고 있었다. 여곤은 여도의 이글거리는 눈 뒤에 숨겨진 야망의 정체를 일찍부터 깨닫고 있었고, 형제간의 상잔相殘이 불러일으킬 피비린내에 대한 불길한 예감으로 온몸을 떨곤 했다.

여도의 야망은 시간이 흐를수록 퍼렇게 날을 세우기 시작하더니 이제는 자신에게도 칼끝이 향해 있었다.

'권력이란 무엇인가. 형제간의 피도, 우애도 스러지게 만드는 저 비정한 권력이란 과연 무엇인가.'

여곤은 틈만 나면 그렇게 스스로에게 반문하곤 했지만 알 수 없었다. 도무지 알 수 없었다. 그 권력이라는 것을 구체적으로 두 손아귀에 움켜쥐어보기 전에는. 그러나 권력이라는 것이 필연적으로 한 인간의 영혼을 송두리째 근원부터 파멸시키는 독이 되리라는 것쯤은 본능적으로 알고 있었다.

목만치는 개로왕의 명을 받아 반 년 동안 임나를 순시했다. 전령이 급파된 후였고, 이번 전쟁에서 목만치가 세운 눈부신 전공을 익히 아는 데다가 예전의 지배자인 목라근자 대장군의 후예임을 잊지 않은 임나 지역의 관리들과 토호들은 어린 새 영주를 깍듯이 모셨다. 게다가 직접 목격한 목만치는 그 나이가 믿기지 않게 풍모가 당당한 데다가 의젓하기 한량없었으며 가히 군장의 면모를 갖추고 있었다. 목만치 뒤에서 그림자처럼 수행하는 7척 장신인 곰쇠도 당시에는 좀처럼 보기 힘든 거인이었기에 보는 사람마다 한동안 놀란 입을 제대로 다물지 못했다.

한 달여간 목만치는 임나 지역 거주민들의 사정을 자세히 돌아보았고, 관리들의 목민 능력을 조목조목 살폈다. 그 결과에 따라 갈릴 사람은 갈렸고 능력을 인정받은 사람은 승진했다. 그 밖에도 적재적소에 관리들을 임명하고 형편에 따라 세금의 정도를 매기는 데 한 치의 빈틈도 없었다. 모두 새 영주의 능력에 감탄을 금치 못했는데 대장군 목라근자가 환생해온 듯했다.

마침내 목만치가 한성으로 올라온 것은 임나에 내려간 지 반 년이 지난 후였다. 겨울 초입에 접어드는 절기였다.

여전히 그림자처럼 곰쇠가 뒤따르고 있을 뿐, 다른 시종들은 없었다. 번잡한 것을 싫어하는 목만치의 성격 때문이었다.

한성의 남문에 들어선 목만치는 추풍오의 움직임에 몸을 맡기고 있었다. 한 걸음 뒤쳐졌던 곰쇠가 말머리를 나란히 하고 옆으로 섰다.

"주인, 객관은 저쪽이올시다."

얼굴 수염이 무성한 곰쇠가 의아한 표정을 지으며 목만치를 돌아보았다.

목만치가 개로왕에 의해 임나의 새 영주 직을 받았을 때부터 곰쇠는 말투와 태도를 바꾸었다. 신분에 알맞게 바꾸었는데, 누가 가르쳐 주지 않아도 곰쇠는 본능적으로 그것을 깨달았다. 생긴 것은 곰이지만 머리 돌아가는 것은 제법 여우 같았다.

"나도 알고 있다. 넌 날 바보로 아느냐?"

그런데 왜, 하려다가 곰쇠는 목만치의 표정을 보고 입을 다물었다. 목만치의 얼굴에 가득한 홍조를 읽었던 것이다. 그리고 그때쯤 해서야 목만치가 향해 가고 있는 길이 어디인지 뒤늦게 깨달았다. 더 물을 필요가 없었다.

그곳에는 한 여인이 있고, 그 여인을 만나러 가는 잘생긴 청년이 있다. 설렘과 그리움 그리고 안타까움이 범벅이 된 미묘한 감정을 채 숨기지 못한 얼굴, 열에 들뜬 꿈꾸는 듯한 눈빛을 하고서 목만치는 말의 움직임에 몸을 맡긴 채 흔들리며 가고 있었다.

수원사에서 나와 한성에 올라왔을 때 육손이가 당부한 대로 진충의 집을 찾아가기로 한 예정은 시초부터 어그러졌다. 치열한 내전의 와중이었기에 도성으로 향하는 길은 검문검색이 까다로웠다. 뒤가 구린 목만치와 곰쇠는 큰길을 버리고 주로 산길이나 외딴 길을 택해 도성으로 향했다. 그러다가 욱리하 강변에서 대치하고 있던 여황과 여경의 군사들을 본 것이다. 그들의 운명은 걷잡을 수 없이 전쟁 속으로 휩쓸려 들어갔다. 천문을 읽은 해월이 때가 되었다 함은 아마도 그러한 상황을 일컬음일 것이다.

반란이 평토되고 수훈갑의 상훈을 받자마자 목만치와 곰쇠는 부임지인 임나로 내려가야 했기에 진충의 집을 찾을 시간이 없었다. 소식을 들은 진충이 진수와 진연을 데리고 부임지로 향하는 길목에서 기다리고 있다가 잠깐 인사를 나눈 것이 고작이었다. 그렇게 그리움과 안타까움으로 흘려보낸 시간이었다.

그러던 차에 마침내 때가 온 것이다. 바닥에 포석이 널찍하게 깔려 있는 현무대로를 지나 왼쪽 모퉁이를 돌면 서부 지역이었고, 진충의 집은 서부 지역 중에서도 한가운데를 차지하고 있었다. 만금의 재산을 쌓은 진충이었기에 신분상의 제약에도 고관대작들이 주로 사는 서부 지역의 한가운데를 차지할 수 있었던 것이다.

진충의 집 대문 앞에 이르러 추풍오가 걸음을 멈추었고, 말에서 내린 곰쇠가 대문 앞으로 다가섰다.

"이리 오너라!"

쩡쩡 울리는 목소리였다. 안에서 인기척이 들리고 잠시 후 누군가 대문을 열었는데 50대의 청지기였다. 청지기가 목만치와 곰쇠를 위아래로 훑어보며 퉁명스럽게 물었다.

"누구슈?"

"진 도목 어른을 찾아온 손이다. 어서 뫼시거라."

거드름을 피우는 곰쇠에게 청지기가 콧방귀를 뀌었다.

"절 이름도 모르고 시주한다더니 딱 그 짝이시구만. 그 댁이 언제 이사 갔는디 시방 와서 찾습니까?"

곰쇠가 믿기지 않는다는 듯 목만치를 돌아보았다. 그러다 다시 청지기를 향해 고개를 돌렸다.

"그게 무슨 소린가? 이사를 가다니?"

"아니, 멀쩡한 귀를 달고도 소문을 못 들으셨나. 진 도목이 비명횡사하신 걸 모르셨소?"

"비명횡사라니? 그게 무슨 소리요?"

곰쇠가 질린 얼굴로 반문했다. 마상에서 지켜보던 목만치도 안색이 바뀌기는 마찬가지였다.

"허어, 장안에 모르는 사람이 없는 얘기요. 그것도 모르고 있다니

대체 어디서 오셨소?"

청지기가 목만치 쪽을 힐끔거리며 말했다. 참다못한 목만치가 말에서 뛰어내려 다가왔다.

"그게 무슨 말인가? 자세히 설명해보게."

"벌써 오래전 얘깁니다요. 아마 늦여름쯤 됐지요. 부자는 망해도 삼년 간다지만 그거 말짱 헛말입디다. 진 도목이 돌아가시자마자 여기저기서 아귀처럼 달라붙어 뜯어 가는데 순식간이었소. 진 도목의 재산이 아무리 만금이면 뭐하오. 임자 없는 재산인데. 이놈 저놈 와서 뜯어 가는데 지체 없다는 것이 또 그렇게 서러운지 몰랐소. 조정에 높은 이라도 뒷배를 봐주면 그런 낭패를 볼 리가 없었을 텐데, 그 댁 도령이 나이가 어려서 뭘 알아야지. 집사라는 놈도 도둑놈들과 한패긴 마찬가지여서 뒤로 재산이나 빼돌리느라 혈안이구. 알거지가 되는 데 달포도 걸리지 않았소."

"허, 이런!"

눈가에 열이 오른 곰쇠가 탄식을 금치 못했다.

"그 댁 자제분들은 어떻게 됐소? 도령과 아씨가 있을 텐데."

"저야 모릅지요. 우리 주인나리께서 집을 비워달라고 통고한 뒤로 종적을 감췄다고 합니다. 쇤네는 더 아는 게 없으니 그만 물으슈."

청지기가 뒤가 켕겼는지 물러나며 손사래를 쳤다. 목만치가 은자 한 냥을 꺼내 청지기의 발밑에 던졌다.

"자세한 내막을 알아보려면 누구에게 물어야 하는가?"

반색한 청지기가 얼른 은자를 발로 밟았다. 청지기의 눈빛에 활기가 돌았다. 평생 살아오면서 이런 은자는 처음이었다. 어젯밤 꿈자리가 요상하다 했더니 이런 횡재수가 찾아들려고 했던가.

"저기 주막거리에 가면 또복이라는 놈이 있습죠. 원래 그 댁에서 일하다가 가노들이 뿔뿔이 흩어지자 중노미가 되었습니다요. 그놈에게 물어보시면 될 겁니다요, 나리.”

또복이는 열여덟쯤 되는 사내인데 찾아내고 보자 안면이 있었다. 진충이 수원사 중창공사를 할 때 곁꾼으로 데리고 있던 아이였다.

또복이도 낯선 손들이 자신을 찾는다는 소리에 주막 뒤편에서 장작을 패고 있다가 달려왔는데 전 주인의 자제들과 각별한 얼굴이라 벌써 눈가에 그렁그렁 눈물이 맺혀 있었다.

“아씨께서 얼마나 나리를 기다리셨는지 모릅니다요. 도목 어른께서 비명에 가시고 온 식구들은 넋이 나갔는데 집사며 행랑아범이며 모두 한몫 챙기기에만 급급하고, 도련님은 눈 뻔히 뜨고 당하면서도 달리 방도가 없어 발만 동동 구르셨습니다요. 제게도 신세한탄을 하시길 이럴 때 목 공자님이 계시면 얼마나 좋겠냐고 몇 번이나 그러셨습니다요.”

“그, 그랬느냐?”

“아씨는 하루 종일 뜰에서 서성거리며 문소리가 날 때마다 대문께를 바라보셨습니다요. 말씀은 안 하셔도 누굴 기다리는지 쇤네는 충분히 짐작이 갔습니다요.”

“나이도 어린 게 눈치는 빤하군 그랴.”

곰쇠가 분위기를 눅눅하게 하려고 부러 농을 던졌지만 또복이와 목만치는 귓등으로도 들은 척하지 않았다.

“끝내 도련님과 아씨께서는 댁을 떠날 수밖에 없었습니다요. 전 끝까지 두 분을 뫼시려고 했는데, 도련님께서 한숨을 내쉬면서 말씀하십디다요. 더 이상 노복을 거느릴 수 없으니 제 살 길 찾아보라고 말씀입죠. 그때부터 여기 와서 중노미 노릇하며 입에 풀칠이나 하고 있습니다.”

"그래, 젊은 주인들이 어디로 갔는지 전혀 모르느냐?"

"예. 아무리 인심이 아침 다르고 저녁 다르다지만 이번에야 세상인심 고약한 걸 뼈저리게 느꼈습니다요. 도목 어른 살아 계실 때 도움받은 사람들 중 이번 일에 나서서 도와주는 이 한 사람도 없습디다요. 아니 어디서 택도 없는 빚쟁이들만 나타나서 재산을 뜯어 가는데 기가 막혀 말이 다 안 나옵디다. 원래 주인댁은 인척이 거의 없는 편이나 마찬가지여서 소인도 전혀 짐작 가는 데가 없습니다."

"그래도 마음 짚이는 데가 있을 거 아니냐?"

곰쇠가 물었다.

"제 나름대로 생각하기에 돌아가신 주인께서 워낙 불심이 두터우셨습니다. 그래서 여기저기 시주하지 않은 사찰이 없는데 제 짐작에 도련님과 아씨는 인연 있는 절에라도 가신 게 아닐까 싶습니다요."

일리가 있었기에 목만치는 가만히 고개를 끄덕였다. 잠깐 생각에 잠겼던 목만치가 고개를 들었다.

"또복이라 했느냐?"

"예, 나리."

"너 여기서 계속 일하고 싶으냐?"

"달리 할 일만 있다면 여긴 그만두고 싶습니다. 보고 배우는 게 온통 술판뿐이라 암담합니다. 사실 주인댁에 들어간 것도 기술을 배우고 싶어서였습니다."

"그럼 날 따라올 생각이 있느냐?"

"나리를요?"

"그래. 네가 해야 할 일이 있다."

"소인이 할 일이라굽쇼?"

"그래. 아무래도 또복이 네가 젊은 주인들을 찾아 나서야겠다. 삯은

몰락 ❀ 267

얼마든지 줄 테니까 호구지책은 걱정 마라."

"아이구, 정말 황감하신 말씀입니다요. 그렇게만 해주신다면 소인,
도련님과 아씨를 찾기 위해 지옥까지라도 가겠습니다요."

"허허, 그놈……."

곰쇠가 웃었다. 또복이라는 놈이 하는 짓이 밉지 않았다. 목만치가
술청에서 일어나 가죽신을 신으며 말했다.

"그럼 주모에게 말하고 차비를 챙겨 오너라."

"차비랄 게 달리 있겠습니까? 그저 이 몸뚱이뿐입니다. 주모에게
그저 인사나 드리고 오겠습니다요."

또복이가 바람처럼 달려가서 주모에게 인사하고 오면서 눈치 빠르
게 마구간에 매어놓은 추풍오와 부루말의 고삐를 쥐고 왔다. 세 명의
주종은 나란히 한 줄로 늘어선 채 거리로 나섰다.

목만치의 얼굴은 종적을 감추어버린 진연과 진수에 대한 걱정과 그
리움으로 어두워져 있었다. 서산에 지는 해가 비끼면서 목만치의 얼굴
을 붉게 물들였다.

목만치는 한성 동부 거리에 아담한 집을 마련했다. 그리 크지는 않
지만 행랑채까지 있어 궁색하지는 않았다.

원래 계획으로는 또복이를 당장 떠나보내 온 나라 안의 사찰을 다
뒤지게 할 작정이었지만 하룻밤을 지내고 난 목만치는 생각을 바꾸
었다.

진충의 인품과 성정을 익히 잘 알고 있는 목만치는 그의 돌연한 비
명횡사에 깊은 의문을 느꼈다. 느닷없이 진충이 관가로 끌려간 것부터
가 석연치 않았다.

또복이에게 자세한 내막을 듣기도 했거니와 목만치의 판단으로도

진충이 느닷없이 관가로 끌려가 태형을 당할 까닭이 없었다. 게다가 진충은 나라에서 으뜸가는 도목수였다. 목만치는 우선 또복이에게 집사의 행방을 찾도록 일렀다.

급한 일을 처리하고 난 목만치는 궁궐에 들어가 개로왕을 배알했다.

"대왕마마, 옥체 만강하셨사옵니까?"

"오오, 그래. 잘 다녀왔는가?"

"예, 대왕마마의 심려 덕분에 임나영주 목만치, 명을 잘 받잡고 돌아왔사옵니다."

"임나에 가는 길이 매우 험하다고 들었다만 잘 다녀왔다니 다행이로구나."

"모두가 대왕마마의 성은 덕분이옵니다."

머리를 끄덕이며 목만치를 바라보는 개로왕의 눈빛이 인자했다. 흡사 예전의 대장군 목라근자를 보는 느낌이었다. 다만 차이가 있다면 목만치가 더욱 젊다는 것이었다. 씨도둑은 없다더니 어쩜 저리도 닮았을꼬. 개로왕은 내심 감탄했다.

"원로에 고생했으니 당분간 쉬면서 여독을 풀도록 하라. 때가 되면 과인이 그대를 다시 부를 것이니 그때 보자꾸나."

"황감하옵니다, 대왕마마."

개로왕이 퇴청하자 여도가 뒤따라갔다. 문무백관들 중 일단은 목만치를 애써 무시하며 남당을 나섰고, 또 일부는 목만치에게 와서 인사를 나누었다. 권력의 향배에 민감하게 움직이는 신료들이었다. 표 나도록 나뉜 것은 아니지만 애써 목만치를 무시하는 쪽은 여도와 가까운 신료들이었고, 호감을 표시하는 쪽은 여곤 측 인물들이었다.

대충 수인사가 끝나고 틈을 얻은 목만치가 여곤에게 말했다.

"저하, 드릴 말씀이 있습니다."

"별궁으로 가세."

여곤이 앞장서고 목만치와 여곤의 위사장이자 집사인 사규가 따랐다. 위례성 탈환작전에서 큰 공을 세운 이후 사규와 목만치는 죽을 고비를 함께했다는 유대감 때문인지 속을 터놓고 지내는 사이가 되었다.

별궁 깊숙한 방 안에 자리 잡은 세 사람은 한동안 말이 없었다. 여곤은 보료에 비스듬히 기대어 앉아 부드러운 눈길로 목만치를 바라보았다.

"오랜만에 뵙자마자 소인, 저하를 번거롭게 해드리는 것 같아 송구스럽기 짝이 없습니다. 하지만 아무리 생각해보아도 달리 방도가 없어서 이렇게 폐를 끼치게 되었습니다."

"말하라, 목만치."

"……."

"내 예전에도 그대에게 말한 바 있거니와 목만치 그대와 나는 사적인 자리에서는 형제나 마찬가지다. 또 여기 사규가 있지만 사규는 내 입 속의 혀와 마찬가지. 하니 앞으로는 사규와 모든 일을 의논해도 곧 나와 의논하는 것과 같다. 알겠느냐?"

"예, 저하."

"그럼 속 시원하게 털어놓아라. 네 표정을 보니 꽤나 다급한 일일 것 같구나."

"그럼 말씀 올리겠습니다."

목만치는 허리를 반듯하게 펴고 여곤을 똑바로 보며 입을 열었다.

"진충이라는 목수를 알고 계십니까?"

"진충? 잘 알다마다. 이 나라 최고 솜씨를 자랑하는 도목 아니냐?"

"그렇습니다. 그분은 최고의 솜씨를 가진 장인이었을 뿐 아니라 그 인품으로도 널리 칭송받을 만한 분이었습니다. 거만금을 쌓았지만 일신상의 향락을 추구했다고 들은 바 없고, 좋은 옷, 맛있는 음식을 탐했다고 들은 바도 없습니다. 그분의 유일한 관심사는 오직 최고의 장인이 되겠다는 일념뿐이었다고 소인은 들었고, 목격했습니다."

"그러냐? 그러니까 목만치 네가 진충과 잘 알고 지내는 사이였단 말이냐?"

"그뿐 아니오니다. 소인은 그 어른께 많은 은덕을 입었습니다. 예전에 제가 수원사에 지낼 때 우연히 뵙게 된 이후로 그 어른께서는 저의 불우한 처지를 안타깝게 여기셔서 많은 은혜를 베풀었나이다. 그리고 그분의 자제가 있사온데 저와는 형제와도 같은 사이올시다."

"그런데?"

부릅뜬 목만치의 눈에서 금세라도 불덩이가 튀어나올 듯했다.

"소인이 임나 지역을 순시하는 반 년 사이에 그 집안은 큰 봉변을 당했습니다."

"봉변이라니?"

"자세한 내막은 모르나 관가에 끌려가서 단 며칠 만에 돌아가셨습니다. 게다가 그 집의 재산을 누군가 계획적으로 가로챘으며, 자제들은 지금 종적조차 묘연한 상황입니다. 불과 반 년 만에 한 집안이 풍비박산 나고 말았습니다."

"허, 저런 변이!"

여곤이 혀를 차며 사규를 돌아보았다가 다시 목만치를 향했는데, 잠시 후 여곤의 눈초리가 사규를 향해 되돌아갔다.

"넌 알고 있는 모양이구나."

그때까지 잠자코 있던 사규가 허리를 폈다.

"나리께 공연한 심려를 끼쳐드릴까 두려웠습니다."

"내 전에도 일렀지만 시중에서 일어나는 소소한 것들이라도 다 알리라 했다. 네가 아는 대로 말하라."

사규가 잠깐 망설이다가 입을 열었다.

"소인이 듣기로 이번 일에는 국강이 관여한 것으로 압니다."

"국강이라면 이번에 목부 장리로 임명된 자를 말하는 것이냐?"

"예. 예전에 가림성 성주로 있었지요. 그자가 이번 일에 깊이 개입되어 있습니다. 국강이 진충에게 지난번 왕궁 보수공사 때 실제 소요된 비용보다 과다하게 계상되었다는 죄목을 씌웠습니다. 하지만 그건 터무니없는 누명이라는 것을 알 만한 사람은 다 알고 있지요. 그자의 목적은 오직 진충의 재산이었습니다."

"진충의 재산이 탐나서 그런 누명을 씌웠단 말이냐?"

사규를 바라보는 목만치의 눈빛이 분노로 활활 타오르는 듯했다.

"허, 이런 변괴가 있나? 그놈을 당장 잡아들여야겠군."

"나리……."

"무슨 일이냐?"

"국강 뒤에는 상좌평 나리께서 계십니다."

"뭐라고?"

놀란 여곤의 목소리가 억눌렸다. 본능적인 행동이었다. 놀라기는 목만치도 마찬가지였다.

"그게 사실이냐?"

"예. 국 장리는 일찍부터 상좌평 나리의 총애를 받고 있습니다. 이번에 내관으로 불러들인 사람도 상좌평 나리입니다."

"이런, 형님께서 왜 그자를 감싸고돈단 말이냐?"

"일찍이 국 장리는 상좌평 나리의 금고 노릇을 해왔습니다. 그자는 축재에 비상한 수완이 있습니다. 아마 나라 안에서 국 장리의 재산이

으뜸일 것입니다."

"모두가 국인들의 고혈에서 나왔겠다?"

여곤이 쓴웃음을 지었다. 사규는 대꾸하지 않고 말을 이었다.

"상좌평 나리께서 국 장리를 총애하는 이유입니다. 국 장리가 가림성 성주로 있을 때 가혹한 세금 때문에 성민들의 원성이 자자했습니다. 비단 가림성뿐만 아니라 그자가 부임하는 곳마다 곡소리가 날 지경이었습니다."

"꼭 제거해야 할 놈이로군."

"하지만 상좌평 나리께서 그 뒤에 버티고 계십니다. 그자가 위세를 부리는 것도 바로 그 때문이지요."

여곤이 입술을 깨물었다.

그 순간 목만치의 머리에 집히는 게 있었다. 처음에는 무심코 들은 가림성 성주라는 말이었다. 누군가의 얼굴이 떠올랐다.

살이 피둥피둥한 데다가 허여멀끔한 얼굴. 양쪽에 꿩 깃을 단 가죽 모자를 쓰고 비단옷을 입은 사내. 가림성 성주의 아들 국협이었다. 진연을 겁탈하려다 목만치에게 한쪽 눈을 잃어버린 자였다.

'이건 우연일까……'

목만치는 고개를 저었다. 아니다. 우연치고는 기막힌 우연이다. 만일 이번 일이 국강의 아들인 국협의 흉계에 의한 것이라면 이번 일에 대한 설명이 쉬워진다.

"무슨 생각을 하느냐?"

여곤의 말에 목만치는 고개를 들었다.

"아닙니다. 저하, 방금 하신 말씀이 진정이십니까?"

"무슨 뜻이냐?"

"간신배를 처단하시겠다는 말씀 말입니다."

"물론이다."

"상좌평 나리께서 뒤에 계시다고 들었습니다."

여곤이 잠깐 이맛살을 찌푸렸다가 폈다.

"네놈이 내 속을 떠보는구나."

"죄송합니다."

"하지만 꼭 시끄럽게 소리가 나야 시원하겠느냐? 얼마든지 조용히 처리할 방법도 있다."

"하오시면?"

"우선 명백한 증거부터 찾아라. 그때 결판을 내도 늦지 않다."

"말씀하신 대로 하겠습니다."

"도움이 필요하면 사규에게 말하라. 사규가 도와줄 것이다."

국협은 외동아들로 귀하게 자란 만큼 자존심이 강하고 안하무인이었다. 달솔 관등의 목부 장리인 부친의 후광을 입어 그는 10품 계덕의 벼슬을 하고 있었다.

그의 집안은 백제국에서도 알아주는 명문 집안이었다. 선대로부터 이어져온 막대한 부에 더하여 타의 추종을 불허하는 국강의 축재술로 백제국에서 첫손 꼽히는 거부가 되었다. 국강은 이재에는 타고난 안목이 있는 데다가 목적을 이루기 위해서는 수단과 방법을 가리지 않는 비정한 성품에 끈질긴 집념까지 갖춘 인물이었다.

특히 해상강국인 백제의 특성에 착안한 국강은 사私선단을 꾸려 중국과의 중개무역을 도맡아 엄청난 수익을 올렸다. 신라와 왜에서는 중국까지 직항할 수 있는 선박을 만들 만한 조선술이 없는 데다가 먼 바다를 헤쳐 나가는 항해술도 부족했다. 따라서 중국으로 가려면 백제에 와서 국강의 사선단을 이용해야 했다.

그런데 이런 사선단의 운용은 국법을 위반하는 것이었다. 조정에서는 허가받지 않은 선단의 중개무역을 불허했는데 이른바 전매사업이었다. 그러나 국강은 조정의 여러 대신들을 매수하여 암암리에 이런 불법을 자행했다. 특히 객부와 도시부의 관리들을 장악했다. 이 두 기관의 관리들 중에서 국강의 뇌물을 먹지 않은 자는 한 명도 없을 정도였다. 그뿐 아니었다. 중국으로 향하는 선단의 출발지인 당항 포구에 주둔해 있는 둔병들까지도 모두 국강의 손아귀에 들어가 있었다.

여도는 일찍이 국강의 이런 수완을 알아보았다. 여황의 반란을 토평하고 위례성으로 돌아왔을 때, 여도가 맨 처음 찾은 이가 바로 국강이었다. 여도는 국강에게 사선단을 그대로 묵인해줄 뿐 아니라 더 많은 이권과 권력을 주겠노라고 했다.

국강으로서는 불감청이언정 고소원이었다. 여도가 누구인가. 이 나라 상좌평이라는 최고의 직위에 있는 데다가 장자세습의 원칙이 세워진 지 얼마 되지 않는 백제국의 상황에서는 언제라도 왕위에 오를 수 있는 차기 계승자 1위였다. 실제로 아직 여경은 후사가 없었다.

국강은 길게 생각할 필요 없이 여도와 손을 잡았다. 여도는 즉시 국강에게 선물을 내렸는데, 목부 장리로 임명해 2품인 달솔로 승차시켰다.

국강은 승진을 내심 기대한 것도 사실이지만 전격적인 임명을 겪으면서 여도의 힘을 새삼 인식하게 되었고, 그 힘의 원천인 권력에 두려움도 느꼈다. 국강은 머리 회전이 빠른 사내였다. 그는 여도와 몇 마디 나누지 않고도 여도의 가슴에 자리한 야망을 알아차렸다.

국강은 개로왕의 그릇을 익히 파악했고, 선양이 그리 어렵지 않다고 판단했다.

개로왕은 그즈음 사실상 정무의 상당부분을 상좌평인 여도에게 맡긴 상태였는데, 번거로운 것을 싫어하고 조용히 독서와 바둑을 즐기는 타고난 성품 때문이었다. 국강은 병권을 장악할 충분한 시간만 주어진 다면 여도가 왕위에 오르는 데 아무런 문제가 없다고 생각했다.

그러나 단 한 사람, 여곤이 문제였다. 여곤을 마음으로 따르는 신료들이 한둘이 아니었다. 어렸을 때부터 주변 사람들을 감복시키는 군주의 성품을 타고난 데다가 커서는 한성 위례성 탈환에 절대적인 공헌을 세울 정도로 무장으로서의 그릇도 갖추었다. 드러내놓고 자기 사람을 만들지는 않았지만 그를 흠모하는 신료들이 상당수였다. 게다가 강골의 성품으로도 여도에게 결코 지지 않았다.

국강은 여도가 왕위에 오르기 위해서는 여곤을 필연적으로 제거하지 않고서는 불가능하다고 보았다. 국강은 이제부터 하나씩 하나씩 여곤의 수족을 잘라나가기로 했다. 그리고 그것은 다시 말해서 여도의 생각이나 마찬가지였다. 이제 국강과 여도는 한 배를 탄 운명이었다.

먹느냐 먹히느냐, 비정한 싸움의 길고 긴 서막이 열린 것이다.

당항포 해적

          이른 새벽부터 밤늦게까지 온 장안을 싸돌며 발품을 판 보람이 있었다. 달포가 지났을 무렵 또복이는 마침내 진충의 전 집사인 만돌이의 행방을 찾아냈다.

  목만치 앞에 나타난 또복이는 흥분으로 상기된 얼굴이었는데 비로소 밥값을 했다는 뿌듯함 때문이었다.

  "나리, 드디어 집사를 찾아냈습니다."

  목만치는 가만히 고개를 끄덕이며 또복이의 말이 이어지기를 기다렸다.

  "집사의 심복으로 있던 놈을 우연히 길가에서 보게 되었습니요. 그놈을 뒤쫓으면 분명 집사와 닿을 것이라고 생각해서 며칠을 뒤쫓았습지요. 아니나 다를까 그놈이 집사와 만나는 것을 이 눈으로 똑똑히 목격했습니다요."

  "그쪽에서는 너를 눈치 채지 못했느냐?"

"물론입니다요. 나리의 분부대로 이쪽의 정체를 드러내지 않도록 유의했습지요."

"그래, 그 집사라는 놈이 뭘 하고 있더냐?"

"보아하니 당항 포구에서 꽤 큰 객주로 변신했습니다요. 백제군, 진평군에서 나오고 들어가는 물품들을 중간에서 거래하는데 짐작하던 것보다는 큰 장사꾼이었습니다."

목만치는 한동안 침묵을 지켰다. 이미 나름대로 그림은 그려져 있었다.

가림성 성주였던 국강이 목부 장리로 임명되었고, 그 뒤에는 상좌평 여도가 버티고 있었다. 국강은 진충의 재산을 가로채기 위해 횡령 혐의로 모진 고문을 가해 결국 진충을 죽이고 계획했던 대로 집사를 이용해 그의 재산을 빼돌린 것이다.

집사가 당항포에서 큰 장사꾼으로 변신했다면 국강의 비호 없이는 불가능한 일이다. 그렇다면 집사 만돌이와 국강의 연결고리가 좀 더 분명해진 것이다.

목만치는 이제 자신이 움직여야 할 때라고 생각했다.

'아아, 진연.'

진연에 대한 그리움은 시간이 갈수록 더욱 짙어갔다. 단 한순간도 진연의 환한 미소가 떠나지 않았다. 안타까움 때문인가, 그리움은 배가 되었고 목만치의 가슴은 숯검정처럼 타들어갔다.

가끔 깊은 생각에 잠긴 목만치의 입에서 긴 한숨이 새어나오곤 했다. 곰쇠는 그러한 감정을 십분 이해하기는 어려웠지만 어쨌든 부러운 것도 사실이었다. 한 사람을 그토록 절절히 갈구한다는 것은 분명 번거롭고 성가신 일이지만 곰쇠도 누군가를 그렇게 사무치게 그리워했으면 싶었다.

당항성은 백제국 내에서는 가장 번화한 포구였다. 일찍이 백제가 대륙에 백제군과 진평군을 개척한 뒤, 당항성은 자연스럽게 대륙백제와 본국백제를 이어주는 가장 큰 포구 역할을 했다. 대륙백제와 본국백제 사이에 있는 내해를 가장 빠르게 이어주는 곳이 바로 당항성이었다.

비단 백제뿐만 아니었다. 신라와 왜에서도 중국으로 가기 위해서는 당항성을 주로 이용했다. 이처럼 신라와 왜의 중개무역을 도맡는 것만으로도 백제는 상당한 수익을 올리고 있었는데 모두 백제가 해상강국이었기 때문이다.

백제가 대륙백제를 경영해 산동(요서)에서부터 양자강 이남에 이르는 방대한 지역을 차지할 수 있었던 것도 바로 전통적으로 수군이 강력했기 때문에 가능한 일이었다. 방대한 땅을 가진 중국은 대대로 수군의 필요성을 절감할 이유가 없었고, 따라서 발해만에서 창해에 이르는 해안가 지방, 곧 요동과 요서를 모조리 고구려와 백제에게 장악당할 수밖에 없었다.

그런 이유로 중국으로 향하는 가장 큰 관문인 당항성 포구는 백제뿐 아니라 삼한에서 가장 번잡한 포구가 되었다.

주막이며 객관들이 즐비하게 늘어선 포구거리는 오가는 사람들로 북적였다. 먼 길을 떠나는 길손들과 성안을 오가며 장사를 하는 이들이었다.

지나가는 사람들을 불러들이기 위해 싸구려를 외치는 장사꾼들로부터 흥정하느라 실랑이를 벌이는 소리, 약장수들이 손님을 끌기 위해 북과 나발을 부는 소리 등으로 포구거리는 정신이 없었다.

포구의 도선장에는 둔병들이 날카로운 시선으로 오가는 사람들을 지켜보았다. 나라의 허가를 받지 않고 밀항이나 밀수를 하는 것은 예나 지금이나 다르지 않았다.

포구에서 얼마 떨어지지 않은 저잣거리의 안쪽에 만돌이의 객사가 자리 잡고 있었는데 제법 큰 규모였다.

ㄷ자 형태로 널찍한 마당을 품고 있었는데, 그 밖으로 굽바자가 돌아가며 쳐져 있었다. 본채와는 좀 떨어져서 마구간이 있었는데 벌써 한 떼의 장사치들이 묵고 있는지 대여섯 필의 말들이 여물을 먹고 있었다.

만돌이는 한눈에 보아도 계산속이 빨라 보이는 뾰족 턱을 한 40대 후반쯤의 사내였다. 그는 지금 일손이 굼뜬 중노미 하나를 호되게 닦달하는 중이었다. 중노미는 때마침 들어서는 길손을 맞는 틈을 타서 꽁지가 빠져라 달아났다. 그런 중노미를 못마땅한 눈길로 힐끗 돌아본 만돌이가 손에게 억지웃음을 지어 보였다.

"어서 오시우."

"방 하나 내주시오."

"이쪽으로."

만돌이는 앞장서면서도 연신 고개는 낯선 손을 향했는데, 그도 그럴 것이 살아오면서 그처럼 엄장 큰 사내를 보지 못했던 것이다.

만돌이는 뒤편으로 돌아가 작은 봉놋방 하나를 손에게 가리켰다.

"이 방이우. 식사는 어떻게 하겠수?"

"국밥 한 그릇 넉넉하게 말아주시고, 탁주나 한 동이 내오시오."

"한 동이나 말이우? 그걸 혼자서 다 드시게?"

만돌이가 놀란 눈으로 되물었는데 곰쇠는 벌쭉하니 잇몸을 드러내며 웃었다.

"그 정도야 식전 해장감이지, 그렇게 놀라긴."

"허, 정말 덩칫값 하시누만, 그건 그렇구 돈부터 주셔야겠소."

"빌어먹을 인심허군. 아, 먹지도 않은 식대부터 지불한단 말이오?"

"손님도 여긴 초행인가 보우. 여기 드나드는 사람들이 한둘이어야 말이지. 보시우. 밥이며 술 처먹고, 엉덩이 따뜻하게 지지고 있다가 나 몰라라 하구 줄행랑치면 그 낭패를 어떻게 감당하란 말이우. 그렇다구 일일이 지켜볼 수도 없는 노릇이구."

말은 그렇게 했지만 이미 곰쇠는 허리춤 염낭에서 엽전을 꺼내고 있었다. 꽤 묵직해 보이는 염낭이었는데 그것을 본 만돌이의 눈이 빛 났다. 곰쇠의 손이 염낭을 헤집는 순간 가득한 은자가 보였던 것이다.

'잘하면 한 건 올릴 수 있겠다.'

만돌이의 눈이 빠르게 희번덕거렸다. 행색은 지체 높은 것과는 애 당초 담을 쌓고 살아온 놈인데 저런 엄청난 은자를 지니고 있다면 십 중팔구 화적놈이거나 주인댁 재물을 털고 도주하는 종놈일 터였다. 한 눈에 보아도 상답 십여 마지기는 족히 살 수 있는 은자였다. 만돌이는 곰쇠가 눈치 챌라 조심스럽게 마른 침을 삼켰다.

곰쇠가 이윽고 한 냥짜리 엽전을 찾아내 만돌이에게 건넸다.

"내 여기서 이삼 일 동안 머무를 것인데 있는 동안 국밥이나 잘 챙 겨주슈."

"여부가 있겠소. 손님, 배를 타실 요량이시구만요."

"배편을 구할 수 있겠소?"

"도선장에 가면 널린 게 배올시다. 그래 행선지는 어디요?"

곰쇠가 난처한 기색으로 머뭇거렸다. 만돌이는 가만히 은밀한 웃음 을 지었다.

"혹시…… 밀선이 필요한가 보오."

"뭐 꼭 그렇다는 건 아니구……."

"아따, 척하면 착이지. 밀선이 필요하면 언제라도 말하시우."

"참말 밀선을 얻어 탈 수 있소?"

"구할 수야 있지요. 처녀불알도 구하는 세상인데 뭘 못하겠소. 하지만 삯이 만만치 않소."

"얼마나 들겠소?"

만돌이는 빠르게 머리를 굴렸다. 잠시 후 만돌이가 곰쇠의 눈치를 살피며 입을 떼었다.

"적어도…… 은자 열 냥은 들어야 하오."

"뭐라? 은자 열 냥?"

"뭐 싸움이야 말리고 흥정이야 붙이랬다고 좀 깎을 수야 있겠지만 대충 그 시세가 아니면 밀선을 타기 힘드오. 잘 아시겠지만 밀선을 탄다는 게 그리 쉬운 일도 아니구 관가에 발각되는 날에는 줄초상이오. 목숨을 내놓고 하는 일이우."

"배는 구할 수 있겠소?"

"손님이 원하신다면 내 꼭 구해보리다. 하지만 내 구전은 넉넉하게 쳐주셔야 하오."

"제대로 구해주기만 하면 그 정도는 해드리지."

"그럼 마음 편히 술이나 드시고 계슈. 내 알아보고 돌아오리다."

만돌이가 봉놋방을 나간 지 얼마 안 있어 중노미가 제법 거하게 차린 술상을 들여왔다. 꿩고기가 가득 담긴 술국에서 고기 냄새가 진동했고 탁배기가 회를 동하게 했다.

곰쇠는 연방 탁배기를 비웠는데 그때까지 문 열린 봉놋방 앞을 떠나지 않고 얼쩡거리던 중노미놈이 놀란 눈으로 곰쇠를 지켜보았다. 역시 덩칫값을 한다 싶은 표정이었다.

"참으로 장사시요잉."

중노미놈이 저도 모르게 감탄했는데 그 소리를 들은 곰쇠가 빙그레 웃었다.

"너, 몇 살이냐?"

"올해 열여섯이우."

"여기서 일한 지는 얼마나 되었느냐?"

"꼭 반 년 되었수다."

"일은 재미있느냐?"

"재미로 일하우? 다 입에 풀칠하려고 하는 짓이지우."

곰쇠의 말에 꼬박꼬박 대꾸하는 중노미의 입이 야금 받았다.

"하긴 그렇겠지. 그래, 삯은 제대로 받느냐?"

"아이구 말도 마십쇼. 삯은커녕 하루 두 끼 밥이라도 원 없이 먹으면 좋겠습니다요."

"허, 그럼 삯도 안 준단 말이냐?"

중노미가 주변을 둘러보더니 목소리를 낮추었다.

"방금 간 이가 여기 주인이올시다. 하지만 위인이 얼마나 짠지 이 근동에선 모르는 사람이 없습니다요. 왕소금도 그런 왕소금이 없을 겁니다요."

"그이가 진짜 주인이냐?"

"저도 자세한 건 잘 모르지만⋯⋯ 아마 진짜 주인은 따로 있는 거 같습니다요."

"흠, 잠깐 이리 들어오너라."

"저 말입니까요?"

중노미가 다시 한번 주변을 두리번거렸다.

"주인이 알면 경칩니다요."

"괜찮다. 내 너에게 긴히 물어볼 말이 있어서 그런다."

곰쇠가 어느새 염낭에서 꺼낸 엽전을 술상 위에 내려놓았다. 그것을 본 중노미의 눈이 희번덕대더니 제 미투리를 집어 들고 봉놋방에 들어섰다. 이윽고 문이 닫혔고 안에서는 숨죽인 소리가 가만가만 이어졌다.

이른 저녁을 때운 곰쇠가 늘어지게 초저녁잠을 자고 났을 때였다. 만돌이가 봉놋방에 들어서자 곰쇠는 살피듬이 허옇게 일어나는 아랫배를 드러내놓고 북북 긁어댔다.

"배를 알아보았소."

"어떻소?"

"내일모레 늦은 밤에 나가는 배가 한 척 있소. 진평군까지 가는 밀선이오."

"믿을 만하오?"

"그 배를 부리는 선장은 이 바닥에서 워낙 알아주는 자요. 수달치라는 자인데 내해 물길에 대해서는 손바닥 들여다보듯이 환하오. 그자에게 부탁하면 내해를 건너는 것은 일도 아니오."

"그렇다면 다행이군."

"먼저 선금으로 열 냥을 주셔야 하오. 그리고 진평군에 도착하면 나머지 잔금으로 다섯 냥을 더 내야 합니다."

"그럼 열다섯 냥 아니오? 낮에는 열 냥이면 된다고 하지 않았소?"

"요즘 들어 기찰이 부쩍 심해졌답니다. 그 돈이 아니면 배를 낼 수가 없다고 하니 어쩔 거요. 수달치가 그렇다고 하면 다른 배는 아마 어려울 거요."

"……."

곰쇠가 쓴 입맛을 다시며 망설이는 기색으로 천장을 올려다보았다.

만돌이는 잠자코 곰쇠를 지켜보았다. 이 촌놈이 이미 자신의 손 안에 들어왔음을 만돌이는 확신했다. 밀선을 타야 할 형편이라면 찬 밥 더운 밥 가릴 처지가 아닐 것이다. 마침내 곰쇠가 입을 떼었다.

"좋소. 샀을 그대로 쳐드리리다. 하지만 수달친가 뭔가 하는 그이를 먼저 만나야겠소."

"구태여 수달치를 만나려는 이유가 뭐요?"

만돌이가 이맛살을 찌푸리며 물었다.

"주인장을 못 믿어서 그러는 게 아니라 일을 확실히 매듭짓자는 뜻이오. 그게 싫다면 나도 어쩔 수 없소."

"좋소. 그럼 내일 밤 수달치를 만나게 해드리지. 내 구전은 어떻게 할 거요?"

"은자 두 냥이면 어떻소?"

"세 냥 주시오."

"알았소. 수달치를 만나 일을 매듭짓고 나서 드리리다."

곰쇠가 입맛을 다시며 고개를 끄덕였다. 만돌이의 얼굴이 환해졌다.

미리 약조한 대로 다음날 늦은 밤이었다.

저녁참 때까지 객사는 오가는 사람들로 분주했는데 그것도 해시가 넘어가자 더 이상 드나드는 이들이 없었다. 손들이 든 봉놋방마다 불이 꺼진 채 고단하게 코 고는 소리만 들려올 뿐이었다.

"계시오?"

밖에서 주변을 의식한 만돌이의 낮은 목소리가 들리자 기다리고 있던 곰쇠가 밖으로 나왔다.

만돌이와 곰쇠는 서둘러 객사와 멀어졌다. 포구의 저잣거리와 한참 떨어진 곳까지 와서야 만돌이는 걸음을 늦추었다.

"이 정도면 안심해도 될 거요. 이제 천천히 갑시다."

"수달치는 어디에 있소? 포구로 가는 길이 아니구만."

"수달치가 미쳤다고 포구에 배를 대놓고 있겠소. 기찰 군사들에게
나 잡아가슈 할 일 있소. 수달치의 배는 저 산 너머 바닷가에 있소. 귀
신도 모르는 장소요."

"그럼 지금 그곳으로 가는 거요?"

"맞소. 한 식경만 부지런히 길을 좁히면 도착할 거요."

두 사람은 부지런히 걸음을 옮겼다. 만월이 가까운 밤이라 횃불 없
이도 아무런 지장이 없을 만큼 환했다. 게다가 만돌이에게는 눈을 감
고도 문제없을 만큼 익숙한 길이었다.

애초에 만돌이는 곰쇠에게 밀선을 알선해주고 구전으로 은전 세 냥
을 받을 생각이었다. 은자 세 냥만 해도 결코 적지 않은 돈이었다. 게
다가 열다섯 냥이라고 했지만 수달치에게 건너갈 몫은 여덟 냥이므로
거기에서도 일곱 냥이 남았다. 도합 열 냥이나 남는 장사였다.

하지만 시간이 흐를수록 우연히 엿본 곰쇠의 염낭이 만돌이의 눈앞
에 어른거렸다. 염낭에 가득한 은자라면 팔자를 고칠 수 있는 거금이
었다. 만돌이는 끝내 곰쇠의 염낭을 가로채기로 결심했다.

마음에 걸리는 것은 곰쇠가 기운깨나 쓸 것 같은 장사라는 점이었
지만 그것도 염려 없었다. 이미 수달치 패거리에게 단단히 약조를 받
아두었다. 수달치 패거리는 밀선도 운영했지만 원래 해적이었다. 이문
이 되는 일이라면 목숨을 내놓는 것 빼고는 다 하는 이들이 바로 수달
치 패였다.

언덕을 넘어가자 해송군락이 나타났다. 그 너머에 달빛이 부서지는
바다가 보였다. 불어오는 바람결에 짠내가 물씬 풍겼다.

그들이 울창한 소나무 숲 사이로 접어든 지 얼마 지나지 않았을 때
였다. 소나무 숲 사이로 제법 넓은 공터가 나타나자 무슨 까닭인지 만

돌이는 주춤거렸다.

"왜 그러우?"

곰쇠가 의아한 듯 묻자 만돌이가 대답했다.

"예서 잠깐 기다리시오. 저녁을 잘못 먹었는지 아까부터 뱃속이 난리요."

만돌이는 곰쇠를 그 자리에 놔두고 숲 속으로 들어갔다. 곰쇠는 별다른 의심 없이 만돌이가 돌아오기만 기다렸다.

잠시 후 인기척이 들려왔는데 곰쇠는 눈을 치켜떴다. 발소리가 하나가 아니라 여럿이었던 것이다. 게다가 소리를 죽이느라 조심스러운 발소리에는 살기가 묻어 있었다.

이윽고 네 명의 사내들이 모습을 드러냈다. 세 놈은 환도를, 한 놈은 도끼를 들고 있었다. 동물가죽으로 옷을 해 입은 사내들은 험상궂게 생긴 목자에 수염까지 제멋대로였다.

그러나 곰쇠는 태연했다. 다가서던 네 명의 사내들이 오히려 발걸음을 주춤하고 서로를 돌아보았다. 그중 한 사내가 냉큼 고함을 내질렀다.

"이놈, 목숨이 아깝거든 전대를 내놓아라!"

"목숨이 아까운 건 사실이다만 네놈들에게 전대를 내놓기는 싫은데 어쩔 테냐?"

곰쇠가 빙그레 웃으며 대꾸했다.

"보아하니 제정신이 아닌 놈이구나. 이놈아! 가진 돈을 모두 내놓아라!"

"재주껏 와서 빼앗아 가려무나."

"뭐라고?"

해적질에 나선 지 십수 년에 이런 놈은 처음이었다. 기가 찬 사내들은 실소를 머금고 곰쇠를 멀거니 바라볼 뿐이었다. 곰쇠가 버럭 소리를 질렀다.

"그놈! 객사 주인놈도 나오거라!"

소나무 뒤에 숨어서 일이 어떻게 돌아가는지 지켜보고 있던 만돌이도 어이없던 참이어서 이내 모습을 드러냈다.

"지금 뭣들 하고 있어? 어서 저놈을 물고 내지 않고!"

그 순간 곰쇠는 만돌이를 향해서 벼락같이 돌진했는데 다른 사내들이 막아서기도 전이었다. 만돌이는 몸을 피할 틈도 없이 곰쇠의 손아귀에 멱이 붙잡혔다. 눈을 의심하게 만들 만큼 빠른 몸놀림이었다. 어어, 하는 순간에 곰쇠에게 멱을 붙잡혀 숨이 막힌 만돌이는 온몸을 바둥거렸다. 숨이 턱까지 차오르고 눈알이 금세라도 튀어나올 듯했다.

그제야 정신을 차린 사내들이 곰쇠를 둘러싸고 그중 하나가 칼을 휘두르며 달려왔지만 곰쇠의 손아귀에 잡힌 만돌이를 의식해 조심스러운 칼질이었다.

그러나 곰쇠는 일 같지도 않게 몸을 돌려 사내의 칼날을 피하며 드러난 사내의 등판을 팔꿈치로 호되게 찍었다. 사내는 비명도 내지르지 못하고 모래바닥에 얼굴을 처박았다.

"네놈들, 오늘 제대로 임자 만났다. 열명길 갈 준비들은 단단히 됐느냐?"

곰쇠의 호기로운 목소리가 쩌렁쩌렁 울렸다. 여전히 곰쇠의 손아귀에 잡힌 만돌이는 숨이 막혀 다 죽어가고, 나머지 사내들은 일정한 거리를 둔 채 곰쇠의 빈틈을 노리고 있었다.

"뭐 하고 있느냐? 내 전대를 재주껏 가져가려무나!"

"이놈!"

곰쇠의 조롱에 더 이상 견디지 못하겠다는 듯 뒤쪽에 섰던 사내가 앞으로 나서며 칼을 쑥 내질렀다. 곰쇠는 한 걸음 물러서며 방패처럼 만돌이를 앞세웠다. 그 바람에 깜짝 놀란 사내의 칼은 아슬아슬하게 만돌이를 찌르지 않고 옆으로 흘러 비껴갔다.

그 틈을 놓치지 않고 곰쇠의 앞발이 그대로 사내의 명치끝을 차올렸다. 명치를 제대로 맞은 데다가 근 30관에 가까운 곰쇠의 체중이 그대로 실린 발길질이어서 사내는 숨도 쉬지 못하고 바닥에 나뒹굴었다. 고약한 냄새가 물씬 풍기는 것이 이미 똥을 놓아버린 모양이었다.

남은 두 사내는 어물쩍하다가는 안 되겠다고 판단했는지 동시에 뛰어들었다. 만돌이를 한쪽으로 패대기친 곰쇠는 허공으로 훌쩍 몸을 날렸다. 육중한 체구가 흡사 깃털처럼 가볍게 허공에 떴다.

곰쇠를 향해 일제히 칼을 날린 두 사내는 어리둥절한 얼굴로 허공을 올려다보다가 곰쇠의 발차기를 이마에 호되게 얻어맞고 정신을 잃었다.

곰쇠에게 패대기쳐진 채 반쯤 의식을 잃었던 만돌이는 한참 후에야 가까스로 제정신을 차렸다. 곰쇠를 습격했던 놈들은 제 옷으로 결박당한 채 소나무 밑동에 처연한 모습으로 앉아 있었다. 개중에는 아직도 정신을 차리지 못하고 머리를 건들거리는 놈도 있었다.

만돌이의 눈에는 다가오는 곰쇠의 커다란 그림자가 마치 저승사자 같았다.

"모, 목숨만 살려주슈! 자, 장사님을 미처 몰라봤수다!"

"이런 호랑이가 잡아가도 시원치 않을 놈 같으니라구! 날 사지에 몰아넣고도 네 목숨이 온전하기를 바라느냐?"

"저, 정말 장사님을 미처 몰라봤습니다요."

만돌이는 고개를 처박고 온몸을 떨었다.

"어떤 놈이 수달치라는 놈이냐?"

"수달치는 여기 없수. 저놈들은 모두 수달치의 부하들이우."

"이놈이 날 한참 잘못 봐도 유분수지, 수달치란 놈도 아니구 저런 놈들로 날 어쩌겠다는 수작이었냐?"

어이없다는 듯 곰쇠가 반농조로 물었고 만돌이는 그와 눈이 마주치자 황급히 고개를 주억거렸다.

"참말로 장사님 같은 분은 처음입니다요. 제발 목숨만 살려주시면 장사님을 위해서 무슨 짓이든 하리다."

"그게 참말이냐?"

"그러믄입쇼. 목숨만 살려주신다면 천지신명께 맹세코 장사님만 받들겠습니다요!"

마치 방앗공이가 곡식을 찧듯이 만돌이의 이마가 연달아 땅바닥을 찧었다. 그렇게 해서라도 살아날 수만 있다면 천 번인들, 만 번인들 찧지 못할까.

만돌이는 이미 곰쇠의 용력을 제 눈으로 똑똑히 보았다. 곰쇠를 습격한 네 명의 사내들은 해적으로 악명을 널리 떨치는 수달치 밑에서도 난다 긴다 하는 중간 두목들이었다. 그런 놈들을 곰쇠는 마치 공깃돌 어르듯이 가지고 논 것이다.

"정말 목숨을 살려준다면 날 위해 일할 테냐?"

"천지신명께 맹세하겠습니다."

"바쁘신 천지신명께서 하찮은 네놈 맹세를 기억하겠느냐? 어쨌든 한 번만 더 기회를 주마."

"참으로 감사합니다요!"

사지에서 살아난 만돌이의 눈이 생쥐 눈처럼 반짝거렸다.

"자, 나를 수달치에게 안내하라."

"뭐라고 하셨습니까?"

만돌이가 놀란 눈으로 곰쇠를 쳐다보았다.

"이놈이 벌써 가는귀가 먹었나? 수달치에게 가자고 했다."

"하오시면……?"

"허허, 네놈이 처음부터 수달치에게 날 안내할 생각이 아니었느냐. 수달치란 놈이 어떻게 생긴 목자인지 영 궁금해지는구나. 빨리 가자."

"허……."

만돌이는 헛웃음을 내뱉다가 제 처지가 처지인지라 황급히 거두어들였다.

"수달치 밑에 있는 부하놈들만 근 이십여 명이 넘습니다요."

"글쎄, 이십 명이든 삼십 명이든 내 알 바 아니고, 내가 볼일 있는 놈은 수달치라는 해적놈이다. 그놈 상판을 꼭 한번 봐야겠다고 몇 번이나 말해야 알아듣겠느냐? 어서 앞장서라!"

"저놈들은 어떻게 할깝쇼?"

만돌이가 소나무 둥지에 묶여 있는 사내들을 가리켰다.

"내가 수달치와 만난 뒤에 동무들을 불러 데려가라 일러라."

"알겠습니다요."

만돌이가 땅바닥에서 일어나 온몸에 묻은 흙먼지를 대충 털고 앞장섰다. 얼마쯤 지나서 그들은 험난한 벼랑길로 내려섰다. 벼랑 틈 사이로 사람이 간신히 빠져나갈 만한 길이 나 있었다. 길에 익숙지 않은 사람이라면 결코 찾아내지 못할 그런 길이었다.

벼랑길을 타고 내려가자 제법 넓은 터가 나타났는데, 터가 끝나는 곳에 마치 갈치의 부리처럼 날렵하게 생긴 쾌속선 한 척이 정박해 있었다. 그리고 그곳에서 50여 보 떨어진 벼랑 아래에 언뜻 봐서는 알 수 없을 정도로 교묘하게 위장한 산채가 있었다. 통나무로 바람벽을 하고 그 위에는 굴피 지붕을 얹어놓았는데 바위틈에 뿌리를 박고 뻗어 나온 해송들이 우거져서 자연스럽게 산채를 가려주었다. 과연 해적 소굴다웠다.

"저기 몇 놈이나 있느냐?"

곰쇠가 턱으로 산채를 가리키며 물었다.

"보통 때 같으면 스무 놈 남짓 묵습니다요."

"수달치라는 놈이 저기 있는 게 틀림없지?"

"예."

곰쇠는 잠깐 생각에 잠겼다가 산채를 향해 조심스럽게 다가갔다. 만돌이는 기가 질린 얼굴로 따라왔다.

"참말로 가시게요?"

"산채에 도착하면 놈들을 불러내라."

"혼자서 그 많은 놈들을 어찌 감당하실 겁니까?"

"그건 네가 알 바 아니다."

"알겠습니다요."

만돌이가 고개를 절레절레 흔들며 앞장섰다. 곰쇠의 용력을 방금 전에 확인했지만 스무 명이 넘는 수달치 패거리들은 병장기까지 갖추었다. 산전수전 다 겪은 해적들은 어지간한 군졸들이 감당할 바가 아니었다. 그런 터에 이 곰 같은 덩치의 사내는 그것도 맨손으로 범 아가리로 다가가고 있었다.

만돌이는 어쨌거나 자신이 상관할 바는 아니라고 생각했다. 차라리 수달치가 이놈을 해치워야 뒤탈이 없었다. 만돌이와 곰쇠가 조심스럽게 산채에 접근하자 어둠 속에서 누군가 창을 겨눈 채 나타났다.

"웬 놈들이냐?"

"날세, 나여."

가까이 다가온 사내가 만돌이의 얼굴을 확인하고는 이번에는 곰쇠를 의심스러운 눈길로 쳐다보았다.

"저쪽은 누구여? 처음 보는 얼굴인데."

"내가 객사에서 부리고 있는 중노미놈일세."

"거참, 덩치 한번 크구만. 아까 동무들이 마중 나갔는데 어찌하구 혼자 오우?"

"무사히 일을 끝냈소. 아마 뒤처리하느라 늦을 거요. 수달치 두령은 잠자리에 들었수?"

"아직 안 주무시오."

사내가 앞장서서 그들을 산채로 데려갔다. 사내가 산채 문을 두드리자 안에서 누구냐고 묻는 소리가 들려왔다.

"저 몽치올시다. 만돌이가 왔구만요."

이윽고 안에서 문이 열렸는데 그 순간이었다. 곰쇠는 사내의 목덜미를 와락 나꿔채더니 문을 차버리며 안으로 뛰어들었다. 그 바람에 막 문을 열던 안쪽의 사내는 통나무 문짝에 호되게 얻어맞고 그대로 나가떨어졌고, 얼떨결에 뒷덜미를 잡힌 사내는 곰쇠의 완력에 떠밀려 산채 안쪽 탁자에 둘러앉아 있던 제 동무들을 온몸으로 덮쳤다.

혼비백산하며 나머지 사내들이 일제히 자리를 박차고 일어났는데, 이미 곰쇠는 방 안의 상황을 재빠르게 파악한 뒤였다. 몽치라는 사내에게서 빼앗은 창을 한 손에 든 곰쇠는 사내들이 다음 동작을 취하기도 전에 몸을 날려 염소수염을 한 호리호리한 사내의 턱 끝에 창을 겨누었다.

곰쇠의 창끝이 멱을 겨누자 염소수염은 얼어붙은 듯 굳었다. 그렇게 빠른 동작은 처음이었고 산전수전 다 겪은 그로서도 이런 일은 도무지 보지도 듣지도 못했다. 태연하려고 해도 자꾸만 아랫도리가 후들후들 떨렸다. 오줌을 지리지 않은 것만 해도 다행이었다.

"네놈이 수달치냐?"

곰같이 엄장 큰 사내의 부리부리한 눈이 자기를 쏘아보고 있었다. 수달치는 자신도 모르게 마른침을 삼키며 고개를 끄덕였다. 목이 바짝 말라 입이 트이지 않았던 것이다.

곰쇠는 수달치의 멱을 잡아 몸을 돌렸다. 이제 수달치는 곰쇠의 가슴에 등을 붙인 채 제 부하들을 바라보는 형국이 되었다.

"부하들에게 무기를 버리라고 해."

부하들은 병장기를 겨누고 있었지만 제 두령이 잡힌 꼴이라 어쩔 줄 몰랐다. 수달치가 눈짓을 하자 부하들이 손에 든 병장기를 내려놓았다.

"무기들을 한쪽으로 치워라."

만돌이가 병장기들을 주워 모아 벽 귀퉁이에 갖다 놓았다. 여전히 부하들이 긴장을 풀지 않은 채 이쪽을 주시하고 있었지만 곰쇠는 태연한 얼굴로 수달치를 탁자에 앉히고 자신도 옆에 앉았다.

수달치가 사나운 눈으로 곰쇠를 노려보았다. 처음의 놀라움에서 어느 정도 벗어나 이제는 해적패의 두령다운 위엄을 되찾으려고 노력하는 모습이 역력했다.

"네놈은 누구냐?"

"이놈!"

곰쇠의 솥뚜껑만 한 손바닥이 허공을 갈랐고, 수달치의 왼뺨에서 벼락 치는 소리가 터졌다. 순식간에 수달치의 한쪽 얼굴이 부어올랐고, 터진 입술에서 피가 흥건하게 흘러나왔다.

"아구구!"

수달치가 숨 넘어가는 소리로 비명을 내질렀다. 곰쇠는 투박한 손을 다시 뻗어 봉두난발로 흘러내린 수달치의 머리카락을 움켜쥐었다.

"다시 한번 주둥이를 놀려보아라. 네놈이 누구냐고?"

"아이구, 장사님을 미처 몰라뵈었습니다!"

"가소로운 놈! 해적질을 해 처먹느라 그동안 눈에 뵈는 게 없었던 모양인데 너 오늘 임자 만났느니라!"

다시 곰쇠의 손바닥이 수달치의 양쪽 뺨을 연달아 후려치는데 그때마다 비명이 터져 나왔다. 부하들은 눈앞에 벌어진 상황을 도무지 믿을 수 없어서 입만 쩍 벌린 채 바라볼 뿐이었다.

수달치가 누구인가. 적어도 내해 물길을 건너다니며 밥줄을 이어가는 사람들 사이에서는 모르는 이가 없을 정도로 유명짜한 해적이 아닌가. 그렇게 악명 높은 두령이 낯선 젊은 놈에게 마치 고양이가 쥐를 어르는 모양으로 봉욕을 치르고 있었다. 더욱 기가 막힌 것은 하늘 같은 두령이 그런 봉변을 당하고 있는데도 감히 나설 엄두조차 나지 않는다는 점이었다. 당최 오금이 저려서 제대로 서 있기도 어려웠다.

"아이구, 형님! 제발 목숨만 살려주시오!"

마침내 수달치가 두 손을 뻗어 빌기 시작했다. 수달치의 얼굴은 흉측하게 부풀어 올라 그런 몰골이 달리 없었다. 곰쇠가 수달치의 멱을 두 손으로 잡아 치켜 올렸다.

"다시 한번 말해 봐라."

"혀, 형님!"

"내가 왜 네놈 형님이냐?"

"앞으로 형님으로 모시겠소이다!"

"그게 참말이냐?"

"한 입으로 두말하면 그날부터 제 목숨은 형님 것이오."

"좋다. 이 순간부터 네 목숨은 내가 맡았다."

"제 목숨은 살려주시는 거유?"

"내가 저승사자냐? 남의 목숨을 감 따듯 하겠느냐?"

지금껏 한 행동과는 사뭇 다른 말이었다. 하지만 수달치는 그걸 따질 겨를이 아니었다. 어쨌든 살려준다는 이야기 같았다.

"참으로 고맙습니다, 형님. 함자가 어떻게 되시는지요?"

"남의 함자는 알아서 뭣에 쓰려구? 곰쇠라 한다."

"아, 예…… 곰쇠 형님!"

수달치가 넙죽 바닥에 엎드려 절했다. 그러고 보면 변죽도 반죽만큼 좋은 모양이었다.

"저기 있는 자들은 네 아우들이냐?"

"예."

당연한 것을 왜 묻느냐는 듯 수달치가 의아한 표정을 지었다.

"저것들, 사람구실 하긴 틀렸다."

"예? 무슨 말씀이신지?"

"명색이 두령인 네놈이 봉변을 당하고 있는데 어느 한 놈도 네놈을 구하려고 나서는 놈이 없었다. 그러고서야 어디 부하며, 아우들이냐? 네놈, 사람 같지도 않은 것들을 그동안 먹이고 키웠구나."

"아닌 게 아니라 저두 방금 그 생각을 하고 있었습지요. 저놈들을 아주 혼쭐 낼 작정입니다요."

수달치가 이를 갈아붙이며 으르렁거렸고, 놀란 부하들이 무릎을 꿇고 머리를 조아렸다.

"아이구 두령, 잘못했습니다요! 장사님께서 워낙에 설치시는 바람에 저희도 반 혼이 나가 있었습죠. 감히 대들 생각이라곤 꿈도 꾸지 못했습니다요!"

"시끄럽다, 이놈들아! 그것도 찢어진 아가리라고 나불대느냐?"

수달치가 고함을 버럭 질렀다. 부하들은 이미 사색이 되어 있었다.

"네놈들을 당장에라도 물고를 내고 싶지만 여기 형님이 계시니까 참는다. 모두 인사 올려라."

"예!"

수달치의 부하들이 일제히 곰쇠를 향해서 넙죽 큰절을 올렸다.

"큰형님! 절 받으십시오!"

졸지에 해적패들의 큰형님이 된 곰쇠는 이 어처구니없는 상황에 웃음이 나왔다.

곰쇠는 생긴 것과는 달리 눈치가 상당히 비상했고 기억력도 남달랐다. 위례성 함락에 절대적인 공을 세운 바람에 목만치가 역적의 후손이라는 혐의를 벗고 상훈까지 받았지만, 오히려 목만치의 눈부신 전공 때문에 시기하는 자들이 한둘이 아니라는 것쯤은 곰쇠도 훤히 짐작했다. 사람 사는 곳에는 다 비슷한 일이 일어나기 마련이었다.

언젠가 무슨 일이 벌어질지도 모른다. 그때를 대비해서 수달치 패거리들과 인연을 맺어놓으면 적어도 밑지는 장사는 아닐 것이다. 그것이 곰쇠의 복안이었다.

"형님, 저도 산전수전 다 겪었지만 형님 같은 장사는 난생 처음이오. 그런 무술솜씨를 어디서 닦았소? 정말 대단하오!"

곰쇠를 큰형님으로 모시는 술판이 거하게 벌어진 자리에서 수달치는 몇 번이고 감탄을 금치 못했다. 곰쇠에게 얻어터진 자리가 여전히 부어 있었지만 수달치는 그 일을 마음에 두지 않았다. 비록 해적패의 수장이긴 하지만 나름대로 큰 그릇이었다.

"내가 모시고 있는 주인에 비하면 그야말로 새 발의 피다."

"뭐라구요?"

수달치뿐만 아니라 주위의 부하들 모두 놀란 얼굴을 했다.

"에이, 설마 형님보다 더 무술이 뛰어나시려구요?"

어림도 없다는 듯 수달치가 도리질을 했지만 곰쇠는 가만히 웃었다.

"그래, 나도 힘쓰기로 하자면 중원인가 어딘가에 있었다는 역발산 기개세의 항우 못지않다고 자부한다만, 우리 주인에 비하면 어림도 없다."

"형님의 주인이 그렇게 힘이 장사유?"

"힘이라면 아마 내가 더 세겠지. 하지만 싸움을 어디 힘으로만 한다더냐? 우리 주인은 무술이라면 최고의 경지에 올랐다. 남의 목을 따는 일쯤이야 호주머니 속 곶감 꺼내는 일보다 더 수월하게 하는 이가 바로 우리 주인이다."

"세상에…… 숨은 영웅이 있다더니만 형님 주인이 딱 그 짝이우."

수달치가 화주를 곰쇠의 잔에 넘치도록 따랐다. 큰 사발에 담긴 화주를 단숨에 비워낸 곰쇠는 잔을 수달치에게 돌려주고 술을 채웠다. 주거니 받거니 몇 순배가 오간 뒤에 곰쇠는 비로소 만돌이를 불렀다.

다른 부하들과 어울려 술을 마시던 만돌이가 곰쇠에게 다가와 옆자리에 앉았다.

"네가 본 대로 이제 나는 수달치 두령과 형제가 되었다."

"익히 알고 있습니다요."

"마음만 먹으면 네놈의 객사 따위는 언제라도 쑥대밭을 낼 수 있다는 말이다."

"여부가 있겠습니까?"

고개를 조아리는 만돌이를 잠자코 보던 곰쇠가 수달치에게 일렀다.

"저놈을 묶어라!"

"예?"

수달치가 놀란 얼굴로 곰쇠를 쳐다보다 지체 없이 제 부하들에게 만돌이를 묶도록 했다.

"아니 이게 무슨 날벼락입니까요?"

만돌이는 입을 열어 죽는 시늉을 했다.

"이놈! 이제부터 내가 묻는 말에 제대로 대답하지 않으면 용서치 않으리라."

"무슨 말씀입니까?"

"네놈이 혼자서 객사를 꾸려나갈 리는 만무할 터이고, 네놈 뒤에 누가 있는지 이실직고하라!"

"참말로 무슨 말씀을 하시는지 통 못 알아먹겠소."

"저놈, 매우 쳐라!"

곰쇠가 턱을 치켜들고 명령하자 그렇지 않아도 곰쇠의 눈에 들기 위해 죽는 시늉이라도 할 판이던 수달치의 부하들은 매에 사정을 두지 않고 만돌이를 후려쳤다. 뭇매질 속에서 만돌이는 연신 비명을 내지르다가 나중에는 비명조차 지를 수 없게 되었다. 곰쇠가 손을 들어 매질을 멈추게 했다.

"하이구 나리…… 제발 살려만 주십쇼!"

"내가 묻는 말에 사실대로 대답하면 살려주겠다. 네놈 뒤에 누가 있느냐?"

"제가 그동안 모은 돈으로 객사를 차린 것입니다요. 뒤에 누가 있다니요?"

"이놈이 그래도!"

다시 뭇매질이 쏟아졌다. 만돌이가 의식을 잃자 부하 하나가 찬물을 끼얹었다. 잠시 후 만돌이는 정신을 차렸는데, 그의 눈에 가득한 것은 정말 죽을지도 모른다는 공포심이었다.

"다시 묻겠다. 네놈 뒤에 누가 있느냐?"

"그저 뒷돈을 대는 몇 명의 벼슬아치들이 있습니다. 전 그분들이 시키는 대로 했을 뿐입니다.”

“이름을 대라!”

“……”

곰쇠는 만돌이가 스스로 입을 열기를 기다렸다. 한참 후에야 만돌이는 체념한 듯 입을 떼었다.

“목부 장리로 있는 국강 나리가 실질적인 전주올시다.”

“국강이라고 했느냐?”

“예. 이렇게 된 이상 소인이 더 이상 속일 리가 있겠습니까?”

“네놈은 예전에 진충 도목수 댁의 집사였다. 그렇지 않느냐?”

“예? 그걸 어떻게 아셨습니까?”

놀란 얼굴로 만돌이가 반문했다.

“진 도목 어른에게 너는 평생의 은혜를 입었다. 그럼에도 네놈은 도목 어른을 함정에 빠트리고 그 집안을 패가망신시키는 데 앞장섰다. 그러고도 네놈이 사람의 탈을 썼다고 말할 수 있느냐?”

만돌이가 고개를 떨어트렸다. 비로소 이 모든 상황이 이해가 되는 모양이었다.

“왜 말이 없느냐?”

“이제 와서 무슨 말을 하겠소? 국강의 회유와 협박에 넘어간 것이 사실이지만, 따지고 보면 근본적으로 이놈의 탐욕이 문제였던 것을 이제 와서 발뺌할 생각은 없소.”

만돌이의 얼굴에서 눈물이 흘러내렸다.

“저도 일이 이렇게 크게 되리라고는 꿈에도 짐작하지 못했소. 단지 국강 나리께서 시키는 심부름만 하면 되겠지 했는데 그게 도목 어른을 죽음으로 몰고가는 일인지는 참말 몰랐습니다. 저 역시 도목 어른께 크나큰 후의를 입은바 사람의 도리를 어찌 모르겠습니까? 도목 어른이 비명에 가시고 도련님과 아씨가 행방이 묘연한 이후로 저 역시 마음이 편할 날이 단 한시도 없었습니다요. 비록 먹고 입는 건 전보다 나아졌을지 몰라도 마음은 지옥을 헤매는 거나 진배없었습니다요. 차라리 이렇게 장사님께 모든 것을 털어놓고 처분만 바라고 있는 지금이 더 속이 편합니다."

"그게 사실이냐?"

"더 이상 무엇을 숨기고 꺼리리까?"

"도령과 아씨의 행방을 모르느냐?"

"사람을 시켜 도련님의 행방을 수소문해보았지만 별무소득이었습니다. 제가 지은 죄가 얼마나 큰지 나중에야 깨달았지만 이미 엎지른 물이요, 저로서는 달리 방도가 없었습니다. 지금도 국강 나리의 꼭두각시나 마찬가지올시다. 장사님께 모든 처분을 맡길 수밖에 도리가 없습니다요."

"나는, 너를 죽여야겠다."

곰쇠가 씹어뱉듯 말했다. 고개를 들어 곰쇠를 쳐다보는 만돌이의 눈빛이 모든 것을 체념한 듯 담담했다.

"그렇게 해주시오. 저승에 가서 도목 어른을 만나 뵙고 백배사죄하겠습니다. 그런다고 제 죄가 사라지지는 않겠지요마는……."

곰쇠는 탁자 위에 놓여 있던 환도를 뽑았고, 눈 깜짝할 사이에 만돌이의 머리를 향해 칼을 날렸다.

"억!"

모두 놀라 눈을 감았고, 만돌이도 눈을 감았다. 잠시 후 모두가 눈을 떴을 때 만돌이의 목은 여전히 붙어 있었다. 그러나 반쯤 넋이 나간 만돌이는 자신의 목이 붙어 있다는 사실조차 깨닫지 못하는 것 같았다. 목이 잘려나가는 대신 만돌이의 상투가 깨끗이 베어져 있었다.

"네 죄를 생각하면 목을 베어야 마땅하나 덧없이 사라진다 해서 그 업장이 해소되는 것은 아니다. 살아서 네 죄를 갚아라."

만돌이의 입에서 억눌린 울음소리가 터져 나왔다. 오장육부 저 밑바닥에서부터 올라오는 듯한 소리였다. 그 처연한 울음에 모두 고개를 숙였다.

산채 밖에서 들려오는 파도소리가 점차 높아지고, 가끔씩 산채의 문짝이 삐걱거리는 것으로 보아 밤바람이 거세진 모양이었다.

해후

욱리하 강변의 버드나무에 물이 오르고 개나리가 만발하더니 이윽고 온 산이 붉게 진달래가 지천으로 앞 다투어 피어났다.

이 무렵이면 화전花煎이라 해서 산으로 들로 나들이를 나가 꽃잎으로 부침개를 해 먹는 풍습이 있었다. 비단 그 일이 아니더라도 물이 새롭게 차오르는 봄이면 겨우내 움츠렸던 사람들의 마음은 활개를 펴고 피어오르는 아지랑이처럼 공연히 싱숭생숭해지기 마련이었다. 농부들 역시 논밭을 갈다가도 손차양을 해 먼 아지랑이를 보면서 한 해 농사 일을 가늠했다.

그 무렵 목만치는 대왕의 호위를 책임지는 위사장 직을 제수받아 궁에 머물러 있었다. 벼슬도 3품 은솔 관등으로 올랐다. 그야말로 전례가 없는 파격적인 승차였다.

목만치에 대한 개로왕의 신임은 이처럼 돈독하기가 이를 데 없어서 궁에 있을 때면 대왕은 목만치를 지척에서 떠나지 않도록 했다. 또 목만치의 뒤를 위사장교로 임명된 곰쇠가 그림자처럼 따랐다. 개로왕은 곰쇠의 듬직한 체구를 보면서 천하장사라는 말을 몇 번이고 되뇌었다.

봄기운이 완연하게 익었을 무렵 개로왕은 법륭사로 거둥을 나섰다. 해마다 봄이 오면 대왕 이하 중신들이 법륭사로 나서 부처님의 가피에 기대 한 해의 국태민안을 비는 것이 관례였다.

불교가 백제땅에 들어온 지는 얼마 되지 않았지만 들불이 번지듯 짧은 시간에 국인들 사이에 널리 퍼져갔다. 팍팍한 살림살이에 시달리던 국인들은 불교에 심취해서 마음의 위안을 삼았던 것이다.

법륭사로 향하는 개로왕의 행차는 위풍당당했다. 절 행차임을 감안해 나름대로 규모를 줄였지만 그래도 일국의 대왕이 나서는 길이었다. 게다가 상좌평 여도를 비롯해 여곤, 각부 좌평들과 중신들이 모두 따라나서는 행차는 그 행렬만 해도 수 리에 이르는 장관이었다.

길가에는 국인들이 쏟아져 나와 이 어마어마한 행차를 입을 벌린 채 구경했다. 어가의 행렬을 멋모르고 따라나섰다가 위사들에게 호된 꾸지람을 받고 쫓겨난 어린아이들도 있었다.

어가의 뒤쪽에 바짝 붙은 채 말을 타고 가는 목만치는 긴장을 잠시도 늦추지 않은 채 주변을 살폈다. 곰쇠도 부지런히 어림군의 앞뒤를 오가며 경계 태세에 허점이 없는지 점검했다.

아무리 봄이라고는 하지만 법륭사로 가는 산길의 양쪽 계곡에서 불어오는 바람에는 여전히 매운 기가 남아 있었다.

뒤쪽에서 가벼운 말발굽소리가 나더니 누군가가 목만치와 말머리를 나란히 했다. 돌아보던 목만치는 그를 향해 두 손을 들어 읍했다. 눈빛 형형한 여곤은 한 손을 들어 보이는 것으로 목만치의 읍에 답례

하고는 입을 열었다.

"그동안 별일이 없었는가?"

"예. 모두 저하 덕분입니다. 저하께서도 그간 무량하셨습니까?"

여곤이 고개를 끄덕였다. 두 사람은 말머리를 나란히 한 채 어가의 뒤를 쫓아갔다.

그들 뒤에는 곰쇠가 뒤따르면서 주변을 끊임없이 둘러보며 경계를 늦추지 않았다. 충복의 자세는 모름지기 이래야 한다는 것을 몸으로 보여주는 듯했다.

"목만치, 네가 위사장이 된 데에 불만을 갖는 자가 많다."

"알고 있습니다."

목만치가 쓴웃음을 지으며 고개를 끄덕였다. 여곤은 잠깐 말을 끊고 목만치의 눈을 들여다보았다.

"네가 국강을 노리고 있다는 것을 잘 안다. 그러나 조심해야 한다. 국강을 노린다는 것은 다시 말해서 상좌평을 겨냥한다는 것과 마찬가지. 너도 각오했겠지만, 그 일이 얼마나 위험한지는 잘 알고 있겠지?"

"그게… 제 운명이라면 피해가지 않겠나이다."

목만치와 여곤의 눈이 허공에서 만나 부딪쳤다. 마치 칼이 부딪치듯 쨍, 하는 금속 마찰음이 들리는 것 같았다.

"내가 할 수 있는 한 힘껏 도우겠지만 상대는 상좌평이다. 나 역시 노골적으로 네 편을 들어줄 수 없다는 것을 이해하라."

"말씀만으로도 황공합니다."

여곤이 말의 속도를 점차 늦추었고, 목만치와 곰쇠는 여곤을 뒤에 두고 앞으로 나아갔다.

목만치는 여곤의 말을 곰곰이 생각하며 말을 몰았다.

임나 순행길에서 돌아와 배알했을 때 개로왕은 곧 중책을 맡길 것이라는 암시를 주었지만, 이렇게 빨리 그것도 위사장이라는 자리를 제수하리라고는 상상도 하지 못했다. 위사장이라는 자리가 어떤 자리인가.

백제에는 6좌평 제도가 있었다. 내신좌평은 왕명 출납을 담당하는 자리였다. 상좌평이 없을 때는 내신좌평이 수석 역할을 했으며, 내두좌평은 물자와 창고에 관한 일을 주관하고, 내법좌평은 예법과 의식을 주관했다. 위사좌평은 숙위병사와 중앙군사에 관한 일을, 조정좌평은 형벌과 송사를, 병과좌평은 지방군사에 관한 일을 관장했다.

그리고 내관 12부와 외관 10부로 나뉘는데 이를 합쳐 22부라 했다. 내관에서는 전내부가 바로 국왕 근위를 담당하는 최고 핵심관부였다. 목만치가 맡은 위사장은 다름 아닌 전내부의 핵심직위였다. 그 업무의 막중함을 미루어 짐작할 수 있었다.

이제 갓 약관의 나이인 목만치가 위사장 직에 임명받았을 때 조정은 들끓었다. 왕족을 제외하고 이처럼 파격적인 인사는 전대미문이었다. 상좌평 여도는 전면에 나서지 않았지만 그를 따르는 대신들은 매일 개로왕에게 상소를 올렸다.

그러나 개로왕은 뜻을 굽히지 않았다. 일견 문약해 보이는 개로왕이 드물게 보여준 강골의 고집이었다. 그만큼 목만치에 대한 개로왕의 신임이 두텁다는 것을 의미했다.

"척후로 나갔던 장교가 옵니다."

목만치는 곰쇠의 말에 눈을 들었다. 앞쪽에서 속보로 말을 달려온 장교는 목만치가 일찌감치 법륭사에 보낸 자였다. 가까이 다가온 장교가 마상에서 읍했다.

"법륭사 안팎을 샅샅이 수색했지만 별다른 이상은 없었습니다."

"위사들은 어떻게 배치했느냐?"

"법륭사를 둘러싸고 있는 산마다 20명씩 도합 60명을, 법륭사로 들어가는 양쪽 계곡에는 50명씩 합해서 100명을 배치해두었습니다. 그 정도라면 쥐새끼 한 마리라도 허락 없이는 법륭사로 들어가지 못할 것입니다."

"고생했다. 하지만 대왕께서 무사히 환궁하실 때까지 경계를 결코 늦추어서는 안 된다."

"명심하겠습니다."

장교가 다시 읍하고는 말머리를 돌려 되돌아갔다.

아직 채 정오에 이르지 않았는데도 제법 따사로웠다. 어디선가 포르르, 노고지리 한 마리가 들판에서 날아올랐다.

목만치는 잠깐 한 얼굴을 떠올렸다가 이내 고개를 저었다.

"나무아미타불 관세음보살……."

청아한 스님의 독경소리와 함께 목탁소리가 경내에 울려 퍼졌다. 대웅전 대법당에는 개로왕을 위시해서 상좌평 여도, 여곤 그리고 왕족들이 나란히 불상을 향해 절을 올렸고, 그 뒤에서 조정대신들도 품계에 맞게 도열해 절을 올렸다.

목만치는 어림군의 경비 상황을 점검하기 위해서 대웅전 앞마당에 서서 주변을 둘러보는 중이었다. 위사장교 한 명이 빠른 걸음으로 다가왔다. 긴장한 얼굴이었다.

"무슨 일이냐?"

"위사장 나리, 뒤편 요사채에서 수상한 자들을 찾아냈습니다."

"수상한 자라니?"

"저들 말로는 절에서 일한다고 하지만 행색이 어울리지 않습니다."

"어디냐?"

목만치가 대왕의 경호에 신경을 부쩍 쓰는 이유가 있었다. 여황과 진솔의 반란을 토평했다고는 하지만 그들의 잔당이 언제 어디서 출몰할지 몰랐다. 게다가 고구려로 넘어간 재증걸루와 고이만년도 있었다. 그들은 백제국에서 가장 널리 알려진 장수들이었고, 또 그들을 추종하는 부하들도 많이 남아 있었다. 개로왕이 목만치를 위사장으로 발탁한 배경에는 그런 이유도 있었다.

장교는 법륭사 경내 뒤편 후미진 곳으로 목만치를 데려갔다. 요사채 뒤편 햇빛조차 잘 들지 않는 산비탈 바로 밑에 허물어질 듯한 움막한 채가 있었다. 언뜻 봐서는 땔감이나 허드레 물건들을 쌓아두는 헛간 같았다. 입구에 병장기를 든 위사 두 명이 지키고 서 있다가 다가오는 장교와 목만치에게 허리를 숙였다.

목만치가 눈으로 지시하자 위사가 문을 열었다. 햇볕조차 잘 들지 않아 실내는 어두웠다. 목만치는 잠깐 동안 방 안의 어둠에 눈이 익기를 기다렸다. 이윽고 목만치의 눈에 어둠 속에 웅크리고 있는 두 사람의 형체가 어렴풋하게 들어왔다.

"이놈들, 나리께 네놈들의 정체를 이실직고하렷다!"

장교가 으름장을 놓았고 잠시 후 한 사람이 입을 열었다.

"이실직고할 것도 없습니다. 저희는 조실부모하고 의지할 일가친척하나 없이 떠돌다가 이곳 주지스님의 후의를 입어 머물고 있습니다. 저는 불목하니로 절 살림을 돕고 있고 제 누이는 공양주 보살 노릇을 하고 있던 참입니다요. 스님들께 여쭈어보면 저희들 말이 사실이라는 걸 확인하실 수 있을 겁니다."

차분하고 조리 있는 말솜씨였다.

"죄 지은 게 없다면 왜 여기 숨어 있었느냐?"

"숨은 게 아니라 오늘 대왕마마의 행차가 있다는 말에 구차한 모습을 보이기 저어했기 때문입니다."

"네놈들 말을 어떻게 믿겠느냐?"

"나리께서 못 믿겠다고 하면 저희로서도 어쩔 수 없지요."

어둠 속의 사내가 가볍게 한숨을 내쉬었다. 목만치가 놀란 얼굴로 사내에게 다가갔다.

"혹시…… 진수, 진수가 아닌가?"

"뉘신데 절 아십니까?"

사내가 놀란 목소리로 반문했다. 그 옆의 그림자도 놀라기는 마찬가지였고, 장교도 뜻하지 않은 상황에 목만치를 돌아보았다.

"진수, 그대가 맞는가? 그리고 진연…… 진연도 맞고?"

"만치 오라버니?"

진수보다 진연이 먼저 외마디 비명처럼 내뱉었다. 목소리에는 울음이 배어 있었다.

"아아, 만치! 대체 이게 어떻게 된 일인가?"

진수의 목소리도 울음에 젖어 있었다.

잠시 후 그들은 문 밖으로 나왔다. 햇볕 아래에서 서로의 얼굴을 확인한 그들은 이미 눈물바람이었다. 목만치와 진수는 한동안 서로를 끌어안고 떨어질 줄 몰랐고, 진연은 옷고름으로 눈물을 훔치고 있었다.

그렁그렁한 눈으로 진연이 키가 훌쩍 큰 목만치를 올려다보았다. 목만치 역시 그녀의 웅숭깊은 눈을 들여다보았다.

아아, 얼마나 그리워하던 눈망울인가. 단 한순간도 잊지 못한 아름다운 눈. 흑요석처럼 반짝이는, 세상에 대한 호기심으로 충만하던 저 아름다운 눈…….

그 눈에서 눈물이 끊임없이 흘러내렸다. 목만치는 가만히 손을 들어 손가락으로 그녀의 눈물을 훔쳐냈다.

"연……."

"만치 오라버니……."

"많이 야위었구나."

진연의 얼굴은 젖살이 빠져 약간 야윈 듯했지만 그만큼 성숙한 여
인의 체취가 풍겼다. 예전에도 아름다웠지만 그때는 소녀였다면 지금
진연의 모습은 더할 나위 없이 만개한 여인으로 성장해 있었다.

목만치는 마치 꿈꾸는 듯한 시선으로 진연의 얼굴을 바라보았다.
진연도 목만치의 두 눈을 똑바로 마주하다가 그 열기를 느꼈는지 슬며
시 외면했다.

"대체 이게 어떻게 된 일인가?"

"그건 내가 묻고 싶은 말이네. 자네야말로 여긴 웬일인가?"

옆에 서 있던 장교가 나섰다.

"나리께서는 대왕마마를 지근에서 모시는 위사장이시오."

"허어, 자네가 큰 인물이 되리라고 생각했지만 이렇게 젊은 나이에
그런 중책을 맡게 되다니. 참으로 장하이. 경하하네."

"고맙네. 자넨 어떻게 된 건가? 자네 오누이를 찾기 위해 백방으로
사람을 보냈네. 대체 어디에 숨어 있었는가?"

"그랬었구만……."

진수가 고개를 끄덕이며 말끝을 흘렸다. 목만치는 진수의 심정을
눈치 채고 장교를 돌아보았다.

"여기 있는 이들은 내가 잘 안다. 가서 일을 보라. 환궁할 때까지 경
계 태세를 소홀히 해서는 안 된다. 명심하라."

"예, 나리!"

장교가 읍한 뒤 부하 둘을 이끌고 사라졌다.

"여기서 이럴 게 아니라 어디 조용한 데라도 가서 얘기를 나눔세."

"날 따라오게. 저기 산신각 쪽에 조용한 데가 있어."

진수가 앞장섰다. 그 뒤를 따르면서 목만치는 옆에서 나란히 걷는 진연을 자꾸만 바라보았다.

목만치는 자신도 모르게 손을 뻗어서 진연의 손목을 잡았다. 진연이 순간적으로 멈칫했고, 그녀는 재빨리 앞서 가는 진수를 보았는데 진수는 부지런히 걸어가고 있을 뿐 뒤쪽에서 일어나는 일은 눈치 채지 못했다.

진연은 예전의 그 웃음 많고 천방지축으로 뛰어다니던 쾌활한 소녀가 아니었다. 목만치를 이성으로 느끼는 성숙한 여인이 되었다. 목만치 역시 여인의 심중을 빠르게 알아차리는, 여인의 성숙한 살내음을 의식할 수 있는 그런 청년으로 성장했다.

그것이 세월의 힘이었고, 섭리였다. 누구도 거스를 수 없는 자연의 법칙이었다.

산신각으로 오르는 가파른 돌계단 옆에 숲으로 통하는 오솔길이 있었고, 그곳을 빠져나가자 적당한 공터가 나타났다. 그곳에는 누군가가 일부러 구해다 놓은 듯한 나뭇등걸과 적당한 크기의 바윗돌이 놓여 있어서 엉덩이를 내려놓기가 맞춤이었다.

진수와 목만치는 마주 보고 앉았고, 진연은 조금 떨어져서 등을 돌린 채 앉았다. 다소곳이 시선을 제 발치께에 떨어뜨린 채였고, 진수는 그런 누이를 다소 의아스럽게 바라보다가 이내 목만치에게 지난 일을 털어놓았다.

진충이 느닷없이 목부에서 나온 관헌들에게 포박되어 끌려가자 온 집안이 난리가 났다. 진충의 집에는 사람들이 많았지만 집사를 비롯해 대부분 종복들일 뿐 먼 일가조차도 없었다. 워낙 손이 귀한 집안이었다.

집사 만돌이는 진충의 신임을 돈독히 받았는데 눈치와 행동이 빠른데다가 집안일을 빈틈없이 했기 때문이다. 그러나 진충이 끌려간 뒤만돌이의 태도는 일변했다. 그나마 남아 있던 충복들을 모조리 쫓아냈을 뿐 아니라 목부에서 파견 나온 관리들에게 앞장서서 진충의 재산목록을 넘겨주었다. 일이 어떻게 돌아가는지 궁금해하는 진수에게 만돌이는 자세한 내막을 알려주지도 않고 진수 남매가 목숨을 부지하고 있는 것이 자신 때문이라고 공치사만 늘어놓기 일쑤였다.

"도목 어른이 얼마나 큰일을 저질렀는지 모르는군. 도목 어른은 궁궐 공사를 하면서 횡령과 착복을 무지막지하게 거듭했다네. 목부 관리들에게 들어보니 도무지 살아날 방도가 없다 하니 이를 어쩌겠나. 역적질과 마찬가지의 중죄라고 하네. 심지어 자네들에게도 화가 미치지 않을까 걱정이네."

"정말 어쩌면 좋습니까?"

"자네 부친이야 그렇다 쳐도 자네들이라도 살아야 하지 않겠나?"

"저야 어째도 좋습니다만 제 누이만은 꼭 살려주십시오. 아니 아버님의 목숨도 어떻게 해서든 살려야겠습니다."

"장담은 못하겠네만 노력해보지. 마침 목부의 높은 관리 중에 아는 사람이 있는데 그 사람을 만나보겠네."

"제발 부탁드립니다."

"그런데 그 사람에게 청질을 하려면 비용이 수월찮게 들 걸세."

"그거야 아저씨 마음대로 하십시오. 아버님 목숨만 살릴 수만 있다면 무슨 짓인들 못하겠습니까?"

진수는 만돌이만 믿고 매달렸다. 만돌이는 처음에는 부지런히 여기저기 높은 사람들을 만나고 다니는 눈치였다. 진수는 아직 세상 물정을 몰랐다. 진연이야 더 말할 것도 없었다.

만돌이는 구명운동을 한다며 온 집안의 재산을 갖고 밖으로만 나돌았다. 그러나 끝내 들려온 소식은 고초를 견디다 못해 진충이 죽었다는 비보였다.

그 소식을 들은 진연은 의식을 잃고 말았다. 진수는 쓰러진 누이를 돌보느라 슬퍼할 겨를도 없었다.

애타게 기다리고 있던 만돌이가 어느 이른 새벽에 찾아왔다. 금세라도 숨넘어갈 듯한 얼굴로 들어온 만돌이가 채근했다.

"여보게, 이러고 있을 경황이 없네. 어서 몸을 피하게!"

"아저씨, 그게 무슨 소립니까?"

"도목 어른이 죽자 나라에서 그 자식들에게도 죄를 묻겠다는 영을 내렸어. 여기서 이렇게 머뭇거리다간 자네들이 큰 경을 칠걸세. 어서 몸을 피하게."

"어디로 가야 한다는 말입니까?"

"그거야 내가 알 바 아니고 어서 길부터 떠나게. 이곳을 피해서 아무 곳이든 가게. 설마하니 산 입에 거미줄이야 치겠는가?"

"아무리 그래도 연이가 정신을 차려야 떠날 수 있지 않겠습니까?"

"허, 이런 철없는 소리를 들어보았나. 지금 목숨이 왔다 갔다 하는 판국에 이 무슨 한가한 소린가?"

만돌이가 득달같이 재촉했다. 자리에 누워 있던 진연이 가까스로 몸을 일으켰다.

"오라버니, 서둘러 이곳을 떠나요. 설마하니 우리가 머물 곳이 없겠어요?"

"그래, 그래. 연이 말이 맞다. 어서 떠나야 목숨이라도 부지하지. 이곳은 걱정 마라. 내가 책임지고 건사하마."

진수 남매는 만돌이의 말을 철석같이 믿었다. 진연을 낳고 얼마 안 있어 모친이 세상을 떠나고부터 사실상 진충을 대신해서 집안 살림을 꾸려온 만돌이었다.

그날로 남매는 집을 떠났다. 만돌이는 남매에게 곧 추포령이 내릴 것이니 신분을 숨기고 멀리 시골에 가서 살라고 몇 번이나 당부했다. 결코 집으로 돌아와서는 안 된다고 오금 박았다.

진수 남매는 한성과 멀리 떨어진 곳으로 갔다. 처음에는 진연이 챙겨 나온 패물 노리개를 팔아서 연명했지만 그것도 얼마 지나지 않아 바닥이 났다. 그 후에는 문전걸식하며 유랑했다.

그러다 집안이 어떻게 되었는지 궁금해진 남매는 다시 한성으로 올라왔지만 겁이 나서 집에는 차마 돌아가지 못하고 법륭사까지 흘러왔다.

진충이 법륭사 대웅전 중창공사를 맡은 인연이 있어서 주지 도법은 거지꼴로 찾아든 진수 남매를 알아보고 거두었고, 그들이 이곳에 머문 지도 벌써 반년이 다 되어갔다.

그렇게 어려운 고초를 겪었음에도 진수는 이제 제법 코밑 수염자리가 거뭇한 청년으로 자라났고, 진연은 말 그대로 아름다움이 그 절정을 향해 치닫고 있었다. 아무리 남루한 옷으로 가려도 진연의 아름다움은 날이 갈수록 환하게 피어났다.

그 바람에 법륭사의 애꿎은 어린 행자들의 가슴만 설레게 되었다. 도법이 젊은 스님들 수행하는 데 진연의 미모가 방해된다며 될 수 있으면 얼굴을 보이지 말라고 엄명을 내렸다. 그럼에도 스님들은 진연의 얼굴을 한번이라도 더 보기 위해 헛간 먼발치에서만 떠돌았는데, 도법은 혀를 끌끌 찰 뿐 더 이상 말이 없었다. 어차피 성불하려는 팔자는 따로 있었다.

"일이 그렇게 된 것이네. 그런데 여기서 자네를 만나게 되다니 정말 뜻밖이네."

"그렇다면 옛집에는 아직 한 번도 못 가 보았나?"

"가보지 못했네. 몇 번이고 가보려고 했지만 어디 오금이 펴져야 말이지."

"그렇다면 자넨 아무런 얘기도 못 들었나?"

"무슨 얘기?"

목만치는 가만히 진수를 바라보았다. 진수는 영문을 모르고 목만치를 응시했다. 잠자코 두 사람의 대화를 듣고만 있던 진연도 고개를 들어 목만치를 쳐다보았다.

잠시 후 목만치는 고개를 저었다.

"아닐세."

"무슨 소린가?"

"나중에 얘기해줌세."

"자넨 뭔가 알고 있군. 그게 뭔가?"

"지금은 때가 아니야. 나중에 할 기회가 있을 거야."

목만치가 단호하게 말했다. 진수와 진연의 얼굴에 떠오른 것은 어떤 의구심이었다. 남매도 갑작스러운 집안의 몰락이 석연치 않던 판에 목만치의 말에서 어떤 기미를 눈치 챈 것이다.

"자네와 연이 있을 만한 곳을 내 마련할 때까지 당분간 여기 머물러 있게."

"자네가? 그렇게까지 할 필요 없네."

"그게 무슨 소린가?"

목만치가 눈을 부릅떴다.

"돌아가신 도목 어른께 잊을 수 없는 후의를 받았네. 게다가 자넨

내 둘도 없는 친구야. 친형제나 다름없네. 자넨 날 그렇게 생각하지 않는 모양이군."

"그럴 리야 있겠나……."

"그렇다면 두 번 다시 그런 섭섭한 소린 말게. 오늘은 대왕마마의 행차 때문에 자네와 연이를 데려가지 못하지만 며칠 내로 꼭 데리러 오겠네."

말은 진수에게 했지만 기실 목만치의 시선은 진연에게 향해 있었다. 목만치가 진수 남매와 회포를 푸는 사이에 장교가 찾아 올라왔다.

"대왕마마께서 나리를 찾으십니다."

대웅전 앞마당에 차일이 쳐졌고 늦은 점심 공양이 한창이었다. 개로왕은 주지 도법과 여도, 여곤과 자리를 함께 하면서 불법을 화제로 이야기를 나누고 있었다.

다가오는 목만치를 발견한 개로왕이 도법에게 무엇인가 귀엣말을 건넸다.

"대왕마마, 부르심 받잡고 대령했사옵니다."

"여기 주지스님과는 인사를 나누었는가?"

"결례를 저질렀습니다. 목만치라 하옵니다."

목만치가 허리를 반쯤 숙여 읍했다. 도법이 앉은 채로 합장했다.

"빈승 도법이올시다."

"대사님의 고명은 익히 들었습니다."

"허어, 빈도가 해야 할 소리를……. 실은 대왕마마께 어렵게 청하여 위사장을 한번 뵙자고 했소."

"저를 말씀입니까?"

"그렇소. 이 나라 국인들 중에서 장군의 명성을 모르는 사람이 어디 있겠소? 지난번에 장군께서 세운 전공의 혁혁함은 실로 눈부신 바요. 과연 목라근자 대장군의 자제다운 명성을 떨치었소."

"과찬의 말씀에 송구스럽습니다."

목만치가 다시 허리를 숙였다. 개로왕이 도법을 돌아보며 말했다.

"대사, 우리 위사장의 상을 한번 봐주시오."

개로왕의 왼쪽 자리에 앉아 있던 여도가 입으로 가져가던 술잔을 도로 내려놓았다. 양미간에 주름이 잡혔는데 심기가 언짢다는 표정이었다. 여도의 맞은 자리에는 여곤이 앉아 있다가 흥미로운 듯 도법에게 눈길을 주었다.

도법의 형형하고 예리한 안광이 목만치의 얼굴을 훑었다. 한동안 도법은 말을 잊었는데 개로왕이 채근했다.

"어떻소, 대사?"

"참으로 훌륭하오이다."

"그렇소?"

"하지만……."

다시 도법의 말이 이어졌다. 이번에는 목만치에게 시선을 고정한 채였다.

"명심할 것은 그대에게 앞으로 숱한 고난과 역경이 닥칠 것이라는 점이오. 감히 상상도 할 수 없는 고행을 겪게 될 것이오. 그러나 그 어려움을 견뎌낸다면 그대는 천하에 둘도 없는 무장으로서 길이 기억될 것이오."

"……."

도법의 말에 목만치는 담담한 표정이었다.

목만치는 젊었다. 아무리 도법이 신력이 높고 고명한 스님이라 할지라도 멀고 먼 미래의 일까지 맞히리라고는 믿지 않았다. 그런 허황

된 이야기에 귀를 기울이기에는 목만치는 태생이 담백했고 질박했다. 자잘한 것에 개의치 않는 성품이었다.

그러나 도법의 이야기를 듣고 난 나머지 세 사람의 의중은 제각각 이었다.

개로왕은 자신의 위사장인 목만치의 운명을 들으면서 더욱 든든함을 느꼈고, 여곤은 일찍이 사람됨을 간파하는 자신의 안목과 통찰력에 만족했지만, 여도는 그 순간 목만치를 꼭 죽여야 한다는 결심을 굳혔다. 목만치는 그가 대권을 향해 가는 길목에서 방해자로 등장할 수밖에 없다는 예감을 확신시켜주었다. 자신의 수하로 만들 수 없다면 제거할 수밖에 없었다. 동지냐, 적이냐 양자 간의 하나였다.

그날 법륭사 행차는 개로왕을 흡족하게 했다. 반란군으로부터 도성을 되찾은 이후 처음으로 법륭사를 찾아 부처님의 가피를 기원했을 뿐 아니라 봄을 맞이하여 모처럼 만의 야외 나들이여서 개로왕은 시종 유쾌한 얼굴이었다.

왕실의 안녕을 기원하는 불공이 끝난 뒤 개로왕은 간단한 주연 잔치를 벌였고, 대신들에게 손수 술을 돌리기까지 하였다. 주연은 오후가 이슥하도록 좀처럼 끝나지 않았다.

봄이라고는 하지만 산골이었고 어둠이 일찍 찾아오는 곳이었다. 여도와 여곤의 채근에 못 이긴 개로왕은 마지못해 귀성을 명했다.

부산하게 움직이는 와중에도 목만치의 눈길은 때때로 진연이 머물고 있을 만한 곳을 더듬었다. 그때마다 목만치의 눈길은 애틋함으로 가득 찼는데 화려한 갑옷으로 위풍당당한 젊은 무장에게는 어울리지 않는 눈빛이었다.

한편 여도는 그 시각에 주지 도법을 만나고 있었다. 주지의 방은 요사채에서도 가장 안쪽에 있었는데, 도법의 성품답게 별다른 장식이 없는 소박한 방이었다.

"대사, 내 관상도 봐주시오."

여도의 입에서 홍시 냄새가 풍겨났는데 대낮부터 계속 들이부은 술 때문이었다. 그러나 도법은 얼굴 표정 하나 변하지 않은 채 담담히 입을 열었다.

"상좌평께서는 능히 왕좌에 오를 것이오."

"허!"

외마디 비명을 뱉어내고 여도는 더 이상 말을 잇지 못했다. 내심 정곡을 찔렸음일까. 아니면 너무나 대담하게 여도의 왕위 등극을 예언하는 도법에게 놀랐음일까. 한동안 도법을 바라보던 여도는 열에 들뜬 얼굴로 다시 물었다.

"그, 그게…… 사실이오, 대사?"

"그렇소이다."

도법은 담담하게 대답했다.

"상좌평께서는 분명 만승의 자리에 오를 것이오."

"그게 사실이라면…… 대사의 말이 실현된다면 내 그날 꼭 대사를 위해 큰 보시를 하리다. 대사가 원하는 것이라면 무엇이든 다 해드리리다."

"허허……."

도법이 허탈하게 웃었다.

"그럴 것 없소이다. 이미 빈도는 천기누설을 했소. 아마 상좌평 나리가 왕위에 오르기 전에 빈도는 그 대가로 이 세상에 남아 있지 않으리다."

여도는 한동안 도법을 바라보았다. 그러나 이내 여도는 도법에 관한 일은 잊었다. 단지 중요한 것은 자신이 언젠가는 극상의 자리에 오른다는 사실이었다.

'왕위에 오른다.'

여도는 환궁 준비로 부산한 대웅전 앞마당을 가로질러 가며 중얼거렸다. 골똘하게 생각에 잠긴 여도의 눈에 다른 것은 들어오지도 않았다.

'언젠가…… 금상의 뒤를 이어 내가 왕위에 오른다.'

여도의 가슴은 힘차게 뛰기 시작했다. 막연하게나마 그의 깊은 곳에서 잠들어 있던 야심이 드디어 잠에서 깨어나 기지개를 켜기 시작했다. 여도의 부리부리한 눈이 한순간 빛을 발했는데, 목만치에 대한 생각에 이르렀을 때였다. 여도는 어금니를 앙다물었다.

'한 하늘에 태양이 두 개 있어서는 안 된다. 백제국을 건국하신 온조와 비류 형제의 갈등과 반목을 잊어서는 안 된다. 한 뿌리에서 나왔지만 결국은 한 하늘에 두 개의 태양이란 존재하지 않는다. 어느한쪽은 필연적으로 제거되어야 한다. 목만치… 너는 결코 살아남아서는 안 된다.'

여도는 그렇게 중얼거렸다.

'그리고 또 한 사람…… 여곤. 너 역시 내가 태양으로 존재하기 위해서는 사라져야 한다.'

여도는 그 순간 결정했다. 벌써부터 피비린내가 물씬 맡아지는 기분이었다. 한바탕 살육의 바람이 불어올 것이었다. 여도는 소리 없이 웃었는데, 섬뜩한 기운이 돌았다.

『주역』에 "일군이이민군자지도야 一君而二民君子之道也"라는 말이 있다. 이는 임금은 하나이고 백성은 둘인 것이 자연의 이치라는 뜻이다. 하늘에 두 개의 태양이 있을 수 없듯이, 한 나라에 두 명의 임금이 있으면 그 나라는 다스려지지 않는 것이나 마찬가지라는 경구다.

여도가 뒤따르는 대신들과 함께 요사채 뒤편을 막 돌았을 때였다. 여도의 눈에 언덕 위에 서 있는 누군가의 모습이 들어왔다. 무심코 지나치려던 여도의 눈길이 다시 그곳으로 향했다.

목만치였다. 목만치가 언덕 위 공터에서 젊은 남녀와 함께 이야기를 나누고 있었다. 대왕의 경호를 책임진 위사장의 직분으로 한창 환궁 준비에 서둘러야 할 때였다. 그런데 목만치는 사사로이 사인들을 만나고 있었다. 안 그래도 목만치에 대한 미운 털이 박혀 있는 여도로서는 꼬투리를 잡은 심정이었는데, 눈살을 좁히고 잠자코 그쪽을 바라보던 여도는 눈을 치켜떴다.

'아아……'

자신도 모르게 여도의 입에서 흘러나온 신음이었다.

'천하절색이다.'

여도는 목만치와 이야기를 나누고 있는 여인의 아름다움에 놀라움을 금치 못했다. 비록 남루한 옷차림이었고, 전혀 꾸미지 않았음에도 여인의 타고난 아름다움은 한지에 먹물이 스며들듯 은은하게 배어나와 여인이 서 있는 주변을 온통 환하게 만드는 듯했다.

여도는 일찍이 여색에 대해서는 나름대로 통달했다고 자부심을 가졌다. 왕궁 내의 아름다운 여인들을 모두 섭렵했다는 자신감이 있었다. 개로왕이 알면 경을 칠 일이지만 대왕이 아끼는 후궁들 중에서도 마음에 드는 여인이 있으면 그는 수단과 방법을 가리지 않고 그녀를 취했다.

그러한 여탐이 끝내는 여황의 반란을 일으키는 계기가 되었다. 그 일이 있은 후 여도는 한동안 여색을 멀리했지만 타고난 본성은 어쩔 수 없었다. 진연을 보는 순간 여도의 잠자고 있던 본성이 꿈틀거리며 깨어났다.

"저 여인이 누구냐?"

마치 꿈꾸듯이 여도가 중얼거렸다.

"제가 사람을 시켜서 알아보겠습니다."

국강이 대답했다.

"아니 그럴 것 없습니다. 아버님."

국강과 여도가 동시에 돌아보았다. 검은 안대로 눈을 가린 국협이었다. 여도와 국강이 의아한 눈으로 국협을 보았다. 국강이 먼저 물었다.

"그게 무슨 말이냐?"

"제가 잘 알고 있는 여인입니다."

"그게 사실이냐?"

이번에는 여도가 물었다.

"예. 소인과는 소싯적에 가벼운 인연이 있었습니다."

"저 여인이 대체 누구냐?"

"진충의 여식이옵니다."

"진충? 그렇다면 저번에 죽은 도목수를 말하는 것이냐?"

여도가 잠깐 쓴 입맛을 다시며 생각하는 눈치였다. 께름칙한 기분이었지만 다시 한번 진연의 미색을 보는 순간 여도는 마음을 다잡았다.

"저 여인을 누구도 눈치 채지 못하게 내게 데려와라."

"분부 받들겠습니다."

국강 부자가 동시에 허리를 숙였다. 여도는 보지 못했지만 그 순간 국협의 얼굴이 일그러졌다. 복수에 대한 쾌감과 함께 여도에게 진연을 빼앗긴다는 묘한 질투심이 함께 뒤범벅이 된 심정이었다.

여도는 자리를 떠나면서 다시 언덕 쪽을 돌아보았는데 이미 목만치와 여인은 사라지고 없었다.

법륭사 행차에서 돌아온 목만치는 개로왕에게 청하여 며칠간의 말미를 얻었다. 다행히 개로왕은 연유를 묻지 않고 선선히 윤허했다. 집으로 돌아온 목만치는 곰쇠를 불러 진수 남매가 법륭사에 있음을 털어놓았다.

"주인, 그게 정말입니까? 아니, 그렇다면 왜……?"

놀란 곰쇠의 얼굴은 왜 그들을 당장 집으로 데려오지 않았느냐는 의문이 담겨 있었다. 목만치는 고개를 저었다.

"그리 쉬운 일이 아니다. 너도 눈치 챘는지 모르지만 우리를 감시하는 눈이 한둘이 아니다."

"……."

고개를 끄덕이는 곰쇠 역시 오래전부터 목만치를 감시하는 눈길을 의식하고 있었다. 워낙 은밀해서 정체를 드러내지 않으면서도 집요하게 이쪽의 일거수일투족을 감시하고 있었다. 막연하게나마 여도나 국강이 배후에 있으리라 짐작할 뿐이었다.

"진수와 진연이 이 집으로 들어오면 그들마저 위험에 빠지게 된다. 국강의 무고를 만천하에 드러낼 수 있는 결정적인 증거를 확보하기 전까지 이쪽의 약점을 드러내서는 안 된다. 국강이 만약 진수 남매가 살아 있다는 사실을 알게 되면 그들을 죽이려 들 것이다."

"소인 생각이 짧았소."

"달리 좋은 방도가 없겠느냐?"

"당분간 그 절에 머물도록 하면 어떨까요?"

"아니다. 법륭사에는 드나드는 사람이 너무 많아서 그들 남매의 정체가 드러나기 십상이다. 이번에도 내가 먼저 발견했기에 망정이지 일을 그르칠 뻔했다."

"그럼 한시바삐 그곳에서 빼내와야겠군요."

"그게 문제다."

"……."

잠깐 생각에 잠겼던 곰쇠가 입을 떼었다.

"좋은 방도가 있습니다."

목만치가 고개를 돌려 곰쇠를 보았다.

"당항포에 있는 수달치 패에게 잠시 의지하는 겁니다."

"수달치라고 하면 얼마 전에 의형제를 맺었다는 해적 아니냐?"

"예."

"그들을 믿을 수 있을까?"

"해적질을 해서 먹고살지만 시세가 어쩔 수 없어 그리된 것이고, 본성은 그리 악하지 않은 놈들입니다. 게다가 의리 하나만은 목숨처럼 굳게 지키는 놈들이어서 진수 남매를 의탁하기에는 제격입니다."

"……."

목만치가 망설이자 곰쇠의 입이 한발이나 튀어나왔다.

"주인, 저도 사람 보는 눈이 조금 있소이다. 설마하니 이놈을 못 믿어서 그러시오?"

목만치가 잠깐 동안 곰쇠를 바라보다가 입가에 미소를 지었다.

"허, 그놈. 저녁 굶은 시에미 상이로구나. 알았다. 네놈 말대로 하자꾸나."

"쳇, 진작 그럴 것이지."

목만치는 빙그레 웃을 뿐 곰쇠의 버릇없음을 나무라지 않았다. 두 사람은 주종의 관계를 떠나서 어린 시절부터 몸을 부대끼며 자라온 형제나 마찬가지였다.

"제가 당항포에 다녀오겠습니다. 수달치 놈을 만나 준비하라 이르지요. 주인께서는 법륭사에 가서서 남매에게 미리 귀띔이나 하십시오."

"그러지."

"말 나온 김에 오늘 밤에라도 길을 떠나겠습니다."

번갯불에 콩 볶아먹는다더니 곰쇠가 바로 그 짝이었다. 성정이 급하고 직선적인 데다가 호불호가 분명한 곰쇠였다. 그런 곰쇠를 익히 잘 아는 목만치는 구태여 만류하지 않았다.

그날 밤 곰쇠는 부루말을 꺼내 박차를 넣고는 어둠 속으로 사라졌다.

개로왕의 행차가 있은 지 며칠 후였다. 진연은 대바구니를 옆에 끼고 산길을 올랐다. 공양주 보살 아주머니와 함께였다.

법륭사 뒷산 양지바른 언덕 위에는 봄나물이 지천으로 널려 있었는데 틈만 나면 진연과 공양주 보살은 산에 올라가 나물을 캤다. 그것을 잘 말려 갈무리하면 봄, 여름 내내 사찰의 밑반찬으로 요긴하게 쓰였다. 게다가 오고 가는 길에 약초라도 캐면 그것도 말려서 곡식과 바꾸거나 급할 때 비상약으로 쓰기도 했다.

공양주 보살은 진연에게 먹을 수 있는 풀과 약초 따위를 자세히 가르쳐주었다. 눈썰미가 있는 진연은 이제 산에서 나는 나무와 풀에 관해서는 모르는 것이 없을 정도였다.

쑥이 지천으로 널려 있는 양지바른 언덕에서 두 사람은 쑥을 캤다. 쑥뿐만 아니라 냉이며 달래 등이 얼마든지 캐 가라는 듯 고개를 내밀고 있었다.

멀리 바라보이는 건너편 계곡에 아지랑이가 피어올랐고, 노랗게 핀 산수유 꽃잎이 불어오는 봄바람에 살랑거렸다. 때때로 이름 모르는 산

새소리가 들려왔는데 그때마다 진연은 쑥을 캐던 손길을 멈추고 귀를 기울였다.

진연의 아름다운 두 눈은 소리의 진원지를 찾느라 헤매었는데 마치 꿈꾸는 것 같았다. 엷은 홍조가 떠오른 진연의 얼굴은 곱기가 이루 비할 데가 없었다.

"참으로 곱구만."

진연의 얼굴을 보던 공양주 보살이 자신도 모르게 그렇게 중얼거렸다.

햇볕이 따사했고 부지런히 쑥을 캐는 진연의 이마와 콧방울에 땀방울이 배었다. 옷고름으로 땀을 훔치느라 고개를 든 진연의 눈에 언덕을 올라오는 낯선 사내가 들어왔다.

가까이 다가온 사내는 30대 중반이었는데 낯선 시선으로 경계하는 두 여자를 안심시키려는 듯 웃는 얼굴로 말했다.

"놀라지 마시오. 난 진연 아씨에게 볼일이 있는 사람이오."

"제게요?"

낯선 사내가 자기 이름을 알고 있는 것에 놀란 진연이 눈을 동그랗게 떴다.

"그렇소. 지금 밑에서 아씨의 오라버니가 기다리고 있소. 어서 내려갑시다."

"무슨 일이에요?"

"저도 자세한 내용은 모르고 심부름만 하는 입장입니다만, 예전에 아씨를 모신 집사가 모든 일이 잘 해결되었다고 두 사람을 모셔오라는 것 같습니다."

"만돌이 아저씨가요?"

진연이 반색하며 물었다.

"맞소. 만돌이라 했소."

"세상에…… 정말 모든 일이 잘 풀렸다고 했어요?"

"그러니까 제가 여기 왔죠. 어서 갑시다. 오라버니가 기다리고 있습니다."

"아주머니, 저 먼저 내려갈게요."

들뜬 진연이 쑥바구니를 공양주 보살에게 맡기고 낯선 사내를 따라 산을 내려왔다. 그러나 사내는 법륜사 요사채로 내려가는 길을 버리고 일주문 밖으로 바로 내려가는 지름길을 택했다.

"왜 이쪽으로 가는 거죠?"

"아씨와 오라버니가 쓰던 짐을 다 꾸려놓고 차비를 모두 마쳐놓았습니다. 주지스님께 인사하는 일은 나중으로 미루고 우선 출발하라는 게 집사의 분부입니다."

"그래도 스님께 인사는 드리고 가야……."

"서둘러야 합니다. 지금 길을 나서야 늦지 않습니다."

"……."

미심쩍은 데가 있었지만 내친걸음이었다. 진연은 낯선 사내를 따라서 일주문 밖까지 왔다. 그곳에 가마가 기다리고 있었다. 가마꾼 네 명과 호위무사 두 명이 가마 옆에 서 있었지만 진수는 보이지 않았다.

"오라버니는 어디 있죠?"

주변을 두리번거리며 진연이 묻자 호위무사 중 하나가 나서서 대꾸했다.

"기다리다가 먼저 출발했소. 아씨가 오시면 바로 뒤따라오라고 말씀하셨소."

"먼저 출발했다구요?"

진연이 반문했다. 자기를 금이야 옥이야 끔찍이 여기는 오라버니가 아무리 급한 일이 있어도 그럴 리 없었다. 계략일지도 모른다는 생각이 든 진연이 한 걸음 뒤로 물러나는 순간이었다.

뒤에 서 있던 또 다른 호위무사가 득달같이 달려들어 진연의 입을 틀어막고 그녀를 가마 속에 집어넣었다. 아갈잡이를 채우고 진연의 손과 발을 묶은 다음 가마는 나는 듯이 일주문 밖 산길을 달려 내려갔다.

양쪽 옆구리에 쑥이 가득 든 바구니를 끼고 산에서 내려온 공양주 보살은 공양간으로 가려다가 대웅전 앞마당을 쓸고 있는 진수를 보았다.

"아니 왜 여기서 이러고 있는 게야?"

"예?"

진수가 어리둥절한 눈으로 공양주 보살을 돌아보았다. 영문 모르기는 공양주 보살도 마찬가지였다.

"연이에게 빨리 내려오라고 사람을 보내지 않았어?"

"그게 무슨 소리예요?"

"아이구, 이런 날벼락이 있나? 그럼 이게 어떻게 된 일인가? 내가 귀신에 홀린 것도 아니구……."

진수는 진연에게 무슨 일이 일어났다는 것을 직감적으로 알아차렸다. 보살에게 자초지종을 들은 진수는 손에 들고 있던 싸리 빗자루를 내팽개치고 그대로 산문 밖으로 달려갔다.

그러나 진연의 행방은 묘연했다. 누군가에게 일주문 밖에 가마 일행이 있었다는 이야기를 들었을 뿐이었다. 그런 일은 항용 있는 일이어서 누구도 예사롭게 여기지 않았다. 법륭사는 왕족과 귀족들이 자주 찾아드는 절이어서 고관대작의 마나님들이 가마를 이용하는 일이 왕왕 있었다.

진수는 넋이 나간 얼굴로 바닥에 주저앉았다. 진충이 비명에 가고 졸지에 천애고아가 되었을 때도 진수는 악착같이 살아갈 마음을 먹었는데 오로지 누이 때문이었다. 무슨 일이 있어도 누이를 지켜야겠다는 의무감으로 하루하루를 견뎠던 것이다. 그러나 이제 진연은 사라졌다. 행방조차도 묘연해진 것이다.

진수는 눈물을 흘리며 빠르게 찾아오는 산사의 땅거미를 바라보았다.

당항포에 간 곰쇠가 돌아온 것은 이틀 후였다. 곰쇠의 부루말은 제 주인을 닮았는지 웬만해서는 지치지 않는 강건한 준마였다. 보통 말 같았으면 30관에 가까운 주인의 몸무게를 지탱하지 못했을 터였다. 부루말은 투레질을 하면서 얼마든지 더 달릴 수 있다는 듯 콧김을 내뿜었다.

"애썼다."

곰쇠는 부루말의 갈기를 정성스럽게 쓰다듬어주고 다가온 또복이에게 고삐를 넘겼다.

"여물을 넉넉하게 주어라."

"염려 마슈."

"나리께서는 안에 계시냐?"

"예. 안 그래도 형님 오시길 눈이 빠지게 기다리고 계시우."

곰쇠는 서둘러 안채로 들어갔다. 목만치가 기거하는 방 앞에서 곰쇠는 헛기침을 했다.

"들어오너라."

목만치는 서안書案의 책을 한쪽으로 밀어놓고 곰쇠가 읍하며 맞은 자리에 앉는 것을 물끄러미 보았다.

"수달치에게 단단히 일러놓았소. 도련님과 아씨가 지내기에는 그리

불편하지는 않을 거요."

"남의 눈에 띄지는 않겠느냐?"

"그것까지 염두에 두고 거처를 구해두라고 일렀소. 눈치로 먹고사
는 놈이라 빈틈없이 일을 마무리할 겁니다."

"수고했다."

"그럼 어떻게 하실 겁니까?"

"내일 나와 함께 법륭사로 가자."

"남들의 눈을 피하려면 가마라도 준비해야 할 겁니다."

"그래, 좋은 생각이다. 네가 알아서 준비해라."

"또복이에게 일러놓지요."

"저녁은 어떻게 했느냐?"

"아직 전이우."

"잘됐구나. 나도 아직 안 했으니 함께 들자꾸나. 오랜만에 술이라도
한잔할까?"

"그것 좋지요."

곰쇠가 헤벌쭉 웃었다. 또복이가 차려온 상에는 편육이며 꿩고기
등 기름진 육고기가 올라와 있는 데다가 먼 길을 달려오느라 시장하던
참이었기에 곰쇠는 걸신들린 듯 먹어치웠다. 연신 탁주를 넘겼는데 금
세 한 동이가 바닥을 보였다. 또복이가 두 번째 술동이를 들여놓고 나
간 지 얼마 지나지 않았을 때였다. 또복이가 대청 밖에서 급한 목소리
로 아뢰었다.

"나리, 진수 도련님입니다!"

목만치와 곰쇠가 놀라서 황급히 자리에서 일어났다. 문을 열자 이
미 대청마루에 올라와 있던 진수는 눈물부터 흘리기 시작했다.

"연이가 없어졌네!"

"뭐라구?"

놀란 목만치와 곰쇠가 동시에 진수를 쳐다보다가 밖의 이목을 의식해서 그를 방으로 이끌었다.

"그게 무슨 말이야?"

"나도 귀신이 곡할 노릇이라네. 뒷산에 나물 캐러 갔다가 낯선 자들에게 납치당한 것 같으이."

"……"

말문이 막힌 목만치가 잠자코 진수를 보았다.

"함께 있던 공양주 보살에 의하면 놈들은 만돌이 아저씨의 이름을 팔며 누이를 데려갔다고 하네. 우리 남매의 이력을 잘 알고 있는 놈들일세."

한동안 침묵을 지키던 목만치가 뒤늦게 진수에게 자리를 권하고 자신도 다시 술상 앞에 앉았다.

목만치가 술을 권하자 안 그래도 속이 타들어가던 참인 진수는 벌컥벌컥 잔을 비워냈다.

"이를 어쩌면 좋겠나?"

"차분하게 생각해보세."

"연이, 그 아이는 내 유일한 혈육이야. 그 아이가 잘못된다면 내 죽어서 선친을 뵐 면목이 없네. 무슨 일이 있어도 그 아이를 꼭 구해야만 하네."

"자네 말이 아니라도 연이는 내가 꼭 구할 걸세. 연이는 내게도 누이와 같은 존재라네. 아니, 기왕 말이 나왔으니 하는 얘기지만…… 난 연이를 사모해왔네."

"……!"

진수가 목만치를 바라보았다. 짐작하고 있었지만 막상 본인의 입에서 이런 이야기를 듣자 달리 대꾸할 말이 떠오르지 않는 모양이었다.

"걱정하지 말게. 내 꼭 연이를 구할 테니."

"자네만 믿네."

목만치는 단숨에 술잔을 비우고 곰쇠에게 물었다.

"믿을 만한 수하들이 얼마나 있느냐?"

"얼마든지 대령할 수 있습니다. 수달치 밑에 있는 놈들만 해도 기십 명입니다."

"그쪽을 동원하기엔 시간이 너무 걸린다. 지금 당장 몇 놈만 구해서 국강 집을 감시해라."

"국가 놈을 말입니까? 하면…… 그놈이?"

"그날 법륭사에서 상좌평을 수행하는 자들 중에 국강 부자가 함께 있었다."

"그놈, 국협이라는 누룩돼지도 함께 있었단 말입니까? 저는 미처 보지 못했는데요."

"네놈 눈은 그저 가죽이 모자라서 뚫어놓은 모양이구나."

"참 내 주인도 웬 그런 말씀을……."

곰쇠가 뒷머리를 긁적이며 퉁방울눈을 두리번거렸다.

"생각해보니 진수와 연이의 신분을 알 만한 사람은 국강 부자뿐이다. 게다가 우리와는 은원이 있는 관계고……. 내 짐작에는 분명 국강 부자의 짓이다."

"그렇담 뭐하고 있소? 당장 쳐들어갑시다!"

"이놈, 넌 항상 네 용력만 믿고 설치는 것이 단점이다."

목소리는 낮았으나 목만치의 말은 단호하고 냉정한 기운을 풍겼다. 머쓱해진 곰쇠가 자라목을 움츠렸다.

"수하들을 동원해서 몇 날이고 국강의 집을 철저하게 감시해라. 그리고 무슨 일이 있어도 국강 놈의 하인 하나를 매수해라. 그 집 사정을 잘 아는 놈이면 더욱 좋다."

"잘 알겠소."

"가만 있거라…… 당항포에 있는 만돌이라는 자, 이제 완전히 마음을 돌려먹었느냐?"

"설마 제놈도 낯짝이 있지 더 이상 딴마음을 먹지 않을 것이오."

"그자를 이용해라."

"만돌이를 말입니까?"

"그래. 그자가 우리에게 넘어온 것을 국강은 아직 모르고 있을 것이다. 그 점을 이용한다."

"아, 알겠습니다."

곰쇠가 고개를 끄덕였다.

다시 술잔을 비우고 난 목만치는 곰쇠를 가만히 보다가 양미간을 가볍게 찌푸렸다.

"이놈아!"

"예?"

"지금 이러고 있으면 어떻게 하느냐?"

"아, 예!"

그제야 곰쇠가 자리를 떨치고 일어났다.

"진 공자, 너무 걱정하지 마시오. 연 낭자를 꼭 구해주겠소."

곰쇠가 진수에게 한마디 하고는 방을 나갔다. 목만치는 쓴웃음을 지으며 진수의 술잔에 술을 가득 채웠다. 곰쇠가 문을 닫고 나가는 서슬에 촛불이 꺼질 듯이 잦아들었다가 되살아났다. 술잔을 비우는 두 사람의 그림자가 벽에 비치어 일렁거렸다.

"날 알아보겠느냐?"

사내의 목소리에 진연은 고개를 들었다. 몸피가 좋은 30대 초반의 사내는 다소 살찐 얼굴이었는데, 한쪽 눈에 안대를 하고 있었다. 가림성 성주의 아들 국협이었다.

진연은 비로소 법륜사에서의 느닷없는 납치에 국협이 개입되어 있었음을 깨달았다. 질긴 악연이었다. 진연은 입술을 가만히 깨문 채 국협을 노려보았다. 국협의 입가에 희미한 냉소가 스쳐 지나갔다.

"기억이 나는 모양이군."

"……."

"넌 한시도 잊은 적이 없다. 너 때문에 내 눈이 이렇게 되었으니 말이다."

국협이 손을 들어 안대를 들어 보였다. 그러자 흉측한 모습으로 푹 찌그러든 눈이 나타났다.

진연이 고개를 돌려 외면하며 대꾸했다.

"자업자득이다."

"펄펄 날뛰는 성깔은 그때나 지금이나 여전하구나."

국협이 낮게 웃었다. 잠시 후 웃음을 거둔 국협이 표독스럽게 쏘아붙였다.

"하지만 언제까지 네가 그렇게 나올지 궁금하구나. 곧 내게 살려달라고 빌 날이 있을 게다."

"날 어떻게 할 거냐?"

"글쎄, 어떻게 할까? 넌 운이 없는 편이다. 차라리 내게 수청을 드는 것이 훨씬 나을 뻔했다."

국협의 말을 이해하지 못한 진연이 의아한 눈길로 국협을 돌아보았다.

"널 건드리지 못하는 것은 유감이다. 아주 큰 유감이야."

국협이 쓴 입맛을 다시다가 말을 이었다.

"하지만 널 원하는 분은 따로 계시다. 넌 그분에게 영원히 고통받게 될 것이다."

"……."

"목만치는 아마 죽는 것보다 더한 고통을 맛보게 될 것이다."

"……."

"목만치…… 난 오랫동안 기다려왔다. 어떻게 하면 목만치 그놈을 가장 고통스럽게 죽일 수 있는지 그 방법만 생각하면서 지금껏 기다려왔다."

목만치의 이름을 국협의 입을 통해 듣는 순간, 진연은 한숨을 내쉬며 곧추세웠던 어깨를 늘어뜨렸다. 국협이 얼마나 오랫동안 그날의 수모를 잊지 않고 이를 갈아왔는지 짐작이 갔다.

"하지만 구태여 내 손으로 피를 묻힐 것도 없구나. 내게 좋은 방도가 생겼으니……."

"……."

"목만치가 과연 어떻게 나올지 궁금하구나. 진연, 네가 다른 남자에게 몸을 빼앗긴다는 것을 알게 된다면 말이다."

"……."

"게다가 그 남자가 목만치로서는 도저히 어쩔 수 없는 사람이라면 말이다."

"그, 그가 누구냐?"

국협이 재미있다는 듯 손가락을 들어 진연의 턱을 받쳐 들었다.

"넌 감히 상상할 수도 없을 만큼 지체 높은 어른이시다."

"……."

"하찮은 목수 딸년 주제에 넌 그분을 모시는 것을 영광으로 알아야 한다. 나 역시 네가 욕심이 나지만…… 솔직히 말하면 지금 이 순간 아주 강렬한 충동을 느끼고 있다만, 내 목숨이 더 소중하다. 적어도 여자 때문에 목숨을 잃는 어리석음을 저지르고 싶지는 않다."

"……."

"하지만 목만치는 다르겠지. 목만치의 표정이 정말 궁금하구나."

국협이 마침내 큰 웃음을 터트렸다. 진연은 아연한 얼굴로 그의 얼굴을 바라보았다.

(2권에서 계속)

백제의 16관등

백제는 삼국 가운데 가장 먼저 정치조직을 정비했다. 그것은 백제의 지배세력이 북쪽에서 내려와 기반이 미약해 강력한 지배조직이 필요했기 때문이었고, 중국과의 교역이 활발해 중국의 발달한 정치제도를 수용할 수 있었기 때문이다. 고이왕 27년(260년)에 6좌평, 16관등의 제도를 제정했는데, 이 관등제도는 그 명칭이 중국식이고 조직적이다. 곧 16관품이 좌평과 내솔까지의 '솔' 계열, 장덕에서 대덕까지의 '덕' 계열, 문독 이하의 '무명' 계열로 구분했다. 이들은 각기 자색, 비색, 청색의 공복을 입었는데, 좌평에서 6품 내솔까지는 자색, 7품 장덕에서 11품 대덕까지는 비색, 12품 문독에서 16품 극우까지는 청색이었다. 또한 7품 이하 장덕은 자주색, 시덕은 검은색, 고덕은 붉은색, 계덕은 푸른색, 대덕과 문독은 황색, 무독·좌군·진무·극우는 흰색 띠를 착용했다. 이러한 관등의 구분과 그에 따른 복색의 차이는 백제에서도 신분에 의한 관등의 차별이 있었음을 말해준다. 또한 여러 신분의 관리들이 하나의 관등 조직에 편입되어 있는 것은 중앙집권제가 정립되었음을 뜻한다.

1. 좌평(佐平)
내신좌평(內臣佐平) : 선납사, 왕명 등을 출납하고, 왕을 보필함.
내법좌평(內法佐平) : 예절과 의례에 관한 사무를 봄.
내두좌평(內頭佐平) : 창고와 재정에 관한 사무를 봄.
위사좌평(衛士佐平) : 숙위병사에 관한 사무를 봄.
조정좌평(朝廷佐平) : 형벌에 관한 사무를 봄.
병관좌평(兵官佐平) : 군사, 내외 병마에 관한 사무를 봄.

2. 달솔(達率, 30인)   3. 은솔(恩率, 은솔 이하 인원 미정)
4. 덕솔(德率)   5. 한솔(汗率)
6. 내솔(奈率)   7. 장덕(將德)
8. 시덕(施德)   9. 고덕(固德)
10. 계덕(季德)   11. 대덕(對德)
12. 문독(文督)   13. 무독(武督)
14. 좌군(佐軍)   15. 진무(振武)
16. 극우(克虞)

칠지도

나라 텐리시[天理市] 이소노카미 신궁의 신역(神域)에서 출토된 철검. 이 칠지도는 『일본서기』의 신공(神功) 황후 52년조 기록에 있는 칠지도에 해당한다. 전체 길이 약 75센티미터, 칼몸(刀身) 좌우에 각 세 개씩 양날의 가지칼[枝刀]이 서로 번갈아 뻗쳐 나와 있다. 칼 몸체의 양면에는 금으로 상감된 60여 자의 명문(銘文)이 새겨져 있다. 이 칠지도는 당시 동아시아 각국의 이해와 깊이 관련되어 해석되고 있으나 정설은 밝혀지지 않았다. 369년 백제왕이 왜왕을 위해 만들었다고 추정하는데, 백제에서 온 '헌상품'으로 보는 설이 있고, 백제왕이 왜왕에게 '하사한 물건'이라는 설, 그 밖에 동진(東晉)에서 백제왕을 통해 왜왕에게 '하사한 물건'이라는 설이 있다. 한편 명문을 『고사기』와 『일본서기』의 왜왕에게 '바쳤다'고 보는 관점도 있는데 이는 기사와 단순하게 연결 짓는 것이기 때문에 비판받고 있다.

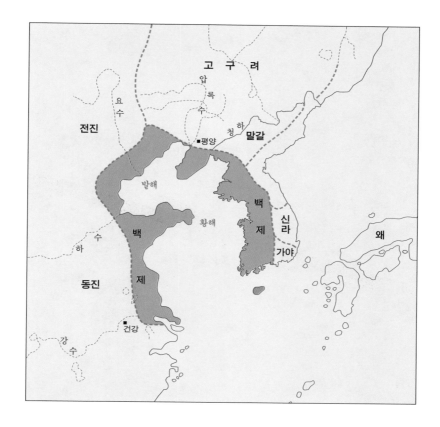

고 구 려

압

록

수

요

수

청하

전진

말갈

■평양

발해

백

제

백

제

신

라

황해

가야

왜

수

하

동진

백

제

■건강

강

수

근초고왕 시대의 백제 영토(A.D. 371년경)

근초고왕(제13대) 즉위 무렵, 분단의 여파로 대륙백제의 영토는 크게 위축되는데, 통일을 이룬
근초고왕은 잃은 영토를 되찾는 것은 물론이고, 혼란스런 국제 정세를 이용하여 영토 확장에
박차를 가한다. 당시 대륙백제의 거점은 산동성 지역인데, 서진이 몰락한 이후 중원의 변방에
해당하는 산동성과 강소성에는 백제를 능가하는 거대세력이 없었다. 백제는 그 기회를 이용해
우선 남진정책을 감행하여 산동성과 강소성 일대를 장악한 것으로 보인다. 동성왕(제24대)이
제나라에 보낸 『남제서』의 글을 보면 이때 백제가 장악한 지역과 관직이 기록되어 있다. 그 지
역은 광양, 조선, 낙랑, 대방, 광릉, 청하, 성양 등이다. 또 『송서』에는 백제의 비류왕이 대사 풍
야부를 서하 태수에 임명한다는 내용이 있다. 『남제서』와 『송서』에 나타난 지명 중 대방은 지
금의 산동 지역, 낙랑은 그 북쪽, 조선은 낙랑 북쪽의 요서 지역을 지칭하는 것으로 보인다.

(자료 출처 : 박영규, 『한 권으로 읽는 백제왕조실록』)